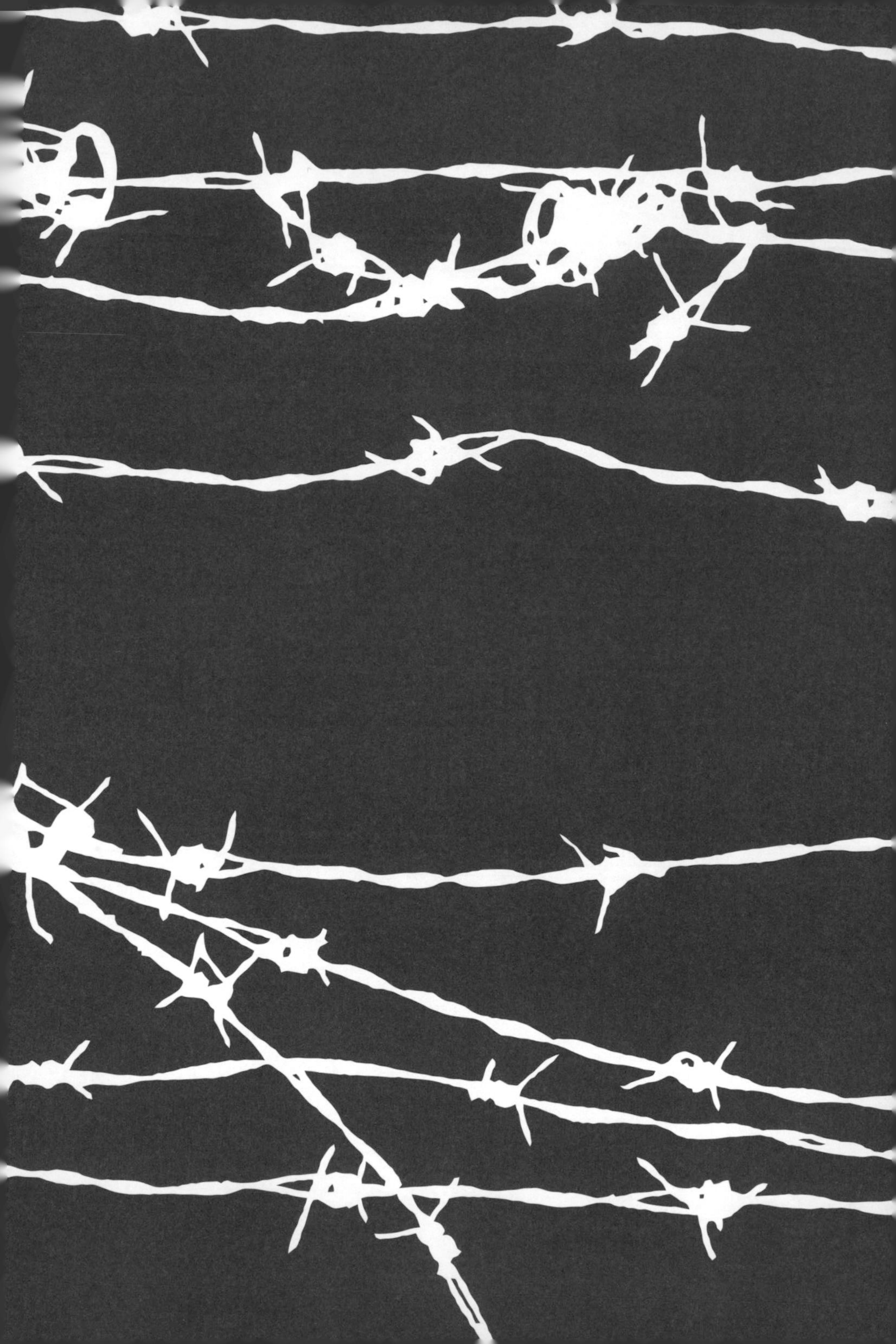

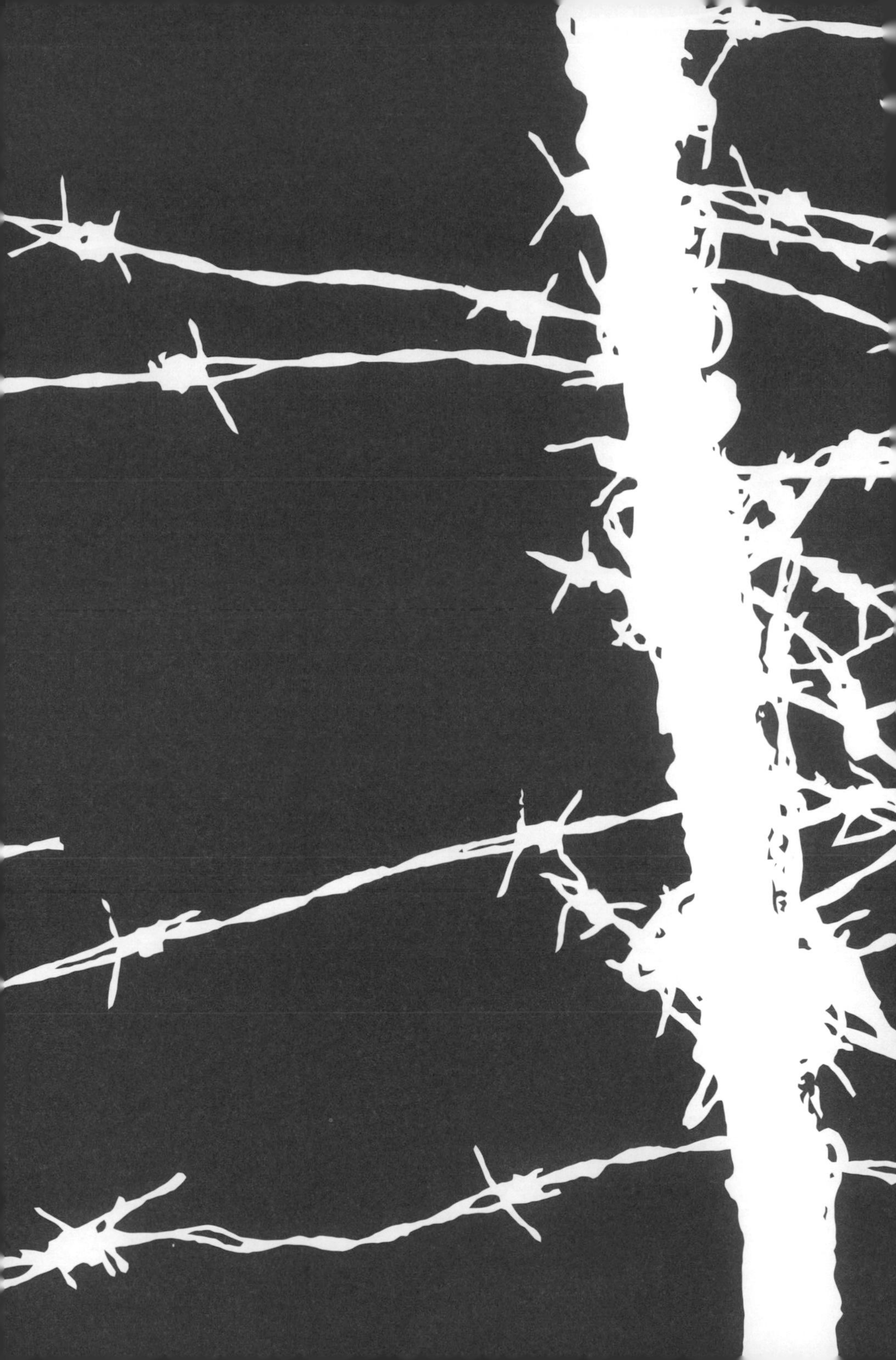

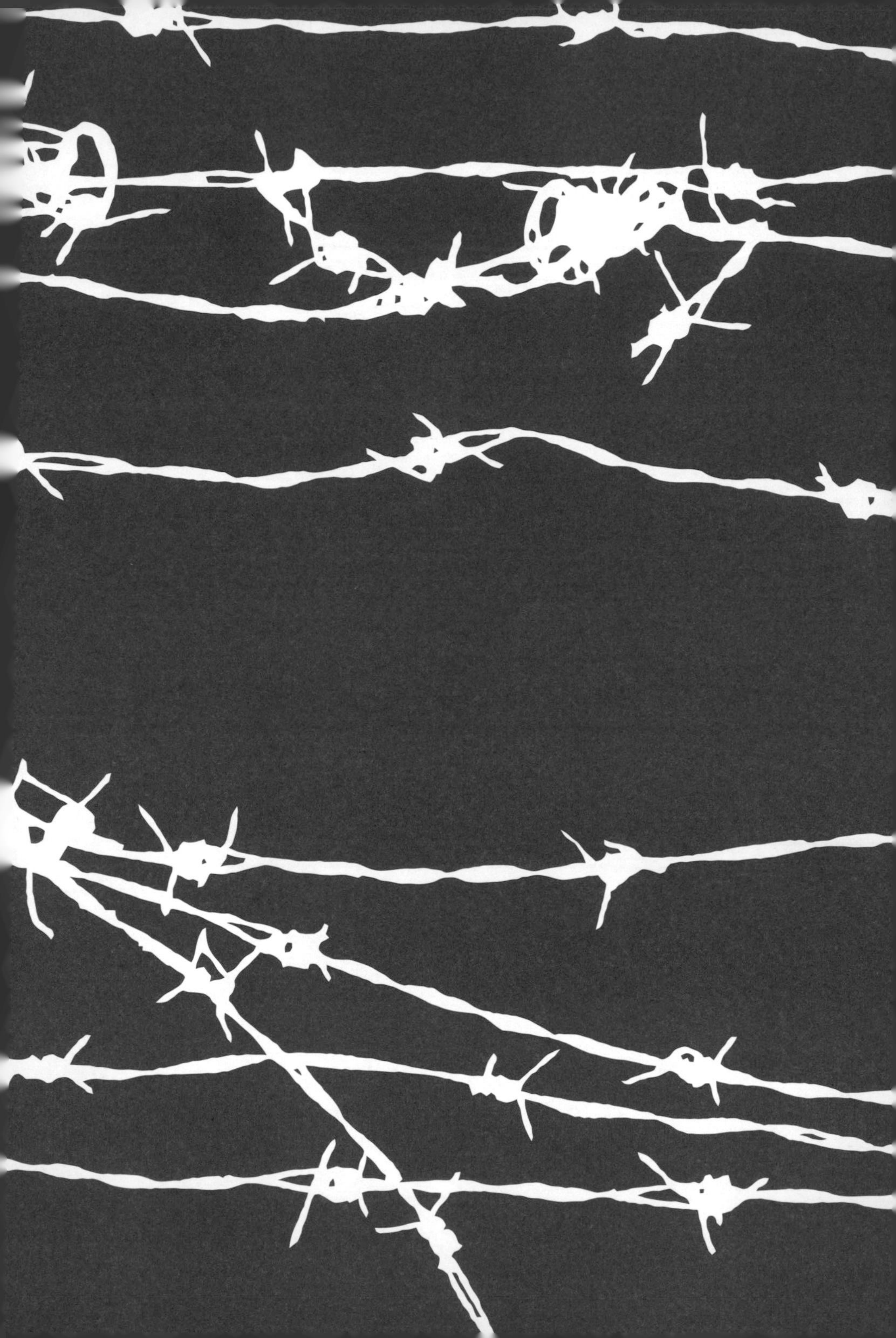

NORDIC CRIME FICTION

救贖者

Frelseren

尤・奈斯博

林立仁 譯

Jo Nesbø

《救贖者》媒體好評

很少看見推理小說成功達到這麼多層次，隨著情節開展，《救贖者》深入探索心理與神學面向，超越世俗的善惡概念。奈斯博不僅是推理小說家，更開創獨樹一格的文學風格，北歐犯罪小說天王的稱號當之無愧……本書建構了精彩、豐富、邪惡的故事線……最後拼圖完成，故事也朝無比震撼的高潮推進。——《科克斯書評》

若你正在尋找讓自己上癮的新書，那我建議你挑一本尤．奈斯博的哈利．霍勒系列來看……《救贖者》可能是奈斯博到目前為止最複雜、完成也最高的作品。等你看到結局，一定會驚詫不已，甚至有點頭暈目眩，因為奈斯博讓你經歷了峰迴路轉的情節，令人大呼過癮……整體而言，《救贖者》稱得上是終極的殺手小說。——美國報書者網站

有一籮筐缺點的哈利依然故我：難相處、不禮貌、聰明過人、直覺敏銳……本書文字強而有力，令人捨不得把書放下。——《出版者周刊》

令人屏息的警探驚悚小說……節奏明快，充滿驚奇與意外轉折，以及奧斯陸冬季冰寒晶澈的風光……從怪誕到尖刻，從槍擊到宿醉，奈斯博的敘述緊扣讀者心弦，既有舒緩緊張的幽默話語，也有寡言的哈利安慰或讚美同事時微妙的心理變化。——《華爾街日報》

緊張刺激，懸疑詭譎，布局巧妙，讀來令人心滿意足，是力道強勁的續集作品。」——《克里夫蘭誠報》

北歐犯罪作家人才濟濟，奈斯博在我心目中的地位逐步攀升，到了《救贖者》，他筆下桀驁不遜、擇善固執的警探哈利．霍勒成了我的最愛……書中營造的震撼、張力、氛圍堪稱一流。——《泰晤士報》

《救贖者》是奈斯博的第四本小說，跟前三本比起來毫不遜色，書中刻畫挪威首都奧斯陸的現實黑暗

面，包括吸毒問題、公共場所槍擊事件、被剝削的難民，再加上引人入勝、曲折懸疑的情節……克羅埃西亞殺手是個迷人角色，他既是昔日的英雄，又具有致命的同志吸引力……奈斯博的作品經常出現這類散發獨特風格的細節，只希望奈斯博不會讓厭惡世界的哈利太早退休或被踢出警界。——英國《標準晚報》

殺手在飽受戰火摧殘的巴爾幹半島所經歷的童年，替峰迴路轉的故事平添深度，令人難以揣度，並證明即使品德高尚之人也有貪欲、色欲和復仇之欲。——英國《每日電訊報》

上乘之作。奈斯博建構的情節縝密，令人嘆服，一旦翻開書本就捨不得闔上。——英國《環球郵報》

非凡的奈斯博一如往常玩起他擅長的遊戲，但這次卻是在極高的層次上……他的小說懸疑萬分，極度令人上癮。——《鹿特丹商報》（荷蘭）

奈斯博獨樹一幟……好的驚悚小說如今在挪威很難見到。尤．奈斯博足以和美國一流驚悚小說家相提並論，像是柯本、康納利、迪佛、葛里遜等人……——《卑爾根時報》（挪威）

尤．奈斯博拉動弓弦，瞄準並正中目標。他有文采，他有懸疑劇情，他還有哈利．霍勒。他也是說故事高手，絕不容許讀者有片刻喘息機會，全書從頭到尾精彩萬分……若你尚未得到尤．奈斯博的救贖，現在正是時候。——《卑爾根日報》（挪威）

尤．奈斯博的《救贖者》是絕佳犯罪小說……翻開第一頁就被它迷住，看了幾行你就知道這本書將令你腎上腺素飆升，而且也的確如此……尤．奈斯博熟練地將文字排入高速檔，從第一頁狂飆到最後一頁。

——《腓特烈斯塔報》（挪威）

孤狼的私法正義

杜鵑窩人（推理評論家）

挪威偵探小說作家尤．奈斯博在台灣的第七本作品《救贖者》終於要出版了，這本書的重要性其實在整個哈利．霍勒系列中是無庸置疑且不可或缺的。因為這本書正是作者要為《知更鳥的賭注》、《復仇女神的懲罰》和《魔鬼的法則》這三部曲後做出一個真正的總結，讓讀者可以清楚地知道哈利．霍勒在解決了身邊的害群之馬，同時也實現了為因公殉職犧牲的同事報仇的誓言後的心情和處境。正因為經過了這本書的說明和演繹，後面的《雪人》、《獵豹》相關的故事也才能繼續鋪陳下去。當然讀者如果沒有先閱讀過其他作品，並不會妨礙單獨優先欣賞這本《救贖者》，但讀者若真的行有餘力，倒是可以延伸閱讀其他的系列作品，這樣將會更了解這位作家的優秀推理小說創作能力，也可以進一步了解男主角哈利．霍勒這匹孤狼的魅力！

其實說哈利．霍勒是一隻孤獨的狼，不僅僅是讀者在閱讀這整個系列作品後，會在心中產生的感覺而已。作者尤．奈斯博本人應該也是這樣看待他。在《救贖者》這本書中作者就是藉由瑪蒂娜這個角色對著哈利．霍勒徹底地說了出來，明明白白地指出男主角的這個重要的個性，也就是與群體格格不入並且喜歡依自己的心思獨來獨往，自行其事。而作者也在書裡同時利用了哈利．霍勒和貝雅特的對話表達了一個理念，警察雖然因為身分所限，只能維持法律和秩序卻不審判，但是在哈利．霍勒的心目中，充滿了漏洞的法律常常是讓好人無法受到救贖卻讓壞人逍遙法外，不如由我自己來做最後的審判。這種私法正義雖然跨越了界限，挑戰了司法正義的權威，卻是一種賈斯提莎（Justitia）式正義天平衡量的真正表現。對於辛苦追查的偵探和警察，看著應該被懲罰的壞人利用各種法律漏洞和財力、勢力的資源來逍遙法外，而感到憤怒和氣餒。倒不如讓壞人自作自受，進而自我毀滅來得好一些。畢竟「好人流眼淚，壞人笑到累」的情形已經在現實中宛如揮之不去的噩夢，推理小說中若依然如此還真是情何以堪？所以，哈利・霍勒的私法正義雖然破壞了司法正義，卻真正地讓自己能從是非對錯中釐清一切糾葛，不再陷入黑與白、正義與犯罪的無限迴圈中自尋煩惱。

偵探推理小說的好看之處，除了足以吸引讀者的精采故事和成功欺騙讀者的優秀詭計之外，小說中主角的魅力也是極為不可或缺的一部分，從福爾摩斯到菲力普・馬羅無一不是以其特有的魅力來吸引讀者的目光。尤・奈斯博筆下的哈利・霍勒也是如此；他對於刑案鑑別的眼光極為精準，《知更鳥的賭注》開頭那一幕就是最好的例子，能夠在重重的迷霧掩閉之下，看穿事件的本質，並且成功地推理出謎團背後的真相。但是很不幸的，就因為他是身處在嚴格官僚的警察體制下，單獨突出的天才不僅不容易受到賞識，更容易引起同儕和上司的忌妒眼光，難以逃脫被打壓和孤立的命運。有時候我也在想，很多冷酷派的名偵探在開偵探社之前，好像也有許多人是從警察隊中被踢出來的；那麼他們之前在警隊中是不是就像哈利・霍勒一樣被排擠？這個絕對不是擴大解釋，馬修・史卡德也是在警察生涯中飽受創傷，酗酒成癮，才黯然退出警隊的。哈利・霍勒也是有著酗酒的惡習，在《救贖者》中也常是要去參加匿名戒酒會，而其實在本書之前的作品中，哈利已經是留校察看的黑名單，後來更因為他的嫉惡如仇，不論犯罪者的身分而咬緊不放，進而遭同事冷落，被上級所打壓。

其實這並不是特例，軍隊和警察乃至醫療團隊都是非常講究紀律和團隊精神的，非最高領導者的個人突出的成就通常會引來同儕的側目以對，頂頭上司害怕其「功高震主」的卓越表現。所以許多推理小說的名偵探似乎都難逃這條與體制格格不入，不為團隊的面子和上司升官發財之路著想，被官僚體系所排擠而被踢出去的不歸路。傑克・李奇就是這樣被踢出軍隊，被迫成了『浪人神探』；而推理小說中受到團隊排擠的警察名偵探，更是不計其數，例如《寂寞芳心》的芮尼克、《黑與藍》的雷博思、《無臉殺手》的韋蘭德以及《懸案密碼》系列的莫爾克都是僵化體制下不受人待見的天才名偵探。而其中很多人也是因為警察工作的壓力而酗酒成癮的。如果說這些人是警察體制下的冷酷派名偵探，應該也不為過吧。雖然有警察的身分和國家賦予的公權力充當護身符，但是內心其實就宛如一個對自己信念和推理能力極具信心的冷酷派名偵探，不懼怕壓力和人情阻攔，只做自己心中認定分所當為之事，縱使因為環境所限制而不能隨心所欲卻也是率性而為。

或許有讀者會產生疑問，為什麼這些有點白目的名偵探會引起大家的共鳴呢？其實我們在一般的職場也會有類似的情形，中年的男性在職場中剛好卡到中間的位置，下面有虎視眈眈、等待上位的後輩，和讓人不爽的新人要教導；前面則有交情好壞參半的前輩擋著，上面則有想安全下樁的老人在等日子；如此的後有追兵，前有攔路虎的情形下，如果再加上私人的情感與家庭親子的牽絆，中年男子如何不鬱悶呢？借酒澆愁只是逃避的一種手段，人生的徬徨才多著呢！讀者在相似的情境投射下，又看到主角哈利．霍勒依然可以殺出重圍，一手解決案件，這對於讀者何嘗不是另一種心情的救贖呢？

奧斯陸市中心
奧克西瓦河
克里斯丁米科森路
桑納街
歌德堡街
芬馬克街
馬里達路
莫勒路
蘇菲恩堡
公園
德揚
公園
救世軍
旅舍
燈塔餐廳
警察總署
格蘭區
坎本區
科博街
廣場
飯店
中央
車站
鐵路
廣場
市場街
舒懷葵街
貨櫃場
（2.5公里）
布林斯巷
鑑識中心
奧普索鄉
N

伍立弗醫院
松恩路
基克
侯曼科倫區
索姆街
葛畢茲街
伍立弗路
法格博街
彼斯德拉街
特雷塞街
蘇菲街
基克凡路
福雷特斯慈善商店
奧斯街
福里街
索根
索姆街
麥佑斯登區
福隆納公園
史布伐街
畢斯雷區
哈利家
史登柏街
希維斯街
工業街
福隆納區
霍勒伯廣場
公園路
皇家庭園
皇宮
救世總
碧戴大道
德拉門路
德拉門路
國家劇院站
卡爾約翰街
議會街
奧斯陸音樂廳
羅斯洛克路
穆克田斯路
羅督
阿克修
堡壘

這從以東的波斯拉來，穿紅衣服，裝扮華美，能力廣大，大步行走的人是誰呢？「就是我，是憑公義說話，」耶穌說：「以大能施行拯救。」

——《以賽亞書》第六十三章第一節

第一部　降臨

1 星星

一九九一年八月

她十四歲，深信只要緊閉雙眼，集中精神，視線就能穿透天花板，看見天上的星星。

她周圍的女子正在呼吸，發出規律、沉重、屬於夜晚的呼吸聲。其中一名正在打鼾的是莎拉阿姨，她分到一張床墊，睡在打開的窗戶底下。

她閉上眼睛，試著和其他人一樣呼吸，但卻難以入睡，因為周圍的一切陌生而不同，夜晚的聲音和厄斯古德莊園窗外的森林都變得很不一樣。她在莊園和夏令營的聚會中認識的人似乎變得不同，連她自己也有所改變。今年夏天她照鏡子時，看見自己的臉孔和身體是新的，而且每當男生的視線朝她射來，她體內總會湧出忽冷忽熱的奇特情緒，流貫過她的身體，尤其是其中一名少年看向她時。少年名叫羅伯，今年他看起來也不太一樣。

她再度睜開雙眼，直視天花板。她知道上帝具有大能，只要祂願意，就能讓她穿透天花板，看見星星。今天漫長而多事。乾燥的夏日微風在玉米田中低吟，樹上葉子狂熱舞動，讓陽光得以穿透，灑落在野地的訪客身上。他們聆聽一名救世軍軍校生述說他在法羅群島擔任傳教士的經過，他長相俊俏，說話時帶著極高的敏感度和熱情。但她不斷分心，揮手驅趕在她頭部周圍嗡嗡飛舞的一隻大黃蜂，等那隻大黃蜂飛走，暑熱已讓她困倦不已。軍校生說完之後，眾人都轉頭朝地區總司令大衛．艾考夫望去。他面帶微笑看著大家，雙眼看起來相當年輕，但他其實已有五十多歲。他以救世軍的禮儀行禮，右手高舉過肩，指向天上的國度，響亮地喊道：「哈利路亞！」接著他替救世軍的工作祈禱，替他們幫助窮人與社會底層民眾的工作帶來祝福，並提醒他們《馬太福音》裡頭說，救主耶穌就在他們之中，祂可能是街上的陌生人，也可能是罪犯，缺乏食物和衣服。而到了審判日，唯有幫助過弱者的正直人士才能獲得永生。艾考夫的發言十分冗長，這時有人低聲細語，他便微笑說，接下來是「青年時間」，今天輪到里卡・尼爾森發言。

她聽見里卡特意壓低聲調向總司令道謝。一如往常，里卡做了事前準備，把講詞寫下來並熟背。他站起身來，大聲背誦自己將如何為耶穌奉獻生命，替上帝的國度奮鬥，聲音緊張，語調平板，令人昏昏欲睡。他內向而嚴肅的目光落在她身上。她眼皮沉重，只是看著里卡泌出汗珠的上唇不斷開合，形成熟悉、安穩、乏味的詞句，因此當一隻手碰觸她的背時，她並未立刻反應，直到那隻手的指尖遊走到她的後腰，而且不斷向下移動，她的身體才在單薄的夏日洋裝下突然緊張起來。

她回過頭去，看見羅伯帶著微笑的褐色眼珠，心下只希望自己的皮膚跟他一樣黑，這樣羅伯就看不出她雙頰發紅。

「噓。」尤恩說。

羅伯和尤恩是兄弟，雖然尤恩比羅伯大一歲，但他們小時候常被誤認為是雙胞胎。如今羅伯已十七歲，儘管兄弟倆的臉孔仍然有許多相像之處，但已能清楚分辨兩人的不同。羅伯生性樂觀，無憂無慮，喜歡戲弄別人，很會彈吉他，但在莊園裡做服務工作時卻經常遲到，而且他每次戲弄人總會演變得有點過火，尤其是當他發現其他人在笑的時候。這時尤恩就會介入。尤恩是個勤懇誠實的少年，最大的願望是進入軍官訓練學校，其次的願望是在救世軍裡替自己找個女朋友，儘管後者從未在他腦子裡形成清楚的念頭。但對羅伯來說，女朋友可不一定要在救世軍裡面找。尤恩比羅伯高四分之三吋，但奇怪的是羅伯看起來比較高。尤恩從十二歲就開始駝背，彷彿將全世界的不幸都揹在身上。這對兄弟都有深色肌膚和端正長相，但羅伯擁有一種尤恩沒有的東西，那就是他眼中有種黑暗且愛玩的特質。她對這種特質有著想望，但還不希望深入探索。

里卡發表演說時，她的目光飄過由熟悉面孔構成的海洋。有一天她會嫁給救世軍的某個男孩，也許他們會被派駐到另一個城鎮，或這個國家的另一個地區，但他們總會回到厄斯古德莊園。救世軍剛買下這座莊園，從今以後，這裡就是他們的夏日基地。

一名金髮少年坐在眾人外圍、通往屋子的台階上，正在撫摸躺在他大腿上的貓。她感覺到少年一直在看她，但她一察覺，少年便移開視線。這裡的人只有那名少年她不認識，但她知道少年名叫麥茲·吉爾斯卓。吉爾斯卓家族十分富有，厄斯古德莊園過去便為這個家族所有，而麥茲是家族裡的孫輩。麥茲其實很有吸引力，但他似乎有點孤僻。況且他到底在這裡做什麼？昨晚他走來走去，憤怒地皺著眉頭，不跟任何人說話。她感覺到麥茲的目光落在她身上幾次。今年大家都會看她，這倒是新鮮事。

她的思緒猛然被打斷，因為羅伯在她手裡塞了樣東西說：「等那個想當將軍的傢伙說完話以後，就去穀倉找我，我有東西要給妳看。」

羅伯說完就起身離去。她低頭朝手中看去，差點發出尖叫。她一手按住嘴巴，另一手把那東西丟進草叢。那是一隻大黃蜂，可能還在蠕動，但已沒了腳和翅膀。

里卡終於結束演說。她坐在原地，看見她父母和羅伯及尤恩的父母朝放著咖啡的桌子走去。他們在各自的奧斯陸救世軍會眾眼中，都屬於「骨幹家族」，而她知道很多人都對她投以關注的眼光。

她往屋外廁所走去，來到廁所轉角，眾人視線被擋住之後，便朝穀倉快步走去。

「妳知道這是什麼嗎？」羅伯說，眼神帶著微笑，聲線低沉，去年夏天他的聲音沒這麼低。

羅伯躺在乾草堆上，用小刀削著一節樹根，那把小刀他都隨身插在腰帶裡。

他舉起樹根，她便看出他削的是什麼，因為她曾在圖畫中看過那樣東西。她希望這裡很暗，羅伯看不見她的臉再度泛紅。

「我不知道。」她說了謊，在羅伯身旁的乾草堆上坐了下來。

羅伯再度對她露出戲弄的眼神，彷彿他知道她的一些事，而這些事連她自己也不知道。

「這玩意應該進去這裡。」羅伯說，突然將手伸進她洋裝底下。她感覺到那節硬樹根抵到大腿內側，還來不及夾起雙腿，樹根就已頂到內褲。羅伯的溫熱吐息噴在她脖子上。

「不要，羅伯。」她低聲說。

「這可是我為妳做的耶。」他喘息地說。

「住手，我不想要。」

「妳這是在拒絕我嗎？」

她屏住氣息，難以回答，也無法尖叫，因為這時他們聽見尤恩的聲音從穀倉門口傳來。「羅伯！不要這樣，羅伯！」

她感覺羅伯鬆開力道，放開了她，抽出手，只剩那節樹根還夾在她雙腿之間。

「過來！」尤恩說，彷彿在呼喝一隻不聽話的小狗。

羅伯咯咯輕笑，站了起來，對她眨眨眼，朝哥哥和陽光奔去。

她坐起身來，拍掉身上乾草，既覺得鬆了口氣，又覺得羞愧不已。之所以鬆了口氣，是因為尤恩打斷了他們的瘋狂遊戲。之所以覺得羞愧，是因為對羅伯來說，這似乎不過是場遊戲罷了。

稍晚眾人在進行晚餐前的感恩禱告時，她抬眼朝羅伯望去，和他的褐色眼珠四目相對。羅伯的嘴唇做出一個字的嘴型，她看不出來那是什麼字，卻情不自禁地咯咯笑了起來。他太瘋狂了。而她呢……呃，她怎麼樣呢？她也很瘋狂。瘋狂，而且還墜入情網？是的，就是墜入情網。這和她十二、三歲時不同，現在她十四歲了，這感覺更強大、更重要、更刺激。

這時她躺在床上，試著看穿屋頂，感覺笑聲在體內如泡泡般不斷湧現。

窗戶底下的莎拉阿姨發出一聲呼嚕，不再打鼾。她聽見某種東西發出尖銳叫聲，是不是貓頭鷹？

她想小便。

她不想出去，卻不得不出去，不得不穿過露濕草地，經過穀倉。半夜的穀倉黑漆漆地，很不一樣。她閉上眼睛，但沒有幫助。她悄悄爬出睡袋，穿上涼鞋，躡手躡腳走向門口。

天空出現了一些星星。再過一小時，拂曉來臨之後，星星就會消失。她不安地向前奔去，涼空氣拂上她的肌膚，耳中聽見無法辨認的夜晚聲響。白晝裡安靜的昆蟲叫了起來。動物正在獵食。里卡說他在遠處的灌木林見過狐狸。也許這些動物在白天也會出現，只不過發出不同的聲音。牠們變了個樣，也可說是脫了層皮。

屋外廁所孤伶伶地佇立在穀倉後方的小土墩上。她離廁所越來越近，眼中的廁所也越來越大。屋外廁所是個形狀扭曲的怪異小屋，以未加工的木板製成，木板彎曲、龜裂、發灰。廁所沒有窗，門上雕了個心形圖案。最糟的是難以辨別裡頭是否有人。

但直覺告訴她，裡頭**有人**。

她咳了一聲，好讓那人表示廁所有人。一隻喜鵲從樹梢上振翅飛起，除此之外沒有任何動靜。

她踏上石板，抓住當做門把的一塊木頭，把門拉開。黑魆魆的小屋裂開大口。

她呼了口氣。馬桶蓋旁放著一支手電筒，但她不需要把它按亮。她關好門，拴上門閂，掀開馬桶蓋，撩起睡衣，拉下內褲，坐了下去。寧靜接踵而至，但她似乎聽見什麼聲音。那不是動物的聲音，不是喜鵲的聲音，也不是昆蟲蛻殼的聲音。某樣東西在廁所後方的長草叢中快速移動。這時尿液流出，水聲掩蓋了那個聲音，但她的心臟已開始猛烈跳動。

她解完小便，迅速拉上內褲，坐在黑暗中聆聽，卻只聽見樹梢的細微起伏聲，以及耳中的血液竄流聲。脈搏稍緩之後，她拉開門閂，打開了門，不料門口幾乎整個被一道黑影所占據。那人一定是一直站在外頭石階上靜靜等候。她四肢張開，跌坐在馬桶座上。那人站到她面前，關上了背後的門。

「是你？」她說。

「是我。」他說，聲音怪異、顫抖、嘶啞。

接著他已壓在她身上，雙眼在黑暗中閃閃發光，牙齒咬上她的下唇，直到吸出血來。他一手伸進她的睡衣底下，撕開內褲。她癱在那裡，因為恐懼而無法動彈，感覺刀子抵住她脖子上的肌膚。他的下體不斷朝她體內衝撞，連褲子都沒完全脫下，宛如一頭發狂交配的公狗。

「妳敢說出去一個字，我就把妳碎屍萬段。」他低聲說。她一個字也不敢說，因為她才十四歲，深信只要緊緊閉起眼睛，集中注意力，就能穿透屋頂，看見天上的星星。上帝具有大能，只要祂願意，就能讓此事發生。

2 拜訪

二〇〇三年十二月十四日，星期日

他看著列車車窗裡自己的映影，努力想找出這是什麼？祕密藏在何處？但卻什麼特別之處也沒看見，只看見紅領巾、無表情的臉孔、眼睛，以及有如地鐵永夜般的墨黑色頭髮。他的映影投射在庫爾塞勒站和特納站之間的隧道牆壁上。一份《世界報》放在他大腿上，氣象預報說會下雪，但地鐵上方的巴黎街道依然寒冷荒涼，籠罩在難以穿透的低沉烏雲之下。他鼻孔微張，吸入許多細微但明確的氣味，包括水泥濕氣、人類吐息、炙熱金屬、古龍水、香菸、潮濕木材和膽汁的氣味。這些氣味難以從列車座位上洗去，也無法透過空調系統排出。

對向列車的逼近使得車窗開始震動，窗外的黑暗暫時被高速閃現的方塊狀蒼白燈光給驅離。他拉開外套袖口，看了看錶。那是精工SQ50腕錶，一名客戶給他這支錶抵償部分款項。玻璃錶面已有刮痕，因此他不確定這支錶的真偽。七點十五分。這是週日夜晚，街上車輛稀疏。他環視四周，只見人們在地鐵上睡覺。人們總在地鐵上睡覺，尤其是在週間，他們關上開關，閉上眼睛，讓日常通勤變成無夢的空無間隔，在地鐵地圖上的紅線和藍線之間穿梭，在工作和自由之間無聲轉乘。他在報上讀過有名男子就像這樣在地鐵上坐了一整天，隨著列車來回奔馳，直到一天結束，清潔人員才發現男子已然氣絕。也許男子就是為了迎接死亡才走進這個地下墓穴，搭上接駁今生與來世的藍線列車，步入這個淺黃色棺材，知道自己在這裡不會受到打擾。

至於他呢，他搭乘的是奔往反方向的列車，準備返回今生。今晚這項任務結束後，就只剩下明天在奧斯陸的任務，這也是最後一項任務，然後他就會永遠離開這個地下墓穴。

列車在特納站關門之前，發出刺耳的警示聲，然後再度加速。

他閉上雙眼，試著想像其他氣味，諸如小便斗除臭錠和新鮮溫熱的尿液氣味、自由的氣味。但也許正如他當過老師的母親所說，人腦可以細膩重現任何見過的影像或聽過的聲音，但卻連最基本的氣味也無法重現。

氣味。眼皮內側開始閃現影像。十五歲的他坐在武科瓦爾市的醫院走廊上，耳中聽見母親不斷低聲向使徒多馬、建築工人的守護聖徒祈禱，希望祂能讓丈夫保住性命。他聽見塞爾維亞軍的大砲在河對岸隆隆發射，以及在嬰兒病房動手術的患者發出淒厲叫聲。嬰兒病房早已沒有嬰兒，圍城戰事開打之後，城裡的女人就不再生小孩。他在飯店裡打雜，學會如何把噪音、慘叫聲和大砲聲阻擋在聽覺之外，但他無法阻擋氣味，尤其是某種氣味。外科醫生進行截肢手術時，會先將肉切到見骨，接著為了避免患者流血過多致死，必須用一種看起來像烙鐵的東西來燒灼血管，讓血管閉合。沒有一種氣味可與血肉燒焦的氣味相比。

一名醫師踏進走廊，朝他和母親招手。他走到病床邊，不敢直視父親，只是盯著一隻緊抓床墊的黝黑大手，那隻手似乎要把床墊撕成兩半。父親的手確實有辦法將床墊撕成兩半，因為那是城裡最強壯的一雙手。他父親是紮鐵工人，負責在泥水匠完成工作之後，前往工地，伸出大手握住用來強化水泥且突出的鋼筋，使出快速熟練的手法，把鋼筋末端紮捆起來。他見過父親工作的樣子，看起來彷彿只是在絞布似的，人類發明的機器都無法更加勝任這份工作。

他緊閉雙眼，聽見父親在承受極度痛苦下大聲吼道：「把孩子帶出去！」

「可是他想……」

「出去！」

醫生的聲音說：「止血了，動作快！」有人從雙臂下方把他抱了起來，他扭動掙扎，但他太小太輕，無法掙脫。這時他聞到那種氣味，血肉燒焦的氣味。

他聽見的最後一句話是醫生說：

具有大能，只要祂願意，就能讓此事發生。

「鋸子。」

門在他背後關上。他跪了下來，繼續母親的禱告。請救救他，讓他變成殘廢，但請讓他保住性命。上帝

他感覺有人正在看他，便睜開雙眼，回到地鐵之中。對面一名下巴肌肉緊繃的女子露出疲憊冷漠的目光，一接觸到他的雙眼就趕緊移開。他又默唸一次地址。腕錶上的秒針向前走了一格。他摸了摸自己的脈搏。跳動正常。他感覺頭部頗輕，但不會太輕。他不覺得冷也不覺得熱，不覺得恐懼也不覺得喜悅，不覺得滿意也不覺得不滿意。列車慢了下來。夏爾戴高樂－星形站到了。他朝女子看了最後一眼。女子一直在打量他，但若她再見到他，即使是今晚，也不會再認出他。

他站了起來，走到車門前等候。煞車發出低沉的悲嘆聲。除臭錠和尿液的氣味。自由的氣味。儘管氣味幾乎不可能想像得出來。車門向兩側滑開。

哈利踏上月台，站立原地，鼻子吸入溫暖的地底空氣，雙眼看著紙上寫的地址。他聽見車門關閉，感覺背後空氣隨著列車駛離而流動。他朝出口走去。手扶梯上方的廣告對他說感冒可以預防。「可以才怪。」他咳了幾聲，將手伸進羊毛外套的口袋深處，在隨身小酒壺下方摸到一包菸和一包喉糖。

香菸在他口中上下晃動，他穿過出口的玻璃門，離開奧斯陸地鐵不自然的暖氣環境，踏上台階，走進奧斯陸極不自然的十二月黑暗天色和極冷的氣候中。他本能地縮起身體。這裡是伊格廣場。這座開放小廣場是位於奧斯陸心臟位置的人行道交叉口，倘若這個時節的奧斯陸還能說是有顆心臟的話。這個週日商店照常營業，因為這是聖誕節前的倒數第二個週末。四周的三層樓摩登商店櫥窗灑落黃色燈光，籠罩著廣場上熙來攘往的人潮。哈利看見大包小包精美包裝的禮物，便在心中提醒自己得買個禮物送給畢悠納・莫勒才行，因為明天就是莫勒在警署任職的最後一天。莫勒是哈利的上司，也是這些年在警界中最照顧他的人。莫勒終於要實現他減少上班時數的計畫，下週開始，他將擔任卑爾根警局的資深特別調查員一職，這表示

他可以愛做什麼就做什麼，直到退休。真是份輕鬆愉快的工作，不過卻選擇卑爾根是怎麼回事？那個城市經常下雨，山間又濕又冷，況且莫勒的老家根本不在卑爾根。哈利向來喜歡莫勒這個人，卻不總是欣賞他的行事風格。

一名男子從頭到腳包著羽絨外套和褲子，宛如太空人般左搖右擺，緩步前行，臉頰圓滾泛紅，咧嘴噴出白氣。街上行人個個弓著身體，臉上露出冬天的陰沉表情。哈利看見一名臉色蒼白的女子，身穿單薄的黑色皮夾克，手肘還有破洞，站在鐘錶行旁，雙腳不斷改變站姿，盼望藥頭能趕快出現。一個滿臉鬍鬚的長髮乞丐裹在溫暖時髦、樣式年輕的衣服裡，擺出瑜珈坐姿，倚著街燈，頭向前傾，彷彿在冥想一般，地上擺著的褐色紙杯來自他面前的咖啡館。過去這一年來，哈利看見越來越多乞丐，這時他突然發現這些乞丐看起來都一個樣，就連紙杯都很相似，像是個暗號似的。說不定他們是外星人，悄悄前來占領他的城市、他的街道。沒問題，儘管占領吧。

哈利走進鐘錶行。

「請問這可以修嗎？」哈利對櫃台內的年輕鐘錶師說，遞出他爺爺的手錶。這支錶是爺爺在哈利小時候送他的，那天他們在翁達斯涅鎮替他母親舉行喪禮。哈利收到這支錶嚇了一大跳，但爺爺說手錶就是要用來送人，讓他放心，還要他記得再把這支錶送出去。「在還來得及的時候送出去。」

哈利早已忘了這支錶的存在，直到有一天歐雷克去哈利位於蘇菲街的家找他，在抽屜裡找尋他的GameBoy遊戲機時，才發現這支銀錶。歐雷克今年十歲，跟哈利一樣都愛玩過時的俄羅斯方塊遊戲，因此跟哈利混得很熟。歐雷克發現這支錶之後，就忘了自己原本還興致勃勃要跟哈利比試，不斷把玩手錶，想讓它恢復走動。

「它已經壞了。」哈利說。

「喔，」歐雷克說：「沒什麼是不能修的。」

哈利衷心希望歐雷克的這個論點是事實，儘管他曾對此有過深刻懷疑。他也曾隱約納悶是否該把約克與瓦倫廷納搖滾樂團（Jokke & Valentinerne）及其專輯〈沒什麼是不能修的〉（*Everything Can Be Repaired*），介紹給歐雷克。但回想起來，哈利認為歐雷克的母親蘿凱應該不會喜歡這當中的關聯，也就是說，她的酒鬼前男友把有關酒鬼生活的歌曲介紹給她兒子，而且這些歌還是由如今已離開人世的毒蟲所譜寫及主唱。

「你能修好它嗎？」哈利問櫃台內的鐘錶師。鐘錶師不發一語，只是用靈巧專業的手指打開手錶。

「不值得。」

「不值得？」

「你去古董行可以買到狀況更好的錶，價錢還比修好這支錶來得便宜。」

「還是請你修吧。」哈利說。

「沒問題，」鐘錶師說，已開始檢視手錶的內部零件，顯然對哈利的決定感到非常高興。「星期二來拿。」

哈利踏出鐘錶行，聽見一把吉他透過音箱傳出薄弱的聲音。一名鬍碴散亂、戴著無指手套的少年，正在轉動一個弦紐，他手一轉，吉他的音調就升高一點。一場傳統的聖誕節前演奏會即將開始，許多知名演奏家將代表救世軍在伊格廣場演出。樂團在救世軍籌募善款的黑色聖誕鍋後方就定位，人們開始聚集在樂團前方。那個聖誕鍋就是烹調用的鍋子，吊在廣場中央的三根柱子上。

「是你嗎？」

哈利回頭看見一名女子露出毒蟲的眼神。

「是你對不對？你是不是代替史奴比來的？我現在就需要來一管，我已經……」

「抱歉，」哈利插口說：「妳要找的人不是我。」

女子看著哈利，側過了頭，瞇起雙眼，像是在判別哈利是否說謊。「對，我在哪裡看過你。」

「我是警察。」

女子怔了一怔。哈利吸了口氣。女子的反應甚是遲緩，彷彿這個訊息必須繞過燒焦的神經和毀壞的突觸才能到達目的地。接著哈利所預料的恨意在女子眼中點燃黯淡的光芒。

「你是條子？」

「我以為大家都已經說好，你們這些人應該待在布拉達廣場才對。」哈利說，視線越過女子，射向歌手。

「哈，」女子說，在哈利面前挺起腰桿。「你不是緝毒組的，你上過電視，殺過……」

「我是犯罪特警隊的，」哈利抓住女子的手臂。「聽著，妳在布拉達廣場可以拿到妳要的東西，不要逼我把妳拖進警局。」

「你管我。」女子掙脫哈利的手。

哈利揚起雙手。「告訴我妳不會在這裡交易，這樣我就放過妳，好嗎？」

女子側過了頭，貧血薄唇微微緊閉，似乎覺得現在這個狀況頗有意思。「要不要我告訴你，為什麼我不能去布拉達廣場？」

哈利靜默等待。

「因為我兒子在那裡。」

哈利的胃一陣翻攪。

「我不想讓他看見我這個樣子，你明白嗎，條子？」

哈利看著女子目空一切的面孔，好不容易才說出一句話。「聖誕快樂。」他說，背轉過身。

哈利把香菸丟進一團褐色冰雪中，走開了。他希望擺脫警察這份工作。他沒看見迎面而來的路人，路人都低頭看著藍色的冰，彷彿良心受到譴責，他們也沒看見哈利，彷彿他們雖然身為全世界最慷慨的社會民主主義國家的公民，卻依然感到羞愧。**因為我兒子在那裡**。

哈利踏上弗雷登堡路，來到戴西曼斯可公立圖書館旁，在一個門牌號碼前停下腳步，他身上帶著的信封上就是草草寫著這個門牌號碼。他仰頭望去，看見屋子外牆最近才漆上灰、黑兩色，簡直就是塗鴉藝術家的春夢。有些窗戶已掛上聖誕裝飾，裝飾品的輪廓映著柔和的黃色燈光，窗內看起來是溫暖安全的家。也許這些真的都是如此，哈利逼自己這樣想。之所以用「逼」這個字，是因為一個人在警界服務十二年後，實在無法不受到影響而對人性產生蔑視。但他的確努力對抗這種影響，至少我們必須給他掌聲。

他在門鈴旁找到名字，閉上眼睛，試著找尋恰當的字句，但找不到。那女子的聲音依然縈繞在他腦際。

「我不想讓他看見我這個樣子……」

哈利放棄了。這些難以說出口的話是找不到適當措詞來說的。

他用拇指按下冰冷的金屬按鈕，屋內某處響起鈴聲。

尤恩．卡爾森上尉的手指離開門鈴按鈕，他將沉重的塑膠袋放在人行道上，朝公寓正面抬頭望去。這棟公寓看起來像被輕型火砲轟炸過，大片灰泥剝落，二樓有一戶被燒毀的窗戶用木板釘了起來。剛才他走過頭了，經過弗雷迪森的藍色屋子卻沒發現。寒冷似乎將屋子的顏色都給吸取殆盡，讓黑斯默街上的屋子看起來全都一樣。直到他看見被遊民占據的房屋牆壁上用塗鴉寫著VESTBREDDEN，也就是「西岸」，才發現自己走過了頭。公寓前門的玻璃上爬著兩個V字型裂痕，像是代表勝利的符號。

尤恩在防風上衣裡打個冷顫，心中慶幸救世軍制服用的是純正厚羊毛。軍官訓練學校畢業後，尤恩前去測量身材，領取新制服，但一般尺寸都不適合他穿，於是他領了衣料去見裁縫師。那裁縫師在尤恩臉上噴了口煙，突如其來地說他拒絕耶穌作為他個人的救主，但他縫製的制服卻非常好，尤恩衷心向他道謝，因為尤恩不習慣穿訂做的衣服。有人說，尤恩就是穿了訂製服才駝背。這天下午看見他來黑斯默街的路人，可能會以為他之所以彎腰，是為了躲避十二月的冷風。風吹過人行道上的冰柱和冰凍的垃圾，一旁的車流轟轟駛過。但認識尤恩的人，會說他駝背是為了讓自己看起來不那麼高，可以向下接觸那些比他矮的人，就像現在他在褐色紙杯裡丟進二十克朗硬幣，而拿著紙杯的是門口一隻骯髒顫抖的手。

「你好嗎？」尤恩問候那個將外套緊緊裹在身上的遊民，那人盤腿坐在一張紙板上，四周是盤旋飄落的雪花。

「我正在排隊接受美沙酮治療。」緊裹外套的可憐遊民說，聲音虛弱，音調平板，彷彿在朗誦一首缺乏練習的讚美詩，同時盯著尤恩身穿黑色制服的膝蓋看。

「你應該去我們在厄塔街的餐廳，」尤恩說：「讓自己暖和一點，吃點食物……」

這時信號燈轉綠，接下來尤恩說的話便給汽車聲淹沒。

「我沒時間，」遊民說：「你不會剛好有五十克朗鈔票吧？」毒蟲對於吸毒的執著總讓尤恩驚訝不已。尤恩嘆了口氣，在紙杯裡塞了一百克朗紙鈔。

「你可以去福雷特斯慈善商店找幾件保暖的衣服，再不然我們的燈塔餐廳也有一些新的冬季夾克。你只穿那件單薄的牛仔外套會凍死的。」

尤恩已然放棄，他知道自己雖然說了這些話，但那人還是會把錢拿去買毒品。即便如此又能怎樣？這種事在他日常工作中一再發生，不過是另一個難以解決的道德難題罷了。

尤恩再度按下門鈴，他在門口旁邊的骯髒櫥窗上看見自己的映影。希雅說他是個高大的男人。但他一點都不高大，他很小，只是個小士兵。這個小士兵做完今天的工作之後，就會飛奔到莫勒路，越過奧克西瓦河，也就是東奧斯陸和基努拉卡區的起始處，再穿過蘇菲恩堡公園，來到哥德堡街四號。哥德堡街四號這棟公寓為救世軍擁有，專門出租給救世軍的人。他將打開B棟入口的門，對其他房客打招呼，希望他們以為他要返回四樓住處，但其實他會搭電梯前往五樓，穿過頂樓，前往A棟，確定沒人，才走到希雅家的門前敲門，敲出他們約定的暗號。希雅會打開門，讓他投入懷中，歇息解凍。

某個東西在震動。

起初他以為是地面、城市或地基在震動，接著他放下袋子，把手伸進口袋。手機在他手中震動，螢幕顯示出倫西的電話號碼。這已經是倫西今天打來的第三通電話。他知道無法再拖，必須老實告訴倫西說他和希雅就要訂婚，但他必須先想好適當措詞才行。他把手機放回口袋，避免去看自己的映影。但他已下定決心，不想再軟弱下去，他要坦誠以告，當個高大士兵，為了哥德堡街的希雅，為了身在泰國的父親，也為了上主。

「喂。」電鈴上方的對講機發出大吼聲。

「喔，嗨，我是尤恩。」

「誰？」

「救世軍的尤恩。」他等待對方回應。

「有什麼事？」聲音有點破碎。

「我幫妳帶食物來，我想妳可能需要……」

「有帶菸嗎？」

尤恩吞口口水，靴子在雪地裡跺了跺。「沒有，我的經費只夠買吃的。」

「媽的。」

對講機又靜了下來。

「哈囉？」尤恩高聲說道。

「我還在，我在想啦。」

「如果妳要的話，我可以待會再來。」

大門發出嗞的一聲，尤恩趕緊把門推開。樓梯間裡散落著報紙、空瓶、一灘灘冰凍的黃色尿液。幸好天氣寒冷，尤恩不用像天氣暖和時那樣，勇敢迎向走廊上瀰漫的又甜又苦的臭味。

他試著讓腳步不發出聲音，但足音依然迴盪在樓梯間。女子站在門口等他，雙眼盯著他手上的袋子看。尤恩心想，她可能是想避免和他視線相對。女子的臉因為多年毒癮而腫脹，又體重過重，浴袍內穿著骯髒的白T恤。污濁的臭味從門內發散出來。

尤恩在樓梯平台上停下腳步，放下袋子。「妳丈夫也在家嗎？」

「對，他在家。」女子用流暢的法文說。

女子長得漂亮，顴骨高聳，杏眼圓大，薄唇蒼白，衣裝整齊。至少他透過門縫看得見的部分，女子的衣裝是整齊的。

他下意識地整理脖子上的紅領巾。

隔在他和女子中間的是厚實的銅製安全鎖，裝設在沉重的橡木門上，門上沒有名牌。剛才他站在樓下的卡諾大道上等門房替他開門時，注意到這棟房子的一切似乎都很新、很昂貴，包括大門零件、電鈴和圓柱形門鎖都是如此，但房子的淺黃色外牆和白色百葉窗上卻覆蓋著一層由空氣污染所造成的醜陋黑色塵埃，突顯了巴黎這一區的高度開發。玄關裡掛著油畫原作。

「你找他有什麼事？」

女子的眼神和語調並不特別友善，但也不會特別不友善，或許帶有一點懷疑，因為他的法文發音很不標準。

「夫人，我有幾句話要轉達給他。」

女子遲疑片刻，最後反應依然如他預期。

「好吧，請稍等，我去叫他。」

她關上門。門鎖扣上，發出潤滑的喀噠聲。他跺了跺腳。他應該把法文學好一點才對。母親總是逼他晚上多念英文，卻從不盯他的法文。他看著門板。法式內衣。法國文字。長得好看。

他想到喬吉。喬吉有亮白的微笑，大他一歲，如今應該是二十八歲。不知喬吉是否依然好看？依然留著金髮、個頭嬌小、漂亮得像女生？他愛過喬吉，那是沒有偏見、沒有條件的愛，只有孩童才會那樣地愛一個人。

他聽見門內傳來腳步聲，男人的腳步聲。門鎖傳來開啟的聲響。藍線列車連接工作和自由，連接此地跟肥皂和尿液。天空即將下雪。他做好準備。

男子的面孔出現在門口。

「媽的你想幹嘛？」

尤恩舉起塑膠袋，大著膽子露出微笑。「這是剛出爐的麵包，味道很香對不對？」

弗雷迪森伸出褐色大手，搭在女子肩膀上，把她推開。「我只聞到基督教的血腥味……」他的話聲清晰且清醒，但他長滿鬍碴的臉頰和褪色的眼珠說的卻是另一回事。那雙眼睛努力想把視線集中在購物袋上。他的外表看起來高大有力，內心卻縮小塌陷。他的骨骼似乎在肌膚底下縮小，連頭骨也跟著縮小，使得那張凶狠臉孔上的肌膚看起來像是大了三號，鬆垮垮地掛在臉上。他伸出骯髒手指，摸了摸鼻梁上最近受的傷。

「你不會是想傳教吧？」

「沒有，我只是想……」

「喔，算了吧，救世軍，你想得到我的回報對不對？比方說我的靈魂。」

尤恩在制服裡打個冷顫。「弗雷迪森，靈魂不是我負責的，但我可以安排食物，好讓……」

「喔，你可以先安排一場小布道會。」

「我說過了……」

「布道會！」

尤恩站在原地，看著弗雷迪森。

「快點用你的小屄穴做個小布道會吧！」弗雷迪森吼道：「好讓我們可以安心吃你拿來的東西，你這個紆尊降貴的混蛋基督徒。快點啊，把事情解決，今天上帝的訊息是什麼？」

尤恩張嘴又合上，吞了口口水，又再度張開嘴巴，這次他的聲帶有了反應。「訊息是祂獻出祂的獨生子耶穌，而耶穌為了……我們的罪而死。」

「你騙人！」

「這件事恐怕是真的。」哈利說，看著門口男子那張驚恐的臉。門內傳來午餐的香氣和餐具的碰撞聲。這人是有家室的人，也是名父親，但如今再也沒人可以叫他爸爸。男子搔抓前臂，雙眼盯著哈利頭上的一個點，彷彿那裡有人似的。他搔抓的動作發出刺耳的窸窣聲。

餐具聲停止，一人拖著腳步來到男子身後，一隻小手搭上男子肩膀，一張女人的臉孔探了出來，泛紅的雙眼又大又圓。

「比勒格，怎麼回事？」

「這位警察有事情通知我們。」比勒格說，語調平板。

「什麼事？」女子望向哈利。「是跟我們的兒子有關嗎？是不是沛爾的事？」

「是的，侯曼太太，」哈利說，看著女子眼中浮現恐懼，準備說出難以開口的話。「我們在兩小時前發現他，妳兒子已經過世了。」

哈利必須移開視線。

「可是他……他……在哪裡……？」侯曼太太的視線從哈利臉上跳到丈夫臉上，比勒格只是不斷地搔抓前臂。

哈利心想，他再這樣抓下去恐怕就要抓出血來。哈利清了清喉嚨。「在港口旁的貨櫃裡，可能已經死亡一段時間。」

比勒格．侯曼突然站立不穩，蹣跚後退，退入亮著燈光的玄關，伸手扶住衣帽架。侯曼太太踏上一步，哈利看見比勒格在妻子身後跪了下來。

哈利吸了口氣，把手伸進外套，指尖觸碰到金屬小酒壺，感覺冰涼。他找到信封，拿了出來。這封信不是他寫的，但他很清楚內容是什麼，信裡寫的是簡短而正式的死亡通知，連一個贅字也沒有。這是政府宣告死亡的方式。

「我感到很遺憾，但我的工作是把這個交給你們。」

「你做什麼工作的？」矮小的中年男子用誇大的市井口音說，這並非上流階層的口音，而是奮力想在社會上掙得一席之地的人所用的口音。門外來拜訪的男子打量著中年男子，只見他全身上下都符合信封裡的照片，甚至連小家子氣的領帶結和寬鬆的紅色居家外套都一模一樣。

他不知道這中年男子做錯了什麼事，只覺得可能和肢體暴力無關，因為男子雖然露出惱怒神色，肢體語言卻顯現出防衛的態度，幾乎接近焦慮，即便在自家門口也是如此。男子會不會是偷了東西或侵占金錢？他看起來像是從事跟數字有關的工作，但經手的金額並不龐大。儘管他有個美麗的妻子，但他看起來卻像是偶爾喜歡嘗鮮的人。他也許曾經不忠，也許睡過別人的妻子。不對，根據遊戲規則，一個矮男人擁有中等以上的財富，又擁有外貌遠勝於他的妻子，應該會比較擔心妻子不忠。這中年男子令他感到煩躁。他把手伸進口袋。

「這個……」他說，將拉瑪迷你麥斯手槍的槍管擱在繃緊的門鍊上，這把槍只花了他三歐元。「就是我的工作。」

他指了指滅音器。那是根素色金屬管，由札格瑞布市的製槍工人所做，旋在槍管上，黑色膠帶纏在滅音器和金屬管的接縫處，用來密封。當然了，他可以花一百歐元買個所謂的高品質滅音器，但又何必？沒有人可以完全消滅子彈突破音障的聲音、炙熱可燃氣遇上冷空氣的聲音、金屬部件相互撞擊的聲音。裝上滅音器的手槍發出爆米花般的輕微聲響，只存在於好萊塢電影中。

子彈擊發聲宛如鞭擊聲。他把臉湊上狹小門縫。

照片中的男子已不在原位，他已無聲無息地向後倒去。玄關頗為陰暗，但透過牆上鏡子，他看見門板的銀光和男子的雙眼在金框眼鏡下睜得老大。中年男子已倒在赭紅色地毯上。那是波斯地毯嗎？說不定這傢伙真的是有錢人。

中年男子的額頭上有個小孔。

他一抬眼，正好和中年男子的妻子四目交接。也不知她是否真是中年男子的妻子。她站在另一個房間的門口，後方亮著一盞大型東方立燈。她伸手按住嘴巴，盯著他看。他微微點頭，小心地關上大門，把槍放回肩套，朝樓梯走去。他逃脫現場從不搭電梯、不開租來的汽車或機車、不使用任何可能故障的機具。他不奔跑，也不說話、不喊叫，以免聲音被人認出。

「逃脫」是這份工作中至為重要的一環，也是他最喜愛的部分，它就如同飛翔，如同無夢之夢。

女門房走出一樓房間，用疑惑的眼神看著他。他用法文低聲說了句再見。女門房不發一語，用銳利的眼神回望著他。一小時後，女門房將接受訊問，警方會請她描述他的長相，她會合作地回答說，那男子長相平凡，中等身高，大概二、三十歲，反正應該不到四十歲。

他踏上街道。巴黎市區發出的低沉隆隆聲響猶如永遠不會靠近的雷聲，但也永遠不會停止。他將拉瑪迷你麥斯手槍棄置在事先相中的垃圾桶裡。札格瑞布還有兩把未使用過的同廠牌手槍在等著他，當初購入時他拿到了批發價。

半小時後，機場巴士經過小教堂門站，行駛在連接巴黎和戴高樂機場的高速公路上。雪花紛飛，飄落在硬挺地指向灰色天空的散亂淺黃色麥稈上。

他在機場辦完報到手續並通過安檢後，直接走進男廁，在一整排白色尿斗的最後一個前站定，解開扣子，把白色除臭錠撒在尿斗裡。他閉上眼睛，深深吸入對二氯苯的甜味和J&J化學公司生產的檸檬芳香劑的香味。還剩一站，接駁列車就會抵達自由。他捲起舌頭，說出這一站的名字：**奧斯陸**。

3 咬傷

十二月十四日，星期日

警察總署這棟由水泥及玻璃構築而成的龐然巨物，是全挪威警察最密集的地方。警署六樓的紅區裡，哈利正坐在六〇五室的椅子上。他和年輕警探哈福森共用這十平方公尺的空間，並喜歡把這裡稱之為「情報交換所」，而當哈福森需要被挫挫銳氣時，哈利就稱之為「人才養成所」。

這時情報交換所內只有哈利一人，他盯著這間無窗房間牆上或許該有窗戶的地方。

這天是星期日，報告已經寫完，可以回家了，但他為什麼還沒回家？透過想像中的窗戶，他看見少了柵欄的畢悠維卡區海港，新雪猶如五彩碎紙般覆蓋在綠、紅、藍等顏色的貨櫃上。案子已經了結。年輕吸毒者沛爾．侯曼受夠了生命，在貨櫃裡對自己開了最後一槍。屍體身上沒有外來的暴力傷害，手槍就掉在旁邊。臥底人員表示沛爾沒有債務。況且毒販處決欠錢毒蟲時，通常不會把現場布置成其他狀況，正好相反，他們什麼都不會布置。既然這是常見的自殺案件，那他何必還要浪費夜晚時間，思索著那個陰風陣陣的貨櫃碼頭，反正可以發現的只有更多哀傷？

哈利看著他掛在衣帽架上的羊毛外套，外套內袋裡放的小酒壺是滿的，裡頭的酒自從十月以來一口都沒喝過。十月的時候他去酒品專賣店買了一瓶他最大的敵人，金賓威士忌，拿來裝滿小酒壺，再將剩下的酒倒進水槽。自此之後，他就隨身攜帶這一小瓶毒藥，有點像納粹軍人在鞋底藏有氰化物膠囊。至於為什麼要做這麼一件蠢事，他自己也不知道，但他不用知道，只要這個方法有用就好。

哈利看了看時鐘。快十一點了。他家有台經常使用的濃縮咖啡機，還有一片他為了這種夜晚而準備的DVD，片名是《彗星美人》（*All About Eve*），曼凱維奇導演一九五〇年的經典之作，由貝蒂．戴維斯和喬治．桑德斯主演。

他在心裡做出解讀，知道該去碼頭才對。

哈利翻起外套翻領，背對北風站立。風吹過他面前的高牆，在柵欄內的貨櫃周圍吹成雪堆。夜晚的碼頭區和空地看起來十分荒涼。

燈光照亮與世隔絕的貨櫃場，街燈在強風中搖晃，疊成兩、三層高的金屬貨櫃在街道上投下黑影。哈利的目光特別落在一個紅色貨櫃上，它和橘色的警方封鎖線都是十分鮮豔的顏色。在奧斯陸的十二月夜晚，那貨櫃是很好的棲身之所，大小和舒適度正好跟警署拘留室差不多。

現場勘查組的報告指出，那貨櫃已經空了一段時間，並未上鎖。現場勘查組的成員只有一名警探和一名技術員，其實難以稱得上是個「組」。貨櫃場警衛說他們懶得替空貨櫃上鎖，因為貨櫃場四周設有柵欄，還裝有監視器。儘管如此，還是讓一個毒蟲給跑了進去。警衛猜測沛爾．侯曼是在畢悠維卡區附近遊蕩的毒蟲之一，而此地距離布拉達廣場的毒品超級市場很近。說不定那警衛對毒蟲棲身貨櫃的行為睜一隻眼閉一隻眼，會不會他知道這樣做可以拯救一、兩條生命？

貨櫃沒上鎖，但貨櫃場柵門上倒是掛著一個厚重大鎖。哈利懊悔剛才沒在警署打電話跟警衛說他要過來。也不知道這裡是不是真的有警衛，因為他一個都沒看見。

哈利看了看錶，仔細觀察柵欄頂端。他體能很好，這是他很長一段時間以來體能狀況最佳的時候。自從去年夏天的重大案件之後，他一直在警署健身房規律運動，而且不僅如此，在雪季來臨之前，他就已打破湯姆．沃勒在厄肯區創下的越野障礙賽跑紀錄。幾天後，哈福森小心翼翼地問哈利說，他運動得這麼認真，是不是跟蘿凱有關？因為在他的印象中，他們好像已經分手了。哈利用簡單明瞭的方式對年輕警探說，他們雖然共用一間辦公室，但並不表示他們可以分享私生活。哈福森聳了聳肩，問哈利說他是否有跟別人說說知心話，哈利卻只是站起來，走出六〇五室，於是哈福森便知道自己判斷無誤。

鐵絲柵欄九呎高，沒有尖刺，小事一樁。哈利盡量跳高，抓住柵欄，雙腳抵住欄柱，直起身體。他伸長右手往上攀，接著是左手，用雙臂的力量支撐，直到雙腳找到施力點，再做出宛如毛毛蟲的動作，將自己晃到柵欄另一側。

他拉開門栓，打開貨櫃門，拿出堅固的黑色軍用手電筒，從封鎖線底下穿過，進入貨櫃。貨櫃裡有種怪異的寧靜，聲音在這裡似乎都被凍結。哈利按亮手電筒，照亮貨櫃內部，在光線中央看見地上用粉筆畫出的人形。那就是沛爾陳屍之處。鑑識中心的年輕主任貝雅特·隆恩給哈利看過照片。鑑識中心位於布林斯巷的新大樓。照片中的沛爾坐在牆邊，背靠櫃壁，右太陽穴有個小孔，手槍在他右邊。他的出血量甚少。對頭部開槍就是有這個好處，但這也是唯一的好處。子彈口徑不大，因此只有射入傷口，沒有射出傷口。法醫將會在頭骨內發現子彈。子彈在沛爾的腦子裡像鋼珠一樣彈來彈去，把他的腦子攪得稀爛，而他曾用這個腦子來思考，做出決定，最後命令食指扣下扳機。

「真是搞不懂啊。」哈利的同事在得知年輕人輕生之後，往往會這樣說。哈利推測他們這樣說是為了抗拒事實並保護自己，否則他不明白他們所謂的「搞不懂」究竟是什麼意思。

然而今天下午哈利站在侯曼家門口，說的也是這句話，他低頭看著沛爾的父親跪在玄關地上，俯身顫抖，不斷啜泣。哈利沒有可以用來安慰對方痛失親人的詞彙，諸如上帝、救贖、來生之類，因此他只是嘟囔說：「真是搞不懂啊……」

哈利關上手電筒，放進外套口袋。黑暗一擁而上。

他想起父親。歐拉夫·霍勒是個退休老師，也是鰥夫，住在奧普索鄉的老家。哈利或小妹每月一次去探望父親時，他的眼睛總是亮起來，而隨著他們喝咖啡、聊些不重要的小事，他的眼睛又會慢慢黯淡下去。老家裡最有意義的東西是母親的一張相片，擺在她生前彈過的鋼琴上最明顯的位置。現在歐拉夫幾乎不做什麼事，只是看書，書裡講述那些他永遠不會見到的國家和帝國，他也不再渴望去遊覽這些國家，因為母親已無法跟他一起去。「那是最大的損失。」偶爾他們談起母親，歐拉夫總會這樣說。這時哈利想到的是，如果有一天有人通知歐拉夫說他兒子不幸身亡，不知道他會對那一天下何註解？

哈利離開貨櫃，朝柵欄走去，先用雙手抓住柵欄。怪異的時刻出現了。這一刻，四下全然寂靜。風突然屏息聆聽，或改變心意靜止下來，只有冬季的黑暗中傳來撫慰人心的都市噪音。除此之外，還有紙張被風吹動而摩擦地面的聲音。只不過此刻無風，所以那不是紙張的聲音，而是腳步聲，快速輕盈的腳步聲，比人類的腳步還輕。

那是腳爪的聲音。

哈利的心臟像失控般急速跳動，他面對柵欄，迅捷無倫地彎曲膝蓋，向上一躍。事後哈利才想到當時他之所以那麼害怕，是因為寂靜，以及他在寂靜中什麼也沒聽見，沒有嗥叫聲，也沒有攻擊的徵兆。彷彿那個在黑暗中的物體不想驚嚇他，正好相反，那物體正在獵捕他。倘若哈利對狗有更多研究，就會知道有一種狗從不嗥叫，即使當牠害怕或攻擊時也不嗥叫。這種狗就是黑色的麥茲納公犬。哈利向上伸長手臂，正準備再度屈膝，卻聽見那隻狗的行進韻律改變，接著是一片寂靜，於是他便知道牠出擊了。哈利向上挺進。

有人宣稱說當恐懼激發大量腎上腺素釋放到血液中，會讓人感覺不到痛楚，但這論點實在很不正確。哈利大叫一聲。那頭精瘦大狗的利齒咬入哈利右腿的肌肉中，越咬越深，直到牙齒壓迫到骨骼周圍敏感的組織膜。鐵絲柵欄響個不停，地心引力把哈利和那隻狗往下拉，他在危急中緊緊抓住柵欄。在一般情況下，哈利這時應該已經安全了，因為其他和黑色麥茲納成犬體重相當的狗，在這種情況下都會放開嘴巴。但黑色麥茲納犬的牙齒和下巴足以咬碎骨頭，據說牠們跟連骨頭都可吞下的斑鬣狗有血緣關係。那隻麥茲納犬就這樣藉由內傾的兩顆上犬齒和一顆下犬齒，穩穩地掛在哈利腿上。牠的另一顆犬齒在牠三個月大時因為咬到鋼鐵義肢而折斷。

哈利設法將左肘勾在柵欄頂端，試著連人帶狗一起往上拉，但那隻狗的一隻腳爪踩在鐵絲柵欄裡。哈利伸出右手探進外套口袋，找到手電筒並握住橡膠把手。他往下望去，首度看清楚那隻狗，只見牠的黑臉上有兩顆黑色眼睛，閃爍微光。哈利揮動手電筒，狠狠打中那隻狗雙耳之間的頭部，發出嘎扎一聲，他立刻又揚起手電筒，再次擊打，打中敏感的口鼻部位。情急之下，哈利又打中牠的眼睛，但牠眼睛卻眨也不眨。手電筒從哈利手中滑落，掉落地面。那隻狗依然掛在他腿上。再過不久，他就沒力氣再支撐在柵欄上。他不敢去想掉下去之後會發生什麼事，腦子卻不停想像。

「救命！」

再度吹起的風把哈利的微弱求救聲給傳送出去。他變換抓住柵欄的姿勢，突然很想放聲大笑。他的生命不會就在這裡斷送吧？最後被人發現躺在貨櫃場上，喉嚨給警衛犬咬斷。他深深吸了口氣。鐵絲柵欄的尖處戳進他的腋窩，他的手指正快速流失力氣。再過幾秒鐘，他的手指就會放開。要是他身上有武器就好了。要是他身上帶的是酒瓶，而不是皮夾就好了，這樣就可以打碎酒瓶，用來戳刺那隻狗。

但他有小酒壺！

哈利擠出最後的力氣，把手伸進外套，拿出小酒壺，將瓶口塞進嘴巴，用牙齒咬住並旋轉金屬瓶蓋。瓶蓋鬆脫，他用牙齒咬住酒瓶，威士忌流進口中。一股衝擊波流遍全身。老天爺。他把臉抵在柵欄上，逼自己閉上眼睛，使得遠處廣場和劇場的燈光在眼皮底下的黑暗中變成條紋狀的白光。他用右手將小酒壺拿低，來到那隻狗的紅色下頜上方，把威士忌往下倒，低低說了聲：「Skål.（**乾杯**。）」將小酒壺裡的酒倒得乾乾淨淨。那隻狗睜著黑眼，狠狠地瞪了哈利兩秒鐘，完全不知沿著哈利的腿流進牠口中的褐色液體是什麼。接著牠放開哈利的腿。哈利聽見肉體跌落光禿地面的聲音。那隻狗發出類似死前喉嗚和低低嗚咽的聲音，接著是腳爪的摩擦聲，消失在牠出現的那片黑暗中。

哈利將雙腳晃過柵欄，捲起褲管。即使不用手電筒照亮，他也知道今晚得待在急診室，沒辦法看《彗星美人》了。

尤恩把頭枕在希雅的大腿上，閉上眼睛，享受電視如平常般發出的聲音。希雅很喜歡看這部影集，不過片名到底是《布朗克斯區之王》還是《皇后區之王》？

「你有沒有問你弟願不願意幫你去伊格廣場代班？」希雅問道。

她把手放在他的眼睛上。他聞到她肌膚散發的香氣，這表示她剛剛才注射過胰島素。

「值什麼班？」尤恩問道。

希雅抽回手，用不敢置信的眼神看著他。他哈哈大笑。「放心，我幾百年前就跟羅伯說過了，他已經答應了。」

希雅放心地呻吟一聲。尤恩抓住她的手，放回到他的眼睛上。

「可是我沒說那天是妳生日，」尤恩說：「如果我說出來，他未必肯答應。」

「為什麼？」

「因為他為妳癡迷，妳知道的。」

「這是你自己說的。」

「而且妳不喜歡他。」

「才沒有呢！」

「那為什麼每次我提到他的名字，妳都會全身一僵？」

她哈哈大笑。她一定是受到布朗克斯區的影響，或是皇后區。

「你有沒有跟餐廳訂位？」她問道。

「有。」

她微微一笑，捏了捏他的手，又皺起眉頭。「我想過這件事，去那裡我們可能會被人看見。」

「妳是說救世軍的人？不可能啦。」

「如果真的被看見呢？」

尤恩沒有回答。

「也許我們該公開這件事了。」她說。

「我不知道，」他說：「是不是最好等到我們完全確定……」

「你能確定嗎，尤恩？」

尤恩挪開希雅的手，用沮喪的眼神看著她說：「希雅，求求妳，妳很清楚我愛妳勝過一切，重點不是這個。」

「那重點是什麼？」

尤恩嘆了口氣，在她身旁坐了下來。「希雅，妳不了解羅伯。」

她微微苦笑。「我們大家從小就認識了，尤恩。」

尤恩扭動身體。「對，但有些事妳不知道。妳不知道他的怒氣可以有多大，這是他從爸那裡遺傳來的。他可以是危險人物，希雅。」

希雅靠上牆壁，盯著空氣。

「我建議我們先緩一緩，」尤恩絞擰雙手。「這也是為了妳哥著想。」

「你是說里卡？」她驚訝地說。

「對。妳是他妹妹，如果妳現在宣布說我們要訂婚，妳想他會怎麼說？」

「啊，我懂你的意思了，因為你們都在競爭行政長的位子？」

「妳很清楚最高議會很重視高階軍官應該和優秀軍官結為夫妻這件事。顯然從策略面來看，我的確應該跟總司令的手下大將法蘭克·尼爾森的女兒希雅·尼爾森結婚。但是從道德面來看，這樣做是對的嗎？」

希雅咬著下唇。「為什麼這個位子對你和里卡來說這麼重要？」

尤恩聳了聳肩。「因為救世軍花錢讓我們念完軍官訓練學校，還補助我們花四年時間拿到商學院的經濟學學位。我想里卡跟我的想法一樣，我們有責任向救世軍申請任命，尋求認可。」

「搞不好你們都坐不上這個位子，爸說從來沒有三十五歲以下的人被任命為行政長。」

「我知道，」尤恩嘆了口氣。「其實如果里卡坐上那個位子，我會鬆一口氣。這話妳可別說出去。」

「鬆一口氣？」希雅說：「你會鬆一口氣？你已經負責奧斯陸所有的租賃房產超過一年了。」

「沒錯，但行政長得掌管救世軍在全挪威、冰島和法羅群島的業務。妳知道救世軍的房產部門光是在挪威就擁有超過兩百五十塊土地和三百棟房子嗎？」尤恩拍拍肚皮，用慣常的憂慮眼神看著天花板。「我今天在櫥窗裡看見自己的影子，突然發現自己很小。」

希雅似乎沒聽見這句話。「有人跟里卡說，誰當上行政長，誰就是地區總司令的接班人。」

尤恩放聲大笑。「我一點也不想當地區總司令。」

「別鬧了，尤恩。」

「我沒在鬧啊，希雅。我們的事比較重要。我的意思是說，我對行政長的位子沒興趣，所以我們就宣布訂婚吧。我可以去別的地方發展，有很多公司也需要經濟學人才。」

「別這樣，尤恩，」希雅驚懼地說：「你是我們最優秀的人才，你必須把才能用在我們最需要的地方。里卡雖然是我哥，但他沒有……你的聰明才智。我們可以等決定之後，再告訴他們訂婚的事。」

尤恩聳了聳肩。

希雅看了看時鐘。「你今天得在十二點以前離開。昨天艾瑪在電梯裡說她很擔心我，因為她在半夜聽見我家大門開關的聲音。」

尤恩把雙腳晃到地上。「我不明白為什麼我們要住這裡。」

希雅用責備的眼神看了尤恩一眼。「至少我們住這裡可以彼此照顧。」

「對，」尤恩嘆了口氣。「彼此照顧。晚安囉。」

希雅挪動身軀，靠上尤恩，一隻手滑上他的襯衫。尤恩驚訝地發現希雅的手心全都是汗，像是她剛才一直握拳或緊緊抓住什麼東西。她把身體貼上他，呼吸變得急促。

「希雅，」尤恩說：「我們不能……」

她僵在原地，嘆了口氣，收回了手。

尤恩感到訝異。目前為止希雅都沒真正對他表現出渴求的慾望，正好相反，她對身體接觸似乎感到焦慮，他也珍視她的端莊持重。他們第一次約會時，尤恩引述了救世軍的規章，這似乎讓她安心不少。當時尤恩說：「救世軍認為婚前守貞是理想的基督精神。」儘管很多人認為「理想」和「命令」有所差別，香菸和酒精該適用於哪條規定是可議的，但尤恩認為不該為了這麼點小差別而打破對上帝的承諾。

他抱了抱希雅，起身走進浴室，鎖上門，打開水龍頭。他讓水流過雙手，凝視著平滑鏡面映著他的臉。鏡中那人表面上看起來應該是快樂的才對。他得打電話給倫西才行，把事情解決。他深深吸口氣。**他的確是**快樂的，只不過有些時候比較辛苦而已。

他把臉擦乾，走回希雅身旁。

奧斯陸主街四十號的急診室等候區浸泡在刺眼白光中，深夜這個時間的急診室經常可以見到形形色色的怪人。哈利抵達後二十分鐘，一名渾身發抖的吸毒者起身離開，通常這種人都沒辦法靜靜坐著超過十分鐘，這點哈利可以了解。哈利口中還有威士忌的味道，這喚醒了他的老朋友，牠們正在他肚子裡拉扯鐵鍊。他的腿疼痛萬分，這趟碼頭之行卻一點收穫也沒有，正如同百分之九十九的警察工作一樣。他對自己發誓，下次跟貝蒂．戴維斯約好之後，一定要準時赴約。

「哈利．霍勒？」

哈利抬頭朝他面前一名身穿白袍的男子望去。

「是？」

「請跟我來好嗎？」

「謝謝，但應該輪到她才對。」哈利說，朝對面那排椅子上坐著的少女點了點頭，那少女正雙手抱頭。

男子傾身向前。「這是她今天晚上第二次來了，我想她不會有事的。」

哈利跟著身穿白袍的醫生一跛一跛踏入走廊，走進一間狹小的診療室，裡頭只擺著一張桌子和一個樸素書架，沒有私人物品。

「我以為警方有自己的醫護人員。」醫生說。

「要見他們難如登天，而且通常都輪不到我們。你怎麼知道我是警察？」

「抱歉，我叫馬地亞，我經過等候室的時候正好看見你。」

醫生露出微笑，伸出了手。哈利看見馬地亞有一口整齊的牙齒。倘若馬地亞臉上其他部位不是同樣對稱、乾淨、端正，你一定會懷疑他戴了假牙。他的眼睛是藍色的，周圍有細小笑紋，握著的手感覺堅定而乾燥。哈利心想，這醫生簡直像是從醫學小說裡走出來似的，有著溫暖的雙手。

「馬地亞．路海森。」馬地亞補上一句，雙眼盯著哈利。

「我是不是應該認識你？」哈利說。

「去年夏天在蘿凱家的庭院派對上，我們碰過面。」哈利聽見蘿凱的名字從別人口中說出，不由得怔了一下。

「是嗎？」

「那個人就是我。」馬地亞用低沉聲音含糊地說。

「嗯，」哈利微微點頭。「我在流血。」

「了解。」馬地亞斂起臉容，露出嚴肅且同情的表情。

哈利捲起褲管。「這裡。」

「啊哈，」馬地亞露出有點茫然的微笑。「這是什麼造成的？」

「被狗咬的，你能治好它嗎？」

「可以做的治療不是太多，血已經止住了，我可以幫你清理傷口，擦點藥。」馬地亞彎下腰去。「從齒痕來看，可以看見三個傷口。你最好打一針破傷風。」

「牠已經咬到骨頭了。」

「對，通常會有這種感覺。」

「不是，我是說，牠的牙齒真的……」

哈利頓了一下，從鼻子呼了口氣。這時他才驚覺馬地亞認為他喝醉了。難道馬地亞這樣想是不對的嗎？哈利身上的外套被扯破，腿上被狗咬傷，在外有著酗酒的壞名聲，口中還噴出酒氣。馬地亞會不會去跟蘿凱說，她的前男友又喝醉了？

「……咬穿了我的腿。」哈利把話說完。

4 出發

十二月十五日，星期一

他在床上驚坐起來，聽見自己的叫聲在光禿的飯店白色牆壁之間迴盪。床邊桌上的電話正響個不停，他抓起話筒。

「Trka!（快點！）」

「這是電話鬧鈴服務……」

「Hvala.（謝謝。）」他說，儘管他知道那只是電話語音而已。他身在札格瑞布，今天準備前往奧斯陸，打算去執行最重要的任務，也是最後一項任務。

他閉上眼睛。他又做夢了，不是夢到巴黎，也不是夢到其他任務，他從不會夢見任務。他夢見了武科瓦爾，夢中總是秋天，總是陷入圍城戰事。

昨晚他夢見自己在奔跑。一如往常，他夢見自己在雨中奔跑。那天晚上，他們在嬰兒病房鋸斷父親的手臂，儘管醫生宣稱手術成功，但四小時後父親就死了。他們說父親的心臟就這麼停止跳動。於是他離開母親，奔入下著大雨的黑夜，來到河邊，手裡拿著父親的槍，朝塞爾維亞軍的駐地前進。敵方發射照明彈，朝他開槍，但他一點也不在乎。他聽見子彈射入地面，消失在他腳邊，接著他就掉進一個大彈坑。水吞沒了他，也吞沒了所有聲音，四周一片寂靜。他不停在水中奔跑，卻只是原地打轉。他感覺四肢僵硬，睡意令他麻木。他看見漆黑之中有某種紅色的物體正在移動，猶如鳥兒以慢動作振動翅膀。他醒來時，發現自己被羊毛毯子裹著，一顆光禿燈泡隨著塞爾維亞軍的砲火攻擊而來回晃動，小塊泥土和灰泥掉落在他的眼睛嘴巴上。他吐出泥灰，這時有人彎下腰來，說波波上尉親自從積水彈坑中救他出來，並指了指站在碉堡台階上的禿頭男子。男子身穿軍服，脖子上圍著紅領巾。

他再度睜開眼睛，看了看放在床邊桌上的溫度計。櫃台服務員雖然說飯店維持暖氣供應，但自從十一月以來，客房內的溫度就沒有高過華氏六十度。他起身下床。再過半小時，機場巴士就會抵達飯店門口，他必須動作快。

他看著臉盆上方的鏡子，回想波波的臉孔，但波波的臉孔就如同北極光，越仔細看，就越是一點一點消退。電話再度響起。

「Da, Majka.（是，母親。）」

他刮完鬍子，把臉擦乾，匆匆換上衣服，拿出放在保險箱的兩個金屬盒之一，打了開來。盒裡裝的是拉瑪迷你麥斯超小型手槍，可裝填七發子彈，其中六發在彈匣中，一發在彈膛裡。他把手槍拆成四個部件，藏在手提箱經過特殊設計的強化角落。假如海關把他攔下來，檢查他的手提箱，強化金屬可以把手槍部件藏起來。離開之前，他檢查身上帶了護照和信封，信封裡裝有她給他的機票、目標的照片、時間地點的資訊。任務將在明晚七點的公共場所執行。她說這次任務比上次還要危險，但他並不害怕。有時他納悶自己感覺害怕的能力，是不是在那天晚上跟父親被鋸下的手臂一同消失。波波說過，如果你感覺不到害怕，就沒辦法活很久。

窗外的札格瑞布正在甦醒，城裡不見白雪，但是起霧，灰茫茫地一片，讓整座城市的面容顯得陰沉憔悴。他站在飯店大門前，心想再過幾天他們就會去亞得里亞海，到小鎮的小飯店，享受淡季房價和少許陽光，討論新房子的事宜。

機場巴士應該就快到了。他朝白霧中看去，就如同那年秋天，他蹲伏在波波背後，想看清楚白煙後方到底是什麼，卻永遠看不清楚。那時他的工作是負責傳遞他們不敢透過無線電發送的消息，因為塞爾維亞軍會監聽無線電，什麼消息都瞞不過他們。他個頭小，可以在戰壕裡全速奔跑，不必特別彎腰。此外他還對波波說，他想去攻擊戰車。

波波搖了搖頭。「孩子，你是個傳令兵，負責傳達非常重要的訊息，戰車我會派別人去料理。」

「可是別人會害怕，我不會。」

波波挑起一道眉毛。「但你只是個小孩子。」

「就算我不去壕溝外面，在壕溝裡被子彈打到，我一樣不會再長大。而且你自己說過，如果我們不阻止戰車，他們就會占領整個城市。」

波波用打量的眼光看著他。

「讓我考慮一下。」最後波波說。於是他們靜靜坐著，看著前方霧茫茫的一片，難以分辨哪些是秋霧，哪些是斷垣殘壁冒出的白煙。過了一會，波波清了清喉嚨說：「昨天晚上我派弗蘭尤和米爾可前往戰車出沒的堤岸凹處，他們的任務是躲起來，等戰車經過時把炸彈裝上去。你知道這項任務要怎麼進行嗎？」

他點了點頭。他用望遠鏡見過弗蘭尤和米爾可的屍體。

「如果他們的個頭再小一點，或許就可以躲在地上的凹洞裡。」波波說。

他用手擦去掛在鼻子下的鼻涕。

「那炸彈要怎麼裝在戰車上？」

隔天清晨，他勉強拖著身體回到隊上，因為寒冷而渾身發抖，全身都是爛泥。他後方的堤岸上有兩台被摧毀的塞爾維亞戰車，艙門打開，濃煙不斷竄出。波波把他拖進壕溝，勝利地喊道：「我們的小救主誕生了！」

當天波波就替他取了代號，並口述一則訊息，用無線電傳送給城裡的總部。這個代號從此一直跟著他，直到塞爾維亞軍占領並蹂躪他的家鄉，殺害波波，屠殺醫院裡的醫生和病患，囚禁並拷打反抗人士。這個代號本身有點矛盾，因為他沒能拯救替他取這個代號的波波上尉。他的代號是「Mali Spasitelj」，也就是「小救主」的意思。

霧海中駛來一輛紅色巴士。

哈利踏進六樓紅區的會議室時，室內瀰漫著低低的交談聲和笑聲。他知道自己把抵達時間算得很準，這時要跟同事打成一片、吃蛋糕、說笑話、互相嘲弄已經太晚，當人們必須跟自己欣賞的人道別時，常會藉由這種社交方式來表達。不過他準時來送禮，儘管人們在這種時候總會使用太多浮誇的字眼，通常他們只敢在大眾面前使用這些字眼，私底下卻不敢用。

哈利掃視眾人，發現三張他可以信賴的友善面孔，包括即將離去的長官畢悠納・莫勒、哈福森和貝雅特・隆恩。他沒跟任何人視線接觸，也沒人想跟他四目相接。哈利對他在犯罪特警隊的人氣並沒有特別的幻想。莫勒曾說，除了乖戾的酒鬼之外，人們不喜歡的只有高大又乖戾的酒鬼。哈利是個六呎四吋高的乖戾酒鬼，而他是個優秀警探這件事只讓他稍微加分，此外沒有更多幫助。大家都知道，哈利要不是一直被莫勒保護在羽翼下，早就被逐出警界。大家也都知道，如今莫勒即將離開，高層正等著哈利做出不當行為。矛盾的是，現在保護哈利的功績，同樣也讓他永遠被放逐為局外人，只因他搞垮了一位警察同仁，也就是綽號為王子的湯姆・沃勒，犯罪特警隊的警監。過去八年來，湯姆一直是奧斯陸大型軍火走私活動背後的主謀之一，最後他死在坎本區學生宿舍地下室的血泊之中。三星期後，在警署餐廳舉行了簡短儀式，總警司咬牙切齒地表揚哈利清除警界害蟲，哈利表示感謝。

「謝謝。」那時哈利說，掃視在餐廳集合的員警，想看看是否有人看他。原本他只打算說「謝謝」這兩個字，但他一看見眾人避開他的視線，臉上帶著嘲諷的微笑，不由得火冒三丈，於是又說：「我猜這下子某人可能會更難把我踢走吧，否則媒體可能會認為那個人之所以這麼做，是因為害怕我也會查到他身上。」

這時眾人不可置信的視線全集中到哈利身上。他繼續往下說。

「各位不用大驚小怪。過去湯姆・沃勒是我們犯罪特警隊的警監，他仗著自己的職位進行不法活動，還稱呼自己為王子。而且大家都知道……」哈利頓了一下，目光掃過一張又一張的臉孔，最後停在總警司臉上。「既然有王子，通常就會有國王。」

「哈囉，老哥，在想什麼啊？」哈利抬頭一看，見是哈福森。

「在想國王的事。」哈利咕噥說，從哈福森手裡接過一杯咖啡。

「呃，有新人來了。」哈福森說，伸手一指。

擺滿禮物的桌子旁有個身穿藍色西裝的男子，正在跟總警司和莫勒說話。

「那是甘納．哈根嗎？」哈利啜飲一口咖啡之後說。「新上任的ＰＡＳ？」

「現在已經沒有ＰＡＳ了，哈利。」

「是嗎？」

「已經改成督察長ＰＯＢ了，這個官階是四個月前改的。」

「是喔？那天我一定是生病了。那你還是警探嗎？」

哈福森微微一笑。

新上任的督察長看起來甚為機靈，也比備忘錄上寫的五十三歲看起來年輕。哈利注意到哈根身高中等，身材精瘦，臉上、下巴、脖子有著分明的肌肉線條，顯示他過著苦行式的生活。他的嘴巴平直堅定，下巴向前推出，可以視為果斷，也可視為屌斗。他頭上殘存的頭髮是黑色的，彷彿在腦袋周圍形成半個花冠，而且相當濃密。若你覺得這位新任督察長的髮型很怪異，放心不會有人責備你。無論如何，他那兩道粗大眉毛顯示他體毛旺盛。

「這人從軍方空降來的，」哈利說：「搞不好他會訂出早點名的規定。」

「他應該是個好警察才會被調來這裡吧。」

「你是說根據他自己在備忘錄裡寫的自我介紹嗎？」

「很高興聽見你的想法這麼正面，哈利。」

「我？我總是急於給新人一個公平的機會。」

「重點在於只有『一個』機會。」貝雅特說，加入他們的對話，把金色短髮撥到一旁。「哈利，我剛剛好像看見你一跛一跛地走進來。」

「昨晚我在貨櫃場碰上一隻過於亢奮的警衛犬。」

「你去貨櫃場做什麼？」

哈利仔細端詳貝雅特片刻，才說出回答。顯然擔任鑑識中心主任的職務對她有益，也對鑑識中心有幫助。貝雅特一直是個稱職的鑑識專家，但哈利必須承認，過去他並未在她身上看見明顯的領導才能，因為貝雅特從警察訓練學院畢業後加入搶案組時，還是個慣於自我貶抑又害羞內向的年輕女子。

「我想去看看沛爾．侯曼陳屍的貨櫃。告訴我，他是怎麼進貨櫃場的？」

「他用鋼絲鉗把大鎖剪斷，鋼絲鉗就在屍體旁邊。那你呢？你是怎麼進去的？」

「你們還發現什麼？」

「哈利，沒有證據顯示這件案子是……」

「我沒說有證據啊。還發現什麼？」

「你說呢？一些吸毒工具、一劑海洛因、一個裝有菸草的塑膠袋。你也知道，毒蟲會去撿菸屁股，把裡頭的菸草挑出來，這樣連一克朗都不用花。」

「那把貝瑞塔手槍呢？」

「序號被銼掉了，銼痕很眼熟，是王子時代的槍枝。」

哈利注意到貝雅特不願意從自己口中說出湯姆．沃勒的名字。

「嗯。血液樣本的檢查結果出來了嗎？」

「出來了，」貝雅特說：「非常乾淨，令人意外，他應該最近都沒吸毒吧，所以才頭腦清醒，有能力自殺。你為什麼問這些問題？」

「我很榮幸被分派去通知他父母這個噩耗。」

「喔……」貝雅特和哈福森異口同聲地說。儘管他們才交往兩年，但這種同步反應的行為已越來越常發生。

總警司咳了幾聲，眾人轉頭朝擺放禮物的桌子望去，閒聊聲逐漸停止。

「畢悠納請求我讓他說一、兩句話，」總警司說，抖了抖腳跟，再頓一下以達到效果。「我准許了。」咯咯笑聲四起。哈利注意到莫勒朝總警司的方向露出猶豫的微笑。

「謝謝你，托列夫，也謝謝你和警察總長送給我的道別禮物，更要特別謝謝大家送我這張美麗的照片。」

莫勒朝桌上指了指。

「大家？」哈利低聲問貝雅特。

「對，史卡勒和幾個同事一起集資的。」

「我怎麼都沒聽說？」

「他們可能忘了問你。」

「現在我自己想送幾個禮物，」莫勒說：「有點像是分送遺產。首先呢，是這個放大鏡。」

他把放大鏡舉到面前，大家看見前任隊長的扭曲面孔都笑了起來。

「這要送給一位女同事，她和她父親一樣是個好警探，也是個好警察。她從不居功，把功勞通通讓給犯罪特警隊。大家都知道，她曾經是大腦專家的研究對象，因為她天生擁有罕見的梭狀迴，人類面孔只要見過一次就過目不忘。」

哈利看見貝雅特的雙頰泛起紅暈。貝雅特不喜歡被人注意，更別說是當眾提起她的這項驚人天賦，目前她依然運用這個能力在模糊的銀行搶案監視影片中辨識前科犯。

「我希望妳不會忘記我這張臉，」莫勒說：「雖然妳會有好一陣子見不到它。有一天如果妳有疑惑的話，就可以用這個放大鏡。」

哈福森輕輕推了推貝雅特，她走上前去，莫勒抱了抱她，把放大鏡送給她。眾人一起鼓掌，她連額頭都變得火紅。

「下個傳家寶是我的辦公椅，」莫勒說：「是這樣的，我發現我的繼任者甘納．哈根自己準備了一張高背真皮辦公椅，還具備很多功能。」

莫勒對哈根微笑，他只是微微點頭，並未回以微笑。

「所以這張椅子要送給這位來自斯泰恩謝爾的警員，他自從被調來這裡之後就被放逐，跟這棟大樓的大麻煩同一間辦公室，還被迫使用一張壞了的椅子。小伙子，你也該坐張好椅子了。」

「好耶。」哈福森說。

眾人轉頭過來，對他大笑，他也回以笑聲。

「最後呢，我要把一件輔助工具送給一個對我來說非常特別的人，他是我手下最優秀的警探，也是我最可怕的惡夢。這件工具要送給這個總是跟隨自己的嗅覺、自己的腳步、自己的手錶的人。我們老是得叫你要準時來參加晨間會議，搞得大家都不開心。」莫勒從外套口袋裡拿出一支手錶。「我希望這支錶可以讓你的時間跟別人一樣，總之呢，我把它盡量調得跟犯罪特警隊的時鐘一樣快。還有，呃，這裡頭有很多言外之意，哈利。」

哈利走上前去，接過那支有著素面黑色錶帶的手錶，手錶廠牌他沒見過。掌聲稀稀落落。

「謝謝。」哈利說。

兩個高大男子相互擁抱。

「我把它調快兩分鐘，好讓你趕上你以為已經錯過的事，」莫勒低聲說：「我再也不會給你警告了，你就去做你該做的事吧。」

「謝謝。」哈利又說了一次，覺得莫勒把他抱得有點太久。哈利提醒自己，必須把他從家裡帶來的禮物放在這裡。幸好他一直都沒機會拆開那片《彗星美人》ＤＶＤ的塑膠封套。

5 燈塔

十二月十五日，星期一

尤恩在福雷特斯慈善商店的後院找到羅伯，這家店是救世軍在基克凡路開設的。

羅伯雙臂交抱，倚在門框上，看著眾人把一包包垃圾袋從卡車搬進店內的儲藏室。那些人的對話中夾雜多種語言和方言的粗話。

「貨色好嗎？」尤恩問道。

羅伯聳了聳肩。「人們很樂意捐出夏裝，這樣明年才能買新衣服，但現在我們需要的是冬衣。」

「你手下用的語言真是多采多姿，他們都是些被判刑的人，是用易服勞役來折抵刑期？」

「我昨天才算過，現在來我們這裡當義工折抵刑期的人，是追隨耶穌的兩倍。」

羅伯朝其中一人高喊，那人丟了包菸給他。羅伯將一根沒有濾嘴的香菸夾在雙唇之間。

「把它拿下來，」尤恩說：「我們救世軍發過誓的，你想被開除嗎？」

「老哥，我沒有要點燃它。你有什麼事？」

尤恩聳了聳肩。「想找你聊一聊。」

「聊什麼？」

尤恩咯咯一笑。「就是平常的兄弟閒聊。」

羅伯點了點頭，挑掉舌頭上的菸草。「每次你說**閒聊**，就表示你要告訴我該怎麼生活。」

「別這樣說。」

「到底有什麼事？」

「沒什麼事啊！只是想知道你好不好而已。」

羅伯拿出嘴裡的香菸，朝雪地吐了口口水，再往飄在高空中的白雲望去。

「媽的我厭倦這份工作、厭倦這棟房子、厭倦那個無能又虛偽的士官長在這裡作威作福。如果她不是那麼醜，我一定會……」羅伯露出冷笑。「把她幹到那張梅乾臉發綠。」

「我冷死了，」尤恩說：「我們可以進去嗎？」

羅伯當先走進小辦公室，在辦公椅上坐了下來，那張椅子擠在凌亂的辦公桌、開向後院的小窗戶、印有救世軍標誌及「血與火」座右銘的黃色旗幟之間。尤恩把一疊文件從木椅上拿起來，有些文件因為時間久遠而泛黃，他知道這張木椅是羅伯從隔壁麥佑斯登區軍團的房間擅自拿來的。

「她說你會裝病逃避責任。」尤恩說。

「誰說的？」

「魯厄士官長說的，」尤恩做個鬼臉。「那個梅乾臉。」

「她打過電話給你，是不是這樣？」羅伯用折疊小刀戳弄辦公桌，突然拉高嗓音說：「喔，對了，我都忘了，你是新上任的行政長，是所有事務的主管。」

「上級還沒做出決定，也可能是里卡當選。」

「管他的，」羅伯在桌上刻了兩個半圓形，形成一顆心。「反正你已經說了你要說的話。明天我會幫你代班，在你離開之前，可以給我五百克朗嗎？」

尤恩從皮夾裡拿出鈔票，放在羅伯面前的桌上。羅伯用刀身劃過下巴，黑色鬍碴發出摩擦聲響。「還有一件事我要提醒你。」

尤恩知道接下來羅伯要說什麼，吞了口口水。「什麼事？」

他越過羅伯的肩膀，看見外頭開始飄雪，但後院周圍的屋子所產生的上升暖氣流讓細小的白色雪花懸浮在窗外，彷彿正在聆聽他們說話。

羅伯用刀尖對準心形圖案的中央。「如果再讓我發現你接近某人的話——你知道是誰……」他的手握住刀柄，傾身向前，藉著體重一壓，刀子咯吱一聲插入乾燥木桌中。「我會毀了你，尤恩，我發誓我一定會。」

「我有沒有打擾到你們？」門口傳來說話聲。

「一點也沒有，魯厄士官長，」羅伯用甜美的語調說，「我哥正好要走。」

莫勒走進他的辦公室，總警司和新任督察長甘納．哈根的交談停了下來。當然了，這間辦公室已經不是莫勒的了。

「呃，你喜歡這片景觀嗎？」莫勒問道，希望自己的語氣是愉快的，隨即又補上說：「甘納？」這名字從口中說出覺得很陌生。

「嗯，十二月的奧斯陸總是一片悲傷的景象，」哈根說：「這也得看看有什麼辦法可以解決。」

莫勒很想問他所說的「也」是什麼意思，但他看見總警司點頭表示同意，便把話嚥了回去。

「我正在跟甘納說明這裡的人員內幕，把所有祕密說給他聽，你懂得的。」

「哈，我懂，你們兩個以前就認識了。」

「沒錯，」總警司說：「甘納和我以前是同學，那時候警察學院還叫做警察學校。」

「備忘錄上說你每年都會參加畢克百納滑雪賽，」莫勒說，轉頭望向哈根。「你知道總警司也會去參加嗎？」

「我知道啊，」哈根朝總警司望去，面帶微笑。「有時我們會一起去，在最後衝刺的時候努力超越對方。」

「真沒想到，」莫勒說，露出促狹的微笑。「如果總警司是任命委員會的成員，那他就會被指控任用親信了。」

總警司發出乾笑，用警告的眼神瞥了莫勒一眼。

「我正跟甘納說到那個你大方送錶的人。」

「哈利．霍勒？」

「對，」哈根說：「我知道那個涉及愚蠢走私案的警監就是死在他手下，聽說他在電梯裡把那警監的手臂給扯斷，現在還涉嫌把案情洩漏給媒體，這樣不好。」

「第一，那起『愚蠢走私案』是一群行家幹的，他們利用警界裡的幫手，讓廉價手槍在奧斯陸氾濫成災。」莫勒說，難以掩飾口氣中的怒意。「這件案子是霍勒在總署的阻撓下、在沒有援助的情況下偵破的，這都要歸功於他多年來刻苦的警察工作。第二，他是出於自衛才殺人，而且是電梯扯斷了沃勒的手臂。還有第三，我們手上沒有證據指出是誰洩漏了什麼。」

哈根和總警司交換眼神。

「不管怎樣，」總警司說：「這個人你都必須留意，甘納。據我所知，他女友最近跟他分手，我們都知道像哈利這種染有酗酒惡習的人，這種時候特別容易故態復萌，而我們絕對無法接受這種行為，無論他在隊上破過多少案子。」

「我會好好約束他的。」哈根說。

「他是警監，」莫勒說，閉上眼睛。「不是一般員警，而且他也不喜歡被約束。」

哈根緩緩點頭，伸手摸了摸濃密的花冠頭髮。

「你什麼時候開始去卑爾根上班……」哈根放下了手。「畢悠納？」

莫勒猜想，哈根叫他名字應該也覺得很陌生。

哈利漫步在厄塔街上，從路人腳上穿的鞋子可以看出，他越來越靠近燈塔餐廳了。緝毒組同仁都說，陸海軍剩餘軍品店對於辨識吸毒者的貢獻最大，因為軍靴遲早都會透過救世軍，穿到毒蟲腳上。夏天是藍色運動鞋，而冬天呢，毒蟲的制服則是黑色軍靴，外加綠色塑膠袋，裡頭裝著救世軍分發的餐盒。

哈利推開燈塔餐廳大門，朝身穿救世軍連帽外套的警衛點了點頭。

「有帶酒嗎？」警衛問道。

哈利拍了拍口袋。「沒有。」

牆上告示寫道，酒類飲品必須交由門口警衛保管，離開時領回。哈利知道救世軍已放棄要客人交出毒品和吸毒工具，因為沒有毒蟲會乖乖照做。

哈利走進去，替自己倒杯咖啡，在牆邊找了張長椅坐下。燈塔餐廳是救世軍的餐廳，也是新千禧年版的救濟所，貧困之人來這裡可以得到免費的點心和咖啡。這裡舒適明亮，跟一般咖啡館的不同之處只在於客人。百分之九十的吸毒者為男性，他們吃白麵包夾褐色或白色的挪威起士，閱讀報紙，在桌前安靜談話。這是個自由空間，可以取暖，喘口氣，在找了一天毒品之後稍事休息。臥底警察有時也會來，但根據不成文的協議，警方不會在這裡逮人。

哈利旁邊的男子低頭坐著，動也不動，他的頭垂落在桌子上方，骯髒的手擺在面前，手指夾著一張捲菸紙，周圍散落著許多菸屁股。

哈利看見一名身穿制服的嬌小女子背影，她正在更換一張桌子上燒完的蠟燭，桌上擺有四個相框，其中三個裝的是個人照片，第四個裡頭是十字架和一個名字，背景是白色的。哈利起身走了過去。

「這是什麼？」

也許是因為女子的細瘦脖子或優雅動作，也許是因為她美得幾乎不自然的烏黑頭髮，使得她還沒轉過頭來，哈利就聯想到貓。待女子轉過頭來，她的小臉和不成比例的闊嘴，以及極為俏麗的鼻子，就像哈利的日本漫畫上的人物那樣，更讓他覺得女子像貓。但最重要的是那雙眼睛。哈利說不上來，只覺得這些組合哪裡不大對勁。

「十一月份的。」女子答道。

她的聲音冷靜、低沉、溫柔，令哈利納悶這究竟是她自然的聲音，或是她後天學習來的。他知道有些女人會這麼做，改變說話聲音就好像換衣服一樣，一種聲音在家裡使用，一種聲音用來創造第一印象和社交，一種聲音用於夜晚的親密行為。

「什麼意思？」哈利問道。

「十一月份的死亡名單。」

哈利看著那些照片，明白了她的意思。

「四個人？」哈利壓低聲音。照片前放著一封信，上頭寫著顫抖的鉛筆字跡，都是大寫字母。

「差不多平均一星期會死一個客人，死四個也算平常。紀念日是每個月第一個星期三。這些人中有你的……？」

哈利搖了搖頭。「我親愛的蓋爾……」那封信的開頭這樣寫著，旁邊沒有鮮花。

「有什麼需要幫忙的嗎？」女子問道。

哈利忽然覺得女子也許沒有別種聲音，只有這麼一種溫暖低沉的嗓音。

「沛爾．侯曼……」哈利開口說，卻不知道該如何把話說完。

「可憐的沛爾，是的，一月的紀念日我們會紀念他。」

哈利點了點頭。「第一個星期三。」

「沒錯，到時歡迎你來參加，這位弟兄。」

「弟兄」這兩個字從她口中說出是那麼地清晰自然，猶如句子裡輕描淡寫且幾乎沒有被說出的附加詞。一瞬間，哈利幾乎相信自己是她的弟兄。

「我是警探。」哈利說。

兩人身高差距懸殊，女子必須伸長脖子才能把哈利看清楚。

「我好像見過你，但已經是好幾年前的事了。」

哈利點了點頭。「也許吧。我來過這裡一、兩次，可是都沒見過妳。」

「我是這裡的兼職人員，其他時間都在救世軍總部。你是緝毒組的人？」

哈利搖了搖頭。「我負責調查命案。」

「命案，可是沛爾不是被殺害的呀……？」

「我們可以坐下來一會嗎？」

女子猶豫片刻，環視四周。

「妳在忙？」哈利問道。

「沒有，今天特別安靜，平常我們一天得分發一千八百片麵包，但今天人很少。」

她叫喚櫃台裡一名少年，少年同意接替她的工作，同時哈利也得知她名叫瑪蒂娜。那個手拿捲菸紙的男子頭垂得更低了。

「這件案子有些疑點，」哈利坐下後說：「他是個什麼樣的人？」

「很難說，」瑪蒂娜說。哈利露出疑惑神色，猶如嘆了口氣。「像沛爾那種吸毒那麼久的人，大腦受到嚴重損傷，已經很難看出他們本來的個性了，想獲得吸毒快感的衝動蓋過了一切。」

「這我了解，但我的意思是……對於熟識他的人來說……」

「我恐怕幫不上忙。你可以去問沛爾的父親，看看他兒子的真正個性還剩下多少。他父親來這裡帶他回去過幾次，最後還是放棄。他說沛爾開始在家威脅他們，因為沛爾在家時，他們會把所有值錢的東西都鎖起來。他請我關照他兒子，我說我們會盡力，但我們沒辦法承諾奇蹟出現，當然也沒給出這種承諾……」

哈利觀察瑪蒂娜，她臉上只是呈現出社工人員常見的心灰意冷。

「這種感覺一定糟透了。」哈利說，抓了抓腿。

「對，只有吸毒者才能了解這種感覺。」

「我是說為人父母的感覺。」

瑪蒂娜沒有答話。一名身穿破菱格外套的男子在隔壁桌坐下，打開透明塑膠袋，倒出一堆乾燥的菸屁股，少說也有數百個，蓋住了另一名男子拿著捲菸紙的骯髒手指。

「聖誕快樂。」外套男子咕噥說，文踏著毒蟲的老態步伐離去。

「這案子有什麼疑點？」瑪蒂娜問。

「血液樣本沒驗出毒品。」哈利說。

「所以呢？」

哈利看了看隔壁桌的男子。他急於捲一根菸，但手指不聽使喚，一顆淚珠滾落褐色面頰。

「我對吸毒快感有些了解，」哈利說：「他有沒有欠錢？」

「不知道。」瑪蒂娜的回答十分簡單，簡單到哈利已經知道他下個問題的答案。

「但說不定妳……」

「沒有，」她插口說：「我不能過問他們的事。聽著，他們都是沒人關心的人，我是來這裡幫助他們，不是來為難他們的。」

哈利仔細觀察瑪蒂娜。「妳說的對，很抱歉我這樣問，這種事不會再發生了。」

「謝謝你。」

「我可以問最後一個問題嗎？」

「問吧。」

「如果……」哈利遲疑片刻，不知道自己這樣說會不會有欠考慮。「如果我說我關心他的話，妳會相信嗎？」

瑪蒂娜側過頭，打量哈利。「我應該相信嗎？」

「這個嘛，我正在調查這件案子，而每個人都認為這只是個沒人關心的毒蟲所犯下的常見自殺案。」

瑪蒂娜默然不語。

「這裡的咖啡很不錯。」哈利站了起來。

「不客氣，」瑪蒂娜說：「願上帝保佑你。」

「謝謝。」哈利說，驚訝地發現自己的耳垂居然發熱。

哈利走到門邊，來到身穿連帽外套的警衛前方，轉過頭去，但已不見瑪蒂娜。警衛遞了一個裝有餐盒的綠色塑膠袋給哈利，哈利說不用，將外套裹緊了些，踏上街道。這時已能看見紅紅的太陽緩緩落入奧斯陸峽灣。哈利朝奧克西瓦河的方向走去，來到艾卡區，看見一名男子直挺挺地站在雪堆中，菱格外套的袖子捲起，一根針管插在前臂上。男子臉上掛著微笑，目光穿過哈利，望著格蘭區的寒霜白霧。

6 哈福森

十二月十五日，星期一

潘妮拉．侯曼坐在弗雷登堡路家中的扶手椅上，看起來比平常更為瘦小，泛紅的大眼睛看著哈利，雙手在大腿上抱著兒子照片的玻璃相框。

「這是他九歲的時候拍的。」她說。

哈利不由得吞了口口水，部分是因為這個面帶微笑、身穿救生衣的九歲男孩，看起來不可能想像得到未來他將在貨櫃裡結束生命，腦袋裡射進一發子彈。另一部分是因為這張照片令他想到歐雷克；歐雷克克服了心理障礙，叫他「爸爸」。哈利心想，不知道他要花多少時間才會叫馬地亞．路海森一聲「爸爸」。

「每次沛爾不見人影好幾天，我先生比勒格就會出去找他，」潘妮拉說：「雖然我叫他別找了，他還是不肯，但我已經無法再忍受沛爾住在家裡了。」

哈利壓抑自己的思緒，**為什麼無法忍受？**

哈利並未事先通知要來拜訪，潘妮拉說比勒格去找殯儀業者，所以不在家。

潘妮拉吸了吸鼻涕。「你有沒有跟吸毒者住在一起的經驗？」

哈利默然不答。

「只要看得見的東西他都偷。這我們接受，也就是說比勒格接受。他是我們兩個人之中比較有愛心的。」潘妮拉皺起了臉，根據哈利的解讀，那應該是微笑。

「他什麼都替沛爾找理由，直到今年秋天沛爾威脅我為止。」

「威脅妳？」

「對，他威脅說要殺我。」潘妮拉低頭看著照片，擦了擦玻璃相框，彷彿它髒了似的。「那天早上沛爾來按門鈴，我不讓他進來。當時只有我一個人在家。他又哭又求，可是這種遊戲我們早就玩過了，所以我已經懂得硬起心腸。後來我回到廚房坐下，完全不知道他是怎麼進來的，只知道他突然站在我面前，手裡拿著槍。」

「就是那把槍嗎？他用來……」

「對，對，我想是吧。」

「請繼續說。」

「他逼我打開我放首飾的櫃子，裡頭放著我僅存的一點首飾，其他都已經被他拿走了。然後他就走了。」

「那妳呢？」

「我？我崩潰了。比勒格回來之後，帶我去醫院。」潘妮拉吸了吸鼻涕。「結果他們連藥都不肯開給我，說我已經吃夠多藥了。」

「妳都吃些什麼藥？」

「你說呢？就是鎮靜劑啊，真是夠了！如果你有個兒子會讓你晚上睡不著覺，因為你害怕他可能會回來……」她頓了頓，握拳按住嘴巴，淚水在眼眶裡打轉。接著她用細若蚊鳴的聲音說：「有時我都不想活了。」哈利得拉長耳朵才能聽得見這句話。

哈利看著手上的筆記本，上頭一片空白。

「謝謝妳。」他說。

「您打算住一個晚上，對嗎，先生？」奧斯陸中央車站旁的斯堪地亞飯店女櫃員說，她雙眼盯著電腦螢幕上的訂房資訊，並未抬頭。

「對。」她面前的男子說。

她在心中記下男子身穿淺褐色大衣，駝毛的，但也可能是假駝毛。

她的紅色長指甲在鍵盤上快速飛躍，彷彿受驚的蟑螂。在冬寒的挪威穿假駝毛？有何不可？她看過阿富汗駱駝的照片，她男友來信說阿富汗可能跟挪威一樣冷。

「您是要付現還是刷卡？」

「付現。」

她將登記表和筆放在男子面前的櫃台上，並請男子出示護照。

「沒有必要，」男子說：「我現在就付錢。」

男子說的英語十分接近英國腔，但他發子音的方式讓女櫃員聯想到東歐國家。

「先生，我還是得看您的護照，這是國際規定。」

男子點了點頭，遞出平滑的一千克朗鈔票和護照。克羅埃西亞共和國？可能是新興的東歐國家吧。她找錢給男子，並將鈔票收進現金盒，暗自提醒自己等客人離開後，得對著光線看看是不是真鈔。她努力讓自己維持一定的儀態，但也不得不勉強承認自己得暫時屈身在這家不怎麼樣的飯店，而眼前這位客人看起來不像騙子，反而比較像是……呃，他到底像什麼呢？她遞上房卡，流利地說明客房樓層、電梯位置、早餐時間和退房時間。

「還需要什麼服務嗎，先生？」她用悠揚的語調說，十分自信自己的英語和服務態度遠超過這家飯店的水準。再過不久，她一定可以跳槽到更好的飯店，但如果不成功的話，她就得修正路線。

男子清了清喉嚨，問說附近的電話亭在哪裡？

女櫃員說他可以在房間裡打電話，但男子搖了搖頭。這下子她得想一想才行。自從手機大為風行之後，奧斯陸的電話亭大多被拆除，但她想到附近的鐵路廣場應該還有個電話亭，這個廣場就在車站外頭。雖然走過去只有幾百碼，她還是拿出一份小地圖，標上路線，告訴男子該怎麼走，就跟瑞迪森飯店和喬伊斯飯店提供的服務一樣。她朝男子看了看，想知道他是否聽懂，心裡卻覺得有點困惑，連她自己都不明白為什麼。

「我倆對抗全世界，哈福森！」

哈利衝進他們共用的辦公室，高聲喊出他平日的早晨問候語。

「你有兩則留言，」哈福森說：「你要去新督察長的辦公室報到，還有一個女人打電話找你，聲音很好聽。」

「喔？」哈利將外套朝衣帽架的方向丟去，結果落在地上。

「哇，」哈福森想也不想，脫口而出說：「你終於走出來了對不對？」

「你說什麼？」

「你把衣服往衣帽架丟，還說『我倆對抗全世界！』你很久沒這樣了，自從蘿凱把你甩……」

哈福森猛然住口，因為他看見哈利露出警告的表情。

「這位小姐有什麼事？」

「她有話要我轉達給你，她叫做……」哈福森的視線在面前的黃色便利貼上搜尋。「瑪蒂娜‧艾考夫。」

「不認識。」

「她在燈塔工作。」

「啊哈！」

「她說她問過許多人，可是沒人聽說過沛爾‧侯曼有債務問題。」

「嗯，也許我該打電話問她是不是還有別的消息。」

「喔？好啊。」

「這樣可以吧？為什麼你看起來一臉狡獪的樣子？」哈利彎腰去撿外套，卻不是要掛上衣帽架，而是又穿回身上。「小子，你知道嗎？我又要出去了。」

「可是督察長……」

「督察長得等一等了。」

貨櫃碼頭的柵門開著，但柵欄設有禁止進入的標誌，並指示車輛必須停在外頭的停車場。哈利抓了抓受傷的腿，又看了看貨櫃和車道之間又長又廣的空地。警衛辦公室是棟矮房子，看起來頗像是工人小屋在過去三十年間不斷規律擴建而成，而這跟事實相去不遠。哈利把車子停在入口前方，步行了幾碼路。

警衛靠在椅背上，不發一語，雙手抱在腦後，嘴裡咬著火柴，聆聽哈利說明來意，以及昨晚發生的事。

警衛臉上只有那根火柴在動，但哈利發現當他說到他和那隻狗起衝突時，警衛臉上似乎露出一抹微笑。

「那是黑麥茲納犬，」警衛說：「是羅德西亞脊背犬的表親，我們很幸運可以把牠引進國內，牠是非常棒的警衛犬，而且很安靜。」

「我發現了。」

那根火柴興味盎然地動著。「那隻麥茲納犬是獵犬，所以會靜悄悄地接近，不想把獵物嚇跑。」

「你是說那隻狗打算……呃，把我吃掉？」

「那要看你說的吃掉是什麼意思囉。」

警衛並未詳加解釋，只是面無表情看著哈利，交握的雙手罩住整個頭顱。哈利心想，要不就是他的手異常地大，要不就是他的頭異常地小。

「所以在警方推測沛爾．侯曼中槍身亡的時間，你都沒看見或聽見其他人在現場嗎？」

「中什麼槍？」

「他開槍自殺。有其他人在場嗎？」

「冬天警衛都會待在室內，那隻麥茲納犬也很安靜，就像我剛剛說的。」

「這樣不是很奇怪嗎？那隻狗怎麼會沒察覺到？」

警衛聳了聳肩。「牠已經盡到本分了，我們也不用外出。」

「可是牠沒發現沛爾・侯曼溜進來。」

「這個貨櫃場很大。」

「可是後來呢？」

「你是說屍體？哎呀，屍體都結冰了不是嗎？麥茲納犬對死屍沒興趣，牠只喜歡新鮮的肉。」

哈利打個冷顫。「警方報告指出你從沒在這裡見過侯曼。」

「沒錯。」

「我剛剛去見過他母親，她借給我這張全家福照片，」哈利把照片放在警衛桌上。「你能發誓說你從來沒見過這個人？」警衛垂下目光，把火柴移到嘴角，準備回答，卻頓住了。他放下抱在腦後的手，拿起照片，細看良久。

「我說錯了，我見過他，他在夏天的時候來過，要辨認貨櫃裡的那個……很不容易。」

「這我了解。」

幾分鐘後，哈利準備離去，他先打開一條門縫，左右查看。警衛咧嘴而笑。

「白天我們都把牠關起來，反正麥茲納犬的牙齒很細，傷口很快就會好了。我正在考慮要買一隻肯塔基㹴犬，牠們的牙齒是鋸齒狀的，可以咬下一大塊肉。警監，你已經算很幸運了。」

「這樣啊，」哈利說：「你最好警告那隻狗，有個小姐會拿別的東西來給牠咬。」

「什麼？」哈福森問道，小心地駕駛車子繞過除雪車。

「拿個軟的東西去，」哈利說：「像是黏土之類的，這樣貝雅特和她的小組就能把黏土製成石膏，等它凝固之後，就可以得到那隻狗的齒模。」

「了解，這個齒模可以證明沛爾・侯曼是被謀殺的？」

「不行。」

「你不是說……」

「我是說我需要它來證明這是一起謀殺案，它只是現在缺少的一連串證據之一。」

「原來如此，那其他證據是什麼？」

「就是常見的那些：動機、凶器、時機。這裡右轉。」

「我不懂耶，你說你之所以起疑是因為侯曼用來闖入貨櫃場的鋼絲鉗？」

「我是說那把鋼絲鉗令我納悶，也就是說，這個海洛因癮君子是如此神智不清，以致於找了個貨櫃來棲身，怎麼可能還機靈到去拿鋼絲鉗來打開柵門？然後我又仔細看了一下這件案子。你可以把車停在這裡。」

「我不明白的是，你怎麼可以說你知道凶手是誰？」

「動動腦筋，哈福森，這並不難，而且事實都擺在你眼前。」

「我最討厭聽見你說這種話。」

「我是為了讓你進步。」

哈福森瞥了一眼比他年長的哈利，看他是否在開玩笑。兩人開門下車。

「你不鎖車門嗎？」哈利問道。

「門鎖昨晚結冰了，我今天早上是用鑰匙把冰戳破的。你知道凶手是誰有多久了？」

「一陣子了。」

兩人穿過馬路。

「在大多數命案中，知道凶手是誰是最簡單的部分，通常都是最明顯的嫌犯，像是丈夫、好友、有前科的傢伙，而且絕對不會是管家。問題不在於知道凶手是誰，而在於能不能證明你的大腦和直覺一直在告訴你的答案。」哈利按下「侯曼」名牌旁的門鈴。「這就是我們現在要做的，找出遺失的小拼圖，把看似無關的資訊串聯起來，成為一連串完美的證據。」

對講機吱喳作響，傳出說話聲。「喂？」

「警察，我叫哈利．霍勒，我們可以……？」門鎖嗞的一聲打開。

「問題在於動作要快，」哈利說：「大多數命案不是在二十四小時內破案，就是永遠破不了案。」

「謝謝，這我聽過。」哈福森說。

比勒格．侯曼站在樓梯口等候他們。

「請進。」比勒格說，領著他們走進客廳。法式陽台的門口旁放著一棵毫無裝飾的聖誕樹，等著掛上吊飾。

「我太太在睡覺。」哈利還沒問，比勒格就如此說道。

「我們會小聲說話。」哈利說。

比勒格露出哀傷的微笑。「她不會被吵醒的。」哈福森迅速瞥了哈利一眼。

「嗯，」哈利說：「她吃了鎮靜劑？」

比勒格點了點頭。「喪禮明天舉行。」

「原來如此，壓力很大。謝謝你們借我這個。」哈利把照片放在桌上。照片中的沛爾坐在椅子上，父母站在兩旁，可說是保護，也可說是圍繞，端視你從哪個角度去看。接著一陣沉默，三人皆不發一語。比勒格隔著襯衫搔抓前臂。哈福森在椅子上往前坐，又往後挪。

「你對藥物上癮了解多少，侯曼先生？」哈利問道，並未抬眼。

比勒格蹙起眉頭。「我太太只吃了一顆安眠藥，這並不代表……」

「我不是在說你太太，你也許還有機會救她，我說的是你兒子。」

「那要看你說的『了解』是什麼意思。他是海洛因上癮，這讓他不快樂。」比勒格還想說什麼，卻打住了，看著桌上的照片。「這讓我們大家都不快樂。」

「我想也是。但如果你了解毒品上癮，就會知道毒癮一發，其他事情都是次要的。」

比勒格怒氣上沖，聲音發顫。「你是說我不了解這個嗎，警監？你是說……我太太……他……」他語帶哭音。「他的親生母親……」

「我知道，」哈利輕聲說：「但毒品排在母親之前、父親之前、生命之前，」哈利吸了口氣。「還有死亡之前。」

「我累了，警監，你來有什麼事？」

「檢驗報告指出，你兒子死亡的時候，血液裡沒有毒品，這表示他處於很糟的狀態。當一個海洛因上癮的人處於這種狀態，他尋求救贖的渴望會非常強烈，強烈到他會拿槍威脅親生母親來得到它。但救贖並不是在頭上開一槍，而是在手臂、脖子、鼠蹊，或任何還能找到清楚血管的地方打一針海洛因。你兒子被發現的時候，那包注射海洛因的工具還在他口袋裡。侯曼先生，你兒子不可能開槍自殺，因為就像我剛剛說的，毒品排第一，其他次之，就連……」

「……死亡也是一樣。」比勒格依然雙手抱頭，但口齒十分清楚。「所以你認為我兒子是被人殺死的？為什麼？」

「我正希望你能告訴我們。」

比勒格默然不答。

「是不是因為他威脅了她？」哈利問道：「是不是為了讓你太太獲得平靜？」

比勒格抬起頭來。「你說什麼？」

「我猜你去布拉達廣場等沛爾出現，他買完毒品後，你就跟上去，帶他去貨櫃場，因為你知道他有時無處可去，就會去那裡。」

「我怎麼會知道這種事？這太無稽了。我……」

「你當然知道。我把這張照片拿給警衛看，他認出了我指給他看的人。」

「沛爾？」

「不是，是你。今年夏天你去過貨櫃場，詢問可不可以在眾多貨櫃裡找你兒子。」

比勒格雙眼盯著哈利。哈利繼續往下說：「你計畫好一切，準備好鐵絲鉗和空貨櫃。空貨櫃是吸毒者結束生命的好地方，沒有人會聽見或看見他自殺，而且你知道沛爾的母親可以作證說那把槍是他的。」

哈福森緊盯著比勒格，做好準備，但他並沒有移動的徵兆。他只是用鼻子大力呼吸，伸手搔抓前臂，雙眼看著空中。

「你什麼都不能夠證明。」比勒格用放棄的口吻說，彷彿為此感到遺憾。

哈利做個安撫的手勢。接下來的寂靜中，他們聽見樓下街上傳來洪亮的犬吠聲。

「它就是不停發癢，對不對？」哈利說。比勒格立刻停止抓癢。

「我們可以看看是什麼那麼癢嗎？」

「沒什麼。」

「我們可以在這裡看，也可以去警署看，你自己選擇，侯曼先生。」犬吠聲越來越大，難道都市裡有一台狗拉雪橇？哈福森覺得有什麼即將爆發。

「好吧。」比勒格低聲說，解開袖口，拉起袖子。

他的手臂上有兩個結痂的傷口，周圍皮膚紅腫發炎。

「把你的手臂翻過去。」哈利命令道。比勒格的手臂下方也有一個同樣的發炎傷口。

「被狗咬的，很癢對不對？」哈利說：「尤其在第十到十四天後，傷口開始癒合的時候。急診室一個醫生跟我說，我不能再去抓傷口了，你最好也不要再抓了，侯曼先生。」

比勒格看著傷口，眼神渙散。「是嗎？」

「你的手臂上有三處傷口，我們可以證明是貨櫃場的一隻狗咬了你，我們有那隻狗的齒模。希望你有辦法能為自己辯護這點。」

比勒格搖了搖頭。「我不想……我只是希望讓她得到自由。」

街上的犬吠聲戛然而止。

「你願意自白嗎？」哈利問道，對哈福森做個手勢。哈福森立刻把手伸進口袋，卻連一支筆或一張紙都找不到。哈利翻個白眼，把自己的筆記本遞給他。

「他說他心情非常低落，」比勒格說：「沒辦法再這樣繼續下去，他真的不想再吸毒了，所以我就替他在救世軍旅社找了個房間，裡頭有一張床，一天供應三餐，一個月一千兩百克朗。我也替他報名戒毒課程，只要再等幾個月就好。但後來他就音訊全無，我打電話去旅社問，他們說他沒付房錢就跑了，後來……呃，後來他就出現在這裡，手裡還拿著槍。」

「那時候你就決定了？」

「他已經沒救了，我已經失去了我的兒子，我不能讓他把我太太也帶走。」

「你是怎麼找到他的？」

「不是在布拉達廣場，而是在艾卡區。我說我可以買他那把槍。那把槍他隨身帶著，他拿出來給我看，立刻就要我付錢，但我說我帶的錢不夠，跟他約好隔天晚上在貨櫃場後門碰面。你知道嗎，其實我很高興你……我……」

「多少？」哈利插口說。

「什麼？」

「你要付他多少錢？」

「一千五百克朗。」

「然後呢……」

「然後他來了。原來他根本沒子彈，他說他一直都沒子彈。」

「但你一定隱約猜到這點了吧，那把槍是標準口徑，所以你就買了些子彈？」

「對。」

「你有先付他錢嗎？」

「什麼？」

「算了。」

「請你了解，受苦的不只是潘妮拉和我，對沛爾來說，每一天都是在延長他的痛苦。我兒子已算是行屍走肉了，他只是在等待……等待有人來讓他不肯停止跳動的心臟停止而已。他只是在等待……等待……」

「救主。」

「對，沒錯，救主。」

「但這不是你的工作，侯曼先生。」

「對，這是上帝的工作。」比勒格低下頭去，嘟囔了幾句話。

「什麼？」哈利問道。

比勒格抬起頭來，雙眼看著空氣。「既然上帝不做祂的工作，那麼就得有人來幫祂做。」

街道上，褐色薄暮降臨在黃色燈光周圍。即使是午夜，降雪的奧斯陸夜晚也不會全黑。噪音像是被包裹在棉花之中，腳下的冰雪嘎扎聲彷彿是遙遠的煙火聲。

「為什麼不把他一起帶回警署？」哈福森問道。

「他不會跑掉的，他還有話要對老婆說，過幾小時再派一輛車來就好了。」

「他很會演戲對不對？」

「什麼？」

「呃，你去通知他兒子的死訊時，他不是哭得半死嗎？」

哈利搖了搖頭，表示放棄。「小子，你還有很多東西要學。」

哈福森惱忿地踢了冰雪一腳。「那你來啟發我啊，大智者。」

「殺人是一種極端強烈的行為，很多人都會壓抑它所帶來的情緒，他們可以在內心藏著行凶事實，卻若無其事地走在街上，就好像身負一個半遺忘的惡夢，這種事我見多了。只有當別人大聲說出來的時候，他們才會發現這件事不只存在他們的腦子裡，而是**真實地**發生過。」

「原來如此，反正都是些冷血的人。」

「難道你沒看見他崩潰嗎？也許潘妮拉．侯曼說得對，她說她丈夫比較有愛心。」

「愛心？人都殺了還有愛心？」哈福森怒火中燒，聲音發顫。

哈利把手搭在哈福森肩膀上。「你想想看，犧牲你的獨生子，這不是最終極的愛的表現嗎？」

「可是……」

「哈福森，我知道你在想什麼，但你必須去習慣這種事，不然這種道德矛盾會把你搞得頭昏腦脹。」

哈福森伸手去拉沒上鎖的車門，但車門凍結得很快，竟動也不動。他怒氣上沖，用力一拉，橡膠條互相分離，車門發出撕裂聲。

兩人坐上車，哈利看著哈福森轉動鑰匙，發動引擎，另一隻手按著額頭。引擎發出怒吼，活了過來。

「哈福森……」哈利開口說。

「反正這件案子破了，督察長應該會很開心。」哈福森高聲說，超車到一輛卡車前方，同時按鳴喇叭，對照後鏡比出中指。「我們應該露出微笑，稍微慶祝一下。」他把手放下，繼續按著額頭。

「哈福森……」

「幹嘛？」他吼道。

「把車停下。」

「什麼？」

「立刻停下。」

哈福森把車開到人行道旁停下，放開方向盤，雙眼空洞，直視前方。他們拜訪侯曼家這段期間，冰花已爬上擋風玻璃，猶如遭受突來的黴菌大軍攻擊。哈福森大口呼吸，胸部上下起伏。

「有時當警察是個爛差事，」哈利說：「不要讓它影響到你。」

「不會。」哈福森說，呼吸得更加用力。

「你是你，他們是他們。」

「對。」

哈利把手放在哈福森背上，耐心等待。過了一會，他感覺哈福森的呼吸冷靜下來。

「你很堅強。」哈利說。

車子穿過傍晚車陣，緩緩朝格蘭區駛去，兩人靜默不語。

7 匿名

十二月十五日，星期一

他站在奧斯陸最繁忙的人行步道最高點，這條街道以瑞典及挪威國王卡爾·約翰為名。他記下飯店提供給他的地圖，知道西方那個建築輪廓是皇宮，奧斯陸中央車站在東邊。

他打個冷顫。

房屋高牆上的溫度計以紅色霓虹燈顯示出零下溫度，即使是空氣稍微流動，也會覺得像是冰河穿入他的駝毛大衣。在此之前，他還對這件他在倫敦以便宜價格買下的大衣十分滿意。

溫度計旁的時鐘顯示為七點。他朝東走去。狀況看起來很好。天色頗黑，街上有很多人，只有銀行外設有監視器，而且都對準提款機。他已排除用地鐵作為逃脫工具，因為地鐵裡監視器太多，乘客太少。奧斯陸比他想像中來得小。

他走進一家服飾店，找到一頂四十九克朗的羊毛帽和一件兩百克朗的羊毛外套，但不一會又改變心意，因為他發現一件一百二十克朗的薄雨衣。他在試衣間裡試穿雨衣時，發現巴黎的除臭錠依然在他西裝外套的口袋裡，已被壓碎。

那家餐廳位於人行步道左側數百碼之處，他立刻發現餐廳寄物處沒有專人服務。很好，這讓他的工作更為簡單。他走進用餐區，見有半數桌子坐了客人。他站在這裡視野很好，每張桌子都盡收眼底。一名服務生走了過來。他預訂隔天晚上六點的靠窗座位。

離開之前，他先去廁所查看。廁所沒有窗戶，所以第二出口必須穿過廚房。好吧，沒有一個地方是完美的。他需要備用的逃脫路線，這點非常重要。

他離開餐廳，看了看錶，朝車站走去。路人都彼此避免目光相觸。這雖然是個小城市，但仍有首都的冷漠氣息。很好。

他來到機場特快列車的月台上，又看了看錶。距離餐廳六分鐘路程。列車每十分鐘一班，行車時間十九分鐘。換句話說，他可以在七點二十搭上列車，七點四十抵達機場。飛往札格瑞布的直航班機九點十分起飛，機票就在他口袋裡，是他用北歐航空的優惠票價購買的。

他感到滿意，走出新落成的鐵路總站，步下樓梯。上方的玻璃屋頂顯然屬於舊的離站大廳，但現在這裡開了許多商店，並通往開放廣場，地圖上說這裡叫鐵路廣場。廣場中央有個邁步而行的老虎雕像，體積是真實老虎的兩倍，位在電車、汽車和行人之間。但他到處都沒看見女櫃員所說的電話亭，只看見廣場盡頭的候車亭聚集了一群人。他走上前去，只見有些人戴著衣服兜帽，交頭接耳。也許他們來自同一個地方，或是鄰居，正在等同一班巴士。然而這副景象讓他另有聯想。他看見有些東西從一人手中過到另一人手上，又看見瘦巴巴的男子快步離開，弓背彎腰，走進寒風之中。他知道那是什麼東西。他在札格瑞布和其他歐洲城市見過海洛因交易，但沒有一個地方像這裡這麼公開。接著他明白自己聯想到了什麼，他想到的是塞爾維亞軍撤退之後，人們聚集在一起，他也在其中。這些人稱為難民。

然後巴士真的來了。那是一輛白色巴士，在快到候車亭的地方停了下來。車門打開，但沒人上車，反而車上下來一名身穿制服的年輕女子。他立刻認出那是救世軍的制服，於是放慢腳步。

制服女子走到一名女子旁，扶她上車，兩名男子跟著上去。

他停下腳步，抬頭望去，心想這只是巧合罷了。他轉過身去，就在此時，他在小鐘塔底下看見三個電話亭。

五分鐘後，他打電話回札格瑞布，告訴她說一切看來都很好。

「這是最後一項任務。」他又說一遍。

此外，弗萊德告訴他說，他支持的札格瑞布迪納摩隊，中場在麥西瑪爾球場以一比零領先里耶卡隊。

這通電話花了他五克朗。鐘塔上的時鐘指向七點二十五分。倒數計時已經開始。

眾人聚集在維斯雅克教堂大廳裡。

這座磚砌小教堂位在墓園旁的山坡上，通往教堂的碎石徑兩旁堆著高高的雪堆。空曠大廳裡共有十四人坐在椅子上，牆邊堆放許多塑膠椅，中央設有一張長桌。若你無意間踏進這個大廳，可能會以為這是一般的社團集會，而且從這十四人的臉孔、年齡、性別或衣著，都難以看出這是什麼性質的社團。刺目燈光反射在窗玻璃和油地毯上。紙杯發出不安的窸窣聲。一瓶法里斯礦泉水嘶的一聲被打開。

七點整，交談停止。長桌盡頭舉起一隻手，小鐘響了一聲。眾人目光轉向一名三十五歲左右的女子，她以直接而無懼的眼神一一和眾人目光相觸。她的嘴唇窄小嚴肅，唇膏讓它軟化不少，濃密的金色長髮用夾子固定，一雙大手放在桌上，流露出冷靜和自信。她姿態優雅，這表示她有一些迷人特質，但還不夠優美，沒能達到挪威人所謂的「甜美」標準。她的身體語言述說的是控制和力量，並由她堅定的聲音所強調。下一刻，她的聲音充滿整個寒涼大廳。

「嗨，我的名字叫奧絲琪，我是個酒鬼。」

「嗨，奧絲琪！」眾人齊聲回應。

奧絲琪打開面前書本，開始朗讀。

「加入匿名戒酒會只有一個條件，那就是想戒酒的意願。」

她繼續往下說，桌前熟悉「十二傳統」的人跟著背誦。她停下換氣時，聽得見教會合唱團正在樓上練唱。

「今天的主題是『第一步』，」奧絲琪說：「也就是說：我們承認我們無力對抗酒精，而且我們的生活一團混亂。我可以開始說明，但我會長話短說，因為我認為我已經跨過了第一步。」

她吸了口氣，露出簡潔的微笑。

「我已經戒酒七年，每天我醒來的第一件事，就是對自己說我是酒鬼。我的孩子並不知道這件事，他們認為媽咪以前常會喝得爛醉，每次喝醉就變得脾氣暴躁，所以後來就不喝了。我的生活需要一定比例的真相和謊言才能維持平衡，也許這樣我會分裂，但我只能一天算一天地維持下去，避免自己喝下第一口酒，而現在我已經進行到第十一步了。謝謝大家。」

眾人一起鼓掌，二樓傳來教會合唱團的練唱聲，彷彿同聲讚美似的。「謝謝妳，奧絲琪。」鼓掌後一名成員說。

奧絲琪對左邊一名平頭金髮的高大男子點了點頭。

「嗨，我叫哈利，」男子用粗啞的聲音說，大鼻子上分布的紅色血絲證明他已經遠離清醒很久了。「我是個酒鬼。」

「嗨，哈利。」

「我是新來的，這是我第六次參加聚會，或是第七次。我還沒完成第一步，也就是說，我知道我酗酒，但我認為我可以控制自己的酗酒行為，所以這跟我坐在這裡有點衝突。但我之所以會來，是因為答應了一位心理醫生，他是我的朋友，總是為我的利益著想。他說只要我能捱過第一個星期有關上帝和靈性的談話，就會發現這個方法有效。呃，我不知道匿名酗酒者可不可以自我幫助，但我願意試試看，反正有何不可？」哈利往左轉頭，表示他發言完畢，但大家還來不及拍手，奧絲琪就說話了。

「哈利，這是你第一次在聚會中發言，這樣很好，但既然你開口了，要不要再多說一點呢？」

哈利看著奧絲琪，其他人也看著她，因為對團體任何成員施加壓力明顯違反規定。奧絲琪直視哈利。在之前的聚會中，哈利曾感覺到奧絲琪在看他，但他只回看她一次。不過後來哈利就把她看個夠，從頭到腳反覆打量一番。其實哈利還滿喜歡他所看見的，但他最喜歡的是當他的視線從下往上時，見到她臉泛紅暈。到了下一次聚會，他就把自己隱形起來。

「不要，謝謝。」哈利說。眾人發出猶豫的掌聲。

隔壁成員發言時，哈利用眼角餘光觀察奧絲琪。聚會結束後，奧絲琪問他住哪，說可以順道載他回去。哈利稍有猶豫，這時二樓的合唱團正好唱到最高音，高聲讚頌上帝。

一個半小時後，他們靜靜地各抽一根菸，看著煙霧替陰暗的臥室添上一抹藍暈。哈利那張小床上的潮濕床單依然溫暖，但房內的寒意讓奧絲琪把白色被子拉到下巴。

「剛才很棒。」奧絲琪說。

哈利沒有答話，心想奧絲琪說的這句話應該不是問句。

「這是我第一次跟對方一起達到高潮，」她說：「這可不是……」

「所以妳先生是醫生？」哈利說。

「你已經問第二次了，對，他是醫生。」

哈利點了點頭。「妳有沒有聽見那個聲音？」

「什麼聲音？」

「滴答聲，是不是妳的手錶？」

「我的錶是數位的，不會發出滴答聲。」

奧絲琪把一隻手放在哈利臀部，哈利溜下了床，冰寒的油地毯燒灼他的腳底板。「要不要喝杯水？」

「嗯。」

哈利走進浴室，打開水龍頭，看著鏡子。她剛剛說什麼來著？她可以看見他眼中的孤寂？哈利傾身向前，卻只看見小瞳孔周圍有一圈藍色虹膜，眼白遍布血絲。哈福森得知哈利和蘿凱分手後，就說哈利應該在其他女人身上尋求慰藉，或依照他充滿詩意的說法，將憂鬱逐出他的靈魂。然而哈利既沒力氣、也沒意願來做這種事。因為他知道，他碰過的女人都會變成蘿凱，而這正是他需要忘記的，他需要讓蘿凱從他的血液中離開，而不是什麼美沙酮式的性療癒。

但他可能是錯的，哈福森可能是對的，因為這感覺很好，這感覺**的確**很棒。他並沒有感到壓抑一個慾望以滿足另一個慾望的空虛感，反而覺得電池充飽了電，同時又得到放鬆。奧絲琪得到了她需要的，而他喜歡她所用的方式，那麼對他來說是不是也可以這麼簡單？

他後退一步，看著鏡中的身體。他比去年瘦，身上少了許多脂肪，但肌肉量也相對降低。不出所料，他開始變得像他父親。

他拿了一大杯水回到床上，兩人一起分享。之後她依偎在他身旁，起初她的肌膚濕濕冷冷，但很快她就開始讓他溫暖起來。

「現在你可以告訴我了。」她說。

「告訴妳什麼？」哈利看著繚繞的煙霧形成字母。

「她叫什麼名字？你有個**她**，對不對？」字母散去。「她是你來參加聚會的原因。」

「可能吧。」

哈利說話時看著紅光侵蝕香菸，起初只侵蝕少許。他身旁這個女子是個陌生人。房裡很暗，話語浮現而後消融。坐在告解室一定就是這種感覺，可以卸下肩頭負擔，或像匿名戒酒會說的，讓其他人分擔問題。所以他往下說，告訴她蘿凱的事，說蘿凱一年多前把他踢出家門，因為她認為他像著魔似的不斷追緝警界害蟲「王子」，又說當他終於替王子設下陷阱，王子卻把蘿凱的兒子歐雷克從臥房擄走，挾持為人質。歐雷克對這件事應付得很好；以他遭受綁架，還目睹哈利在學生樓的電梯裡殺了王子來說算不錯了。反倒是蘿凱無法接受。兩星期後，蘿凱得知所有細節，就告訴哈利說她無法再跟他一起生活，也就是說，她無法再讓哈利跟歐雷克一起生活。

奧絲琪點點頭。「她離開你是因為你對他們造成的傷害？」

哈利搖搖頭。「是因為我還沒有對他們造成的傷害。」

「喔？」

「我說這件案子已經了結，但她堅持說我已經走火入魔，只要那些人還逍遙法外，這件案子就永遠不會了結。」哈利把菸按熄在床邊桌上的菸灰缸裡。「而且就算沒有那些人，我還是會找到其他人，其他會去傷害他們的人。她說她無法承擔這種後果。」

「聽起來好像走火入魔的是她。」

「不是，」哈利微微一笑。「她是對的。」

「是嗎？你要不要說明一下？」

「潛水艇怎樣？」

哈利聳了聳肩。「潛水艇……」他開口說，卻突然猛烈咳嗽，把話打斷。

「這是她說的。她說我就像潛水艇，總是下潛到冰冷黑暗的水底深處、讓人難以呼吸的地方，每兩個月才浮上水面一次。她不想陪我到那麼深的水底。很合理啊。」

「你還愛她嗎？」

哈利不確定自己喜歡這個分擔問題的談話所進行的方向。他深吸口氣，腦子裡播放著他和蘿凱最後的對話。

哈利的聲音甚是低沉，每當他憤怒或恐懼，聲音就會變得低沉：「潛水艇？」他揚起雙手。「當然了，很棒的意象。那這個……醫生呢？他是什麼？航空母艦嗎？」

蘿凱呻吟一聲。「哈利，這件事跟他無關，重點是你、我和歐雷克。」

「妳可別躲在歐雷克後面。」

「躲……」

「蘿凱，妳把他當做人質。」

「我把他當做人質？我有綁架歐雷克，拿槍頂著他的太陽穴，好讓你消解復仇的渴望嗎？」

蘿凱頸部的靜脈突出，尖聲大吼使得她的聲音變得不堪入耳，彷彿是別人的聲音；她的聲帶無法承受這種憤怒吼叫。哈利轉身離去，在背後輕輕把門關上，幾乎沒有發出聲音。

他轉頭看著床上這個女人。「對，我愛她。妳愛妳先生嗎，那個醫生？」

「我愛他。」

「那為什麼還找上我？」

「他不愛我。」

「嗯，所以妳是在復仇？」

她用驚訝的神情看著哈利。「不是，我只是寂寞，而且我喜歡你，我想這跟你為什麼會讓這件事發生的原因是一樣的。難道你希望事情更複雜嗎？」

哈利咯咯一笑。「沒有，這樣就好。」

「你為什麼殺了他？」

「誰？」

「還有誰？當然是那個王子啊。」

「這不重要。」

「也許不重要，但我想聽你……」她把手放在他雙腿之間，蜷伏在他身旁，在他耳畔輕聲說：「……詳細說明。」

「還是不要吧。」

「我想你誤會了。」

「好吧，可是我不喜歡……」

「喔，少來了！」她發出惱煩的嘶嘶聲，用力握住他的小弟弟。哈利看著她。她的眼睛閃爍藍色亮光，黑暗中看起來甚是冷酷。她趕忙露出微笑，用甜美的聲音說：「說給我聽嘛。」

臥房外的溫度持續下降，使得畢斯雷區的屋頂發出咯吱聲和呻吟聲。哈利一五一十說了出來，並感覺到她聽了之後身體僵直。他移開她的手，輕聲說她應該聽得夠多了。

奧絲琪離開後，哈利站著聆聽自己臥室的聲音，聆聽咯吱聲和滴答聲。

他彎腰撿起地上的外套，以及先前他們從前門衝進臥室隨手亂丟的衣服。他找到了滴答聲的來源，原來是莫勒送的道別禮物，手錶的玻璃鏡面閃閃發光。

他把錶放進床邊桌的抽屜，但滴答聲一直跟隨他進入夢鄉。

他用飯店的白色毛巾擦去手槍部件表面多餘的油質。

窗外車流發出規律的隆隆聲響，淹沒了角落那台小電視的聲音。那台電視只有三個頻道，畫質粗糙，流瀉出的語言應該是挪威語。飯店女櫃員收下他的大衣，說明天早上一定會洗好。他把手槍組件排在報紙上，等全部乾了之後才組合起來，拿起手槍指著鏡子，扣下扳機。手槍發出滑順的喀噠聲，鋼製組件的振動傳到他的手掌和手臂上。這是個冷冷的喀噠聲，是假的處決。

這是他們對波波做過的事。

一九九一年十一月，經過三個月不眠不休的攻擊和轟炸，武科瓦爾終於投降。塞爾維亞軍進占市區那天，天空下起滂沱大雨。波波的部隊連同他在內剩下大約八十人，全都成了又累又餓的戰俘。塞爾維亞軍人命令他們在城裡的主街上站成一排，不准移動，然後便退入暖和的帳篷裡。大雨傾盆，雨滴打得連泥土都起了泡泡。兩小時後，他們一個接一個不支倒地，波波手下的中尉離開隊伍，去幫助那些倒在泥地裡的人。一名塞爾維亞少年士兵走出帳篷，當場對那中尉的腹部開了一槍。在這之後，沒人敢隨便亂動。他們看著雨水模糊了周圍的山脊，並希望那中尉別再哀號。中尉開始哭泣，這時波波的聲音在他身後響起：

「不要哭。」哭聲便停止了。

時間從早晨來到午後。黃昏時分，一輛敞篷吉普車開到，帳篷裡的塞爾維亞軍人趕緊奔出敬禮。他知道乘客座上的男子一定是總司令，大家都說那總司令是「聲音溫柔的石頭」。一名身穿平民服裝的男子低頭坐在吉普車後座。吉普車停在部隊前方，他站在第一排，因此聽見總司令叫那平民來查看戰俘。他不情願地抬起頭來，一眼就認出男子是武科瓦爾市民，也是他學校一位男同學的父親。男子掃視一排排戰俘，經過他面前，卻沒認出他，繼續往前走。總司令嘆了一聲，在吉普車上站了起來，在雨中高聲吼叫，聲音一點也不溫柔。「你們誰的代號是『小救主』？」

戰俘中沒人移動。

「你害怕站出來嗎，Mali Spasitelj（小救主）？你炸毀我們十二台戰車，讓我們的女人沒了丈夫、小孩沒了父親。」

他靜默等待。

「我想也是。那你們誰是波波？」依然沒人移動。

總司令朝男子望去，男子伸出顫抖的手指，朝站在第二排的波波指去。

「站出來。」總司令吼道。

波波上前幾步，走到吉普車和駕駛兵前方。駕駛兵已下車，站在車旁。波波立正敬禮，駕駛兵把波波的帽子打落在泥巴裡。

「我們從無線電通話得知小救主是你的手下，」總司令說：「請把他指出來。」

「我從來沒聽過什麼小救主。」波波說。

總司令拔出槍來，揮手就往波波臉上打去。波波的鼻子鮮血長流。

「快說，我都淋濕了，而且晚餐已經準備好了。」

「我叫波波，我是克羅埃西亞陸軍上尉……」

總司令朝駕駛兵點了點頭，駕駛兵抓住波波的頭髮，轉過他的臉，面對大雨。雨水沖去波波鼻子和嘴巴上的血，流到紅領巾上。

「蠢人！」總司令說：「克羅埃西亞軍已不存在，只剩下背叛者！你可以選擇在這裡被當場處決，或是替我們節省一點時間，反正我們總會把他找出來。」

「反正不管怎樣你都會處決我們。」波波呻吟道。

「那是當然。」

「為什麼？」

總司令慢悠悠地替手槍上膛，雨水從槍柄滴落下來。他把槍管抵在波波的太陽穴上。「因為我是塞爾維亞軍官，我必須盡忠職守。你準備受死了嗎？」

波波閉上眼睛，雨滴從睫毛落下。

「小救主在哪裡？我數到三就開槍。一……」

「我叫波波……」

「二！」

「……我是克羅埃西亞陸軍上尉，我……」

「三！」

即使在滂沱大雨中，那聲冷冷的喀噠聲聽起來依然有如爆炸。

「抱歉，我一定是忘了裝彈匣。」總司令說。

駕駛兵遞上彈匣。總司令將彈匣裝入槍柄，再次上膛，舉起手槍。

「最後一次機會！一！」

「我……我的……所屬部隊是……」

「二！」

「……第一步兵營的……的……」

「三！」

又是一聲冷冷的喀噠聲。吉普車後座的男子啜泣起來。

「我的老天！彈匣是空的，拿個裝有閃亮子彈的彈匣來好嗎？」

彈匣退出，彈匣裝上，子彈上膛。

「小救主在哪裡？一！」

波波低低念誦《主禱文》：「Oče naš…（天上的父……）」

「二！」

天空打開，豆大雨滴伴隨著轟鳴聲落下，彷彿急於阻止慘事發生。他無法再這樣眼睜睜看著波波受折磨。他張開嘴，打算大叫說他就是小救主，他們要找的是他，不是波波，他們要他的血儘管拿去。但這時波波的目光朝這個方向射來，從他身上掃過，他在波波的眼神中看見狂烈的祈禱，也看見他搖了搖頭。接著子彈切斷身體與靈魂的連結，波波的身體猛然抽搐。他看見波波的目光熄滅，生命離開他的身體。

「你，」總司令大喊，指著第一排的一名男子。「輪到你了，過來！」

就在此時，剛才朝那名中尉開槍的塞爾維亞士兵跑了過來。

「醫院發生槍戰。」他大聲喊道。

總司令咒罵一聲，朝駕駛兵揮了揮手。引擎發動，發出怒吼，吉普車消失在黑暗之中。離開之前，總司令撂下了話，說塞爾維亞軍沒什麼好擔心，醫院的克羅埃西亞人根本不可能開槍，因為他們連槍也沒有。

波波就這樣被留在地上，面朝下倒在黑色泥巴中。等天色漆黑，帳篷裡的塞爾維亞軍看不見他們時，他偷偷走上前去，在死去的波波上尉身旁彎下腰，解下並拿走紅領巾。

8 用餐時間

十二月十六日，星期二

這天將會被列為二十四年來最寒冷的十二月十六日。早上八點，天色依然漆黑得有如夜晚。哈利去找葛德，簽名領出湯姆・沃勒住家的鑰匙，然後離開警署。他翻起領子行走，咳嗽時聲音似乎消失在厚棉之中，彷彿寒冷讓空氣變得沉重稠密。

清晨人們匆匆走在人行道上，只想趕快進到室內，只有哈利緩緩邁步而行，但他的膝蓋隨時做好準備，以免馬汀大夫靴的橡膠鞋底沒能抓住冰面。

當他走進湯姆位於市中心的單身公寓時，艾克柏山後方的天空開始泛起亮光。湯姆死後，這棟公寓被封鎖了數週，但警方並未查出任何線索可以指向其他可能的軍火走私販，至少總警司是這麼說的。總警司還通知他們說，這件案子已被歸為低優先順序，因為「還有其他更迫切的案子需要調查」。

哈利打開客廳的燈，再次發現亡者的家自有其寂靜的氛圍。黑色亮皮沙發對面的牆壁上掛著一台超大型電漿電視，電視兩側各有一個三呎高的喇叭，它們是這間公寓環繞音響的一部分。牆上掛有很多圖片，上頭是藍色立方體的圖案，蘿凱都稱這種圖案為尺規藝術。

哈利走進臥房，窗外透進灰色光線。臥房十分整齊，桌上擺著電腦螢幕，卻不見電腦主機，可見一定是被搬回去尋找證據了，但他並未在警署的證物中看見湯姆的電腦，不過話又說回來，上級也沒給他調查這件案子的權限。官方說法是他正因殺害湯姆而受到獨立警務調查機構ＳＥＦＯ的調查，但他覺得有人不喜歡每樣東西都被翻起來看。

哈利正要離開臥室，卻聽到一個聲音。亡者的公寓不再寂靜。

那是個隱約的滴答聲，令哈利的手臂寒毛直豎。那聲音來自衣櫃。他猶疑片刻，打開櫃門。櫃底有個打開的紙箱，哈利立刻認出裡頭是那天晚上湯姆在學生樓穿的外套。外套上放著一支手錶，正在滴答走動。那天晚上湯姆打破電梯窗戶，把手伸進電梯內部他們所在之處，電梯開始下降，終於切斷了他的手臂。在那之後，這支錶也是這樣滴答運行。後來他們坐在電梯裡，圍著湯姆的斷臂。斷臂死氣沉沉，宛如蠟像，又像是衣架模特兒拆下的一隻手臂，只不過上頭戴著一隻錶，怪異莫名。一支滴答作響的錶，活生生地，拒絕停止，就像小時候哈利父親說的故事：有個男人死了以後心臟不肯停止跳動，把殺人者給逼瘋。

這是一種獨特的滴答聲，強而有力，聽過之後會讓人記住。這支錶就是湯姆的勞力士手錶，想必價格不菲。

哈利關上衣櫃，踏著沉重腳步來到前門，足聲在四壁之間迴盪。他鎖門時，鑰匙叮叮地大聲響個不停，接著又瘋狂地嗡嗡作響，直到他踏上街道，車聲才淹沒所有聲音，帶來安慰。

下午三點，黑影已灑落在厄葛林司令大樓四號，救世軍總部窗內亮起燈光。下午五點，天已全黑，溫度計的水銀掉到華氏五度。幾片雪花飄落在一輛滑稽小車的車頂，瑪蒂娜．艾考夫正坐在車裡等人。

「快點啊，爹地。」她嘟囔說，焦慮地看了電量表一眼。這輛電動車是皇室送給救世軍的，但她不確定這輛車在寒冷天候中的效能如何。她鎖上辦公室之前，記得辦完了所有事情，包括在網站首頁上輸入即將來臨和取消的軍團聚會，修正伊格廣場的救濟巴士和救濟站的班表，檢查要寄給首相辦公室的信，內文是關於即將在奧斯陸音樂廳舉辦的年度耶誕表演。

車門打開，寒氣竄入車內，一名男子坐上了車。男子的制服帽底下是濃密白髮，一對藍眼眸是瑪蒂娜見過最明亮的，反正其他超過六十歲的人都沒有這麼明亮的眼眸。男子費力地將雙腳放在座椅和儀表板之間的狹小空間裡。

「走吧。」男子說，掃開肩章上的雪，那肩章告訴大家說他是挪威救世軍的最高領導人。他話聲樂觀，帶有一種輕鬆自如的權威感，顯然覺得別人服從他的命令是再自然不過的事。

「你遲到了。」瑪蒂娜說。

「而妳是天使，」男子用手背撫摸她的臉頰，藍眼眸閃閃發光，充滿能量和歡喜。「快點出發吧。」

「爸……」

「等一下，」男子搖下車窗。「里卡！」

會議廳入口站著一名年輕男子。會議廳就在救世軍總部旁，位在同一個屋簷下。年輕男子嚇了一跳，立刻奔到車旁，立正站好，雙臂緊貼身側，卻差點滑倒，趕緊揮動手臂，恢復平衡。他奔到車旁時，已上氣不接下氣。

「是，總司令。」

「里卡，跟別人一樣叫我大衛就好。」

「是，大衛。」

「但請不要每說一句話就叫一次我的名字。」

里卡的目光從總司令大衛·艾考夫身上跳到他女兒瑪蒂娜身上，再跳回來。里卡用兩根手指抹去嘴唇上方的汗珠。瑪蒂娜經常納悶，怎麼會有人無論處在什麼天氣或環境下，嘴唇上方都這麼容易出汗，特別是當他坐在她身旁時，不管是在教會禮拜或其他地方。他總會輕聲說些理當很有趣的話，但他老是蹩腳地掩飾緊張心情，又靠她太近，還有嘴唇上方不斷冒汗。有時里卡坐得靠她很近，四周一片寂靜，她會聽見里卡用手指抹去汗珠所發出的窸窣聲。這是因為他那邊不僅會冒汗，還會長出鬍碴，而且超乎尋常的茂密。他早上抵達總部時，臉頰可以光滑得像嬰兒臀部，但到了午餐時間，他的白色肌膚就已泛起藍色微光。她經常發現，晚上里卡來開會時，又已刮過一次鬍子。

「我是開你玩笑的啦，里卡。」艾考夫露出微笑。

瑪蒂娜知道父親開這些玩笑沒有惡意，但有時父親似乎看不出這種舉動是在霸凌別人。

「喔，好。」里卡說，擠出笑容。他彎下腰來。「哈囉，瑪蒂娜。」

「哈囉，里卡。」瑪蒂娜說，假裝並不關心電量表。

「不知道你能不能幫我個忙，」總司令說：「路上冰雪太多，我車子的輪胎又是沒有防滑釘的一般輪胎，其實應該要把防滑胎換上的，但我得去燈塔……」

「我知道，」里卡熱烈地說：「您要去跟社福部長一起用餐，剛剛我才跟公關處長說希望我們能得到很多媒體曝光的機會。」

艾考夫露出神氣十足的微笑。「很高興知道你很進入狀況，里卡。重點是我的車在車庫裡，我希望我回來時車子已經換上防滑胎，你知道……」

「防滑胎在後車箱？」

「對，但前提是你沒有急事要辦。我正要打給尤恩，他說他可以……」

「不用不用，」里卡說，用力搖頭。「我立刻去換。您可以信任我，呃……大衛。」

「你確定嗎？」

里卡看著總司令，一臉茫然。「您是指信任我嗎？」

「你沒有更急的事嗎？」

「我確定，這是個好差事，我喜歡弄車子，還有……還有……」

「換輪胎？」

里卡吞口口水，點了點頭。總司令面露喜色。

他搖上車窗，車子離開廣場。瑪蒂娜說他這樣剝削里卡的恭順個性是不對的。

「我想妳說的是他的卑微個性吧？」她父親答道。「放輕鬆，親愛的，這只是個測驗，沒有其他意思。」

「測驗？測驗是否無私還是懼怕權威？」

「後者，」總司令咯咯一笑。「我剛剛才跟里卡的妹妹希雅說過話，她剛好跟我說里卡正趕著做明天要交的預算。如果真是這樣的話，他應該把做預算排第一，把換輪胎的事讓給尤恩去做。」

「那又怎樣？說不定里卡只是善良而已。」

「對，他善良、聰明、勤奮、認真。我想知道他有沒有勝任重要管理職的毅力和勇氣。」

「大家都說尤恩會坐到那個位子。」

艾考夫低頭看著雙手，臉上泛起一絲微笑。

「是嗎？對了，我欣賞妳這樣維護里卡。」

瑪蒂娜的視線並未離開路面，但感覺到父親的目光朝她射來。他繼續說：「我們兩家相交多年，妳知道的，他們一家都是好人，在救世軍的基礎也很穩固。」

瑪蒂娜深吸口氣，抑制自己的煩躁心情。

這項任務需要一發子彈。

但他還是把彈匣裝滿，原因之一是這把手槍唯有在彈匣裝滿的情況下才能達到完美平衡，原因之二是可以把故障率降到最低。彈匣裡有六發子彈，彈膛裡有一發子彈。

他穿上肩套，這肩套是二手的，皮質柔軟，散發著皮膚、油脂和汗水的鹹味與苦味。手槍乖乖地服貼在他身上。他站在鏡子前方，穿上西裝外套。從外表上完全看不出裡頭藏有手槍。大型槍枝比較有準頭，但這次任務不需要精準射擊。他穿上雨衣，再穿上大衣，帽子塞進口袋，從內袋拿出紅領巾。

他看了看錶。

「毅力，」甘納．哈根說：「還有勇氣，這是我希望在每位警監身上看見的特質。」

哈利沒有答話，他不認為這句話是個問句。這張椅子他雖然常坐，但這時他環顧四周，卻發現除了老套的督察長訓話之外，辦公室裡的一切都變了樣。莫勒的一疊疊文件、塞進法律文件裡的唐老鴨漫畫、架上的警察規章、全家福大照片和黃金獵犬的超大照片都不見了。那隻黃金獵犬是莫勒送給孩子的，現在孩子早已把牠淡忘，牠在九年前去世，但莫勒仍在為牠哀悼。

現在乾淨的辦公桌上只有電腦螢幕、鍵盤、插著一小截白色骨頭的銀色小台座，以及哈根的手肘。濃密眉毛下的那雙眼睛正盯著哈利瞧。

「不過還有一項特質我認為更重要，霍勒，你知道是什麼嗎？」

「不知道。」哈利用平板的語氣說。

「紀律。紀——律。」

哈利認為督察長哈根如此將名詞拆開來說，顯然是打算要來說文解字。但哈根卻站了起來，抬起下巴，雙手負在背後，來回踱步，彷彿是在為自己的地盤做記號。這種動作哈利常覺得有點好笑。

「部門裡每個人我都會找來面談，好讓大家知道我的期望是什麼。」

「單位。」

「你說什麼？」

「我們從來不用『部門』這個稱呼，雖然以前你這個職位叫ＰＡＳ，指的是『部門首長』。我只是順便一提而已。」

「謝謝你的告知，警監。我說到哪裡了？」

「紀——律。」

哈根瞪視哈利，哈利面不改色，於是他繼續踱步。

「過去十年來我在軍校教書，專長是緬甸的戰爭。霍勒，你聽了可能會感到驚訝，但我的專長跟這裡的工作有很大的關聯。」

「呃，」哈利伸長雙腳。「長官，我這個人很好了解的。」

哈根用食指摸了摸窗框，對他摸到的不太滿意。「一九四二年，日軍只派了十萬軍隊就征服了緬甸。緬甸是日本的兩倍大，當時為英軍占據，而英軍在數量和武器上都勝過日軍。」哈根豎起被灰塵弄髒的食指。「但日軍有一點勝過英軍，並以此打敗了英軍和印度傭兵，這一點就是紀律。日軍進軍仰光時，軍隊每走四十五分鐘，睡十五分鐘，就睡在路上，肩上揹著背包，腳尖指著目的地，這樣他們醒來時才不會走進溝渠或走錯方向。方向非常重要，霍勒，你明白嗎？」

哈利隱約知道接下來哈根要說什麼。「我明白他們走到了仰光，長官。」

「的確，每一位士兵都走到了，因為他們聽從命令。我聽說你領出湯姆．沃勒家的鑰匙，這是真的嗎，霍勒？」

「長官，我只是去看看而已，這樣做有療癒的功效。」

「但願如此。那件案子已經結束了，窺探沃勒的公寓只是浪費時間而已，同時也牴觸總警司下達的命令，現在還加上我的命令。我想我不用說明拒絕服從命令的後果吧。我還要再提一件事，日本軍官會當場射殺在喝水時間以外喝水的士兵，這樣做並不是出於病態，而是因為紀律就在於一開始就割除腫瘤。我這樣說得夠清楚嗎，霍勒？」

「就跟……呃，某種非常清楚的東西一樣清楚，長官。」

「那沒事了，霍勒。」哈根在椅子上坐下，從抽屜裡拿出一份文件，開始專心閱讀，彷彿哈利已離開辦公室。過了一會，他抬頭一看，發現哈利還坐在他面前，甚是驚訝。

「霍勒，還有什麼事嗎？」

「嗯，我只是在想，二次大戰日本不是戰敗了嗎？」

哈利離開很久之後，哈根仍坐在椅子上看著那份文件，雙眼茫然。

餐廳有半數桌子坐著客人，就跟昨天一樣。門口一名服務生招呼他，那服務生年輕英俊，有著藍色眼睛和金色捲髮，十分神似喬吉，因此他情不自禁地在門口佇足片刻。他看見服務生的笑容越來越燦爛，發現自己無意間暴露了心思。他在寄物處脫下雨衣，感覺服務生的眼睛注視著他。

「您的大名是？」服務生問道。

他低聲說了。

服務生伸出細長手指，在訂位簿上滑動，然後停下。

「找到你了。」服務生說，藍色眼眸直視著他，直到他感覺自己臉頰發燙。

這家餐廳看起來不像高級餐廳，但除非他的心算退步，否則菜單上的價格簡直讓他無法置信。他點了麵和一杯水。他餓了。他的心跳冷靜正常。餐廳裡其他客人正在談笑，彷彿沒什麼事會發生在他們身上。他總是覺得意外，因為自己身上竟然沒散發寒氣、腐臭味或黑色光芒。

又或者只是沒人注意到而已。

外頭市政府的時鐘用三個音符敲了六下。

「這家店很不錯。」希雅說，環目四顧。這家餐廳擺設整齊，他們的位子可以看見外頭的人行道。隱藏式喇叭流瀉出輕柔的新世紀音樂。

「我希望今天可以很特別，」尤恩說，細看菜單。「妳想吃什麼？」

希雅很快地看完一頁菜單。「我得先喝點水。」

她喝了很多水，尤恩知道這跟她的糖尿病和腎臟有關。

「很難選擇，」她說：「每一樣看起來都很好吃對不對？」

「可是不能菜單上每樣都點。」

「對啊……」

尤恩吞了口口水。話就這麼脫口而出。他偷看希雅一眼，她並未發現。

突然間，希雅抬起頭來。「你這樣說是什麼意思？」

「什麼？」尤恩用不經意的態度問道。

「菜單上每樣都點，你是想說什麼對不對？尤恩，我了解你，到底是什麼事？」

尤恩聳了聳肩。「我們同意在訂婚之前，會把自己的一切都告訴對方，對不對？」

「對。」

「妳確定妳什麼都說了嗎？」

希雅嘆了口氣，表示無奈。「我確定，尤恩。我沒跟別人在一起過，沒有……**那樣**在一起過。」

但他在希雅眼中看見某種東西，她臉上浮現他不曾見過的表情，她嘴角一條肌肉抽動，眼神黯淡下來，彷彿光圈關閉。他無法阻止自己往下問。「連跟羅伯也沒有？」

「什麼？」

「羅伯，我記得有一年夏天你們在厄斯古德調情。」

「那時候我才十四歲，尤恩！」

「所以呢？」

起初她用不敢置信的眼神看著他，接著她的內心似乎劇烈翻騰，然後她關起心房，把他擋在外頭。尤恩用雙手握住她的手，傾身向前，輕聲說：「對不起，對不起，希雅，我不知道是怎麼了。我……可以當我沒問過這些話嗎？」

「可以點餐了嗎？」

兩人抬頭朝服務生望去。

「我要新鮮蘆筍當前菜，」希雅說，把菜單遞給服務生。「主菜是慢烤嫩牛排搭配美味牛肝菌。」

「選得好。我可以跟兩位推薦店裡剛進的紅酒嗎？口感醇厚，價格合理。」

「很不錯，但我們喝水就好，」希雅露出燦爛微笑。「很多很多水。」尤恩看著她，心中佩服她隱藏情緒的能力。

服務生離開之後，希雅看著尤恩。「你質問完了嗎？那你自己呢？」

尤恩淡淡一笑，搖了搖頭。

「你沒交過女朋友對不對？」她說：「就連在厄斯古德的時候也沒有。」

「妳知道為什麼嗎？」尤恩說，把手放在她手上。

「因為那年夏天我愛上了一個女孩，」尤恩說，重新獲得她全部的注意力。「她十四歲，後來我就一直愛著她。」

他微笑，她也微笑。他看見她走出藏身處，朝他走來。

「湯很好喝。」社福部長說，轉頭望向大衛．艾考夫，聲音大得足以讓聚在此地的媒體記者聽見。

「這是按照我們自己的食譜做的，」總司令說：「幾年前我們出版了一本食譜，如果……」

瑪蒂娜看見父親打手勢，立刻走到桌邊，在社福部長的湯碗旁放下一本書。

「……部長您在家裡想煮一餐營養美味的料理，就可以參考這本食譜。」

前來燈塔餐廳採訪的寥寥幾位記者和攝影師發出咯咯笑聲。餐廳裡客人不多，只有幾個來自救世軍旅社的老男人、一個披著披肩的悲傷女子，還有一個額頭流血的毒蟲。那毒蟲全身抖得像是山楊樹葉，非常害怕去野戰醫院，也就是二樓的診療室。客人這麼少並不令人意外，因為燈塔餐廳平常這個時候並不開放，然而部長沒時間早上來，所以沒機會看見平常這裡有多熱鬧。總司令把這些全都解釋給部長聽。部長不時點頭，並因職責在身，又喝了一口湯。

瑪蒂娜看了看錶，六點四十五分。部長祕書說他們七點得離開。

「很好喝，」部長說：「我們有時間跟這裡的人說說話嗎？」

祕書點了點頭。

瑪蒂娜心想，譁眾取寵。他們當然有時間跟人說話，這才是他們此行的目的，並不是為了分配補助款，這在電話上就可以解決，而是為了邀請媒體來拍攝社福部長探望弱勢族群、喝喝熱湯、跟毒蟲握手、同情地聆聽、許下承諾。

新聞助理對攝影師比個手勢，表示他們可以拍照了，也就是說，她希望他們拍照。

部長站了起來，扣上外套，環視餐廳。瑪蒂娜心想，不知道他會如何在三個選項之中挑選？那兩個典型的安養院老人無法達到他的目的，亦即：**部長和吸毒者或妓女面對面**，之類的。那個受傷的毒蟲看起來有點瘋狂，可能會把事情搞得太過火。至於那個女子……她看起來像是一般公民，是民眾會認同並希望幫助的人，尤其是在他們聽了她令人心碎的故事之後。

「妳慶幸有這家餐廳可以來嗎？」部長問道，朝女子伸出了手。

女子抬頭望向部長，部長說出自己的全名。

「我叫潘妮拉……」

「只說名字就好了，潘妮拉。有媒體記者在這裡，妳知道的，他們想拍幾張照片，妳願意被拍照嗎？」

「侯曼，」女子說，用手帕擤了擤鼻涕。「我叫潘妮拉．侯曼。」她朝點蠟燭的桌子上所擺的其中一張照片指了指。「我是來這裡紀念我兒子的，可以請你讓我一個人靜一靜嗎？」

瑪蒂娜走到潘妮拉的桌子旁，部長及其隨扈迅速離開，她看見他們還是去找那兩個老人。

「沛爾的事我很遺憾。」瑪蒂娜低聲說。潘妮拉抬頭朝她望去，她的臉因為哭泣而腫脹。瑪蒂娜猜想這也可能是因為服用鎮靜劑的緣故吧。

「妳認識沛爾？」潘妮拉問道。

瑪蒂娜比較喜歡說真話，即使真話傷人，但這並非來自她從小的教養，而是因為她發現就長遠來看，說真話比較簡單。然而她彷彿聽見潘妮拉用嗚咽的聲音禱告，祈求有人說她兒子不只是個行屍走肉的吸毒者，死了只是讓社會少一個負擔；而是一個人，一個別人會說認識並曾和他是朋友，或甚至喜歡的人。

「侯曼太太，」瑪蒂娜以噎住的聲音說：「我認識他，他是個很好的青年。」

潘妮拉的眼睛眨了兩下，沒有說話，她試著微笑，但在臉上卻形成苦笑。最後她只擠出一句話：「謝謝。」淚水撲簌簌地滾落面頰。

瑪蒂娜看見父親在桌前朝她揮手，但她還是坐了下來。

「他們……他們也帶走了我先生。」潘妮拉嗚咽地說。

「什麼？」

「警方說沛爾是他殺的。」

瑪蒂娜離開潘妮拉時，心裡想的是那個高大的金髮警察，他說他關心沛爾時一副正派的樣子。她覺得怒火中燒，同時又感到困惑，因為她不明白自己為何要對一個陌生人這麼生氣。她看了看錶，六點五十五分。

哈利煮了魚湯，用的是芬達斯湯包加上牛奶和魚布丁，以及法國麵包。這些材料都是在尼亞基雜貨店買的，這家小雜貨店是他樓下鄰居阿里和弟弟開的。客廳桌上除了湯盤，還擺了一大杯水。

哈利把一張CD放進音響，調高音量，清空腦袋，專心聽音樂、喝湯。現下他的世界就只有聲音和味道。

湯喝到一半，CD放到第三首，電話響起。哈利決定讓電話繼續響。電話響到第八聲時，他起身關上音樂。

「我是哈利。」

電話是奧絲琪打來的。「你在幹嘛？」她壓低聲音說，但聽起來依然有回音。哈利猜她應該是把自己關在自家浴室中打電話。

「吃東西、聽音樂。」

「我要出去，那地方正好離你家不遠，你今天晚上有事嗎？」

「有。」

「什麼事？」

「繼續聽音樂。」

「嗯，聽起來你不想有人作伴。」

「可能吧。」

一陣靜默。奧絲琪嘆了口氣。「你改變心意的話再跟我說吧。」

「奧絲琪？」

「什麼事？」

「這跟妳沒關係，好嗎？純粹是我個人的因素。」

「哈利，你用不著道歉，我的意思是說如果你以為這對我們兩個人都很重要，那大可不必。我只是想說能去找你也不錯。」

「改天好了。」

「什麼時候？」

「就是改天。」

「改天？還是下輩子？」

「都差不多。」

「好吧，哈利，不過我喜歡你，你可別忘了。」

哈利掛上電話，站著不動，無法適應突來的寂靜。剛才電話響起時，他腦子裡浮現一張臉孔，這讓他覺得驚訝無比，他不是因為看到那張臉而驚訝，而是因為那不是蘿凱的臉，也不是奧絲琪的。他在椅子上癱坐下來，決定不要再多花時間去想這件事。倘若這表示時間這帖良藥已開始發揮作用，蘿凱正在離開他的身體，那麼這算是個好徵兆，好到他不想替這個過程添加複雜因素。

他調高音響音量，清空腦袋。

他付了帳，把牙籤放在菸灰缸裡，看了看錶。六點五十七分。肩套摩擦著他的胸肌。他從內袋拿出照片，看了最後一眼。時間到了。

他起身朝廁所走去，餐廳裡沒有一位客人注意他，連隔壁桌的一對男女也沒注意。他走進廁所隔間，鎖上門，等候一分鐘，抑制住檢查手槍是否上膛的衝動。這是他跟波波學來的：如果你習慣每件事都要檢查兩次，就會失去敏銳度。

一分鐘過去了。他走到寄物處，穿上雨衣，綁上紅領巾，戴上帽子壓到耳緣，打開通往卡爾約翰街的餐廳大門。

他快步走到這條街的最高點，並不是因為趕時間，而是因為他發現這裡的人走路都很快，所以他必須跟上步調，以免突顯自己。他經過街燈旁的垃圾桶。昨天他就計畫好了，要在回程時把手槍丟棄在這個位於熱鬧人行步道上的垃圾桶裡。警方會找到這把手槍，但沒關係，只要手槍不是在他身上搜出來就好。

遠遠地就聽得見音樂聲。

數百人在樂團前方圍成半圓。他抵達時，一首歌正表演完畢。眾人齊聲鼓掌，這時鐘聲響起，於是他知道自己準時抵達。半圓內的樂團前方有個黑色鍋子掛在三根木柱上，鍋子旁邊的男子就是照片中的人。這裡的光線只來自於街燈和兩個手電筒，但他十分確定，尤其是男子身上穿戴著救世軍的制服和帽子，令他更為確定。

主唱歌手對麥克風喊了幾句話，眾人鼓掌歡呼。音樂再度奏起，一個手電筒熄滅。音樂聲震耳欲聾，鼓手每次敲擊小鼓都高高舉起右手。

他穿過人群，來到距離那名救世軍男子九呎之處，並查看後方是否有障礙物。他前面站著兩名少女，正把口香糖的氣味呼到冷空氣中，兩人都比他矮。他腦子裡沒有特別想法，也不趕時間，只是來執行任務，不需要任何客套。他掏出手槍，伸直手臂。如此一來，距離縮短到六呎。他瞄準目標。鍋子旁的男子身影變成了兩個。他放鬆身體，兩個身影變成了一個。

「Skål（**乾杯**）。」尤恩說。

音樂從喇叭流出，猶如黏稠的蛋糕糊。

「Skål（**乾杯**）。」希雅說，順從地舉杯相碰。

喝完之後，他們彼此注視，尤恩無聲地說**我愛妳**。

她垂下目光，臉頰發紅，嘴角泛起微笑。

「我有個小禮物要送給妳。」尤恩說。

「喔？」她的口氣帶著點玩鬧和撒嬌。

他把手伸進外套口袋，指尖在手機底下摸到堅硬的塑膠珠寶盒。他心跳加速。天啊，他是多麼期盼和害怕這個晚上和這一刻的來臨。

手機發出震動。

「有重要的事嗎？」希雅問道。

「沒什麼，我……抱歉，我馬上回來。」

他走進洗手間，拿出手機，看了看螢幕顯示，嘆了口氣，按下綠色按鈕。

「嗨，甜心，你好嗎？」

她語氣活潑，彷彿只是剛聽見好玩的事，忽然想起他，才一時興起打給他，但通話紀錄顯示他有六通未接來電。

「嗨，倫西。」

「你的聲音怎麼怪怪的，你……？」

「我在餐廳的洗手間裡，希雅跟我來這裡吃飯。我們改天再聊。」

「改天什麼時候？」

「就是……改天。」一陣靜默。

「啊哈。」

「倫西，我應該打給妳才對，有件事我要告訴妳，但我想妳已經知道了。」他吸了口氣。「妳跟我，我們不能……」

「尤恩，我幾乎聽不見你說什麼。」尤恩懷疑這句話的真實性。

「明天我去你家找你好嗎？」倫西說：「然後你再跟我說。」

「我明天晚上不方便，其他晚上也……」

「那明天在富麗飯店吃午餐，我再用簡訊把房號傳給你。」

「倫西，不……」

「尤恩，我聽不見你說什麼，明天再打給我。喔，不對，明天我整天都在開會，那我再打給你，不要關機喔，還有祝你晚上愉快，親愛的。」

「倫西？」

尤恩看了看手機螢幕，倫西已掛斷電話。他可以走到外面，再打回去，把事情解決。既然他都已經提出來了，因此這應該是最好的辦法，也是最聰明的做法，一鼓作氣把事情了結。

現下他們面對面站立，但身穿救世軍制服的男子似乎並未看見他。他冷靜呼吸，手指扣在扳機上，緩緩施力。這時他的腦際閃過一個念頭，男子看起來既不驚訝也不害怕，正好相反，男子臉上似乎掠過瞭解的亮光，彷彿看見這把槍之後，讓他困惑已久的問題得到解答。接著槍聲響起。

假如槍聲和小鼓的鼓聲同時響起，音樂聲可能會蓋過槍聲，但是沒有，因此槍聲讓許多人轉頭朝雨衣男子望去，並看見他手上的槍。這時他們看見救世軍男子的帽子上出現一個洞，就在字母A的下方。他的身體往後倒下，雙臂前甩，宛如玩偶一般。

哈利在椅子上猛然抽動。他睡著了。客廳的一切是靜止的。是什麼吵醒了他？他側耳聆聽，只聽見低低的、穩定的、令人安心的城市噪音。不對，還有其他聲音，他豎耳凝聽。有了。那聲音非常細微，但被他辨識出來之後，那聲音就變得越來越大、越來越清楚。

哈利坐在椅子上，閉上眼睛。

接著他突然火冒三丈，想也不想，氣沖沖地走進臥室，打開床邊桌的抽屜，拿出莫勒送的手錶，打開窗戶，用盡全力把它往黑暗中丟去。他先聽見手錶打中隔壁房屋，又聽見手錶掉落冰凍路面。他甩上窗戶，扣上窗鉤，回到客廳，調高音響音量，讓聲音大到喇叭傳音膜在他面前震動。這股震動傳入他耳中十分美妙，貝斯聲灌滿他的嘴巴。

群眾的目光離開樂團，集中在倒在雪地中的男子。男子的帽子滾落到主唱的麥克風架旁，渾然不覺的樂手仍繼續演奏。

兩名少女中，最靠近倒臥男子的那位往後退，另一名則放聲尖叫。

歌手原本閉著眼睛唱歌，這時她睜開雙眼，發現觀眾的注意力已不在她身上。她轉過頭去，看見雪地裡倒臥一名男子。她的眼睛尋找警衛、主辦人、演唱會經理，或任何可以處理這種情況的人，然而這只是一般的街頭音樂會。每個人都在等待別人做出動作，樂手仍繼續演奏。

這時群眾開始移動，讓出一條路，一名女子從中間擠了出來。

「羅伯！」

她的聲音相當嘶啞，臉色蒼白，身穿單薄的黑色皮夾克，袖子上有破洞，蹣跚地走到失去生命的屍體旁跪了下來。

「羅伯？」

她伸出細瘦的手觸摸他的脖子，朝樂團轉過頭去。

「天啊別再彈了！」

樂手一個接一個停止演奏。

「這個人死了，快找醫生來！」

她把手放到他的脖子後側，依然摸不到脈搏。這種事她有過很多經驗，有時對方可以安然無恙，但通常並非如此。她滿腹疑惑。不可能是藥物過量，他是救世軍，不會吸毒的不是嗎？天空開始飄雪，雪花飄落在男子臉頰上，以及閉上的眼睛和半開的嘴巴上，逐漸融化。他是個英俊的年輕人。她看著他放鬆的臉龐，彷彿看見自己的兒子正在睡覺。接著她發現一條紅色紋路從他頭上的小黑洞越過額頭，延伸到太陽穴，進入耳朵。

有人伸出手臂抓住她，把她拉了起來，另一人彎腰查看。她看了他的臉和那個小黑洞最後一眼，突然一陣心痛，因為她想到同樣的命運正在等待她的兒子。

他快步行走，腳步不算太快，因為他不是在逃跑。他看著前方路人的背影，察覺有人匆匆走在他後頭。沒有人阻擋他，當然沒有，通常人們聽見槍聲會退卻，看見槍枝會逃跑。而現在的狀況是，大部分的人都還沒意識到發生了什麼事。

這是最後一項任務。

他聽見樂團依然在演奏。

天空下起了雪，太好了，這會讓人們垂下視線以保護眼睛。

他在前方數百碼的街道上看見黃色的車站建築。有時他心中會浮現一種感覺，塞爾維亞T-55戰車不過是緩緩移動、又盲又啞的鋼鐵怪物，當他回去時，家鄉依然矗立在原地。

有人站在他計畫棄置手槍的地方。

那人身上除了藍色運動鞋之外，衣服看起來新而時髦，但面容卻憔悴滄桑，宛如鐵匠的臉。那人不管是老是少，無論年紀多大，看起來一時之間都不會離開，因為他把整隻右手臂都伸進了綠色垃圾桶的開口中。

他看了看錶，沒有慢下腳步。這時距離他開槍已過了兩分鐘，距離列車出發還有十一分鐘，而手槍還在他身上。他經過垃圾桶，繼續往餐廳的方向走。

一名男子迎面走來，眼睛盯著他看，但他們擦肩之後，男子並未轉頭。

他朝餐廳門口走去，推開門。

寄物處有個母親在稚兒面前彎腰拉動外套拉鍊，兩人都沒轉頭看他。褐色駝毛大衣依然掛在原位，手提箱放在底下。他把大衣和手提箱拿進男廁，再次走進其中一個隔間，把門鎖上，脫下雨衣，把帽子放進口袋，穿上駝毛大衣。廁所雖然沒有窗戶，但他仍聽見外面傳來警笛聲，而且是很多警笛聲。他環目四顧。手槍必須處理掉才行。眼前沒有太多選擇。他站上馬桶座，把手伸到上方牆壁的白色排風口，試著把槍推進去，但裡頭設有柵欄。

他後退一步，呼吸變得急促，襯衫底下越來越熱。列車再過八分鐘就要離站。當然他可以搭下一班車，這不是太重要，重要的是開槍距今已過五分鐘，而他還沒把槍丟掉。她總說無論什麼事超過四分鐘，都是不可接受的風險。

當然他可以把槍留在地上，但他們訂定的原則是槍枝不能在他安全之前被找到。

他走出隔間，來到水槽前沖洗雙手，同時查看洗手間。洗手間內除了他沒有別人。Upomoć（幫幫我）！他的腳步停在水槽上方的給皂器前。

尤恩和希雅勾著手臂，離開市場街的餐廳。

她不慎踩到新雪底下的冰面，腳底一滑，兩人同時大叫，差點把尤恩也給拉倒，但尤恩在最後一秒穩住身形。她發出嘹亮笑聲，穿透他的耳膜。

「妳說願意！」尤恩對著天空大喊，感覺雪花在臉上融化。「妳說願意！」

黑夜中傳來警笛聲，而且是很多警笛聲，從卡爾約翰街的方向傳來。

「我們要不要去看看發生什麼事？」尤恩問道，牽起她的手。

「不要，尤恩。」希雅蹙眉說道。

「好啦，走嘛！」

希雅把腳戳進地面，但滑溜的鞋底找不到可以緊抓的物體。「不要，尤恩。」

尤恩只是大笑，把她拉著往前走，彷彿她是雪橇一般。

「我說不要！」

尤恩聽見她的口氣，立刻把手放開，驚訝地看著她。

希雅嘆了口氣。「我不想去看火災，只想跟你回去睡覺。」

尤恩看著她的臉龐。「希雅，我好開心，妳讓我好開心。」他沒聽見她回答，她的臉已埋在他的外套之中。

第二部　救主

9 雪

十二月十六日，星期二

現場勘察組的泛光燈打在伊格廣場上，把天上飄落的雪花都染成黃色。

哈利和哈福森站在三兄弟酒吧外，看著圍觀民眾和媒體記者擠在封鎖線周圍。哈利拿出口中香菸，咳了幾聲，咳嗽聲嘶啞濕潤。「好多記者。」他說。

「記者一下子就趕來了，」哈福森說：「他們的辦公室就在附近。」

「這可是大新聞，挪威最著名的街道在忙碌的聖誕季節發生命案，被害人站在救世軍的聖誕鍋旁，就在眾目睽睽下被槍殺，旁邊還有個著名樂團正在表演。炒作新聞需要的元素都到齊了，那些記者應該別無所求了吧？」

「還少了著名警探哈利．霍勒的專訪？」

「我們先在這裡站一會兒，」哈利說：「命案是幾點發生的？」

「七點出頭。」

哈利看了看錶。「將近一個小時前，為什麼沒人早點打電話給我？」

「不知道，我是快七點半的時候接到督察長的電話，我以為會在這裡碰到你……」

「所以是你自己打給我的？」

「呃，畢竟你……是警監啊。」

「也是……」哈利嘟囔說，把香菸彈到地上。香菸燒穿被強光照亮的冰雪表面，消失無蹤。

「很快所有證據都會被埋在一呎高的雪堆中，」哈福森說：「真是太典型了。」

「不會有任何證據的。」哈利說。

貝雅特朝他們走來，金髮上沾有雪花，手指夾著一個小塑膠袋，裡頭有個空彈殼。

「看來你說錯了。」哈福森對哈利說，露出勝利的微笑。

「九毫米子彈，」貝雅特說，露出苦笑。「最常見的子彈，我們只找到這個而已。」

「先忘記找到什麼和沒找到什麼，」哈利說：「妳的第一印象是什麼？不要思考，直接說出來。」

貝雅特微微一笑，現在她已了解哈利。直覺擺第一，接下來才是事實，只因直覺也會提供事實；犯罪現場可以提供所有資訊，只是大腦一時無法全部明白而已。

「可以說的不是很多。伊格廣場是奧斯陸最繁忙的廣場，因此現場受到高度汙染，雖然死者遇害二十分鐘後我們就趕到了，但還是一樣。不過這看起來像是行家的手法。法醫正在檢視被害人，看來他是被一發子彈擊中，正中額頭。行家，對，我直覺認為這是行家幹的。」

「正在憑直覺辦案嗎，警監？」

三人轉頭朝後方循聲望去，看見說話之人是甘納．哈根，他身穿綠色軍裝外套，頭戴黑色羊毛帽，微笑只見於嘴角。

「只要有用的方法我們都會嘗試，長官，」哈利說：「是什麼風把你吹來了？」

「這是案發現場嗎？」

「算是。」

「我猜畢悠納．莫勒喜歡待在辦公室，至於我呢，我認為領導者應該實地參與。凶手開了不只一槍嗎，哈福森？」

哈福森嚇了一跳。「根據我們訪談的證人所說，凶手只開了一槍。」

哈根在手套裡伸展手指。「凶手的描述呢？」

「凶手是一名男子，」哈福森的目光在督察長和哈利臉上游移。「目前只知道這樣，因為大家都在欣賞樂團表演，事情又發生得非常快。」

哈根吸了吸鼻涕。「這麼多人，一定有人清楚看見開槍的人。」

「大家都這麼想，」哈福森說：「但我們不確定凶手站在哪裡。」

「原來如此。」哈根再度淺淺一笑。

「凶手站在被害人前方，」哈利說：「最多距離六呎。」

「喔？」其他三人都轉頭看向哈利。

「凶手清楚知道用小口徑手槍殺人，一定要瞄準頭部才行。」哈利說：「他只擊發一枚子彈，這表示他清楚知道結果，因此他一定站得距離被害人很近，並看見被害人頭上出現小孔，知道自己沒有失手。只要檢查死者的衣服應該就能發現微量的射擊殘跡，證明我所言不虛。他們兩人距離最多六呎。」

「接近五呎，」貝雅特說：「大多數的手槍會把彈殼彈射到右方，而且不會彈得太遠。這個彈殼是在距離屍體四呎九吋的地方發現的，已經被人踩進雪裡，而且死者的外套袖子上有燒焦的羊毛線頭。」

哈利仔細觀察貝雅特。他之所以欣賞貝雅特，主要並不是因為她與生俱來的臉孔辨識能力，而是因為她的聰慧和熱忱，以及他們都有一種很傻的想法，那就是他們做的這份工作很重要。

哈根在雪地裡跺了跺腳。「幹得好，貝雅特。但究竟是什麼人會射殺救世軍軍官？」

「他不是軍官，」哈福森說：「只是一般士兵。軍官是終生職，士兵是義工或約聘人員。」他翻看筆記本。「羅伯·卡爾森，二十九歲，單身，沒有小孩。」

「但顯然有敵人，」哈根說：「妳說呢，隆恩？」

貝雅特回答時並非看著哈根，而是哈利。「也許凶手不是針對個人來的。」

「喔？」哈根微微一笑。「那是針對什麼？」

「可能是救世軍。」

「妳怎麼會這樣想？」

貝雅特聳了聳肩。

「理念衝突，」哈福森說：「像是同性戀、女牧師、墮胎，說不定是某個狂熱份子或……」

「你們的揣測我知道了，」哈根說：「帶我去看屍體。」

貝雅特和哈福森都用詢問的眼光朝哈利看去，哈利對貝雅特點了點頭。

「天啊，」他們離開之後，哈福森說：「這個督察長是打算接管調查工作嗎？」

哈利看著封鎖線外的攝影記者，他們正用閃光燈照亮冬夜。他揉揉下巴，陷入沉思。「行家。」他說。

「什麼？」

「貝雅特說兇手是行家，我們就從這裡查起。行家做案之後，第一件事會做什麼？」

「逃脫？」

「不見得，但無論如何他會先把可以將他和命案連結在一起的東西丟掉。」

「凶器。」

「沒錯，去查看伊格廣場周圍五條街內所有的容器、垃圾桶和後院，必要的話請求制服員警支援。」

「好。」

「另外，調出附近店家七點左右這段時間的監視錄影帶。」

「我叫史卡勒去辦。」

「還有一件事，《每日新聞報》也參與舉辦街頭音樂會，會寫一些相關報導，去問問他們的攝影記者有沒有拍攝觀眾的照片。」

「沒問題，這我已經想到了。」

「然後把照片拿去給貝雅特看。我要所有警探明天早上十點在紅區會議室集合，你會聯絡他們嗎？」

「會。」

「歐拉·李和托莉·李呢？」

「他們正在署裡訊問證人，凶手開槍的時候有兩個少女就站在旁邊。」

「好，叫歐拉列出被害人的親友名單，我們從親友開始調查是否有明顯動機。」

「你不是說這是行家幹的？」

「哈福森，我們必須多管齊下，再看看哪個方向的可能性最大。通常親友都很容易找到，而且十件命案裡有九件是……」

「熟人所為。」哈福森嘆了口氣。

這時有人大喊哈利・霍勒的名字，打斷他們的談話。他們轉過頭去，看見記者正穿過雪地朝他們走來。

「採訪時間到了，」哈利說：「叫他們去找哈根，我回署裡去了。」

手提箱完成託運後，他朝安檢處走去。最後一項任務完成了，他覺得欣喜無比，心情大好，因此決定冒個險。安檢處的女安檢員對他點了點頭，他從大衣內袋拿出藍色信封，出示裡頭的機票。

「有手機嗎？」女安檢員問道。

「沒有。」他把信封放在X光機和金屬探測器之間的桌子上，脫下駝毛大衣。這時他發現自己還戴著紅領巾，於是把它解下，放進口袋，再把大衣放在安檢人員提供的籃子裡，在另外兩對警覺的目光下穿過金屬探測器。他數了數，包括負責搜查大衣和輸送帶盡頭的安檢員在內，現場共有五名安檢員，他們只有一項工作，那就是確定他沒有把任何可以當做武器的東西帶上飛機。他來到探測器另一頭之後，穿上大衣，回頭去拿放在桌上的機票。沒有人阻止他，他就這樣從安檢員面前走過。把小刀夾帶在信封裡通過安檢，就是這麼簡單。他走進寬廣的出境大廳，首先令他驚訝的是大片觀景窗外的景色，因為窗外什麼景色也看不見，紛飛的白雪彷彿在窗外拉上了一道白色簾幕。

瑪蒂娜俯身坐在方向盤前，雨刷來回刷動，刷走擋風玻璃上的白雪。

「部長的反應很正面，」大衛・艾考夫滿意地說：「非常正面。」

「你應該早就料到會這樣吧，」瑪蒂娜說：「他們如果想提出負面意見，就不會來喝湯，還邀請記者了。他們只是想尋求連任而已。」

「沒錯，」艾考夫嘆口氣說，「他們想尋求連任。」他望出窗外。「里卡是個英俊的小伙子對吧？」

「爸，這話你說過了。」

「他只需要一點引導，就能成為對我們非常有用的人。」瑪蒂娜把車開到總部車庫前，按下遙控。鐵門搖晃升起。車子駛入車庫，輪胎上的防滑釘嘎扎嘎扎地輾過車庫的空曠水泥地。

天花板的燈光下，里卡身穿連身工作服和手套，站在總司令的藍色富豪轎車旁。但吸引瑪蒂娜目光的並不是里卡，而是他身旁那個高大的金髮男子。她立刻認出男子是誰。

她把車停在富豪轎車旁，但仍坐在車上，在包包裡找東西。她父親先下車，沒關車門，因此她聽見那警察說：

「你是艾考夫嗎？」聲音在四壁裡迴盪。

「對，有什麼需要幫忙的嗎，年輕人？」

瑪蒂娜聽見父親用的是友善但權威的總司令口吻。

「我是奧斯陸轄區的哈利・霍勒警監，有件關於你屬下的事，羅伯……」

瑪蒂娜開門下車，感覺哈利的目光朝她射來。

「……卡爾森。」哈利把話說完，目光回到總司令身上。

「我們的弟兄。」艾考夫說。

「什麼？」

「我們把所有同仁都視為是大家庭的一份子。」

「原來如此，既然這樣，很遺憾我得為你們的大家庭帶來死訊，艾考夫先生。」

瑪蒂娜心頭一驚。哈利等大家的心情都沉澱片刻之後，才繼續說：「今天晚上七點，羅伯．卡爾森在伊格廣場遭人槍殺身亡。」

「我的天啊，」她父親高聲說：「怎麼會有這種事？」

「目前只知道一個不明人士在人群中對他開槍，然後逃離現場。」

她父親不可置信地搖頭。「可是……可是七點，你說七點？為什麼……為什麼到現在都還沒人通知我這件事？」

「因為在這種狀況下我們必須遵循一定的程序，優先通知家屬，但很遺憾我們還沒找到他的家屬。」

瑪蒂娜從哈利耐心陳述事實的回答，得知他很習慣人們在獲知親友死訊後，總會問些不相關的問題。

「原來是這樣，」艾考夫說，鼓起雙頰，又呼了口氣。「羅伯的父母已經不在挪威了，但你們應該聯絡過他哥哥尤恩才對。」

「他不在家，手機也沒接。有人跟我說他可能在總部加班，可是我來這裡卻只見到這位年輕人。」哈利朝里卡點了點頭。里卡站在那裡，雙目呆滯猶如氣餒的大猩猩，雙臂軟軟地垂落身側，手上戴著大型專業手套，嘴唇上方的青黑色鬍碴閃爍著汗水。

「你們知道哪裡可以找到他哥哥嗎？」哈利問道。瑪蒂娜和父親面面相覷，搖了搖頭。

「你們知道有誰會想要羅伯．卡爾森死嗎？」他們再度搖頭。

「呃，既然你們已經收到通知，那我得走了，但我們明天還會來請教其他問題。」

「沒問題，警監，」總司令說，直起身子。「但是在你離開之前，可以告訴我們更詳細的事發經過嗎？」

「你可以看電視文字廣播，我得走了。」

瑪蒂娜看見父親臉色一變，遂轉頭朝哈利看去，和他目光相接。

「抱歉，」哈利說：「我們現階段的調查工作分秒必爭。」

「你……你可以去我妹妹家找找看，她叫希雅．尼爾森，」三人都轉頭朝里卡看去，他吞了口口水。
「她住在哥德堡街的救世軍宿舍。」
哈利點了點頭，正要離去，又朝艾考夫轉過身來。
「為什麼他父母不住在挪威？」
「說來話長，他們墮落了。」
「墮落？」
「他們放棄了信仰。在救世軍長大的人如果選擇不同的道路，通常會覺得很辛苦。」
瑪蒂娜看著父親，但即使是她也沒察覺到眼前堅毅的父親說的是謊言。哈利轉身離去，她感覺一顆淚水滑落。腳步聲遠離之後，里卡清了清喉嚨。「我把夏季輪胎放進後車箱了。」

加德莫恩機場的廣播系統發出通知，而他早已猜到：
「由於天候不佳，機場暫時關閉。」
事實如此，他對自己說。一小時前，廣播第一次通報說班機由於大雪而延遲，他也是這樣對自己說。眾旅客等了又等，卻只見白雪在外頭的飛機機身上越積越厚。他下意識地留意身穿制服的人員，心想機場的警察應該會穿制服。四十二號登機門櫃台內身穿藍色制服的女性工作人員再度拿起麥克風，他清楚看見她要說的話就寫在臉上。飛往札格瑞布市的班機取消了。她表示歉意，說班機改為明天早上十點四十分起飛。旅客不約而同發出無聲的呻吟。她繼續說航空公司將替過境旅客和持有回程機票的旅客，補貼返回奧斯陸的火車費用和瑞迪森飯店的住宿費用。
事實如此，他坐在火車上又在心裡說了一次。火車高速穿越墨黑夜色，在抵達奧斯陸之前只停留一站，站外的白色地表矗立著形形色色的房屋。雪花飄飛在月台投射的圓錐形燈光之間，一隻狗坐在長椅下，渾身發抖。那隻狗看起來很像丁多。丁多是隻愛玩的流浪狗，小時候他住在武科瓦爾，丁多經常在他家附近跑來跑去。喬吉和其他男孩替牠圍了個皮項圈，上頭刻著「**名字：丁多；飼主：大家**」。沒有人希望丁多受到傷害，一個人都沒有，但有時這樣仍然不夠。

尤恩避到房間另一端，門口看不見的地方。希雅打開門，門外是鄰居艾瑪。「對不起，希雅，但這個人有急事要找尤恩．卡爾森。」

「尤恩？」

一個男人的聲音說：「是的，有人跟我說可以在希雅．尼爾森的住處找到他，樓下門鈴沒有名牌，幸好這位女士很幫忙。」

「尤恩在這裡？我不知道怎麼……」

「我是警察，我叫哈利．霍勒，這件事跟尤恩的弟弟有關。」

「羅伯？」

尤恩走到門口，看見一名跟他身高相仿、藍色眼珠的男子站在門外。「羅伯做了什麼不法的事情嗎？」尤恩問道，不去理會正踮起腳尖、越過男子肩頭探看的鄰居艾瑪。

「這我們不知道，」哈利說：「我可以進來嗎？」

「請進。」希雅說。

哈利踏入門內，關上了門，將鄰居失望的臉孔關在門外。「我帶來的是壞消息，也許我們應該坐下再說。」

三人坐在咖啡桌前。尤恩的肚子彷彿被揍了一拳，他一聽見哈利帶來的死訊，頭部不由自主地猛力向前突出。

「死了？」他聽見希雅低聲說：「羅伯？」

哈利清了清喉嚨，繼續往下說。尤恩聽在耳裡，彷彿聽見的是陰暗、晦澀、難以辨識的聲音。他耳中聆聽哈利說明案情，雙眼只是注視著希雅半開的嘴巴和閃亮的嘴唇。嘴唇是濕潤的、紅色的。希雅急促喘息。他沒發覺哈利已停止說話，直到聽見希雅的聲音說：

「尤恩？他在問你問題。」

「抱歉，我……你說什麼？」

「我知道你還處於震驚狀態，但我想請問你是否知道有誰想殺害你弟弟？」

「羅伯？」尤恩覺得周遭的一切似乎都處於慢動作的狀態，就連他的搖頭也是。

「了解，」哈利說，並未在他剛拿出來的筆記本上寫字。「他在工作上或私生活中有沒有跟人結仇？」

尤恩聽見自己發出不合宜的笑聲。「羅伯是救世軍成員，」他說：「我們的敵人是貧窮，物質和靈性是相對的。很少有救世軍被人殺害。」

「嗯，這是工作上，那私生活呢？」

「我剛剛說的已經包括了工作和私生活。」

哈利沉默等待。

「羅伯心地很好，」尤恩說，聽見自己的聲音開始分崩離析。「又很忠誠，大家都喜歡羅伯，他……」話聲越來越濃重，最後停了下來。

哈利環視四周，似乎在這裡覺得不甚舒服，但卻耐心等待尤恩把話說完。

尤恩不斷吞口水。「他也許有時瘋狂了點，還有點……衝動，有些人可能覺得他有點憤世嫉俗，但他就是這樣的人。羅伯的內心只是個不會傷害別人的小男孩。」

哈利轉頭望向希雅，又低頭看著筆記本。「妳應該就是里卡．尼爾森的妹妹希雅．尼爾森吧，剛才尤恩說的符合妳對羅伯．卡爾森的印象嗎？」

希雅聳了聳肩。「我沒那麼認識羅伯，他……」她交疊雙臂，避開尤恩的目光。「就我所知，他沒傷害過別人。」

「羅伯有沒有說過什麼話，讓人覺得他跟別人起衝突？」

尤恩搖了搖頭，彷彿想把體內什麼東西甩掉。羅伯死了。死了。

「羅伯有沒有欠錢？」

「沒有。有，欠我一點點。」

「你確定他沒有欠別人錢嗎？」

「這什麼意思？」

「羅伯有沒有吸毒？」

尤恩看著哈利，雙眼露出驚恐神色，回答說：「沒有，他沒吸毒。」

「你怎麼能確定？通常……」

「我們的工作必須應付吸毒者，所以我們知道吸毒的症狀，羅伯沒有吸毒好嗎？」

哈利點了點頭，做了筆記。「抱歉，但我們必須問這些問題。當然我們也不排除開槍的凶手精神失常，羅伯只是被隨機選到而已。或者，站在聖誕鍋旁邊的救世軍既然是個象徵，凶手針對的也可能是你們的組織。你知道任何可能支持這個假設的事情嗎？」

尤恩和希雅不約而同搖了搖頭。

「謝謝你們的幫忙。」哈利把筆記本塞進外套口袋，站了起來。「我們找不到你父母的電話號碼和地址……」

「這我來聯絡。」尤恩說，瞪著空氣。「你確定嗎？」

「確定什麼？」

「真的是羅伯嗎？」

「是的，很遺憾。」

「但你們只確定這個而已，」希雅衝口說：「除此之外你們一無所知。」

哈利在門前停下腳步，思索她這句話。

「我想這對目前狀況是非常正確的判斷。」他說。

清晨兩點，雪停了。原本懸浮在城市上空、猶如沉重黑色舞台布幕的雲層退到一旁，露出黃澄澄的大月亮。裸露的天空底下，溫度再次下降，房屋牆壁咯吱作響，頻頻呻吟。

10 懷疑者

十二月十七日，星期三

聖誕夜前的第七天以凍寒低溫揭開序幕，奧斯陸街上的行人都感覺自己像是被精鋼手套掐住似的，只是沉默地快步前進，專注於一件事：趕緊到達目的地，逃離冰寒的魔掌。

哈利坐在警署紅區的會議室裡，聆聽貝雅特述說讓大家士氣低落的報告，同時試著忽略面前桌上的報紙。每份報紙都以頭版報導命案，搭配伊格廣場陰暗模糊的冬季照片，內頁還有兩三版的相關報導。《世界之路報》和《每日新聞報》隨機且匆忙地訪問了羅伯的友人，並基於些許善意，拼湊出這個人的輪廓，稱得上是他的寫照。「他是好人。」「樂意幫助別人。」「太不幸了。」哈利極為仔細地看過這些報導，但找不到任何有價值的線索。沒有記者聯絡上羅伯的父母，只有《晚郵報》引述尤恩說的話，「難以置信」的這個小標題打在尤恩的照片下方，照片中他站在哥德堡街救世軍宿舍前，一臉茫然，頭髮凌亂。這則新聞是哈利的老朋友羅傑・錢登寫的。

哈利透過牛仔褲破洞抓了抓腿，心想應該穿衛生褲才對。早上七點半他來上班時，問過哈根誰要負責領導這起命案的調查工作。哈根看著哈利，回答說他和總警司一致決定讓哈利領導調查工作，直到進一步通知。哈利沒細問「直到進一步通知」是什麼意思，只是點頭離去。

早上十點開始，十二名犯罪特警隊的警探加上貝雅特和哈根，就一直圍在桌前討論。哈根說他想「共同參與」。

昨晚希雅說的那句話，到這時都還十分符合現況。

第一，找不到證人。昨晚在伊格廣場上的人都沒看見什麼有價值的線索。監視影片目前仍在查看中，尚未有所發現。他們查訪過卡爾約翰街上的商店和餐廳員工，但沒人注意到任何不尋常之處，也沒有其他人站出來提供線索。《每日新聞報》把昨晚的觀眾照片寄給了貝雅特，但她回報說那些照片不是少女的微笑特寫，就是全景照，觀眾的面孔十分模糊。她挑出全景照，把羅伯前方的觀眾放大，但並未看見手槍或任何可用來辨識兇手的東西。

第二，沒有刑事鑑識證據，只有鑑識中心的彈道專家證實那個空彈殼確實來自穿透羅伯頭部的子彈。

第三，行兇動機不明。

貝雅特報告完畢，哈利請麥努斯接著報告。

「羅伯．卡爾森在基克凡路的福雷特斯慈善商店工作，今天早上我跟商店老闆談過，」麥努斯說。他姓史卡勒，這個姓氏的意思是「捲舌發r音」，而且就如同命運的惡作劇般，他說話的確很會捲舌。「她非常震驚，說大家都喜歡羅伯，因為他是個很有魅力的人，個性又開朗。她承認說羅伯有點難以捉摸，有時會曠職，但她難以想像羅伯會有仇家。」

「我訪問過的人也是表示相同意見。」哈福森說。討論期間，哈根一直用雙手抱著後腦，臉上露出期待的淺笑看著哈利，彷彿是在欣賞一齣魔術表演，想等著看他如何從帽子裡變出小白兔，但卻什麼也沒等到，只聽見尋常的懷疑和假設。

「猜看看呢？」哈利說：「快點，我准許你們提出任何白癡想法，會議結束我就收回許可。」

「在奧斯陸最繁忙的地段，眾目睽睽之下開槍殺人，」麥努斯說：「只有一種人會做出這種事，那就是職業殺手，目的是威嚇其他不還毒債的人。」

「這個嘛，」哈利說：「緝毒組的臥底同仁都沒見過或聽說過羅伯．卡爾森這個人，而且他身家清白，沒有前科，什麼犯罪紀錄都沒有。你們聽過有從來沒被逮捕的吸毒者嗎？」

「鑑識人員在他的血液樣本裡沒發現任何非法物質，」貝雅特說：「他身上也沒有針孔或其他吸毒徵兆。」

哈根清了清喉嚨，眾人朝他看去。「救世軍的軍人不會吸毒的。請繼續。」

哈利注意到麥努斯額頭發紅。麥努斯身材矮壯結實，過去曾是體操運動員，留著一頭旁分的平順褐髮。他是年輕一代的警探，傲慢又野心勃勃，是個機會主義者，很多方面都酷似年輕的湯姆．沃勒，但卻缺乏湯姆對警察工作的特殊智能和才幹。但過去一年來，麥努斯的自信不知怎的蒸發不見，使得哈利開始思索，也許他終究無法被訓練成像樣的警察。

「但羅伯．卡爾森說不定會好奇，」哈利說：「而且我們知道吸毒者會去福雷特斯慈善商店服勞役來折抵刑期。好奇心和管道是個不妙的組合。」

「沒錯，」麥努斯說：「我問過店裡的女性人員說羅伯是不是單身，她說應該是吧，雖然有個外國少女去找過他幾次，但年紀太小了。她猜那個少女可能來自前南斯拉夫。我敢打賭，那個少女一定是科索沃阿爾巴尼亞人。」

「為什麼？」哈根問道。

「因為科索沃阿爾巴尼亞人是毒品的代名詞。」

「哇喔，」哈根咯咯一笑，靠上椅背。「年輕人，這聽起來像是惡劣的偏見。」

「沒錯，」哈利說：「我們的偏見可以用來偵破案件，因為它們不是來自於缺乏常識，而是根據事實和經驗。在這間會議室裡，我們保留對每個人歧視的權力，不論種族、宗教或性別，因為受到歧視的並不只是社會的弱勢族群而已。」

哈福森咧嘴而笑，他聽過這個準則。

「從統計學的角度來看，同性戀者、有虔誠信仰者和女人，比十八歲到六十歲之間的異性戀男人還來得守法。但如果你是女性、同性戀者、科索沃阿爾巴尼亞人，而且有虔誠信仰，那你是毒販的機率一定要比一個說挪威語、額頭有刺青的男性沙文主義肥豬還高很多。所以如果我們必須選擇，而且我們一定得做出選擇，那我們就得先把那個阿爾巴尼亞少女找來訊問。這樣會不會對奉公守法的阿爾巴尼亞人不公平呢？

當然不公平。但既然我們面對的只有可能性和有限的資源，那就無法忽略常識。如果經驗告訴我們，在加德莫恩機場海關被逮捕的人，有非常高的比例是坐輪椅用肛門來走私毒品的殘障人士，那我們就必須戴上乳膠手套，把這種人從輪椅上拖下來，一個一個用手伸進他們的肛門裡檢查，只要對媒體絕口不提這種事就好。」

「很有意思的觀點，霍勒。」哈根環視眾人，想知道其他人的反應，但大家都面無表情，無法得知。

「呃，回到案子上吧。」

「好，」哈利說：「繼續剛剛說的，搜尋凶器，但搜尋範圍必須增加到方圓六條街。我們繼續訊問證人，並去昨晚已經打烊的商店調查。不要再浪費時間看監視影片，等有了特定目標再去看。歐拉・李和托莉・李，你們已經拿到羅伯・卡爾森的公寓地址和搜索票了，地址是不是在葛畢茲街？」

兩人點了點頭。

「他的辦公室也要搜查，說不定可以找到一些線索。把公寓和辦公室的信件和硬碟都拿回來，看看他都跟什麼人聯絡。我得去聯絡克里波，他們今天詢問過國際刑警，看歐洲是否有過類似案件。哈福森，等一下你跟我一起去救世軍總部。貝雅特，會議結束後我有話跟妳說。好了，去辦案吧！」

椅子摩擦地板，腳底窸窣移動。

「等一下，各位！」

辦公室靜了下來，大家都朝哈根望去。

「我看見你們有些人穿破牛仔褲和華拉倫加足球隊的衣服來上班，你們的前任長官可能准許你們這樣穿，但我不准。媒體總是緊盯著我們，所以從明天起，我要你們穿沒有破洞也沒有廣告標語的衣服。社會大眾都在看，所以我們必須展現出中立公僕的樣子。還有，待會請官階為警監或以上的人留下。」

眾人離開會議室，只有哈利和貝雅特留下。

「我會寫一份公文發給單位裡的每一位警監，指示你們從下星期開始隨身佩槍。」哈根說。

哈利和貝雅特以不可置信的眼神看著他。

「外頭的衝突開始升溫了，」哈根說，抬起下巴。「未來手槍將是警察的必要配備，我們必須習慣這一點。高階警官必須樹立典範，示範給大家看。大家都必須熟悉手槍才行，把它當成一般工具，就好像手機或電腦一樣，可以嗎？」

「呃，」哈利說：「我沒有槍枝執照。」

「你在開玩笑吧？」哈根說。

「去年秋天我錯過測驗，只好繳回手槍。」

「那我再發給你，我有核發執照的權限。你會在信箱裡收到槍枝領取單，這樣就可以把槍領回，帶在身上，沒有人例外。沒事了，就這樣。」

哈根走出會議室。

「他瘋了，」哈利說：「我們要拿槍來幹嘛？」

「看來我們得把牛仔褲破洞縫起來，還得去買槍帶。」貝雅特說，露出好笑的神情。

「嗯。我想看看《每日新聞報》在伊格廣場拍的照片。」

「自己看吧，」貝雅特遞過一個黃色信封。「我可以問你一件事嗎，哈利？」

「當然可以。」

「剛才你為什麼要那樣做？」

「做什麼？」

「你為什麼要替麥努斯．史卡勒說話？你明明知道他有種族歧視，而且你不是真心認為剛才那番關於歧視的話是對的吧。你這樣做是想惹惱新上任的督察長嗎？還是要讓你自己從第一天開始就討人厭？」

哈利打開信封。「照片明天還妳。」

他站在霍勒伯廣場的瑞迪森飯店窗戶前，看著黎明時分的白色冰寒城市，只見建築物低矮樸素，難以想像這是全球數一數二富裕國家的首都。挪威皇宮是個毫無特色可言的黃色建築，正好體現挪威政體是過度信仰的民主政治和窮困潦倒的君主政治的折衷體。透過光禿樹枝，他看見一個大陽台，挪威國王一定都是站在那個陽台上對民眾說話。他想像把步槍舉到肩頭，閉上一隻眼睛，瞄準目標。陽台模糊了起來，化為兩個影子。

他夢見了喬吉。

那天他認識喬吉時，喬吉正蹲在一隻啼哭的老狗旁邊。他知道那隻老狗是丁多，卻不知道旁邊那個藍眼睛、金捲髮的小男孩是誰。他們合力把丁多抱進木箱，抬去城裡的獸醫那裡。獸醫的家是兩層樓灰色磚房，位在河邊一個茂密的蘋果園裡。獸醫說丁多的牙齒有毛病，而他不是牙醫。再說，誰會付錢醫治一隻老流浪狗，況且再過不久牠的牙齒都會掉光；最好現在就讓牠安樂死，省得牠因為飢餓而緩慢痛苦地死亡。但喬吉開始放聲大哭，聲音很尖，哭得悽慘莫名，哭聲幾乎是有旋律的。獸醫問他為什麼哭？他說這隻狗說不定是耶穌，因為他爸爸說耶穌就行走在我們之間，是我們當中最卑微的。這隻狗沒有人願意給牠地方住、給牠食物吃，可憐又悲慘，當然也有可能是耶穌。獸醫搖了搖頭，打電話給牙醫。放學後，他和喬吉回去看丁多，丁多猛搖尾巴。獸醫讓他們看丁多的蛀牙已經用精細的黑色填充物補起來。

喬吉雖然大他一年級，但在那之後，他們還是一起玩了幾次，不過只持續了幾星期，因為接著暑假就來臨了。到了秋天開學時，喬吉似乎已經忘了他。無論如何，他也忽視喬吉，彷彿不想跟他有任何關係。

他可以忘記丁多，但他永遠無法忘記喬吉。多年後在圍城戰事期間，他在城南廢墟碰見一隻憔悴消瘦的狗，那隻狗朝他小跑過來，舔他的臉。牠遺失了皮項圈，但他一看見牠牙齒中的黑色填充物，就知道牠是丁多。

他看了看錶。機場巴士再過十分鐘就會抵達。他拿起手提箱，再掃視房間一次，確定沒有遺留物品。他推開房門，聽見窸窣紙聲響起，低頭就看見好幾個房間外都擺著相同的報紙。報紙頭版的犯罪現場照片映入他的眼簾。他彎腰撿起厚厚的報紙，上頭用哥德字體寫著他看不懂的報紙名稱。

等電梯時，他試著閱讀報紙，雖然有些字看起來像德文，但他仍不解其義。他翻到頭版註明的頁面，這時電梯門打開，他想把這一大份不方便的報紙丟進兩台電梯之間的垃圾桶，但電梯沒人，於是他留著報紙，按下0樓按鈕，繼續看照片。他的目光被其中一張照片下方的文字所吸引，一時之間他不敢相信自己所讀到的。電梯晃了晃，開始下降。他明白了一件可怕的事實，而且十分確定。他腦中一陣暈眩，靠上牆壁，報紙差點從手中掉落，連面前的電梯門打開也沒看見。

最後他抬頭時，眼前竟然是個黑暗空間，他知道自己來到了地下室而不是大廳。不知為何，這個國家的大廳竟然是在一樓。

他走出電梯，在黑暗中坐了下來，試著把事情想清楚。電梯門在他背後關上。他所有的計畫都被打亂。八分鐘後機場巴士就要出發，他必須在這之前做出決定。

「我在看照片。」哈利不耐煩地說。

哈福森在哈利對面的辦公桌上抬起頭來。「那就看啊。」

「那你可以不要彈手指嗎？你一直彈是幹嘛？」

「你說這個？」哈福森看著自己的手指，又彈了彈，有點窘迫地說：「這是老習慣。」

「是喔？」

「我爸是六〇年代俄國足球隊守門員列夫．雅辛（Lev Yashin）的球迷。」

哈利等著他繼續往下說。

「他很希望我成為斯泰恩謝爾足球隊的守門員，所以小時候他常在我的雙眼之間彈手指，就像這樣，為的是讓我變得堅強，不會害怕朝球門踢來的球。顯然雅辛的父親也對他這樣做過。所以只要我不眨眼睛，我爸就會賞我吃一顆方糖。」

「你是開玩笑的吧？」哈利說。

「不是，紅方糖很好吃。」

「我是說彈指的事，這是真的嗎？」

「當然是真的，我爸常對我這樣做，不管是吃飯或看電視的時候，甚至連我朋友在旁邊也一樣。最後連我也開始對自己這樣做。我把「雅辛」的名字寫在每一個書包上，還刻在桌子上。現在我還是會用雅辛來當做電腦程式或其他東西的密碼，雖然我知道自己被操弄了。這樣你了解嗎？」

「不了解，所以彈指有用嗎？」

「有用，我不害怕朝我飛來的球。」

「所以你……」

「沒有，結果我球感不好。」

「你在照片裡有什麼發現嗎？」哈福森問道。

哈利用兩根手指捏著上唇。

「你如果坐在那裡一直彈指和說話，我就很難有什麼發現。」

哈福森緩緩搖頭。「我們不是應該要去救世軍總部了嗎？」

「等我看完照片。哈福森！」

「是？」

「你一定要呼吸得那麼……奇怪嗎？」

哈福森緊緊閉上嘴巴，屏住呼吸。哈利瞪了他一眼，又低下雙目。哈福森覺得他似乎在哈利臉上瞥見一絲微笑，但他可不敢拿錢出來賭這種事。微笑消失，哈利的眉間出現深刻皺紋。

「哈福森，你來看這個。」

哈福森繞過辦公桌。哈利面前有兩張照片，裡頭都是伊格廣場的群眾。

「你有沒有看見旁邊那個戴著羊毛帽、圍著領巾的人？」哈利指著模糊的臉孔。「他站在樂團旁邊的位置正好跟羅伯．卡爾森呈一直線，是不是？」

「是……」

「但你看這張照片，那裡，同樣的帽子，同樣的領巾，但現在他在中間，就在樂團正前方。」

「很奇怪嗎？他一定是走到中間，這樣才可以聽得更清楚。」

「但如果他的移動路線是反過來呢？」哈福森沒有回應，哈利繼續往下說。「通常一個人不會從正前方移到喇叭旁邊看不見樂團的地方，除非有特別的目的。」

「比如說開槍奪命？」

「認真一點。」

「好吧，但你不知道哪張照片是先拍的啊，我敢打賭他一定是往中間移動。」

「兩百。」

「一言為定。你看看街燈下的光線，這兩張照片裡都有街燈。」

哈利遞了放大鏡給哈福森。「看得出差別嗎？」

哈福森緩緩點頭。

「雪，」哈利說：「他站在樂團旁邊的那張照片正在下雪，昨天傍晚開始下雪的，一直下到深夜才停，所以這張照片是後來拍的。我們得打電話給《每日新聞報》這個叫漢斯．魏德洛的記者，如果他用的是內建時鐘的數位相機，我們就可以知道照片拍攝的正確時間。」

《每日新聞報》的記者漢斯．魏德洛是單眼相機和膠捲底片的擁戴者，因此無法答覆哈利每張照片的拍攝時間。

「好吧，」哈利說：「昨晚的音樂會是你負責拍照的？」

「對，我和勒貝格負責街頭音樂。」

「既然你用的是底片，那你應該還有其他的路人照片吧？」

「對，如果我用的是數位相機，這些可能早就被刪除了。」

「我就是這樣想。另外我還在想，不知道你可以幫我一個忙嗎？」

「什麼忙？」

「可不可以請你查看前天晚上的照片，看裡面有沒有一個頭戴毛帽、身穿黑雨衣、脖子圍著領巾的人？我們正在研究你拍的一張照片，如果你在電腦旁邊，哈福森可以把這張照片掃描下來寄給你。」

哈利從聲音聽出漢斯有所保留。「我可以把照片寄給你，這沒問題，但查看照片聽起來像是警察的工作。我是記者，我可不想越界。」

「我們有點趕時間，你到底想不想拿到警方的嫌犯照片？」

「這表示你願意讓我們登出來？」

「對。」

漢斯的聲音積極了起來。「我就在照片室，可以馬上查。我拍了很多路人的照片，所以有可能找到。只要五分鐘就好。」哈福森掃描照片並寄出，哈利輪敲手指等待著。

「為什麼你這麼確定這個人前天晚上也去過？」哈福森問道。

「我什麼都不確定，」哈利說：「但如果貝雅特的直覺是正確的，凶手是個行家，那他一定會事先勘查地形，而勘查的時間最好跟他計畫下手的時間一樣，這樣環境才會相似。前晚那裡也有舉行街頭音樂會。」

五分鐘過去了，到了第十一分鐘，電話響起。

「我是魏德洛，抱歉，我沒找到頭戴毛帽、身穿黑雨衣、戴著領巾的人。」

「幹。」哈利大聲說。

「真抱歉。要不要我把照片寄過去，你自己看？前晚我調的光線對著路人，臉孔比較清楚。」

哈利遲疑片刻。時間分配非常重要，案發後二十四小時尤其關鍵。

「好，請寄過來，我們晚點再看。」哈利說，正要把自己的電子信箱地址給漢斯，轉念又說：「對了，你把照片寄去給鑑識中心的隆恩好了，她對臉孔很有一套，說不定能看出什麼端倪。」哈利把貝雅特的信箱地址給了漢斯。「還有，不要在報紙上提到我的名字可以嗎？」

「當然不會，我們只會說資料來自警界匿名人士，很高興跟你做生意。」

哈利放下話筒，朝瞪大眼睛的哈福森點了點頭。「好了，小子，我們去救世軍總部吧。」

哈福森看了看哈利，只見他的目光在公布欄、來訪牧師名單、音樂彩排表和人員值班表上掃來掃去，不耐煩之極。身穿制服的白髮女櫃員終於講完電話，轉頭對他們露出微笑。

哈利簡單扼要地表明來意，女櫃員點了點頭，彷彿早就知道他們會來，並替他們指引方向。

兩人等電梯時不發一語，但哈福森看見哈利的眉間泌出汗珠。他知道哈利不喜歡搭電梯。兩人來到五樓，哈福森小跑跟上哈利，穿過黃色走廊。走廊盡頭的辦公室門開著。哈利猛然停步，哈福森差點撞了上去。

「妳好。」哈利說。

「嗨，」一個女子的聲音說：「又是你？」

哈利的龐大身軀擋住門口，哈福森看不見裡面說話的人，但他注意到哈利的說話聲音變了。「對，又是我。總司令在嗎？」

「他在等你，直接進去吧。」

哈福森跟著哈利穿過小前廳，對桌前那個外表有如少女的女子簡潔地點了點頭。總司令辦公室的牆上裝飾著木盾、面具和矛，滿滿的書架上放著非洲人偶和照片，哈利心想那應該是總司令的全家福照片。

「謝謝你這麼匆促地同意接見我們，艾考夫先生。」哈利說：「這位是哈福森警探。」

「真是慘事一樁，」艾考夫說，在辦公桌前站了起來，朝兩張椅子比了比。「記者已經纏了我們一整天，先跟我說目前你們有什麼發現吧。」

哈利和哈福森交換眼神。

「我們還沒打算公布調查發現，艾考夫先生。」

總司令雙眉一沉，露出威嚴神情。哈福森輕嘆口氣，準備再度目睹哈利和人針鋒相對。但總司令的眉毛立刻揚起。

「請原諒我，霍勒警監，這是我的職業病，身為總司令，我總是忘記並不是每個人都必須向我報告。有什麼可以幫得上忙的嗎？」

「簡單來說，我想知道你能否想到任何可能的行凶動機？」

「嗯，我自己也思考過這件事，可是很難想出任何動機。羅伯是個很混亂的人，但心腸很好，跟他哥哥很不一樣。」

「尤恩心腸不好？」

「尤恩不會混亂。」

「羅伯到底牽涉到什麼很混亂的事？」

「牽涉？我不是這個意思，我是說羅伯對人生沒有方向，不像他哥哥。我跟他們的父親約瑟夫很熟，約瑟夫是我們最優秀的軍官之一，但他失去了信仰。」

「你說過這件事說來話長，可以請你精簡地說說看嗎？」

「這是好問題，」大衛濃重地呼了口氣，望出窗外。「約瑟夫在中國工作時，正好當地發生水患，那裡很少有人聽過上帝，而他們正在大量死亡。根據約瑟夫對《聖經》的解釋，一個人除非接受耶穌，否則不會得救，最後會墮入地獄裡被火焚燒。當時約瑟夫在湖南省分發藥品，水中有許多山蛭出沒，很多人都被咬了。約瑟夫和他的團隊雖然帶了一整箱的血清去，但他們抵達得太遲，這種蛇的毒液含有溶血毒素，可以溶解血管壁，使得被害人的眼睛、耳朵和身體孔洞出血，一、兩個小時之內就會死亡。我自己就見過這種毒液的威力，當時我在坦尚尼亞當傭兵，見過被山蝰咬了之後會變成什麼樣子，非常恐怖。」

大衛閉上雙眼一會。

「可是在其中一個村子，約瑟夫和護士正在替一對罹患肺炎的雙胞胎注射盤尼西林時，雙胞胎的父親跑了進來，說他剛剛在稻田的水裡被山蝰咬了。約瑟夫手邊還剩一劑血清，就吩咐護士把血清裝進注射筒，替那名男子注射，然後就去外頭拉肚子，因為他跟很多人一樣肚痛腹瀉。他在水中蹲下來之後，睪丸竟然被山蝰咬了一口，他放聲尖叫，於是大家都知道發生了什麼事。他回到屋內，護士說那個中國異教徒不肯打血清，因為他知道約瑟夫也被咬了，而他希望把那劑血清讓給約瑟夫。他認為約瑟夫如果活下去，可以拯救無數孩子性命，而他只是個失去農田的農夫罷了。」

艾考夫吸了口氣。

「約瑟夫驚恐萬分，完全沒想到要拒絕，立刻叫護士幫他打血清。後來他開始哭泣，那個中國農夫安慰他。最後他打起精神，叫護士問那個中國異教徒是否聽說過耶穌，但護士還來不及問，農夫的褲子就開始被鮮血染紅，沒多久就死了。」

艾考夫看著他們，彷彿要讓他們沉澱一下。哈利心想，訓練有素的傳教士會為了達到效果而停頓。

「所以那個男人現在在地獄裡被火焚燒？」

「根據約瑟夫對《聖經》的了解，是的。不過現在約瑟夫已經退出教會了。」

「所以這就是他失去信仰，離開挪威的原因？」

「他是這樣跟我說的。」

哈利點了點頭，對著他拿出來的筆記本說：「所以現在約瑟夫．卡爾森正遭受煎熬，因為他無法接受……呃，信仰的矛盾。我這樣了解正確嗎？」

「這正是令神學家頭痛的領域，霍勒，你是基督徒嗎？」

「不是，我是警探，我相信證據。」

「意思是？」

哈利瞥了眼手錶，遲疑片刻，用平淡的語調快速回答。

「我對於宣稱信仰就是天堂門票的宗教持有疑問，換句話說，我認為這種宗教是要人改變常識，去接受被理智所否定的事。歷史上有很多獨裁者都是用這種方法來讓知識份子歸順，他們說世界上有那個更高的存在，卻又不提出證據。」

總司令點了點頭。「這是經過深思熟慮的反對意見，當然了，你不是第一個提出這種意見的人。但是有很多比你我更有智慧的人都有信仰，這對你來說不是互相矛盾的嗎？」

「不會，」哈利說：「我見過很多比我更聰明的人，他們殺人的理由你我都無法了解。你認為殺害羅伯的凶手會不會是針對救世軍來的？」

總司令立刻下意識地在椅子上坐直身子。「我不太認為這是某個團體基於政治理由而做出的行為。救世軍在政治議題上一向採取中立，從以前到現在都是。二次大戰期間，我們甚至沒有公開譴責德軍占領挪威，只是繼續進行我們的工作。」

「真是可喜可賀。」哈福森淡淡地說，被哈利用警告的眼神瞪了一眼。

「我們只對一八八八年的一場入侵行動獻上祝福，」艾考夫毫不退縮地說：「那年瑞典救世軍決定占領挪威，於是奧斯陸最貧窮的藍領階級區有了第一個救濟站。你知道嗎？那裡就是你們警察總署所在的地區。」

「我想不會有人因此而痛恨你們，」哈利說：「我覺得現在的救世軍比以前更受歡迎。」

「這可難說了，」艾考夫說：「我們很高興挪威人民信任我們，這我們感覺得到，但我們的召募成效差強人意。今年我們在亞斯克市的軍官訓練學校只有十一名學生，但宿舍房間卻可以容納六十人。另外在很多議題上，比如說同性戀，我們的方針是堅持遵守《聖經》的傳統解讀。不用說，我們在各個方面都不受歡迎。但我們會迎頭趕上，一定會的。比起較為自由的同質團體，我們只是慢了一點而已。但你知道嗎？我認為在這個變化快速的時代，慢一點沒有太大關係。」他對哈福森和哈利露出微笑，彷彿他們已表示同意。「無論如何，年輕一代將會接手，我想他們會有年輕的觀點。最近我們即將任命新的行政長，許多年輕人員都報名了。」他把一隻手放在肚子上。

「羅伯也在內嗎？」哈利問道。

總司令微笑搖頭。「我確定他沒有，但他哥哥尤恩有。行政長必須管理大量金錢和救世軍的所有房產，羅伯不是可以承擔這種重責大任的人，他也沒念過軍官訓練學校。」

「你說的房產是指哥德堡街的宿舍嗎？」

「我們擁有很多房產。我們的人員住在哥德堡街的宿舍，而其他地方像是在亞克奧斯街的房子，則是給厄利垂亞、索馬利亞和克羅埃西亞的難民居住。」

「嗯，」哈利看著筆記本，用筆敲了一下椅子扶手，站了起來。「我想我們已經占用你太多時間了，艾考夫先生。」

「喔，沒有的事，畢竟這件案子跟我們有關。」

總司令送他們到門口。

「我可以問你一個私人問題嗎，霍勒？」總司令問道：「我是不是在哪裡見過你？我對面孔是過目不忘的。」

「可能是在電視或報紙上吧，」哈利說：「我偵辦過一起挪威人在澳洲遇害的命案，當時媒體大肆報導過。」

「不是，媒體上的面孔我會忘記，我一定是見過你本人。」

「你可以先去開車嗎？」哈利對哈福森說。他離開後，哈利轉身面對總司令。

「我不知道該怎麼說，但救世軍幫過我。」哈利說：「有一年冬天我喝得爛醉，無法照顧自己，有個救世軍軍人在街頭把我扶起來。起初他想打電話給警方，認為警方會處理得比較好，但我說我是警察，這樣會害我被開除，於是他帶我去野戰醫院。醫院裡有人替我打針，還讓我在那裡睡覺，所以我非常感謝你們。」

艾考夫點了點頭。「我想也差不多是這樣，只是不方便說出口。至於感謝的部分，應該可以先擺在一旁，你只要查出殺害羅伯的真凶，就變成是我們欠你一份人情了。願上帝幫助你和你的工作，霍勒。」

哈利點了點頭，走進接待室，站在艾考夫關上的辦公室門口看了一會。

「你們看起來很像。」哈利說。

「喔？」女子用低沉嗓音說：「他有沒有很凶？」

「我是說在照片裡。」

「那時候我才九歲，」瑪蒂娜・艾考夫說：「虧你認得出來。」

哈利搖了搖頭。「對了，我本來想跟妳聯絡的，有話想跟妳說。」

「喔？」

哈利發現他說的這句話會被誤解，趕緊又說：「是關於沛爾・侯曼的事。」

「有什麼好說的嗎？」瑪蒂娜淡淡回道，聳了聳肩，口氣突然冷淡下來。「你有你的工作要做，我有我的工作要做。」

「也許吧，可是我……呃，我想跟妳說這件事不是表面上看起來那樣。」

「表面上看起來怎樣？」

「就是我告訴妳說我關心沛爾・侯曼，結果卻毀了他的家庭。我的工作有時候就是這樣。」

瑪蒂娜正要回話，電話響起，她接了起來。

「維斯雅克教堂，」她答道：「二十一號星期日中午十二點，對。」

她掛上電話。

「大家都會去參加喪禮，」她說，翻動文件。「政客、教士、名人，每個人都想在我們悲傷的時刻來分一杯羹，我們雇用的新歌手的經紀人還打電話來說，他旗下的歌手可以在喪禮上獻唱。」

「呃，」哈利說，心想不知道自己會說出什麼話。「這……」

電話又響了起來，因此他沒機會得知自己會說什麼。他知道該是迅速退場的時候，對瑪蒂娜點了點頭，逕自走出門外。

「我已經安排週三由歐勒去伊格廣場，」哈利聽見背後傳來瑪蒂娜的說話聲。「對，代替羅伯。所以問題是你今天晚上可以一起跟我上救濟巴士嗎？」

哈利走進電梯，低聲咒罵自己，用雙手搓揉臉頰，發出絕望的笑聲，就好像看見可怕小丑時會發出的笑聲。

羅伯的辦公室今天看起來似乎更小了點，但一樣混亂。辦公室裡最醒目的是窗戶旁的救世軍旗幟，窗玻璃上結著冰花，小刀插在辦公桌上，旁邊是一疊紙張和未拆的信封。尤恩坐在桌前，目光在四壁之間游移，最後停在羅伯和他的合照上。這張照片是什麼時候拍的？地點應該是在厄斯古德莊園，不過是哪年夏天拍的？照片中羅伯努力表現正經，但仍止不住笑，使得他的笑容看起來頗不自然，像是硬擠出來的。

尤恩看過今天的報紙，覺得很沒真實感，儘管所有細節他都知道，但仍覺得這件事是發生在別人身上，不是羅伯。

辦公室門打開，門外站著一名高䠷的金髮女子，身穿軍綠色飛行員外套，有著蒼白薄唇，眼神堅毅冷漠，臉上毫無表情。她背後站著一名矮胖的紅髮男子，他有張圓滾滾的娃娃臉，咧嘴而笑，笑容像是嵌在他臉上似的，裡頭似乎蘊含著好消息和壞消息。

「你是誰？」女子說。

「尤恩．卡爾森，」尤恩看見女子的眼神變得更為冷漠，便繼續說：「我是羅伯的哥哥。」

「抱歉，」女子用平板語調說，踏進辦公室，伸出了手。「我叫托莉．李，犯罪特警隊的警探，」她的手掌骨骼甚是堅硬，但頗為溫暖。「這位是歐拉．李。」

男子點了點頭，尤恩也點頭回應。

「很遺憾發生這種事，」女子說：「但這是命案，所以我們得封鎖這間辦公室。」

尤恩又點了點頭，目光回到牆上那張照片。

「恐怕我們得……」

「喔，好，沒問題，」尤恩說：「抱歉，我有點恍神。」

「我完全可以理解。」托莉露出微笑，不是發自內心的大微笑，而是友善的小微笑，對現下情況甚為恰當。尤恩心想，這些警探一定很有應付生死之事的經驗，就跟牧師一樣，就跟他父親一樣。

「你有動任何東西嗎？」托莉問道。

「動？沒有，為什麼要動？我一直坐在這張椅子上。」尤恩站了起來，不知為何，他從桌上拔起羅伯的小刀，折起來放進口袋。

「交給你們了。」他說，離開辦公室。門在他背後輕輕關上。他走到樓梯口，忽然想到幹嘛做這種蠢事，帶著小刀離開辦公室，便掉頭往回走，打算把小刀放回去。他走到關上的辦公室門前，聽見那女子笑道：「我的天啊，嚇我一大跳！他跟他弟弟幾乎是一個模子刻出來的，剛才我還以為見到鬼了。」

「他們也不算長得一模一樣。」男子說。

「你只看過照片……」

這時尤恩的腦際閃過一個可怕的念頭。

SK-655班機十點四十分準時從加德莫恩機場起飛，前往札格瑞布市。班機飛到賀戴爾湖上空左轉，設定南向航線，朝丹麥奧爾堡市的導航塔飛去。今天氣溫特別低，因此大氣層中的對流層頂降得頗低，使得這架麥道MD-81型客機才飛到奧斯陸市中心上空，就已經開始爬升穿越對流層頂。飛機飛越對流層頂會留下凝結尾，所以他如果抬頭，就會看見他原本應該搭乘的這架飛機在高空中拉出長長的飛機雲。但他正站在鐵路廣場上的電話亭前，全身簌簌發抖。

他把行李鎖在奧斯陸中央車站的置物櫃裡，現在他需要一個旅館房間。他必須完成任務，這表示他必須有槍，但在這個人生地不熟的城市裡，該如何弄到一把槍？

他聆聽查號台小姐用誦經般的北歐英語說，奧斯陸電話簿上有十七個名叫尤恩．卡爾森的人，沒辦法每個電話號碼都給他，但可以給他救世軍的電話號碼。

救世軍總部的小姐說他們這裡有個叫尤恩．卡爾森的人，但今天沒來上班。他說他想寄聖誕禮物給尤恩．卡爾森，不知道可不可以給他住家地址？

「我看看，他的地址是哥德堡街四號，郵政號碼是〇五六六。很高興知道有人想到他，那個可憐的傢伙。」

「可憐的傢伙？」

「對啊，他弟弟昨天被人槍殺。」

「弟弟？」

「對啊，在伊格廣場，今天報紙都有登。」

他道謝後掛上電話。

有個東西碰了碰他的肩膀，他轉過身去。

碰他肩膀的是個紙杯，清楚表示拿著這個紙杯的少年有什麼目的。少年身上的牛仔外套的確有點髒，但臉上鬍子刮得很乾淨，髮型摩登，衣著整齊，眼神開放警覺。少年說了幾句話，他聳了聳肩，表示不會說挪威語，於是少年脫口說出流利英語：「我叫克里斯多夫，今天晚上需要錢住宿，否則我會凍死。」

這些話他聽在耳裡，覺得幾乎套用了他在行銷課學過的重點：簡短扼要的訊息，再加上自己的名字；訴諸情感，立刻產生加分效果。此外這個訊息還伴隨著燦爛笑容。

他搖了搖頭，就要離開，但少年乞丐拿著紙杯擋在他面前。「別這樣，先生，難道你沒有露宿街頭的經驗嗎？在街上度過又冷又害怕的夜晚？」

「事實上我有。」他突然有股瘋狂的衝動，想跟少年說他曾在積水的狐狸洞躲了四天，等待塞爾維亞戰車的出現。

「那你應該知道我的意思，先生。」

他緩緩點頭，做為回應，把手伸進口袋，拿出一張鈔票，看也不看就給了克里斯多夫。「反正你還是會睡在街頭對不對？」

克里斯多夫把錢收進口袋，點了點頭，露出抱歉的微笑。「我得先買藥，先生。」

「你平常都睡哪裡？」

「那裡，」毒蟲伸手一指，他沿著細瘦食指望去。「也就是貨櫃場，今年夏天那裡要蓋歌劇院。」克里斯多夫又露出燦爛笑容。「我喜歡歌劇。」

「現在那裡不是有點冷？」

「今晚我可能得去救世軍旅社，那裡總是有免費床位。」

「是嗎？」他打量著少年，只見克里斯多夫全身上下還算整潔，笑起來會露出整齊亮白的牙齒，但他聞到了蛀牙的氣味。他聆聽少年說話時，彷彿聽見數千張嘴巴的嚙食聲，由內而外侵蝕肉身。

11 克羅埃西亞

十二月十七日，星期三

哈福森坐在方向盤前，耐心等待前方那輛掛著卑爾根車牌的車子，只見那輛車的駕駛人將油門踩到底，車輪在冰面上不停打轉。哈利正在和貝雅特講電話。

「什麼意思？」哈利高聲說，蓋過引擎加速的聲音。

「這兩張照片上的人看起來不一樣。」貝雅特又說一次。

「同樣的羊毛帽、同樣的雨衣、同樣的領巾，一定是同一個人啊。」

貝雅特沒有答話。

「貝雅特？」

「臉孔不是很清楚，有點怪怪的，我不確定是哪裡怪，可能跟光線有關。」

「嗯，妳認為我們是在白費力氣？」

「我不知道，這個人站在卡爾森前方的位置，的確符合技術證據。那是什麼聲音這麼吵？」

「小鹿斑比在冰上奔跑，回頭見囉。」

「等一下！」

哈利留在電話上。

「還有一件事，」貝雅特說：「我看過前天的照片。」

「然後呢？」

「我找不到臉孔相符的人，但我發現一個小地方，有個男人身穿黃色雨衣，也可能是駝毛大衣，他圍了圍巾……」

「妳是說領巾？」

「不是，看起來是一般的羊毛圍巾，但圍巾的打法跟他、或他們的領巾打法一樣，右邊從結的上方穿出，你有沒有看到？」

「沒有。」

「我從來沒見過有人用這種方法打圍巾。」貝雅特說。

「把照片用電子郵件寄給我，我來看看。」

哈利回到辦公室的第一件事，就是把貝雅特寄來的照片印出來。

他走進列印室拿照片，正好碰見哈根。

哈利對他點點頭。兩人站著，不發一語，看著灰色印表機吐出一張又一張的紙。

「有新發現嗎？」過了一會哈根說。

「可以說有也可以說沒有。」哈利答道。

「記者一直來煩我，如果有新消息可以給他們就好了。」

「啊，對了，長官，我差點忘了告訴你，我們正在追查一個男人，我把這則消息給了記者。」哈利從印出的一堆紙張中拿出其中一張，指著上頭圍著領巾的男子。

「你說你做了什麼？」哈根說。

「我透露了一則消息給記者，《每日新聞報》的記者。」

「卻沒有經過我？」

「長官，這只是例行公事，我們稱之為『有建設性的消息透露』。我們要記者說這則消息來自警界的匿名人士，這樣他們就可以假裝有認真地在跑新聞。他們喜歡這樣，而且比我們主動要他們登照片的版面還大。現在我們可以得到民眾的協助來指認這名男子，結果皆大歡喜。」

「我可不歡喜，霍勒。」

「聽你這樣說真讓我感到遺憾，長官。」哈利說，還做出憂傷的表情強調。

哈根對他怒目而視，上下顎朝反方向水平移動，不斷輾磨，令他聯想到反芻的動物。

「這個男人有什麼特別？」哈根說，把哈利手中那張照片搶了過去。

「還不太確定，他們說不定有好幾個人。貝雅特．隆恩認為……呃，他們用一種特別的方式來打領巾。」

「這是克羅斐結，」哈根又看了一眼。「這個結怎樣？」

「你剛剛說什麼，長官？」

「克羅斐結。」

「這是一種領帶結嗎？」

「一種克羅埃西亞的結。」

「什麼？」

「這不是基本歷史常識嗎？」

「長官，如果你能啟發我那就太好了。」

哈根將雙手負在身後。「你對『三十年戰爭』有什麼了解？」

「沒什麼了解。」

「三十年戰爭期間，瑞典國王古斯塔夫二世在進軍德意志之前，替紀律嚴明但人數有限的瑞典軍增兵，從歐洲雇來最優秀的戰士。這些戰士之所以被稱為是最優秀的，是因為他們無所畏懼。古斯塔夫二世雇用的是克羅埃西亞傭兵。你知道挪威文的Krabat這個字是來自瑞典文嗎？這個字的原形是Croat，意思是無畏的瘋子。」

哈利搖了搖頭。

「克羅埃西亞人雖然是在異國打仗，還得穿上古斯塔夫二世國王的軍服，但他們可以保留一個標記來作出區別，這個標記就是騎兵領巾。克羅埃西亞人用一種特別的方法來把方巾打成領巾，這種穿戴方式後來被法國人吸納，並加以發揚光大。它原本的名稱也被法國人保留下來，後來就演變成法文的Cravate，也就是領帶的意思。」

「領帶（Cravate），克羅斐結（Cravat）。」

「沒錯。」

「多謝你，長官，」哈利從出紙匣上拿起最後一張照片，仔細查看貝雅特所說的圍巾。「你可能給了我們一條線索。」

「霍勒，我們只需要克盡己職，不用彼此道謝。」哈根拿起其他列印紙張，大踏步離去。

哈福森抬頭朝衝進辦公室的哈利望去。

「有線索了。」哈利說。哈福森嘆了口氣，因為這句話通常意謂著大量而徒勞的工作。

「我要打電話給歐洲刑警組織的艾力克斯。」

哈福森知道歐洲刑警組織是國際刑警組織在海牙的姐妹組織，由歐盟在一九九八年成立，目的在於打擊國際恐怖活動和組織犯罪。但他不知道的是，這個艾力克斯為何經常願意協助哈利，因為挪威並不屬於歐盟國。

「艾力克斯嗎？我是奧斯陸的哈利，可以麻煩你幫我查一件事嗎？」哈福森聽見哈利用蹩腳但有效的英語，請艾力克斯在資料庫裡搜尋過去十年由歐洲國際罪犯所涉嫌犯下的案件，搜尋關鍵字是「職業殺手」和「克羅埃西亞人」。

「我在線上等。」哈利說，然後等待，不久他驚訝地說：「這麼多？」他搔了搔下巴，請艾力克斯再加上「槍」和「九毫米」這兩個關鍵字。

「三十三筆搜尋結果？有三十三起命案的嫌犯是克羅埃西亞人？天啊！呃，我知道戰爭會培育出職業殺手。那再加上「北歐」試試看。什麼都沒有？好，你那邊有嫌犯姓名嗎？沒有？請稍等一下。」

哈利朝哈福森望去，似乎希望他能及時提示些什麼，但哈福森只是聳了聳肩。

「好吧，艾力克斯，」哈利說：「那再試試看最後的關鍵字。」

哈利請艾力克斯加上「紅領巾」或「圍巾」來搜尋。哈福森聽見艾力克斯在電話那頭哈哈大笑。

「謝啦，艾力克斯，我們再聯絡。」哈利掛上電話。

「怎麼樣？」哈福森說：「線索蒸發啦？」

哈利點了點頭，在椅子上垂頭喪氣，但旋即又挺起身子。「我們再來追查新線索，現在還有什麼線索？什麼都沒有？太好了，我最愛白紙一張。」

哈福森記起哈利曾說，好警探和平庸警探的分別在於忘記的能力。好警探會忘記所有令他失望的直覺，忘記所有他曾深信不疑卻令他無功而返的線索，打起精神，再度變得天真和容易忘記，燃燒著不曾稍減的熱情。

電話響起，哈利接了起來。「我是哈……」電話那頭的聲音大聲響起。

哈利從辦公桌前站了起來，哈福森看見他握著話筒的手指指節漸漸泛白。

「等一等，艾力克斯，我請哈福森記下來。」

哈利用手摀住話筒，對哈福森高聲說：「他因為好玩而試了最後一次，去掉『克羅埃西亞人』、『九毫米』和其他關鍵字，搜尋『紅領巾』，結果在二〇〇〇和二〇〇一年的札格瑞布、二〇〇二年的慕尼黑、二〇〇三年的巴黎都出現搜尋結果。」

哈利回到電話上。「艾力克斯，這就是我們要找的人。我不確定，但我的直覺說是，而且我的頭腦說在克羅埃西亞發生的這兩起命案絕對不是巧合。你還能提供其他細節嗎？哈福森會記下來。」

哈福森看著哈利詫異地張大嘴巴。

「什麼意思？**沒有凶手描述**？既然他們記得圍巾，怎麼會沒注意到其他特徵？什麼？一般身高？就這樣？」

哈利邊聽邊搖頭。

「他說什麼？」哈福森低聲問道。

「供述之間有極大的差異。」哈利低聲答道。哈福森寫下「差異」。

「對，太好了，請把詳細資料寄到我的電子信箱。謝謝你了，艾力克斯，如果你還有其他發現，像是嫌疑犯之類的，請通知我好嗎？什麼？哈哈，好，我再把我和我老婆的寄給你看。」

哈利掛上電話，看見哈福森用疑惑的眼神看著他。

「老笑話一則，」哈利說：「艾力克斯認為所有的北歐夫妻都會自拍做愛影片。」

哈利又撥了一通電話，等待電話接通時，他發現哈福森依然看著他，還嘆了口氣。「哈福森，我沒結過婚啊。」

麥努斯必須拉高嗓門，才能蓋過咖啡機的聲音，那台咖啡機似乎罹患了嚴重肺疾。「說不定世界上有個目前為止無人發現的職業殺手集團，紅領巾是他們的制服。」

「胡扯。」托莉拉長聲調，站在麥努斯後方排隊等待盛咖啡，手裡拿著一個馬克杯，上頭寫著「世上最棒的媽咪」。

歐拉咯咯輕笑，在小廚房的桌子旁坐了下來，這間小廚房就是犯罪特警隊的咖啡廳。

「胡扯？」麥努斯說：「這很可能是恐怖活動啊，不是嗎？穆斯林對抗基督教的聖戰啊，然後地獄之門就會大開。不然就是死西仔，他們不是會打紅領巾嗎？」

「他們比較喜歡被稱為西班牙人。」托莉說。

「還有巴斯克人。」哈福森說，在歐拉對面坐了下來。

「什麼？」

「奔牛活動。潘普洛納市的聖費爾明節[1]。巴斯克地區。」

「埃塔組織[2]！」麥努斯高吼道：「媽的，之前我們怎麼都沒想到？」

「你可以去寫電影劇本了。」托莉說。歐拉高聲大笑，一如往常不表示意見。

「你們兩個應該繼續去捉嗑藥的銀行搶匪才對。」麥努斯咕噥說，因為托莉．李和歐拉．李原本隸屬搶案組，而這兩人既沒結婚，也無血緣關係。

「只不過有個小地方不符合，恐怖份子都很喜歡公布說事情是他們幹的。」哈福森說：「我們從歐洲刑警組織那裡得知的四起案子都是槍殺案，案發之後凶手就銷聲匿跡，而且被害人多半涉及其他案件。札格瑞布的兩名被害人都是塞爾維亞人，曾因戰爭罪受審但獲判無罪。慕尼黑的被害人曾威脅到當地權貴的勢力，而這位權貴涉及人口走私。巴黎的被害人曾因戀童癖被定罪兩次。」

哈利手拿馬克杯，緩步走進小廚房。麥努斯、托莉和歐拉盛了咖啡之後，從容離去。哈福森發現哈利經常對同事產生這種影響。哈利坐了下來，哈福森見他眉頭深鎖。

「就快滿二十四小時了。」哈福森說。

「對啊。」哈利說，盯著手中的空馬克杯。

「有沒有發現重要線索？」

哈利沉默片刻。「我也不知道。我打電話去卑爾根找過畢悠納．莫勒，請他給些有建設性的意見。」

「他怎麼說？」

---

1 San Fermin，西班牙納瓦拉自治區首府潘普洛納市的傳統慶祝活動，以奔牛活動聞名於世，慶典中人人都會圍上紅領巾。

2 ETA，西班牙巴斯克人居住區內的武裝分離主義恐怖組織。

「沒說什麼，他聽起來……」哈利找尋適當的字眼。「有點寂寞。」

「他的家人不是跟他在一起嗎？」

「他們應該一起過去了才對。」

「出了問題？」

「不知道，我什麼都不知道。」

「那你在擔心什麼？」

「他喝醉了。」

哈福森把馬克杯砰的一聲放在桌上，咖啡濺了出來。「莫勒在上班時間喝醉？你在開玩笑吧？」

哈利沒有回答。

「會不會他身體不舒服還是什麼的？」哈福森補上一句。

「哈福森，我知道喝醉的人說話是什麼樣子，我得去卑爾根一趟。」

「現在嗎？哈利，你正在帶領一起命案的調查工作耶。」

「我可以當天來回，這段時間你先撐著。」

哈福森微微一笑。「你老了嗎，哈利？」

「老？什麼意思？」

「老了，而且變得有人味，這還是我頭一次聽見你把活人排第一，死人排第二。」

哈福森一看見他的臉色，就後悔自己說了這句話。「我的意思不是……」

「沒關係，」哈利說，站了起來。「我要你調出這幾天往返克羅埃西亞的班機旅客名單，去問加德莫恩機場的警察，旅客名單是不是需要檢察官去申請？如果需要法院命令，你就去法院當場拿。你拿到名單之後，打電話給歐洲刑警組織的艾力克斯，請他幫忙核對姓名，就說是我請他幫忙。」

「你確定他可以幫忙？」

哈利點了點頭。「在此同時，我會跟貝雅特去找尤恩．卡爾森談一談。」

「喔？」

「目前為止我們所聽見關於羅伯．卡爾森的事，就像迪士尼卡通那樣純真無邪，我想應該還有內情。」

「你為什麼不帶我去？」

「因為貝雅特跟你不一樣，她知道一個人什麼時候在說謊。」

他吸了口氣，踏上台階，走進那家名為「餅乾」的餐廳。

餐廳內和昨晚不同的是幾乎看不到客人，但那個跟喬吉一樣有金捲髮、藍眼珠的服務生，依然倚在用餐區的門邊。

「你好，」服務生說：「我沒認出你來。」

他的眼睛眨了兩下，突然發現這意謂著他畢竟還是被認了出來。

「但我認得這件大衣，」服務生說：「很有型，是駝毛的嗎？」

「是就好了。」他有點結巴，露出微笑。

服務生大笑，把手放在他手臂上。他沒在服務生眼中看見一絲恐懼，因此研判對方並未起疑，同時希望警方還沒來過這裡，也沒發現那把槍。

「我不想用餐，」他說：「我只想用一下洗手間。」

「洗手間？」服務生說，他看見那對藍眼珠掃視他的雙眼。「你只是來上洗手間？真的？」

「很快就走。」他說，吞了口口水。這服務生令他不自在。

「很快就走，」服務生說：「原來如此。」

男廁空蕩無人，空氣中有肥皂的氣味，但沒有自由的氣味。

他掀開給皂器的蓋子，肥皂的氣味更濃了。他捲起袖子，把手伸進冰冷的綠色洗手乳中。一個念頭閃過腦際：給皂器換過了。就在此時，他摸到了那把槍。他緩緩地把槍撈出來，一道道綠色洗手乳滴落在白色陶瓷水槽上。這把槍只要沖洗乾淨，塗上一點油，就能正常運作。彈匣裡還有六發子彈。他很快地稍微沖洗手槍，正要放進大衣口袋，這時廁所門被推開。

「哈囉。」那服務生低聲說，露出大大的笑容，但一看見那把槍，笑容就僵在臉上。

他把槍放進口袋，咕噥著說了聲再見，從服務生前方擠過狹窄門口。他感覺到對方的急促氣息噴上他的臉頰，隆起的胯間觸碰到他的大腿。

當他再度走進冰冷空氣，才發現自己的心臟怦怦亂跳，彷彿嚇壞了似的，血液在全身竄流，讓他覺得溫暖輕盈。

尤恩．卡爾森剛要出門，哈利正好抵達哥德堡街。

「時間這麼晚了嗎？」尤恩問道，看了看錶，一臉疑惑。

「是我來早了，」哈利說：「我同事待會就到。」

「我有時間去買牛奶嗎？」尤恩身穿薄外套，頭髮梳理整齊。

「當然有。」

對街街角就有一家小雜貨店，尤恩在貨架上翻尋，想換個口味，改買一夸脫的低脂牛奶，哈利則細看衛生紙和玉米片之間的豪華聖誕裝飾品。結帳櫃台旁有個報架，上頭的報紙用粗體大寫字母吼叫著關於伊格廣場命案的報導，兩人見了都沒說什麼。《每日新聞報》的頭版登出記者漢斯拍攝的模糊觀眾照片，上頭用紅色圓圈圈起一名打紅領巾的男子，標題寫道：警方找尋此男子。

兩人走出雜貨店，尤恩在一個留有山羊鬍的紅髮乞丐前停下腳步，在口袋裡掏了很久，才找到可以丟進褐色紙杯的東西。

「我家沒什麼可以招待你，」尤恩對哈利說：「還有，老實說，我家的咖啡已經在濾壺裡待一陣子了，喝起來可能像瀝青。」

「太好了，我就喜歡喝這種咖啡。」

「你也是啊？」尤恩淡淡一笑。「噢！」尤恩轉頭朝那乞丐看去。「你用錢丟我嗎？」他驚訝地說。

那乞丐惱怒地哼了一聲，鬍鬚飄動，大聲而清楚地說：「我只收法定貨幣，謝謝！」

尤恩家的格局跟希雅家完全相同，裡頭整齊清潔，但從擺設就看得出這是一間單身公寓。哈利很快地做出三個假設：這些保養良好的老家具是跟他家的家具在同一個地方買的，也就是伍立弗路的二手家具行「電梯」；客廳牆貼著一張藝術展覽的宣傳海報，但尤恩應該沒去看過那場展覽；尤恩常常俯身在電視前的矮桌吃飯，而不是在小廚房吃飯。幾乎空無一物的書架上放著一張照片，裡頭是一名身穿救世軍制服的男子，威嚴地望向遠方。

「這是你父親？」哈利問道。

「對。」尤恩說，從廚房櫃子裡拿出兩個馬克杯，用沾有褐色污漬的咖啡壺倒了咖啡。

「你們長得很像。」

「謝謝，」尤恩說：「希望如此。」他拿著馬克杯走進客廳，放在咖啡桌上，旁邊是剛買的鮮奶。哈利想問尤恩的父母在得知羅伯的死訊之後反應如何，但又轉個念頭。

「我們從假設狀況開始說起好了，」哈利說：「你弟弟之所以被殺，有可能是因為他對別人做過一些事，比如說欺騙、借錢、侮辱、威脅、傷害等等。大家都說你弟弟是好人，但通常我們調查命案時都會聽見死者的親友只說好話，人們都喜歡強調死者好的一面。但其實我們每個人都有陰暗面，不是嗎？」

尤恩點了點頭，哈利無法判斷這是否代表同意。

「我們需要知道的是羅伯的一些陰暗面。」

尤恩看著哈利，一臉茫然。

哈利清了清喉嚨。「我們可以從錢開始說起，羅伯有金錢方面的問題嗎？」

尤恩聳了聳肩。「很難說，他的生活不奢華，所以我想他應該沒有跟別人借大筆金錢，不知道你指的是不是這個？總的來說，如果他需要錢的話，應該都會來跟我借。我說借的意思是……」尤恩露出微笑，意思是說「你懂的」。

「他都借多少錢？」

「都不是很大的金額，除了今年秋天之外。」

「那是多少？」

「呃……三萬。」

「要用來做什麼？」

尤恩搔了搔頭。「他說他有個計畫，但不肯多說，只說需要出國，而且以後我就會知道。的確，我覺得這筆錢很多，但我平常花費不多，又不用養車，所以還好。他很少這麼有幹勁，所以我還滿好奇到底是什麼計畫，可是後來……後來就發生了這件事。」

哈利記下筆記。「嗯，那羅伯個人的陰暗面呢？」

哈利靜默等待，雙眼看著咖啡桌，讓尤恩坐著思索，讓真空的寂靜發酵，這種真空遲早都會勾出一些東西，像是謊言，或讓人急於轉移話題，而最好的狀況是勾出真相。

「羅伯年輕的時候，他……」尤恩大膽地說，又頓了一頓。

「他……缺乏自制力。」

哈利點了點頭，並未抬眼，鼓勵尤恩，但又不打擾這個真空狀態。

「我以前常常擔心得要死，不知道他又會做出什麼事。他非常暴力，身體裡似乎住著兩個人，其中一個冷酷、節制、喜歡研究，總是對……這要怎麼說？對別人的反應感到好奇，像是感覺，或是悲傷之類的。」

「你可以舉個例子嗎？」哈利問道。

尤恩吞了口口水。「有一次我回到家，他說他有樣東西要給我看，就在地下室的洗衣間，結果他把我們家的貓放進空的小水族箱，以前爸都在那個水族箱裡養古比魚。然後他把院子的水管插到木蓋子裡頭，把水龍頭開到最大。才一下子水族箱就幾乎滿了，我趕緊打開蓋子，把貓救出來。羅伯說他想看看貓會有什麼反應，但有時我會想，說不定他想觀察的是我。」

「嗯，既然他是這種人，怎麼會沒人提到？真奇怪。」

「不是很多人知道羅伯的這一面。我想這有一部分也是我的錯。小時候我就答應我爸說會好好看著羅伯，以免他惹出大麻煩。我盡力了，就像我說的，羅伯的行為沒有過於失控。他可以既冷又熱，如果你了解我的意思。所以只有親近他的人才知道他的……另一面。有一次他還拿青蛙開刀，」尤恩微笑說：「他把青蛙放進氦氣氣球，再把氣球放到空中，結果被爸當場逮到。他說當青蛙好可憐，都不像鳥一樣可以俯瞰大地，我在旁邊……」尤恩望向遠方，哈利見他眼眶泛紅。「……簡直笑得半死。爸好生氣，可是我就是忍不住。羅伯就是可以這樣讓我大笑。」

「嗯，他長大以後還會這樣嗎？」

尤恩聳了聳肩。「老實說，這幾年他的事我不是全都知道，自從爸媽移居泰國之後，我跟他就不像以前那麼親近了。」

「為什麼？」

「兄弟之間就是會這樣，不一定有原因。」

哈利沒有答話，只是等待。走廊上傳來一扇門重重關上的聲音。

「他跟女孩子也發生過一些事。」尤恩說。

遠處傳來救護車的警笛聲。電梯上升發出金屬嗡鳴聲。尤恩嘆了口氣。「而且是年輕女孩子。」

「多年輕？」

「我不知道，除非羅伯說謊，否則她們應該非常年輕。」

「他為什麼要說謊？」

「我說過了，他可能想看我有什麼反應。」

哈利站了起來，走到窗前，望見一名男子沿著小徑緩緩穿過蘇菲恩堡公園，小徑看起來像是兒童在白色畫紙上畫出的不規則褐色線條。教堂北邊有個猶太社群專用的小墓地。心理醫生史戴．奧納曾跟哈利說過，數百年前這整座公園是一片墓地。

「他對這些女孩子行使過暴力嗎？」哈利問道。

「沒有！」尤恩高聲說，聲音在光禿四壁間迴盪。哈利沉默不語。男子已走出公園，穿過亨格森街，朝這棟公寓走來。

「據我所知沒有，」尤恩說：「就算他這樣跟我說，我也不會相信。」

「你認識這些女孩子嗎？」

「不認識，他從不會跟她們交往太久。事實上我知道他只對一個女孩子認真過。」

「喔？」

「希雅．尼爾森，我們年輕的時候他對她很著迷。」

「就是你的女朋友？」

尤恩若有所思地看著咖啡杯。「你可能會覺得，我應該避開我弟弟下定決心要得到的女孩子對不對？我也想過這個問題，可是天知道為什麼。」

「後來呢？」

「我只知道希雅是我認識的人裡最棒的。」電梯嗡嗚聲陡然停止。

「你弟弟知道你跟希雅的事嗎？」

「他發現我跟她碰面過幾次，也起過疑心，可是希雅和我一直都很保密。」

門上傳來敲門聲。

「應該是我同事貝雅特，」哈利說：「我去開門。」

哈利蓋上筆記本，將原子筆放在桌上跟筆記本平行，走了幾步來到門口，把門往外推了幾下，才發現門是往內開的。門外那張面孔跟哈利同樣驚訝，兩人站在原地互望片刻。哈利的鼻孔鑽入甜膩的香水味，對方似乎擦了強烈的體香劑。

「尤恩？」那男子試探地說。

「原來你要找他，」哈利說：「抱歉，我們在等別人，請稍等一下。」

哈利回到沙發上。「是找你的。」

他一坐上沙發，就察覺到剛剛這幾秒鐘有什麼事發生了。他查看原子筆，依然跟筆記本平行，沒被動過，但就是哪裡不對勁。他的腦子察覺到了什麼，卻又說不上來。

「晚安？」他聽見尤恩在他背後說，語氣禮貌而有所保留，聲調上揚。這種語調通常是用來跟不認識的人打招呼，或是用在不清楚對方來意之時。又來了，哈利覺得似乎哪裡怪怪的，令他坐立不安。好像是那名男子怪怪的，剛剛男子說要找尤恩時，用的是名字而不是姓氏，但尤恩顯然並不認識他。

「你要轉達什麼話？」尤恩說。

這時傳來喀噠一聲。脖子。男子的脖子上圍著東西。那樣東西是領巾。領巾打的是克羅斐結。哈利雙手在咖啡桌上猛力一撐，站了起來，咖啡杯隨之跳起，他大聲吼道：「把門關上！」

但尤恩只是站在原地望向門外，彷彿被催眠一般，屈身聆聽對方要轉達的話。

哈利後退一步，躍過沙發，衝向門口。

「不要……」尤恩說。

哈利瞄準門板，疾撲而去。這時一切凝止。這種經驗他曾有過，當腎上腺素快速激增，一個人對時間的感覺會有所改變，這種感覺就好像在水裡移動一樣。但他知道已然太遲。他的右肩撞上門板，左肩撞上尤恩的臀部，耳膜接收到火藥爆發所產生的震波。一枚子彈離開槍管。

接著傳來砰的一聲巨響，那是子彈發射的聲音。門被撞回門框，鎖了起來。尤恩猛力撞上櫃子和廚具。哈利翻過身來，抬頭望去，只見門把被往下壓。

「幹！」哈利低聲說，跪了起來。門把被用力搖晃兩次。

哈利抓住尤恩的腰帶，拖著他動也不動的身體，穿過拼花地板，進入臥房。

門外傳來摩擦聲，接著又是砰的一聲巨響。門板中央碎屑紛飛，一個沙發靠枕猛然抖動，靠枕內的灰黑色羽絨呈圓柱狀噴射到天花板，那盒低脂鮮奶發出咕嚕聲，一道白色液體噴了出來，畫出虛弱無力的弧線，落到桌上。

哈利心想，大家都低估了九毫米子彈可以造成的傷害。他把尤恩翻過來，只見尤恩的額頭流出一滴鮮血。

又是砰的一聲巨響。玻璃發出碎裂聲。

哈利抽出口袋裡的手機，按下貝雅特的號碼。

「好好好，別催我，我快到了，」電話才響一聲，貝雅特就接了起來。「我就在外……」

「聽著，」哈利打斷說：「呼叫所有警車趕來這裡，還要打開警笛。有人在門外猛開槍，妳千萬不要靠近，聽見了嗎？」

「收到，不要掛斷。」

哈利把手機放在面前地上。牆壁傳來摩擦聲。男子會不會聽見他講電話的聲音？哈利坐著不動。摩擦聲又靠近了些。這牆壁是用什麼材質做的？這些子彈可以穿透具有隔音效果的門板，應該也可以穿透以石膏板和玻璃纖維做成的輕量牆。摩擦聲更加靠近，停了下來。哈利屏住氣息。這時他聽見一個聲音，那是尤恩的呼吸聲。

就在此時，城市的背景噪音中有個聲音拔尖而起，那聲音聽在哈利耳中有如美妙樂音。那是警笛聲，先是一個，又變成兩個。

哈利側耳凝聽，並未聽見摩擦聲。他心中暗暗祈禱，快逃跑吧，快離開吧。他的祈禱得到了回應。他聽見腳步聲在走廊上遠離，下樓而去。

哈利在冰冷的拼花地板上躺了下來，雙眼盯著天花板。空氣從門縫底下流進來。他閉上眼睛。十九年。天啊，他還要十九年才能退休。

12 醫院和灰燼

十二月十七日，星期三

透過櫥窗玻璃的映影，他看見背後有輛警車靠著街邊行駛。他繼續往前走，抑制想跑的衝動。幾分鐘前他就是從尤恩．卡爾森的住處跑下樓梯，奔上人行道，差點撞倒一個拿著手機的年輕女子。他往西奔越公園，來到這條繁忙街道。

警車的行駛速度跟他的步行速度一樣。他看見一扇門，便推門而入，剎那間像是走進一部美國電影，裡頭有凱迪拉克、波洛領帶，還有好多個年輕貓王。喇叭流瀉而出的音樂聽起來像是用三倍速播放的南方老唱片，酒保的西裝看起來像是直接從黑膠唱片的封套裡拿出來的。

他環目四顧，這家小小的酒吧竟然高朋滿座。這時他發覺酒保正在跟他說話。

「抱歉，你說什麼？」

「要喝點東西嗎，先生？」

「有何不可？你們有什麼？」

「一杯舒適螺絲可能不錯，不過你看起來比較需要來一杯奧克尼群島威士忌。」

「謝謝。」

警笛聲揚起又停止。酒吧裡的熱氣令他的毛孔泌出大量汗水，他解下領巾，塞進大衣口袋。幸好這裡煙霧繚繞，蓋過了大衣口袋裡的手槍火藥味。

他接過了酒，在牆邊面窗之處找個位子坐下。

剛才房間裡的另一個人是誰？是不是尤恩．卡爾森的朋友或親戚？還是室友？他啜飲一口威士忌，嚐起來有醫院和灰燼的味道。他心想何必問自己這麼一個愚蠢的問題？只有警察才會有那樣的反應，只有警察才能在這麼短的時間內找來支援。如今警方知道他的目標是誰了，這只會讓他的任務更加艱鉅。他必須考慮撤退。他又喝了一口酒。

那警察看見了他穿的駝毛大衣。

他走進洗手間，將手槍、領巾和護照移到外套口袋，把大衣塞進水槽下的垃圾桶。他踏上酒吧外的人行道，搓揉雙手，全身發抖，查看兩邊。

最後一項任務，也是最重要的任務，一切都仰賴這次的任務。

他對自己說，放輕鬆，他們不知道你是誰，回到原點，正面思考。

然而他無法抑制一個念頭在他腦際縈繞：房裡那個男人是誰？

「目前我們還不知道，」哈利說：「只知道他有可能跟殺害羅伯的凶手是同一個人。」

哈利縮起雙腳，好讓護士把空推床推過狹小走廊，從他們面前走過。

「有可能？」希雅．尼爾森結巴地說：「他們有好幾個人？」她稍微往前坐，雙手緊抓木椅坐墊，彷彿害怕自己會掉下椅子。

貝雅特傾身向前，把手放在希雅的膝蓋上表示安慰。「這我們還不確定，重點是他安然無恙，醫生說他只是有點腦震盪而已。」

「他的腦震盪是**我**造成的，」哈利說：「他的額頭在廚房櫃子的邊角上敲出了一個小洞。那發子彈沒打中他，子彈我們已經在牆上發現了。第二發子彈卡在鮮奶盒裡，妳想想看，子彈就這樣停在鮮奶盒**裡面**耶。第三發子彈在廚房櫃子裡，就在紅醋栗和……」

貝雅特瞥了哈利一眼，他猜這意思可能是說希雅現在對子彈位置一點也不感興趣。

「反正尤恩沒事，只是稍微昏過去而已，醫生說要暫時觀察一段時間。」

「好，我可以進去看他了嗎？」

「當然可以，」貝雅特說：「不過我們也希望妳看一下這些照片，並告訴我們妳有沒有見過這些男人。」她從檔案夾裡拿出三張照片，遞給希雅。伊格廣場的照片被放大，使得臉孔看起來像是由黑白小點所構成的馬賽克。

希雅搖了搖頭。「太難分辨了，我根本看不出他們長得有什麼不一樣。」

「我也是，」哈利說：「但貝雅特是臉孔專家，她說這兩張照片上的人是不同的。」

「我覺得是這樣，」貝雅特更正說，「而且剛剛那個人跑出哥德堡街的時候，差點把我撞倒。對我來說，他看起來也不像這兩個人。」

哈利愣住了，他從來沒聽過貝雅特在這種事情上表示疑惑。

「我的老天，」希雅低聲說：「他們到底有幾個人？」

「別擔心，」哈利說：「我們已經派了員警守在門口。」

「什麼？」希雅圓睜雙眼，哈利這才驚訝地發現她竟然沒想到尤恩躺在伍立弗醫院也可能會有危險。

「好了，我們進去看看他怎樣吧。」貝雅特用和善的口吻說。哈利心想，對啦，把我這個白癡留在這裡，好好省思待人接物的道理。

走廊一頭傳來奔跑聲，哈利循聲望去。

原來是哈福森正曲折地穿過病患、訪客和護士，腳下啪噠作響，朝哈利奔來。他在哈利面前停下腳步，氣喘吁吁，遞出一張紙，上頭印有不均勻的黑色字跡，紙質是亮面的。哈利一拿到紙，就知道這是來自犯罪特警隊的傳真機。

「這是旅客名單的一頁，我一直打電話找你……」

「醫院不能開手機，」哈利說：「有什麼發現嗎？」

「我順利拿到名單了，也寄去給艾力克斯，他立刻幫我們查出其中幾個乘客有輕微犯罪的前科，但沒什麼值得懷疑的，只不過有個地方有點奇怪……？」

「喔？」

「兩天前有位旅客抵達奧斯陸，原本要搭昨天的班機離開，可是卻把機票延到今天。這個人叫科里斯多．史丹奇，但是他今天又沒出現，這很奇怪，因為他買的是特價機票，沒辦法改搭其他班機。名單上寫說他是克羅埃西亞公民，所以我請艾力克斯去詢問克羅埃西亞的國家登記處。克羅埃西亞不是歐盟成員，但他們很希望加入歐盟，所以非常配合……」

「說重點，哈福森。」

「科里斯多．史丹奇這個人不存在。」

「雖然史丹奇可能跟這件案子無關，」哈利搔了搔下巴。「但還是很有意思。」

「當然。」

哈利看著旅客名單。科里斯多．史丹奇。這只是個名字，但旅客報到時航空公司會要求出示護照，用來比對旅客名單上的名字，同樣的，飯店也會要求房客出示護照。

「清查全奧斯陸的飯店房客名單，」哈利說：「看看過去兩天是不是有飯店住了這個叫科里斯多．史丹奇的人。」

「我馬上去查。」

哈利直起身子，對哈福森點了點頭，希望這個舉動表達了他想說的話，也就是他對哈福森的表現感到滿意。

「我要去找我的心理醫生了。」哈利說。

心理醫生史戴．奧納的診所位在史布伐街，這裡沒有電車經過，街上行人大多由三種人構成，形成一幅有趣的景象。第一種人是從塞茲健身中心走出來的家庭主婦，她們注重身材，走起路來充滿自信，腳步輕快。第二種人是從盲人重建院走出來的導盲犬飼主，他們走起路來小心謹慎。第三種人是從收容所走出來的吸毒者，他們衣衫襤褸，走起路來漫不經心。

「這麼說羅伯．卡爾森喜歡未成年少女，」奧納說，他把花呢大衣掛在椅背上，雙下巴往下擠，卡在領結上。「當然這種傾向的形成原因有很多種，但我想他是在篤信宗教的救世軍環境中長大的，對不對？」

「對，」哈利說，抬頭看著堆滿書本的混亂書架，這些書都是奧納的；他是哈利在個人和辦案方面的諮商者。「他既然是在封閉嚴格的宗教團體裡長大，怎麼會產生變態行為？真是奇怪。」

「一點也不奇怪，」奧納說：「就你所提到性侵行為來說，出現在基督教教派人士身上的比例是非常高的。」

「為什麼？」

奧納十指相觸，開心地咂了咂嘴。「當一個人在童年或青少年時期因為表達自然性慾而受到像是父母的懲罰或羞辱，這方面的人格就會受到壓抑，正常的性成熟發展也會受到阻礙，如此一來性慾就會去尋找其他出口，你可以說這些出口是『不正常的』。於是這些人成年之後，會試著回到他們生命中曾經被容許自然表達的時期來釋放性能量。」

「比如說穿尿布。」

「沒錯，或是玩排泄物。我記得加州有個議員……」

哈利咳了一聲。

「或者呢，這些成人會回到所謂的**核心事件**，」奧納接著說：「這個事件多半跟他們最後一次成功表達性意圖有關，也就是最後一次成功的性行為。這可能是青少年時期沒被發現或懲罰的某種迷戀或性接觸。」

「或是性侵？」

「對，在這個情境下他們可以掌控，因此覺得很有力量，正好跟受到羞辱是相反的，於是他們在接下來的人生中會不斷尋求這種情境的重現。」

「所以說要成為性侵者也沒這麼容易囉？」

「是的，有些人在青少年時期只因為有健康正常的性慾，翻閱色情雜誌而被發現，結果就被打得全身瘀青。如果要把一個人成為性侵加害者的機率拉到最高，那就讓他有個暴力相向的父親，有個性事需索無度且具侵略性的母親，還有個壓抑事實跟表達肉慾會換來地獄之火的環境。」

哈利的手機發出嗶嗶聲，他拿出手機，讀取哈福森傳來的簡訊。命案前晚有個名叫科里斯多．史丹奇的男子下榻奧斯陸中央車站旁的斯堪地亞飯店。

「匿名戒酒會怎麼樣？」奧納問道：「有沒有幫助你戒酒？」

「這個嘛，」哈利說，站了起來。「可以說有也可以說沒有。」

一聲尖叫嚇了他一跳，把他拉回現實。

他回頭望去，看見一雙睜得又圓又大的眼睛和一張有如黑洞般張大的嘴巴，就在他面前幾吋之處。漢堡王遊樂區的玻璃隔間上有個兒童把鼻子壓在上頭，然後向後倒去，發出興高采烈的尖叫，倒在由無數紅、黃、藍三色塑膠球所組成的地毯上。

他擦去沾在嘴巴上的番茄醬，將托盤裡剩下的東西丟進垃圾桶，匆匆踏上卡爾約翰街。他在西裝外套裡縮成一團，但仍不敵寒冷的無情侵襲。他決定先去斯堪地亞飯店要個像樣的房間，然後去買件新大衣。

六分鐘後，他穿過飯店大門，走進大廳，排在看起來正在登記住房的一對男女後方。女櫃員瞥了他一眼，並未認出他來，隨即俯身在新房客的文件面前，用挪威語說話。前方那名女子轉過頭來看了他一眼，她是個美麗的金髮女子，即使打扮樸素也很美。他對女子回以微笑，這是他唯一能做的，因為他見過這名女子，就在數小時前尤恩．卡爾森住處外的哥德堡街上。

他並未移動，只是低下頭，把手伸進外套口袋，緊緊握住槍柄。這樣做讓他安心不少。他小心翼翼抬起頭來，望向櫃台後方的鏡子，映入眼中的是模糊的雙重影像。他閉上眼睛，深呼吸一口氣，再度張開眼睛，鏡中高大男子的影像逐漸清晰。男子頭髮極短，皮膚蒼白，鼻子泛紅，輪廓堅毅，嘴巴卻敏感細膩。是他，先前出現在尤恩住處的另一名男子，也就是警察。他觀察四周情勢，只見大廳別無他人。這時他聽見幾個很耳熟的字出現在一長串挪威語中：**科里斯多．史丹奇**。他強迫自己保持冷靜。不知道警察是怎麼追蹤到這裡的，但他逐漸明白這會帶來什麼影響。

女櫃員給了金髮女子一把鑰匙，她便朝電梯走去，手中提著的似乎是工具箱。高大男子對女櫃員講了幾句話，她記了下來。男子轉過身來，和他四目交接，然後朝大門走去。

女櫃員微微一笑，口中說出清晰、熟練、和善的一串挪威語，對他露出詢問的表情。他詢問頂樓有沒有非吸菸的房間。

「我看看。」她在鍵盤上輸入。

「請問剛剛跟妳說話的男人是不是警察？報紙上登過他的照片。」

「我不知道。」女櫃員露出微笑。

「我想應該是吧，他很有名……他是叫什麼名字來著……？」

女櫃員看了筆記本一眼。「哈利．霍勒。他很有名嗎？」

「哈利．霍勒。」

「對。」

「名字不對，我一定是弄錯了。」

「我們現在有間空房，如果您覺得滿意的話，請填一下這份表格，然後我需要您的護照。請問您要如何付款呢？」

「多少錢？」

她說出價格。

「抱歉，」他微笑說：「太貴了。」

他離開飯店，走進火車站，直接進入洗手間，將自己鎖在隔間裡，坐下來釐清思緒。警方已經掌握了科里斯多．史丹奇這個名字，所以他必須找個不必出示護照也能住宿的地方，而且科里斯多．史丹奇再也不能去訂機票、船票或火車票，甚至連穿越國界都沒辦法。他該怎麼辦？他得打電話回札格瑞布問她才行。

他緩步走到車站外的廣場，令人麻木的寒風掃過這個開放區域。他牙齒打顫，望著公共電話。一名男子倚在廣場中央的白色熱狗販賣車旁，身穿格紋羽絨外套和褲子，看起來好像太空人。男子是不是在監視公共電話？還是他想太多了？警方會不會追蹤到他打的電話，正在等他出現？不會的，不可能。他躊躇難決。如果警方正在監聽電話，那麼他可能會暴露她的行蹤。他做出決定，電話可以晚點再打，現在他需要一個有床有暖氣的房間。他要找的那種住宿地點會要求支付現金，而他剛剛已經把他剩下的現金全都拿去買漢堡了。

他走進挑高的車站大廳，在商店和月台之間找到一台提款機，拿出威士信用卡，閱讀提款機上的英文說明，讓磁條對準右方，正準備把信用卡插進去，卻又停下。這張信用卡用的也是科里斯多．史丹奇的名字，他只要一使用，資料庫就會留下紀錄，某處的警報就會響起。他把信用卡收回皮夾，緩緩穿過大廳。商店正在打烊。現在他連買件保暖外套的錢都沒有了。一名警衛打量了他一眼。他再度蹣跚地踏上鐵路廣場。熱狗車旁的男子不見了，但老虎雕像旁站著一名少年。

「我需要錢來找地方過夜。」

他不需要聽得懂挪威語就明白少年在說什麼，早先他就是把錢給了這個少年毒蟲，而現在他自己卻急需用錢。他搖了搖頭，瞥了一眼那些聚在一起發抖的毒蟲，當初他還以為那是巴士站。一輛白色巴士緩緩抵達。

哈利的胸腔和肺臟感覺疼痛，這是好的疼痛感。他的大腿感覺灼熱，這是好的灼熱感。

有時案情陷入膠著，他就會來警署地下室的健身中心，坐上健身腳踏車。他來運動並不是為了讓頭腦清楚思考，而是為了讓頭腦停止思考。

「他們說你在這裡。」哈根跨上哈利隔壁的腳踏車，他身穿黃色緊身T恤和單車短褲，但這身衣服並未達到蔽體功效，反而更加突顯他身上的肌肉。他身材精壯，幾乎像是受過魔鬼訓練。「你設定哪個模式？」

「第九。」哈利喘息地說。

哈根站在踏板上，調整椅墊高度，在健身腳踏車的電腦中輸入必要設定。「你今天歷經了一番驚濤駭浪吧。」

哈利點了點頭。

「如果你想請病假，我可以了解，」哈根說：「畢竟現在不是戰爭時期。」

「謝謝，但我已經覺得清爽多了，長官。」

「很好，我剛剛才跟托列夫說過話。」

「總警司？」

「我們需要知道案子的進度，署裡來了一些電話，救世軍是很受歡迎的組織，所以城裡有影響力的人士想知道我們能不能在聖誕節之前偵破這件案子，好讓大家過個平安的聖誕季節，諸如此類的。」

「去年聖誕季節有六個人因為藥物過量而死亡，那些政客不也都過得好好的。」

「霍勒，我只是想知道辦案進度。」

汗水令哈利的乳頭刺癢。

「今天《每日新聞報》已經登出照片了，但還是沒有人提供線索。貝雅特．隆恩說根據照片來判斷，我們所對付的不只一個殺手，至少有兩個。我也同意她的看法。出現在尤恩．卡爾森住處的男子身穿駝毛大衣和領巾，這身穿著符合命案發生前出現在伊格廣場的男子。」

「只有穿著符合？」

「那人的臉孔我沒看清楚，尤恩．卡爾森也記不太清楚。一名女子坦承說是她讓一個英國人進入公寓大門，去尤恩．卡爾森的住處門口放聖誕禮物。」

「了解，」哈根說：「但目前我們先不公布可能有多名殺手這件事。繼續說。」

「沒什麼可以說了。」

「什麼都沒有？」

哈利看了看計速器，冷靜地做出決定，把速度提高到時速三十五公里。

「我們查到一個叫科里斯多．史丹奇的人持有偽造的克羅埃西亞護照，他原本今天要搭乘飛往札格瑞布的班機，可是卻沒有出現。我們還發現他曾下榻斯堪地亞飯店，隆恩去他住過的客房採集了DNA。那間飯店的客人不是太多，所以我們希望櫃員能在我們的照片裡認出科里斯多．史丹奇。」

「結果呢？」

「她認不出來。」

「為什麼我們認為這個科里斯多．史丹奇就是凶手？」

「因為他持假護照。」哈利說，偷偷瞥了一眼哈根那台健身腳踏車的計速器。時速四十公里。

「你們打算怎麼找到這個人？」

「現在是資訊時代，姓名會留下蹤跡。我們已經通報所有的標準聯絡人，只要一有人用科里斯多．史丹奇的名字住飯店、買機票或刷信用卡，我們立刻就會收到通知。根據女櫃員所說，這個人曾經問她哪裡找得到電話亭，而她回答說鐵路廣場上有電話亭。挪威電信會給我們一份過去兩天從那台公共電話撥出的通話清單。」

「所以你們只發現一個克羅埃西亞人持假護照，而且沒上飛機，」哈根說：「案情陷入膠著了對不對？」

哈利默然不語。

「試試看橫向思考。」哈根說。

「好的，長官。」哈利慢聲慢氣地說。

「總是有別的方向可以前進，」哈根說：「我有沒有跟你說過一排日軍士兵遭遇霍亂的故事？」

「我好像還沒有這個榮幸，長官。」

「這排士兵在仰光北方的叢林裡罹患霍亂，不管吃什麼喝什麼全都吐出來，每個人都脫水，但排長拒絕就這樣死去，他下令清空注射器裡的嗎啡，用來注射水壺裡的水。」

哈根越踩越快，哈利卻聽不見他發出一絲喘息。

「這個方法奏效了，但幾天之後，他們只剩下最後一壺水，裡頭還充滿蚊子幼蟲。後來副排長提議用注射器從生長在周圍的水果中吸取汁液，注射到血管中，理論上果汁含有百分之九十的水分。反正他們也沒什麼可以損失。就這樣，最後整排士兵都獲救了，靠的是想像力和勇氣。」

「想像力和勇氣，」哈利氣喘吁吁地說：「謝啦，長官。」

哈利奮力踩踏，聽見自己的呼吸出現雜音，猶如冒出爐口的火焰劈啪作響。計速器顯示四十二。他瞥了一眼哈根的計速器：四十七。哈根的呼吸呢？十分均勻。

哈利想起一個銀行搶匪送過他一本書，這本書已有兩千年歷史，名為《孫子兵法》，裡頭有句話說：「慎選戰場。」於是他知道自己應該從這個戰場上撤退，因為他已經輸了，不管再怎麼努力都一樣是輸。

哈利放慢速度。計速器顯示三十五。這時他驚訝地發現自己並未感到沮喪，只是覺得疲憊無奈。也許他長大了；也許他已不再當蠢蛋，放低了頭上的兩支尖角，不再一看見有人揮舞紅旗就胡亂攻擊一通。哈利往旁邊瞥了一眼，只見哈根的兩條腿就像在做活塞運動似的，臉上罩著一層薄薄汗水，在白色燈光照耀下閃爍微光。

哈利擦去汗水，深呼吸兩口氣，再次奮力踩踏。美妙的疼痛感立即浮現。

13 滴答聲

十二月十七日，星期三

有時瑪蒂娜會覺得布拉達廣場就如同通往地獄的階梯。最近有個甚囂塵上的傳言說，到了春天，市政府的福利委員會就不再容許毒品在布拉達廣場上公開交易，為此瑪蒂娜感到十分害怕。反對布拉達廣場毒品公開交易的論點是這個地區吸引年輕人吸毒，但瑪蒂娜認為如果有人覺得在布拉達廣場上殞落的生命很有吸引力，那這個人不是瘋了就是從沒去過那裡。

反對人士認為這個緊鄰鐵路廣場、只以人行道白線和鐵路廣場做為區隔的地區，有損奧斯陸的形象。況且挪威這個世界上最成功、或起碼最富裕的社會民主政體，竟然容許毒品和金錢在首都的心臟地帶流通交易，這不等於向全世界承認失敗嗎？

這一點瑪蒂娜同意，失敗已成事實，建構無毒社會的這場戰役失敗了。但如果要避免毒品繼續攻城掠地，最好是讓毒品交易在監視器的監督下進行，而不要在奧克西瓦河的橋下、羅督斯街的陰暗後院，或阿克修斯堡壘的南側地區偷偷進行。瑪蒂娜知道有很多工作跟奧斯陸反毒活動相關的人都持有相同看法，例如警察、社工、街頭傳教士和妓女，他們都認為布拉達廣場比其他選項來得好。

只不過廣場上的活動不堪入目。

「朗格曼！」瑪蒂娜朝巴士外一名站在黑暗中的男子叫道。「你今天晚上要不要喝點湯？」

朗格曼只是靜靜走開，可能已買到毒品，準備去注射。

瑪蒂娜拿著長杓，專心替一個身穿藍色外套、可能來自地中海地區的人舀湯。這時她聽見旁邊有人牙齒咬得格格作響，並看見一名身穿單薄西裝外套的男子正在排隊。「給你。」她說，替男子盛了湯。

「哈囉，甜心。」一個粗嘎的聲音說。

「芬卡！」

「過來抱抱，讓我這個苦命人暖和一下。」一名老妓女發出真誠笑聲，擁抱瑪蒂娜，她身上的緊身豹紋洋裝裹著濕潤的肌膚和身體，散發出來的香水味十分驚人。但瑪蒂娜還聞到另一種氣味，這種氣味她認得，而且這種氣味在芬卡身上的強烈香水味蓋過一切之前就出現了。

她們在一張空桌前坐下。

雖然去年大量湧進此地區的一些外國妓女也使用毒品，但挪威本地妓女的吸毒情況較為普遍。芬卡是少數沒有沉迷毒品的挪威妓女，而且她說她越來越常在家裡服務一個固定客人，所以會遇見瑪蒂娜的機會就越來越少。

「我是來找一個女性朋友的兒子，」芬卡說：「他叫克里斯多夫，聽說他在吸毒。」

「克里斯多夫？不認識。」

「哈！」芬卡不以為意。「算了，看得出來妳忙著在想其他事。」

「有嗎？」

「別說謊，我看得出戀愛中的女人是什麼樣子。是不是他？」

芬卡朝一個身穿救世軍制服、手拿《聖經》的男子點了點頭，他正好在身穿單薄西裝外套的男子身旁坐下。

瑪蒂娜鼓起雙頰。「里卡？才不要呢，謝謝。」

「妳確定？從我來到這裡，他的眼光就一直在妳身上打轉。」

「不管怎樣，里卡是個好人，」瑪蒂娜嘆口氣說，「他是臨時自願來值班的，原本應該值班的人死了。」

「妳是說羅伯．卡爾森？」

「妳認識他？」

芬卡沉重地點了點頭，隨即又露出開朗神情。「先把死人擺一旁，告訴媽咪妳愛上誰了呀？是說也該是時候了。」

瑪蒂娜微微一笑。「我連我戀愛了都不知道呢。」

「妳少來。」

「才沒有，這太扯了，我……」

「瑪蒂娜。」另一個聲音說。

瑪蒂娜抬頭望去，看見里卡露出懇求的眼神。

「坐在那邊的男人說他沒有衣服、沒有錢、沒有地方住，妳知道我們的旅社有空床位嗎？」

「可以打電話去問，」瑪蒂娜說：「他們還有一些冬衣。」

「好。」里卡卻不移動，即使瑪蒂娜轉回頭看著芬卡，他還是站在原地。瑪蒂娜不用看也知道他的嘴唇上方泌出汗珠。

里卡咕噥地說聲謝謝，回到西裝男子坐的那桌。

「快跟我說呀。」芬卡低聲催促。

巴士外，呼嘯的北風已架起小口徑的火砲陣線。

哈利將運動包揹在肩頭向前走去，瞇著雙眼抵禦寒風，因為寒風中夾帶著肉眼難見的細小雪花，會如針一般扎入眼睛。他經過貝里茲屋，也就是彼斯德拉街上被占屋運動占據的地方，這時手機響起，是哈福森打來的。

「前兩天鐵路廣場的公共電話撥出兩通電話到札格瑞布，兩通撥的都是同一個電話號碼。我打了這個電話，結果是國際飯店的櫃台接的。他們說無法查出是誰從奧斯陸打電話過去，或是電話要找誰，也沒聽說過科里斯多．史丹奇這個人。」

「嗯。」

「我要繼續追蹤嗎？」

「不用，」哈利嘆了口氣。「先放著，直到有線索指出這個史丹奇有嫌疑再說。你離開前把燈關了，我們明天再討論。」

「等一等！」

「我還在。」

「還有一件事，制服員警接到一通電話，是餅乾餐廳的服務生打來的，他說今天早上他在洗手間碰到一位客人……」

「他去那裡幹嘛？」

「這等一下再說。是這樣的，那個客人手上拿著一樣東西……」

「我是說那個服務生，餐廳通常都有員工洗手間才對。」

「這我沒問，」哈福森不耐煩地說，「聽好了，這個客人手上拿著一個綠色的東西，還不斷滴下液體。」

「聽起來他應該去看醫生。」

「真幽默。這個服務生發誓說那樣東西是沾了洗手乳的槍，而且給皂器的蓋子還被打開。」

「餅乾餐廳，」哈利說，讓這些資訊沉澱下來。「這家餐廳是在卡爾約翰街上。」

「距離犯罪現場兩百碼。我敢賭一箱啤酒，那把槍就是凶槍。呃……抱歉，我賭……」

「對了，你還欠我兩百克朗。先把事情說完。」

「最棒的部分來了，我請他描述那個男子的容貌，但他說不出來。」

「聽起來正是這起命案的特色。」

「不過他是憑那男人的大衣把他認出來的，一件非常醜的駝毛大衣。」
「出現了！」哈利吼道，「卡爾森被射殺前一晚出現在伊格廣場照片上那個戴領巾的傢伙。」
「順帶一提，他說那件大衣是仿駝毛的，而且他聽起來像是對這種事很熟的樣子。」
「什麼意思？」
「你知道的，他們說話都有一種調調啊。」
「『他們』是誰？」
「哎呦，就是同性戀者啊。反正呢，那個帶槍的男人後來就離開了，目前掌握到的線索就是這樣。我正要去餅乾餐廳把照片拿給那個服務生看。」
「很好。」哈利說。
「你在納悶什麼？」
「納悶？」
「哈利，我已經越來越了解你了。」
「嗯，我在納悶為什麼那個服務生今天早上沒有打電話報警，你問他這件事好嗎？」
「其實我也打算問他這個問題，哈利。」
「當然當然，抱歉。」
哈利掛上電話，五分鐘後手機又響了起來。
「你忘了什麼？」哈利問道。
「什麼？」
「喔，是妳啊，貝雅特，有什麼事？」
「好消息，我在斯堪地亞飯店搜查完了。」
「有沒有發現ＤＮＡ？」

「還不知道。我採集了幾根頭髮，可能是房務人員的，也可能是房客的。不過半小時前我拿到了彈道比對結果。」

「尤恩．卡爾森家的鮮奶盒裡的子彈，跟伊格廣場發現的子彈是同一把手槍擊發的。」

「嗯，這表示殺手有數人的假設變薄弱了。」

「沒錯。還有，你離開之後，斯堪地亞飯店的女櫃員想起一件事，她說這個科里斯多．史丹奇穿了一件很醜的衣服，她覺得應該是仿的……」

「讓我猜猜看，仿的駝毛大衣？」

「她是這樣說的。」

「我們**上軌道了！**」哈利高聲說，聲音在貝里茲屋畫滿塗鴉的牆壁和荒涼的市區街道間迴盪。

他結束通話，打給哈福森。

「是，哈利？」

「科里斯多．史丹奇就是凶手，把那件駝毛大衣的描述通報給制服員警和勤務中心，請他們通知所有的巡邏車。」哈利對一名老婦微笑。老婦穿著一雙時髦踝靴，鞋底加了防滑釘，使得她走起路來磕磕絆絆地磨擦路面。「還有，我要二十四小時監視通聯紀錄，看看有誰從奧斯陸打電話去札格瑞布的國際飯店，以及發話的電話號碼。去找奧斯陸區挪威電信的克勞斯．托西森辦這件事。」

「這樣算是監聽，我們需要搜索票才行，這要花好幾天時間才能拿到。」

「這不算監聽，我們只需要知道發話地點就好。」

「挪威電信恐怕分不出其中的差別。」

「告訴托西森說是我找他幫忙的，好嗎？」

「我可以知道為什麼他要冒著被開除的危險幫你這個忙嗎？」

「陳年往事了，幾年前我救過他，避免他被湯姆．沃勒和他的同伴打成肉醬。你也知道遛鳥俠被帶去署裡會發生什麼事。」

「原來他是遛鳥俠喔？」

「已經退休了，反正他會願意提供協助，只要我們不再提起這件事就好。」

「原來如此。」

哈利掛上電話。調查工作動起來了，他不再感覺到刺骨北風和風裡夾帶的雪針。有時這份工作可以給他片刻的純粹喜悅。他掉頭走回警署。

伍立弗醫院的單人病房裡，尤恩在床單上感覺到手機震動，立刻抓起手機。「喂？」

「是我。」

「喔，嗨。」他說，難以掩飾口氣中的失望。

「你聽起來像是希望電話是別人打的。」倫西用過於開心的語調說，透露出她受傷了。

「我不能講太久的電話。」尤恩說，瞥了門口一眼。

「我只是想跟你說羅伯的事我很遺憾，」倫西說：「我替你感到難過。」

「謝謝。」

「你一定很不好受吧。你在哪裡？我打過電話去你家。」

尤恩沉默不答。

「麥茲會工作到很晚，如果你要的話我可以過去你家。」

「不用了，謝謝，倫西，我應付得來。」

「我很想你。晚上好黑好冷，我好害怕。」

「妳從不害怕的，倫西。」

「有時候我也會害怕啊，」她用生氣的口吻說，「這裡有好多房間，卻一個人都沒有。」

「那就搬到小一點的房子啊。我得掛電話了，這裡不能用手機。」

「等一下！你在哪裡？」

「我有點輕微的腦震盪，在醫院裡。」

「哪一家醫院？哪一科？」

「你知道我討厭不知道你在哪裡。」

尤恩感到迷惑。「大部分的人都會先問我怎麼會有腦震盪。」

尤恩想像明天探病時間倫西抱著一大束玫瑰走進來，希雅用疑惑的眼神看看倫西，再看看他。

「我聽見修女來了，」他低聲說：「我得掛電話了。」他按下掛斷鍵，看著天花板。手機響了一聲，螢幕亮光熄滅。倫西說得對，晚上**的確**很黑，但害怕的人是**他**。

倫西．吉爾斯卓閉著眼睛站在窗前一會，然後看了看錶。麥茲說他要忙委員會議的事，會晚點回來。這幾星期他常說這種話。以前他都會說幾點回家，而且非常準時，有時還會稍微提早回家。她也不是希望他早點回來，只不過覺得有點奇怪。有點奇怪，但也僅止於此，就好像上一期市話帳單把每一通電話都列出來一樣有點奇怪。她並未提出這種列出明細要求，但寄來的帳單足足有五頁之多，還註明了詳細資訊。她不能再打給尤恩了，卻又無法不打，因為尤恩有那種眼神，約翰尼斯的眼神。那不是善良、聰明、溫柔或諸如此類的眼神，而是可以在她自己都還沒形成思緒之前，就讀出她心思的眼神。那眼神看見真實的她，卻仍然喜歡她。

她再度張開眼睛，望著六千平方公尺未受汙染的自然景觀，這片景觀讓她想起瑞士的住宿學校。冰雪折射的光線照進這間大臥室，讓天花板和牆壁泛著藍白色的光芒。

當初是她堅持要把房子蓋在此地，這片位在都市上方的山上森林裡，她說這樣會比較不覺得封閉和受限。她丈夫麥茲．吉爾斯卓以為她所說的受限是來自都市，因此很高興地拿出他一部分錢來蓋這棟房子，而這個豪奢之舉花了他兩千萬克朗。他們搬進來時，倫西只覺得自己是從囚室搬到了監獄廣場。這裡有太陽、空氣、房間，但她依然覺得受限，感覺像是住在寄宿學校。

有時就像今晚，她不明白自己怎會淪落到這步田地。她的外在情況可歸納說明如下：麥茲・吉爾斯卓在奧斯陸繼承了大筆財產。她是在美國伊利諾州芝加哥市郊的一所二流大學認識麥茲的，兩人都是念企管系，而這所大學在美國加持下，要比挪威的同等級大學有著更亮的光環。無論如何，美國的大學生活好玩多了。兩人都來自富裕家庭，但麥茲的身家更為豐厚。麥茲的家族是傳承五代的輪船主，擁有前代祖先累積下來的金錢。倫西的家族則是農人出身，家族財富依然很新，帶有養殖魚類的氣味。他們一家人原本是在農業津貼和受傷自尊之間的夾縫中求生存，後來她父親和伯父索性賣了牽引機，拿出所有財產，賭在一座小養魚場上。養魚場位於西阿格德爾郡最南端的多風海岸，就在他們自家客廳外的峽灣裡。他們挑選的時機非常理想，競爭對手極少，每磅開出天價，狂撈四年就成了大富豪。於是峭壁上的老家被夷平，取而代之的新家簡直有如城堡，面積比穀倉還大，裡頭有八扇凸窗、兩座車庫。

倫西十六歲那年，母親把她從自家的峭壁送到另一座峭壁，也就是亞倫舒斯特私立女校，這所女校位於海拔兩千九百呎高的瑞士小鎮，鎮上有一座火車站、六座教堂、一家啤酒館。她對外宣稱要出國學習法文、德文和藝術史，顯然這些科目對於養殖以磅計價、價格屢創新高的魚類非常重要。

然而她之所以離鄉背井，當然是因為男友約翰尼斯的緣故。約翰尼斯有溫暖的雙手和溫柔的聲音，他那雙眼睛在她自己都還沒察覺到之前，就能讀出她的心思。但約翰尼斯是個鄉下土包子，毫無前途可言。她和約翰尼斯交往之後，一切都變了，她也變了。

她前往亞倫舒斯特私立女校就讀之後，脫離了惡夢、罪惡感和魚腥味，並學到每個女人都應該擁有一個丈夫和更高的地位。她從父母那裡遺傳來的生存本能，不僅讓她在挪威峭壁上生存下來，也慢慢讓她埋葬那個會讓約翰尼斯讀出心思的倫西，搖身一變成為行動力高的倫西，以及獨立自主不理會別人眼光的倫西，尤其是不理會那些來自上流社會、被寵壞的法國和丹麥女同學的眼光。這些人總是躲在角落，嘲笑倫西這類女孩不自量力，以為自己可以擺脫一身俗不可耐的鄉下土氣。

倫西進行的小復仇是勾引布里莫老師，他是大家都愛慕的德籍老師，住在學生宿舍對面的校舍。倫西直接穿越卵石廣場，去敲他小房間的門，一共去了四次，四次都晚上才出來，踏上卵石地走回宿舍，喀噠喀噠的腳步聲迴盪在兩棟建築之間。

不久謠言四起，而她幾乎沒有制止。事情爆發之後，布里莫老師提出辭呈，急忙在蘇黎世找了另一份教職。倫西容光煥發，對班上陷入愁雲慘霧的同學露出勝利的微笑。

學校畢業後，倫西離開瑞士，回到家鄉。她心想，終於回家了。但約翰尼斯的那雙眼睛再度出現，就在銀色峽灣裡、銅綠色森林的影子裡、閃亮的教堂黑窗後頭、疾駛而過的車子裡，只留下一蓬蓬塵埃，讓她恨得牙癢癢的，口中苦澀不已。後來芝加哥的大學企管系入學通知書寄來，通知她可以前往攻讀四年大學或五年研究所，她立刻叫爹地匯出學費，不得延遲。

離開家鄉讓她鬆了口氣，她又可以做回新的倫西了。她希望能把約翰尼斯拋在腦後，為了達到這個目的，她需要計畫和目標。到了芝加哥之後，她找到了目標，那就是麥茲．吉爾斯卓。

她預料自己將手到擒來，畢竟她有勾引上流社會男子的理論和實務基礎，況且她還有美貌；這是她聽約翰尼斯和另外幾個人說的。最重要的是她那雙眼睛，她遺傳到母親的淺藍色虹膜，周圍是一圈特別白的鞏膜，科學證明這能吸引異性，象徵強健身體和健康基因。因此倫西很少戴太陽眼鏡，除非想刻意營造效果，在特別時機摘下眼鏡。

有人說她長得像妮可．基嫚，她明白這是什麼意思，這代表她有一種凜冽的美。也許正因如此，當她在走廊和校園餐廳裡試圖接觸麥茲時，麥茲的反應猶如一頭受驚野馬，他視線飄移，甩開瀏海，快步離開，逃往安全地區。

最後她孤注一擲。

一天晚上，在一場愚蠢的年度傳統派對開始之前，倫西給了室友一筆錢，讓她去買新鞋，入住市區的飯店，然後自己在鏡子前打扮了三個小時。這是她第一次提早抵達派對，因為她知道麥茲不管去什麼派對都會提早，以便取得先機，打敗可能對手。

麥茲說話結巴，幾乎不敢正視倫西那對淺藍色眼珠和清澈鞏膜，更不敢往下看她特意露出的乳溝。於是她得出推翻她過去看法的結論：錢不一定能帶來信心。後來她認為麥茲之所以有不好的自我形象，是因為他有個聰明、嚴格、痛恨軟弱的父親，他父親一直無法接受為什麼兒子不像他自己那麼優秀。

但倫西並不放棄，她把自己當做誘餌，在麥茲面前晃來晃去，顯示自己容易上手，並注意到那些跟她互以朋友相稱的女同學聚在一起交頭接耳。說到底她們都是群體動物。倫西跟麥茲喝了六瓶美國啤酒之後，越來越懷疑他是同性戀，這時他這匹野馬大膽進入開放地形，再喝兩瓶啤酒，兩人就離開了派對。

她讓麥茲上她，用的卻是室友的床，畢竟她可是花了一大筆錢讓室友去買鞋。三分鐘後，倫西用室友的自家製針織床罩替麥茲把身體擦乾淨，她知道她已經用套索套住了這匹野馬，假以時日就能再套上馬具和馬鞍。

他們畢業後以未婚夫妻的身分回到家鄉，麥茲開始分擔管理家族財富的責任，知道自己再也不用在任何無意義的比賽中受到測試，現在他的工作是找尋並雇用優秀的顧問群。

倫西受到信託公司經理的錄用，這位經理從未聽過她所畢業的二流大學，但聽過芝加哥這個城市，而且喜歡他所聽見和看見的。他不很聰明，但要求甚高，並覺得倫西跟他十分契合，因此倫西上班不久之後，就從股票分析師這份要求高度智力的工作，調到了「廚房」的螢幕和電話前；「廚房」是他們對交易員辦公室的戲稱。倫西．吉爾斯卓就是在這裡開始獨當一面。她跟麥茲訂婚之後，就把姓氏改成了吉爾斯卓，因為這樣「比較實際」。如果吉爾斯卓這個姓氏還不足以擴展業務，說服貌似專業的投資者購買歐地康公司的股票，那麼她還會撒嬌、調情、嬌笑、操控、說謊、啜泣。倫西．吉爾斯卓可以去抱男人大腿，若是壓力大，還可以去抱女人大腿，她這樣做所成交的股票比她做過的股票分析都來得多。然而她最重要的特質，是她了解股市背後的重要驅動力：貪婪。

後來有一天她懷孕了，但她驚訝地發現自己竟考慮墮胎，在此之前她一直都以為自己想要小孩，或至少生一個小孩。八個月後，她生下艾瑪莉雅，心中充滿喜悅，暫時忘卻自己動過墮胎的念頭。兩星期後，艾瑪莉雅因為發高燒而被送進醫院。倫西看得出醫生神色憂慮，但他們無法告訴她艾瑪莉雅究竟怎麼了。一天晚上，倫西考慮向上帝祈禱，但又打消這個念頭。隔天晚上十一點，小艾瑪莉雅死於肺炎。倫西將自己鎖在房間裡，整整哭了四天。

「囊腫纖維化，」醫生私底下對倫西說：「這是一種遺傳疾病，這表示妳或妳丈夫帶有這種基因。妳知道妳或他的家族裡有這種病史嗎？它可能會以經常性氣喘或其他方式來呈現。」

「我不知道，」倫西答道：「而且我想你應該會遵守醫病保密原則。」

這段悲慟時期她尋求專業協助，過了幾個月才有辦法再度開口跟人說話。夏天來臨時，他們前往吉爾斯卓家族在瑞典西岸的農舍，試著再懷下一胎，但有天晚上麥茲發現倫西在浴室鏡子前哭泣，說這是對她的懲罰，因為她動過墮胎的念頭。麥茲安慰她，但是當他溫柔的撫觸變得越來越大膽時，她把他推開，說她暫時不想。麥茲以為她說的是她暫時不想懷孕，當下便即同意，後來才發現她指的是暫時不想跟他發生性關係。這令他感到失望且憂傷，因為他喜歡上跟倫西做愛的感覺，尤其是當他讓她產生自己所認為的明顯小高潮時，這提高了他的自信心。但他接受倫西的解釋，說這是因為悲傷和產後荷爾蒙出現改變的緣故。其實倫西無法開口對麥茲說，過去兩年來她跟他做愛都只是出於義務，而且她對他激起的一點點性興奮全都已在產房中消失殆盡，因為她在生產時抬頭只見他張大嘴巴、滿臉恐懼的愚蠢表情，而且他跟所有新手爸爸一樣應該剪斷臍帶時，卻不慎掉落剪刀，讓她看了只想痛打他一頓。她也無法對麥茲說，在性方面，過去一年來她跟她那個不很聰明的上司，一直都在滿足彼此的需要。

倫西請產假時被擢升為可分紅的合夥人，這在全奧斯陸的證券經紀人中是絕無僅有的例子，但是令大家跌破眼鏡的是，最後她還是辭職了，因為她得到了另一份工作，負責管理麥茲的家族財產。

她在道別之夜對上司說，她之所以選擇離職，是因為覺得該是讓那些證券經紀人來找她聊天，而不是她去找客戶聊天的時候了。但背後真正的原因她一個字也沒說：很遺憾，麥茲連他被賦予的僅僅一項工作——找尋並雇用優秀的顧問群，也都搞砸了，以致於吉爾斯卓家族的財富以驚人速率快速縮水，因此倫西和她公公亞伯．吉爾斯卓不得不插手。這是她最後一次和上司碰面，幾個月後，她聽說他請了病假，因為他已經跟氣喘纏鬥了好多年。

倫西不喜歡麥茲的社交圈，她發現麥茲自己也不喜歡，但他們受到邀請還是會去參加派對，否則下場更慘，被排除在政商名流的圈子之外。跟這個圈子的男男女女交際，完全是兩回事。這些男人深信財富讓他們有權浮誇自滿，至於這些男人的妻子，倫西都在心裡暗暗替她們貼上「賤人」的標籤。這些喋喋不休、有購物癖、健康狂的家庭主婦，挺著一對看起來非常自然的乳房，還把全身都曬成古銅色，不過這身膚色倒是真的，她們剛帶著孩子去法國聖特羅佩鎮「放鬆」度假回來，因為家裡那些工人吵死了，游泳池和新廚房永遠無法完工。她們裝出關心的態度，談論去年歐洲的購物買氣非常低落，但除此之外，她們的生活只有去史蘭冬區滑雪和去玻克塔區游泳，這兩處離奧斯陸都很近，必要時她們會去南邊的克拉卡羅鎮。這些貴婦的話題盡繞著衣服、拉皮和健身器材打轉，因為她們必須用這些工具來把富有而浮誇的丈夫抓在手裡，這是她們在地球上唯一的使命。

每次倫西想到這裡，都會膽戰心驚，心想難道她跟這些女人真的不一樣嗎？也許差別只在於她有工作，只在於當這些女人在芬倫區的咖啡館裡露出高傲的神情，哼的一聲抱怨這個「社會」的福利濫用和逃稅現象時，她會無法忍受。又或者另有原因？因為她的生命裡發生了一件事，一場革命。她開始關心除了自己以外的人，自從艾瑪莉雅、或者說約翰尼斯之後，這是她第一次有這種感覺。

這件事肇始於一場計畫。由於麥茲投資失利，吉爾斯卓家族所持有的股票價值持續滑落，因此必須使出激烈手段，不僅得將資金移轉到風險較低的基金，還需要彌補累積的負債。簡而言之，他們必須進行一場金融奇襲。倫西的公公想出一則妙計來達到奇襲的效果，或者說是搶劫。不是搶劫戒備森嚴的銀行，而是搶劫老太太，救世軍的老太太。倫西仔細研究救世軍的房產清單，發現相當驚人。救世軍的房產屋況不是很好，但潛力和地段極佳，尤其是在奧斯陸市中心麥佑斯登區附近的房產。救世軍的這種狀況告訴倫西至少兩件事：第一，他們需要錢；第二，他們的房產價值被大幅低估。他們很可能不知道自己坐在多少資產上。倫西高度懷疑救世軍的決策者並不是組織中最優秀的人物。此外現在正是逢低買進的好時機，因為房市和股市同時下滑，而其他領先指標已開始向上攀升。

她打了通電話，安排會面。

一個美好春日，她駕車前往救世軍總部。

總司令大衛．艾考夫接見她，兩人寒暄，才三秒鐘她就看出艾考夫是個跋扈的領導者，而她非常懂得操控這種人。她心想，這件事可能會很順利。艾考夫領著她進入會議室，裡頭放著格子鬆餅和難以下嚥的咖啡，還有一名年長男子和兩名年輕男子。年長男子是總書記，官拜中校，退休在即。第一名年輕男子是里卡．尼爾森，他個性羞怯，乍看之下頗像麥茲．吉爾斯卓。倫西和第二名年輕男子握手時大吃一驚，只見他露出猶豫的微笑，自我介紹說他叫尤恩．卡爾森。令倫西吃驚的不是尤恩高大駝背的外型，不是開朗孩子氣的臉蛋，也不是溫暖的聲音，而是他的眼睛。那雙眼睛直視著她，看透她的內心，就像他過去那樣。那是約翰尼斯的眼睛。

會議前半部，總書記報告說挪威救世軍的收入僅將近十億克朗，其中大部分來自救世軍兩百三十筆房產的租金收入。倫西坐在椅子上近乎出神，不斷制止自己盯著尤恩看，看他的頭髮，看他的雙手靜靜放在桌上，看他的肩膀有點撐不起那件黑色制服。倫西小時候也有一套救世軍制服，她總是會把救世軍和老先生、老太太聯想在一起，這些老人雖然不相信死前的世界有何意義，但仍面帶微笑唱著三和弦的曲調。她雖未認真思考過，但腦子裡跑過這個念頭，認為救世軍是由那些無法在世上立足的單純人士所組成，這些人都是傻瓜，毫無生氣，沒人想跟他們玩，但他們知道救世軍裡有個團隊就算是他們這種人也可以符合標準，那就是在後頭的背景裡唱歌。

總書記報告完畢後，倫西向他道謝，打開她帶來的檔案夾，把一份文件遞給總司令。

「這是我們開出的價碼，」她說：「以後我們會再提出有興趣的是哪些房產。」

「謝謝。」總司令說，細看那份文件。

倫西想判讀他的表情，但知道這沒有多大意義。他面前桌上擺著一副閱讀用眼鏡，但並未使用。

「我們的專家計算之後會提出建議。」總司令微笑說，將文件傳下去給尤恩。倫西注意到里卡的臉部肌肉微微抽動。

她把名片越過桌面遞給尤恩。

「如果有什麼地方不清楚，請打電話給我。」她說，感覺他落在她身上的目光彷彿肢體的真實撫慰。

「謝謝妳特地跑一趟，吉爾斯卓夫人，」總司令說，拍了拍手。「我們一定會給妳答覆，大概要多久時間……尤恩？」

「不會太久。」

總司令愉快地露出笑容。「不會太久。」

四人送倫西到電梯，等電梯時眾人靜默不語。

電梯門滑開時，她朝尤恩微微傾身向前，低聲說：「請打手機給我，隨時都可以。」

她想跟尤恩目光相觸，再次感覺他的眼神，但沒成功。獨自搭電梯下樓時，她突然覺得全身血液奔騰，彷彿就快爆炸，十分痛苦，全身不由自主地發抖。

三天後，尤恩打電話來表示拒絕。他們評估過她開出的價碼，最後決定不想賣。倫西慷慨激昂地為她所開出的價碼辯護，指出救世軍的房產在市場上很值錢，但缺乏專業經營，房租過低，使他們不斷虧損，因此救世軍應該讓投資多元化。尤恩靜靜聆聽，並未打岔。

「謝謝妳，吉爾斯卓夫人，」她說完之後，尤恩說：「這麼周全地思考過這個提案。我是讀經濟的，並非不同意妳的說法，但是……」

「但是什麼？我的計算結果非常清楚……」她聽見自己的聲音帶著濃重呼吸聲，十分興奮。

「但還有人的因素需要考量。」

「人的因素？」

「也就是房客，他們都是人，很多老人已經在那裡住了一輩子，像是退休的救世軍軍人或難民，他們需要安全的住所。這就是人的因素。為了整修房屋，以利之後出租或販售牟利，妳一定會把他們都趕出去。就像妳說的，計算結果非常清楚。這是妳所注重的經濟考量，我接受，那麼妳接受我的考量嗎？」

倫西喘了口氣。

「我……」她開口說。

「我很樂意帶妳去看看這些人，」尤恩說：「這樣妳就會比較了解。」

她搖了搖頭。「關於我們的用意，我很樂意澄清一些誤會，」她說：「星期四晚上你有事嗎？」

「沒有，可是……」

「我們約八點在美饌食府。」

「美饌食府是？」

她微微一笑。「是家餐廳，在福隆納區，計程車司機應該會知道在哪裡。」

「如果是在福隆納區，我可以騎機車過去。」

「好，到時見。」

她把麥茲和公公找來開會，報告結果。

「聽起來關鍵在於這個顧問，」亞伯．吉爾斯卓說：「只要對付得了他，那些房產就是我們的了。」

「可是我跟你說，他對我們開的任何價碼都沒興趣。」

「喔，他會有興趣的。」亞伯說。

「他不會的！」

「對救世軍來說，他不會有興趣，他可以去盡情揮舞他的道德旗幟沒有關係，但我們可以訴諸他個人的貪欲。」

倫西搖了搖頭。「他不是這種人。他……他不是會做這種事的人。」

「每個人都有價碼，」亞伯微笑說，在倫西面前像節拍器般搖了搖食指。「救世軍是以虔敬主義做為基礎，這是他們朝向宗教的實際方式，所以虔敬主義在缺乏生產力的北方受到歡迎：麵包優先，然後再祈禱。我開兩百萬。」

「兩百萬？」麥茲倒抽一口氣。「就為了……建議賣出？」

「當然條件是讓救世軍願意出售房產，不解決這件事就不付錢。」

「但這個金額還是太荒唐了。」麥茲抗議道。

亞伯瞥了他一眼，說：「荒唐的是我們的家族財富竟然在景氣開始復甦時還大幅縮水。」

麥茲張大了口宛如水族箱裡的魚，發不出一絲聲音。

「他們這個顧問如果認為我們開出的價碼太低，是不會有興趣議價的，」亞伯說：「所以我們必須一拳就把他打倒。兩百萬。妳說呢，倫西？」

倫西緩緩點頭，望著窗外，只因她不想看丈夫低頭坐在檯燈後方的陰影中。

她抵達美饌食府時，尤恩已在位子上等候。他看起來比她記憶中小了一號，可能因為他穿的是廉價西裝而不是制服，她想那套西裝應該是在福雷特斯慈善商店買的。又或者是因為他在這家時髦餐廳裡看起來很不自在。他站起來迎接她，卻把桌上花瓶撞倒，兩人同時出手去營救花瓶，不約而同笑了起來。之後他們談天說地，他問起她是否有小孩，她只是搖了搖頭。

那他有小孩嗎？沒有，原來如此，那他或許有……？沒有，也沒有。

話題來到救世軍名下的房產，倫西發現尤恩在辯論時沒有平常的火花，只是露出禮貌的微笑，啜飲紅酒。她把價碼提高百分之十。他搖了搖頭，依然微笑，稱讚她的項鍊十分襯托她的膚色。

「這是我母親送我的。」她說起謊來毫不費力，心想他欣賞的應該是她的雙眼，那對淺藍色虹膜和清澈鞏膜。

在主菜和甜點之間，倫西拋出兩百萬佣金的條件。她沒注視尤恩的眼睛，因為尤恩只是靜靜看著酒杯，突然臉色發白。

最後尤恩終於輕聲說：「這是妳的主意嗎？」

「是我跟我公公的。」倫西發現自己有點喘不過氣。

「亞伯・吉爾斯卓？」

「對，除了我們兩個人和我先生，沒有人會知道這件事。萬一這件事曝光，我們受到的傷害會……呃，跟你一樣。」

「難道是因為我說過或做過什麼嗎？」

「什麼？」

「妳跟妳公公為什麼認為我會接受這一把銀幣？」

尤恩抬眼朝倫西望來，她感覺自己滿臉通紅，她記得自己自從青春期以來就沒有臉紅過了。

「甜點不要上了好嗎？」尤恩拿起大腿上的餐巾，放在桌上的餐盤旁邊。

「請你花點時間考慮再答覆，尤恩，」倫西結巴地說：「這是為了你好，這樣你就有機會實現一些夢想。」

這些話就連她自己聽著都覺得十分刺耳。尤恩對服務生打個手勢，表示買單。

「什麼夢想？成為腐敗的僕人，還是悲慘的叛逃者？開著名貴轎車，同時卻看見我作為一個普通人想達到的一切在我四周變成廢墟？」他憤怒得話聲發顫。「這就是妳擁有的夢想嗎？倫西・吉爾斯卓？」

她無法回答。

「我一定是瞎了眼，」尤恩說：「因為妳知道嗎？當我見到妳時，我以為我看到的是……一個不一樣的人。」

「你看見的是我。」倫西低聲說，感覺自己就要開始顫抖，就跟那時在電梯裡一樣。

「什麼？」

她清了清喉嚨。「你看見的是我。很抱歉我冒犯你了。」

接下來的沉默中，她覺得自己像是在洗三溫暖似的。

「當我沒說過這件事，」她說。服務生走來，從她手中接過信用卡。「這不重要，對我們兩個人來說都不重要。你可以陪我去維格蘭公園散散步嗎？」

「我……」

「請你陪我好嗎？」

他是不是用驚訝的眼神看著她？

那雙可以看透一切的眼睛怎麼可能驚訝？這時倫西低頭朝侯曼科倫區自家窗外望去，看著下方的黑暗廣場。維格蘭公園，一切的瘋狂就是從那裡開始的。

午夜過後，救濟巴士停進車庫，瑪蒂娜感到一種愉悅的疲憊感，而且覺得受到祝福。她站在救世軍旅社前的人行道上，旅社位在陰暗狹小的漢道斯街上。她正在等里卡把車子開過來，這時聽見後方地上傳來冰雪嘎扎聲。

「嗨。」

她轉過頭去，感覺心臟停了一下，她看見孤單街燈下有個高大身影。

「妳不認得我了？」

她的心臟停了一下、兩下，然後是三下、四下。她認出了那個聲音。

「你在這裡幹嘛？」她問道，希望自己的聲音並未透露出剛剛她有多害怕。

「我得知今天晚上妳在救濟巴士值班，午夜之後巴士會停到這裡來。案情有了進展，我也做了一些思考。」男子踏前幾步，燈光灑在他臉上。他的面容比她記得的還要堅毅蒼老，沒想到一個人可以在二十四小時中忘記這麼多。「我可以問妳幾個問題嗎？」

「這麼急嗎？」瑪蒂娜微笑說，看見她的微笑讓那警察的臉部線條軟化下來。

「妳在等人嗎？」哈利問道。

「對，里卡要載我回家。」

「你的運動鞋應該換鞋墊了。」她指了指。

她看了看哈利的肩包，一側寫著比利時都市「熱特」的名字，但肩包太過破舊，看起來不像是復刻版。

哈利用驚訝的眼神看著她。

「就算不是葛奴乙也聞得出那個味道。」

「徐四金，」哈利說：「《香水》。」

「原來你是會看書的警察。」瑪蒂娜說。

「原來妳是會看殺人小說的救世軍，」哈利說：「恐怕這正好跟我來找妳的原因有關。」

一輛紳寶九〇〇型轎車在他們面前停下，車窗嗡嗡作響，降了下來。

「準備要走了嗎，瑪蒂娜？」

「等一下，里卡，」她轉頭望向哈利。「你要去哪裡？」

「畢斯雷區，但我比較想……」

「里卡，我們順道送哈利去畢斯雷區好嗎？你不是也住那附近？」

里卡凝望窗外的黑夜，然後才慢吞吞地說：「好啊。」

「上車吧。」瑪蒂娜說，朝哈利伸出手。哈利驚訝地看著她。

「我的鞋底很滑。」她低聲說，抓住哈利的手。她感覺哈利的手溫暖乾燥，而且立刻緊緊握住她，彷彿她就要滑倒似的。

里卡開車甚是小心，目光經常在後照鏡和側後照鏡之間跳躍，彷彿擔心後方有人偷襲。

「怎麼樣？」瑪蒂娜在後座說。

哈利清了清喉嚨。「今天有人要殺尤恩・卡爾森。」

「什麼？」瑪蒂娜高聲說。

哈利和里卡在後照鏡中目光相觸。

「你已經聽說了？」哈利問道。

「沒有。」里卡說。

「是誰……？」瑪蒂娜說。

「還不知道。」哈利說。

「可是……羅伯和尤恩都碰到這種事，會不會是跟卡爾森家族有關？」

「我想凶手的目標只有一個人。」哈利說。

「凶手延遲了回家的行程，他一定是發現自己殺錯人了，目標不是羅伯。」

「羅伯不是……」

「什麼意思？」

「這就是為什麼我要來找妳的原因，我想請妳告訴我，我的假設正不正確。」

「什麼假設？」

「羅伯之所以喪命，是因為他很不幸地正好幫尤恩去伊格廣場代班。」

瑪蒂娜轉過身來，驚恐地看著哈利。

「你們有班表，」哈利說：「上次我去找妳父親的時候，我看見接待區的布告欄上掛著班表，每個人都能看見那天晚上去伊格廣場值班的人是尤恩・卡爾森。」

「你怎麼……？」

「我離開醫院後去查過班表，尤恩的名字就在上面，不過羅伯和尤恩是在班表打出來以後才換班的對不對？」

里卡駕車在史登柏街轉彎，朝畢斯雷區開去。

瑪蒂娜咬著下唇。「班表經常都在變動，有人換班我也不一定知道。」

里卡開上蘇菲街。

瑪蒂娜突然睜大眼睛。「啊，我想起來了！羅伯有打電話跟我說他們兩個換班，所以我什麼都不用做，這就是為什麼我沒想到的原因。可是……這代表……」

「尤恩和羅伯長得很像，」哈利說：「又穿制服……」

「而且那天又黑又下雪……」瑪蒂娜低聲說，彷彿是在自言自語。

「我想知道的是，有沒有人打電話來問妳班表的事，或是問妳那天晚上的事。」

「我記得是沒有。」瑪蒂娜說。

「妳可以想一想嗎？我明天打給妳。」

「好。」瑪蒂娜說。

哈利直視瑪蒂娜的雙眼，在街燈照耀下，他再度看見她瞳孔的不規則形狀。

里卡把車停在人行道旁。

「你怎麼知道？」哈利問道。

「知道什麼？」瑪蒂娜敏捷地說。

「我是問開車的人，」哈利說：「你怎麼知道我住這裡？」

「你說過啊，」里卡答道：「這附近我很熟，就像瑪蒂娜說的，我也住畢斯雷區。」

哈利站在人行道上看著車子開走。

那年輕小伙子顯然被愛情沖昏了頭，他之所以先送哈利回家，是因為這樣可以跟瑪蒂娜多相處幾分鐘，跟她說說話，有個安靜的地方清楚表達自己，卸下靈魂的重擔，探索自己，進行所有年輕人會做的事。哈利很慶幸自己已過了這個時期。這些行為都只為換得一句話、一個擁抱、下車前的一個吻，像個昏頭的傻瓜般乞討愛，而傻瓜不分年齡。

哈利緩步朝大門走去，一隻手下意識地在褲子口袋裡找鑰匙，頭腦搜尋著那個每次他一靠近就溜走的東西，眼睛找尋著耳中依稀聽見的聲音。那是個非常細小的聲音，由於這時是深夜，蘇菲街非常安靜，他才聽得見。他低頭朝白天鏟起的雪堆望去。那聲音聽起來像是龜裂的聲音。會不會是融雪？但是不可能，今天氣溫是零下三度。

哈利把鑰匙插進門鎖。

這時他聽見那不是融雪的聲音，而是滴答聲。他緩緩轉身，仔細查看雪堆，看見玻璃的微微亮光。他往回走，彎腰撿起一支手錶。那是莫勒送給他的禮物，玻璃鏡面沾了水，閃閃發光，一絲刮痕也沒有，連秒針都還十分精準，整整比他的手錶快了兩分鐘。當時莫勒是說什麼來著？好讓你趕上你以為已經錯過的事。

14 黑暗

十二月十七日，星期三晚上

救世軍旅社交誼廳的電暖器隆隆作響，好像有人朝它丟石頭似的。熱空氣在粗麻壁紙的褐色燒焦痕跡上方顫動，壁紙散發尼古丁、膠水、已離開房客的油膩氣味。沙發質料透過褲子摩擦他的肌膚。

吵嘈的電暖器雖然放射出乾燥熱氣，但他依然一邊看著牆壁托架上的電視一邊發抖。電視正在播新聞，他認得出廣場的照片，但電視裡說的話他一句也聽不懂。房間一角有個老人坐在扶手椅上抽細捲菸。當菸快燒到他黑糊糊的指尖時，他快速地從火柴盒裡拿出兩根火柴，夾住香菸，一直抽到菸快燒到嘴唇為止。房間另一角的桌子上放著被砍下的雲杉樹尖，上頭的裝飾品閃閃發光。

他想起達里鎮的聖誕晚餐。

那是戰爭結束兩年後，塞爾維亞軍已從殘破的武科瓦爾撤退，克羅埃西亞政府將他們安置在札格瑞布的國際飯店。他四處問人知不知道喬吉一家人的下落，有一天碰到一個難民說喬吉的母親在圍城戰事中喪生，喬吉已和父親搬去達里鎮，一個距離武科瓦爾不遠的邊境小鎮。他詢問隨車服務員，確認火車將前往終點站布羅弗鎮，然後在六點三十分往回行駛，經過達里鎮。下午兩點，他在達里鎮下車，問路之後，來到了他要找的地址。那是一棟矮公寓，跟這個小鎮一樣是灰色的。他踏進走廊，找到了門。按下門鈴之前，他在心裡靜靜祈禱，希望他們在家。他一聽見門內傳來輕巧的腳步聲，心臟就怦怦跳動。

來開門的是喬吉。他沒有太大改變，只是蒼白了些，但依然有著金色捲髮、藍色眼睛、心形嘴唇，這些總是令他聯想到年輕的神祇。但喬吉眼中的笑意已然不見，猶如壞了的燈泡。

「你還認得我嗎，喬吉？」片刻之後他問道，「以前我們住在同一個城市，還念同一所學校。」

喬吉蹙起眉頭。「是嗎？等等，你的聲音，你是賽格．杜拉茲，你跑得很快。天啊，你變了好多，可是很高興見到在武科瓦爾認識的人，大家都不見了。」

「我沒有不見。」

「對，你沒有，賽格。」

喬吉擁抱他，抱了好久，他都可以感覺到顫動的熱氣穿透他凍僵的身體。喬吉讓他進門。

室內頗為陰暗，家具很少。他們坐下來聊天，聊那些發生過的事，他們在武科瓦爾認識的人，以及現在那些人在哪裡。當他問喬吉記不記得野狗丁多，喬吉露出茫然的微笑。

喬吉說他父親就快回來了，他要不要留下來吃飯？

他看了看錶，火車三小時後到站。

喬吉的父親看見武科瓦爾的同鄉訪客，十分驚訝。

「他是賽格，」喬吉說：「賽格．杜拉茲。」

「賽格．杜拉茲？」喬吉的父親說，仔細打量他。「對，的確有點面熟。嗯，我認識你父親嗎？不認識？」

夜幕降臨，三人在餐桌前坐下，喬吉的父親發給他們白色大餐巾，自己解下紅領巾，在脖子上繫上餐巾，做完餐前禱告，畫個十字，頭側向室內唯一一張裱框照片，照片中是個女子。

喬吉和父親拿起餐具，他卻低頭吟誦道：「這從以東的波斯拉來，穿紅衣服，裝扮華美，能力廣大，大步行走的人是誰呢？『就是我，是憑公義說話，』耶穌說：『以大能施行拯救。』」

喬吉的父親驚訝地看著他，然後遞了一盤大塊白肉給他。

三人沉默地用餐，風將細窗框吹得不斷呻吟。

餐後甜點是煎餅，薄餅塗上果醬和巧克力。自從小時候在武科瓦爾之後，他就沒吃過煎餅了。

「再吃一份，親愛的賽格，」喬吉的父親說：「今天是聖誕節。」

他看了看錶，火車半小時後離站，是時候了。他清了清喉嚨，放下餐巾，站了起來。「喬吉和我聊了很多以前我們在武科瓦爾認識的人，但有一個人我們沒聊到。」他說。

「這樣啊，」喬吉的父親說，露出茫然的微笑。「這個人是誰，賽格？」然後微轉過頭，用一隻眼睛看著他，彷彿察覺到什麼，卻又說不上來。

「這個人叫波波。」

他從喬吉父親的眼神中看出他恍然大悟，也許他一直都在等待這一刻。他的聲音迴盪在四壁間。「當時你坐在吉普車上，替塞軍總司令指出他，」他吞了口口水。「後來他死了。」

整個房間瞬間凝止。喬吉的父親放下餐具。「賽格，那時候是戰爭時期，大家都會死。」他鎮靜地說，幾乎像是認命一般。

喬吉和父親動也不動，看著他從褲腰帶拔出槍來，越過餐桌瞄準，扣下扳機。槍聲短促冰冷。喬吉父親的身體猛然抖動，椅腳摩擦地面，他低頭望去，看見掛在胸前的餐巾多出一個洞。接著餐巾被那個洞吸了進去，鮮血蔓延開來，彷彿在白餐巾上開出一朵紅花。

「看著我。」他命令道。喬吉的父親下意識地抬起了頭，第二槍在他額頭上打出一個小黑洞，他頭往前傾，咚的一聲撞上桌上的煎餅。

他轉頭朝喬吉望去，只見喬吉雙目圓睜，張口結舌，臉頰滑落一滴紅色鮮血。他把槍插回腰帶。

「賽格，你得把我也殺了。」

「我跟你無怨無仇。」他離開客廳，拿起掛在門邊的外套。

喬吉跟了上去。「我會找你報仇的！如果你不殺我，我會找到你，殺了你！」

「你要怎麼找到我，喬吉？」

「你躲不掉的，我知道你是誰。」

「是嗎？你認為我是賽格．杜拉茲，可是賽格有一頭紅髮，長得也比我高。喬吉，我跑得不快，但你沒認出我是值得高興的，這表示我可以饒你一命。」

他傾身向前，用力吻了喬吉的嘴巴，開門離去。

報上登出了這則命案的消息，但警方從未認真追查凶手。三個月後的一個星期日，他母親說有個克羅埃西亞男子來找她幫忙，但男子阮囊羞澀，只能和家人勉強湊出點錢。男子的弟弟在戰爭時期被一個塞爾維亞人折磨過，現在這個人就住在附近，而且他聽說有個叫小救主的可以幫忙。

老人的手被細捲菸燙到，大聲咒罵。

他站起來走到櫃台，櫃台的玻璃隔間內有個少年，後頭是救世軍的紅色旗幟。

「我可以用電話嗎？」

少年沉下了臉。「打市內電話就可以。」

「好。」

少年朝背後的小辦公室指了指。他走進去在桌前坐下，看著電話。他想起母親的聲音總是擔心害怕，同時又溫暖溫柔，就如同擁抱一般。他起身關上通往櫃台的門，按下國際飯店的號碼。她不在，他沒留言。門打開來。

「不能關門，」那少年說：「好嗎？」

「好，抱歉。你有電話簿嗎？」

少年翻個白眼，指了指電話旁的厚本子，轉身離去。

他找到哥德堡街四號的尤恩．卡爾森，撥了號碼。

希雅．尼爾森凝視著鈴鈴作響的電話。

她用尤恩給她的鑰匙開門進入他家並把門鎖上。他們說這裡有彈孔，她找了一會，在櫃門上找到一個。那人對尤恩開槍，意圖殺死他。一想到這裡，她就激動莫名，但她完全不感到害怕。有時她覺得自己可能再也不會感到害怕，再也不會像那樣對死亡感到恐懼。

警方來過這裡，但沒有搜索太長的時間，他們說這裡除了子彈以外沒有其他線索。

她去醫院探望過尤恩，聆聽他的呼吸，尤恩只是望著她，躺在大病床上看起來十分無助，彷彿只要在他臉上蒙上枕頭，他就會死去。但她喜歡看他脆弱的模樣。也許挪威作家克努特．漢姆生（Knut Hamsun）的小說《維多莉亞》（*Victoria*）中的老師說得對：有些女人需要心懷同情，這反而使她們暗地裡痛恨健康強壯的男人，因此她們希望丈夫殘廢並依賴她們照顧。

但這時她在尤恩家孤單一人，電話又偏偏響起。她看了看錶，三更半夜的，有正當意圖的人不會在這種時間打電話來。希雅並不怕死，但她害怕面對這種情況。是不是那個女人打來的？那個尤恩以為她一無所知的女人？

她朝電話踏出兩步，停在原地。電話響到第四聲，只要響到第五聲就會停止。她躊躇片刻。第五聲響起。她衝上前去，接起電話。

「喂？」

電話那頭沉默片刻，然後一個口操英語的男性聲音傳了過來。「抱歉這麼晚打擾，我叫艾頓，請問尤恩在嗎？」

「不在，」希雅鬆了口氣。「他在醫院。」

「啊，原來如此，我聽說了今天發生的事，我是他的老朋友，想去探望他，請問他在哪一家醫院？」

「伍立弗醫院。」

「伍立弗醫院。」

「對，我不知道那一科的英文叫什麼，不過挪威文是Neurokirurgisk（**神經外科**）。病房門口有警察，他不會讓你進去的，你明白我的意思嗎？」

「明白？」

「我的英文……不是很……」

「我完全明白，很謝謝妳。」

希雅掛上電話，站著思索良久，又開始繼續尋找。他們說房裡有好幾個彈孔。

他對旅社的少年說他打算出去散步，要把房間鑰匙交給他。少年看了看牆上時鐘，十二點十五分，便叫他把鑰匙留在身上，說他待會就要鎖門並上床睡覺，但房間鑰匙也可以打開旅社大門。

他一踏出旅社就覺得寒冷刺骨，便低下頭，大踏步朝目標走去。這樣做很冒險，非常冒險，但他非做不可。

哈夫斯倫能源公司的生產經理奧拉．恩莫，坐在奧斯陸市蒙特貝洛站附近的能源調度中心控制室裡，心想能夠一邊抽菸、一邊看著分散在室內的四十個螢幕真是太棒了。白天控制室裡有十二名員工，晚上只有三名。通常他們會坐在自己的工作站裡，但今晚外頭十分寒冷，因此他們聚在控制室中央的桌子前。一如往常，蓋爾和艾伯正在爭論賽馬和最近的比賽結果。過去八年來他們一直在用相同方式賭馬，從未想過要分散賭注。

奧拉比較擔心基克凡路的變電所，這個變電所位於伍立弗路和松恩路之間。

「T1超載百分之三十六，T2和T3超載百分之二十九。」他說。

「天啊，大家開暖氣都開得很凶。」蓋爾說：「他們是害怕被凍死嗎？現在是晚上，怎麼不窩在被子裡就好？你賭『甜蜜復仇』第三名？你是不是瘋了？」

「民眾才不會因為這樣就把暖氣關小，」艾伯說：「這個國家的人是會把錢丟出窗外的。」

「這樣到最後會欲哭無淚。」奧拉說。

「才不會呢，」艾伯說：「只要再多開採石油就好啦。」

「我在看T1，」奧拉說，指了指螢幕。「現在它輸出的電流是六百八十安培，額定負載的供電滿負荷是五百安培。」

「放輕鬆啦。」艾伯插口說，話才出口，警報器就響了起來。

「喔，該死，」奧拉說：「它爆掉了。去查值班名單，通知值班人員。」

「你們看，」蓋爾說：「T2也停止運轉，還有T3也停了。」

「賓果！」艾伯高聲說：「要不要來賭一把，看T4是不是也……」

「太遲了，T4爆了。」蓋爾說。

奧拉看著小比例尺地圖。「好吧，」他嘆了口氣。「松格區南半部，以及法格博區和畢斯雷區停電。」

「我敢說是電纜套管出問題！」艾伯說：「跟你們賭一千克朗。」

蓋爾瞇起一隻眼睛。「我說是儀表變壓器，賭五百就夠了啦。」

「別鬧了，」奧拉咆哮說：「艾伯，通知消防隊，我敢說一定起火了。」

「同意，」艾伯說：「要不要賭兩百？」

病房燈光倏然熄滅，四周陷入完全漆黑，一絲光線也沒有，令尤恩以為自己失明了。一定是視神經在撞到櫃子時受損，如今後遺症才出現。接著他聽見走廊傳來呼喊聲，窗戶輪廓也映入眼簾，這才明白原來是停電了。

他聽見門外傳來椅腳摩擦聲，病房門打開。

「哈囉，你在裡面嗎？」那聲音說。

「我在這裡。」尤恩答道，聲調不自禁地拉高。

「我去看看發生了什麼事，你不要亂跑好嗎？」

「我不會，可是……」

「怎樣？」

「醫院不是有緊急發電機嗎？」

「緊急發電機應該只供電給手術室和監視器。」

「這樣啊……」

尤恩聆聽那警察的腳步聲逐漸遠去，眼睛看著門口上方亮著的綠色逃生標誌，它讓他再次想起倫西。那件事是在黑暗中發生的。晚餐過後，他們去黑茫茫的維格蘭公園散步，站在巨型雕像旁的無人廣場上，望著東邊的市中心。尤恩對倫西述說古斯塔夫．維格蘭的故事，這位來自曼達爾市的非凡雕刻家表示如果要用他的雕像來裝飾這座公園，那麼公園就必須擴建，好讓雕像和周圍的教堂對稱，公園大門也能直接面對烏蘭寧堡教堂。市政府代表說不能移動公園時，維格蘭就要求他們移動教堂。

倫西用嚴肅表情看著他，聽他說故事，他突然覺得這個女人強壯聰明，令他害怕。

「我好冷。」倫西說，在大衣裡簌簌發抖。

「也許我們應該走回……」他開口說，這時倫西把手放在他腦後，轉頭過去和他面對面。她有一雙從未見過的獨特眼珠，淺藍色的，幾乎是藍綠色，外圍那圈非常白，襯得她的蒼白肌膚看起來也是有顏色的。一如往常，他彎下腰去。接著她的舌頭已在他口中，又熱又濕，舌頭肌肉持續運動，猶如一隻神祕巨蟒纏繞著想緊緊抓住他的舌頭。一股熱氣穿透他從福雷特斯慈善商店買來的厚羊毛西裝褲，倫西的手非常精準地放在正確位置。

「來吧。」倫西在他耳畔輕聲說，一腳跨在柵欄上。尤恩低頭望去，在絲襪盡頭瞥見一片白色肌膚。他趕緊推開倫西。

「不行。」他說。

「為什麼？」倫西呻吟一聲。

「我對上帝發過誓。」

倫西凝視尤恩，感到困惑不已，接著雙眼溢滿淚水，靜靜啜泣起來，她把頭倚在尤恩胸膛上，說她以為再也找不到他了。尤恩不懂她的意思，只是撫摸她的頭髮。一切就是這樣開始的。他們總是在尤恩家碰面，每次都是倫西主動。起初倫西還會隨性地挑逗尤恩，看他要不要打破守貞的誓言，但後來她似乎相當滿意於只是和尤恩一起躺在床上，互相愛撫。有時基於某種尤恩不明白的原因，倫西會突然變得很沒安全感，要求尤恩絕對不能離開她。他們說的話不多，但他覺得他們在性愛上的節制把倫西綑綁得離他越來越近。尤恩認識希雅之後，有一天突然就不再跟倫西碰面，倒不是說他不想見她，而是因為希雅想跟尤恩交換備份鑰匙。希雅說這有關信任，而他不知道該如何巧妙回應。

尤恩在床上翻身，閉上眼睛。他想做夢。如果可能的話，他想做夢並遺忘。睡意逐漸來臨，這時他感覺門口有空氣流入。他本能地睜開眼睛，翻過身子，在逃生標誌的綠色光芒中看見門是關著的。他看入黑暗，屏住呼吸，側耳凝聽。

瑪蒂娜站在黑魆魆的自家公寓窗口。她家位在索根福里街，由於電力中斷，這整條街也陷入一片漆黑，但她還是隱約看出樓下那輛車似乎是里卡的。

先前她下車時，里卡並未試圖親她，只是用小狗般的眼神看著她，說他會當上行政長，因為組織裡出現許多徵兆，指出這個職位將由他出任。他問瑪蒂娜是不是也認為他會中選，臉上表情怪異地僵硬。

瑪蒂娜說他一定會是個好行政長，伸手去開車門，心想他應該會觸碰她，但他沒有。她開門下車。

瑪蒂娜嘆了口氣，拿起手機，撥打他給她的號碼。

「請說。」哈利的聲音在電話裡聽起來很不一樣，或許是因為在家，這是他在家說話的聲音。

「我是瑪蒂娜。」

「嗨。」很難聽出他究竟高不高興。

「你要我想一想，看我記不記得有人打電話來問尤恩的班表。」她說。

「對？」

「我想過了。」

「怎麼樣？」

「沒人問過。」

一陣長長的靜默。

「妳打來就是要告訴我這件事？」哈利的聲音溫暖而嘶啞，聽起來似乎在睡覺。

「對，我不應該告訴你嗎？」

「當然當然，妳應該告訴我，謝謝妳的幫忙。」

「不客氣。」

她閉上眼睛，直到聽見哈利的聲音再度響起。

「妳……順利到家了？」

「嗯，這裡停電。」

「我這裡也停電，」哈利說：「等一下電就會來了。」

「如果電不來呢？」

「什麼意思？」

「大家會不會陷入混亂？」

「妳常想這種事嗎？」

「有時候會想，我認為文明的基礎比我們所以為的還要脆弱，你覺得呢？」

哈利沉默良久才答說：「我認為我們所仰賴的所有系統有可能短路，把大家都丟進深沉黑夜，法律和規定再也不能保護我們，寒冷和猛獸統治天下，人人只求自保。」

「這些話，」瑪蒂娜等電話那頭聲音停止之後說：「非常不適合用來哄小女孩上床睡覺，我覺得你是個不折不扣的反烏托邦人士，哈利。」

「當然囉，我是警察，晚安。」

瑪蒂娜還來不及回話，電話已經掛斷。

哈利回到被子裡，看著牆壁。

臥房裡的溫度急遽下降。

哈利想起外頭的天空、翁達斯涅鎮、爺爺、母親、喪禮、母親晚上用非常輕柔的聲音所做的祈禱：「上主是我堅固保障。」但在入睡前的無重力時刻，他想起瑪蒂娜和她的聲音，她的聲音依然在他腦際縈繞。

客廳的電視活了過來，呻吟一聲，開始嘶嘶作響。走廊的燈泡亮起，光線從開著的臥房門外射入，照在哈利臉上。這時他已睡著。

二十分鐘後，哈利家的電話響起。他張開眼睛，咒罵一聲，拖著腳步，全身發抖，走到玄關接起電話。

「說吧，小聲點。」

「哈利嗎？」

「大概吧。什麼事，哈福森？」

「出事了。」

「大事還小事？」

「大事。」

「幹！」

15 突襲

十二月十八日，星期四凌晨

他站在奧克西瓦河畔的小徑上，全身發抖。去他的阿爾巴尼亞混球！儘管天氣很冷，黑沉沉的奧克西瓦河依然沒有結冰，在鐵橋下鞏固著黑暗勢力。他叫塞爾，今年十六歲，十二歲那年他跟母親從索馬利亞來到挪威，十四歲開始賣哈希什，去年春天開始賣海洛因。今天修克斯又讓他失望了，他不能在這裡冒險站一整個晚上，卻沒把身上的十份海洛因賣出去。如果他十八歲，就可以把海洛因拿去布拉達廣場賣，但他未成年，去布拉達廣場會被警察抓回警局，因此河畔這個地方才是他們的地盤。他們大多數是來自索馬利亞的少年，客人有些跟他們一樣未成年，有些則自有不能去布拉達廣場的原因。他正好急需現金，幹他媽的修克斯！

一名男子沿著小徑走來，那人肯定不是修克斯。修克斯因為販賣稀釋安非他命而被B幫痛毆一頓，現在走路還一跛一跛。那人看起來也不像臥底警察，但也不像毒蟲，儘管他身穿許多毒蟲會穿的藍色外套。塞爾環視四周，此地只有他們兩人。

男子走近時，塞爾從橋下陰暗處走出來。「買藥嗎？」

男子微微一笑，搖了搖頭，繼續往前走，但塞爾站到小徑中央。以塞爾的年齡（或者說是任何年齡）來說，他的體格都算非常高大，他的刀子也很大支，就像電影《第一滴血》的主角藍波所用的刀子，刀柄中空，裡頭有指南針和釣線。這把刀在軍用品店要價約一千克朗，但他從朋友那裡以三百克朗入手。

「你是要買藥還是乾脆把錢交出來？」塞爾問道，揚起刀子，讓刻有紋路的刀身反射街燈亮光。

「你說什麼？」

這傢伙是外國人，跟塞爾不對盤。

「錢，」塞爾聽見自己拉高嗓門。不知為何，每次他搶劫都會變得非常暴躁。「快點。」那外國人點了點頭，揚起左手防衛，同時冷靜地把右手伸進外套，接著以迅雷不及掩耳的速度抽出手來。塞爾完全沒時間反應，只低低說了聲「幹」，發現自己正看著一把手槍的槍管。他想跑，但那個黑色的金屬孔眼似乎把他的雙腳凍結在地上。

「我……」塞爾開口說。

「跑吧，」那男子說：「快點。」

塞爾拔腿就跑，河面上冰冷潮濕的空氣在他肺臟裡燃燒，廣場和郵局的燈光在他視網膜上跳動。他一直跑到河水流入峽灣之處，才無力再跑下去。他朝貨櫃場周圍的柵欄高聲大喊，有一天一定要殺光他們。

哈利被哈福森的電話吵醒已經十五分鐘，一輛警車在蘇菲街的人行道旁停下，哈利坐上後座，在哈福森身旁，低聲對前座的制服員警說了聲「晚安」。

駕駛的員警是個肌肉發達、表情冷漠的傢伙，他靜靜開車上路。

「開快點吧。」乘客座上的年輕員警說，這人臉上長了許多痘痘。

「一共幾個人過去？」哈利看了看錶。

「兩輛車，再加上這一輛。」哈福森說。

「所以是六個人再加上我們兩個。我不要警車開警示燈，我們要安靜地行動。你、我、一個制服員警和一把槍就可以把人逮捕。另外五個人守住可能的脫逃路線。你有沒有帶槍？」

哈福森拍了拍胸前口袋。

「很好，我沒帶。」哈利說。

「你的槍枝執照還沒拿到嗎？」

哈利傾身到前座之間。「你們誰想跟我一起去逮捕職業殺手？」

「我！」乘客座上的年輕員警立刻回答。

「那就你了。」哈利對駕駛說，朝後照鏡緩緩點頭。六分鐘後，車子停在格蘭區的漢道斯街尾，他們仔細打量一扇大門，稍早之前哈利就站在那扇大門外。

「挪威電信的那個傢伙確定嗎？」哈利問道。

「對，」哈福森說：「托西森說這家救世軍旅社的內線電話大約十五分鐘前打去國際飯店。」

「不可能是巧合，」哈利說，打開車門。「這裡是救世軍的地盤，我先去查看，一下子就回來。」

哈利回來時，駕駛的大腿上已放著一把ＭＰ５衝鋒槍。新修訂的法規准許巡邏警車配備這種衝鋒槍，鎖在後車箱內。

「你沒有更低調一點的槍嗎？」哈利問道。

他搖了搖頭。哈利轉頭望向哈福森。「那你呢？」

「我只有嬌小的史密斯威森點三八手槍。」

「我的可以借你，」乘客座上那名精力旺盛的年輕員警說。「傑立寇九四一，火力強大，以色列警察就是用這種手槍來轟掉阿拉伯人渣的頭。」

「傑立寇？」哈利說。哈福森看見他瞇起眼睛。

「我不會問你這把槍從哪裡來，但我想跟你說，它很可能來自於一個軍火走私集團，由你的前任同事湯姆．沃勒所領導。」

乘客座的年輕員警轉過頭來，一雙藍眼睛頗有跟他臉上爭相出頭的痘痘相互較勁的意味。「我記得湯姆．沃勒。警監，你知道嗎？我們大多都認為他是好人。」

哈利吞了口口水，望出窗外。

「你們大多都錯了。」哈福森說。

「對講機給我。」哈利說。

哈利對其他駕駛下達迅速有效的命令，指示他們把警車開往他指定的位置，但沒提到街名或建築名稱，以免被犯罪線記者、歹徒、愛管閒事的人截聽頻道，得知警方正準備行動。

「走吧，」哈利說，轉頭望向乘客座那名員警。「你留在這裡跟勤務中心保持聯絡，有事就用你同事的對講機跟我們聯絡，好嗎？」

年輕員警聳了聳肩。

哈利在旅社大門按到第三次門鈴，一名少年才拖著腳步出來，稍微打開大門，用惺忪睡眼朝他們看去。

「我們是警察，」哈利說，翻尋口袋。「可惡，我把警察證留在家了。哈福森，你的拿給他看。」

「警察不能進來，」那少年說：「這你們應該知道才對。」

「我們是來查命案的，不是毒品。」

「什麼？」

少年張大眼睛，越過哈利肩頭，看見有個制服員警揚起MP5衝鋒槍。他打開門，後退一步，根本沒看哈福森的警察證。

「有沒有一個叫科里斯多．史丹奇的人住在這裡？」哈利問道。少年搖了搖頭。

「也許是個穿駝毛大衣的外國人？」哈福森問道。哈利走到櫃台內，打開房客登記簿。

「今天住這裡的外國人只有一個，是救濟巴士送來的，」少年結結巴巴說：「可是他沒穿駝毛大衣，只穿西裝外套。里卡．尼爾森從我們店裡拿了一件冬季外套給他。」

「他是不是在這裡打過電話？」哈利在櫃台內問道。

「他在後面那間辦公室裡打過電話。」

「什麼時候打的？」

「大概十一點半的時候。」

「時間符合打到札格瑞布的那通電話。」哈福森低聲說。

「他在房間裡嗎？」哈利問道。

「不知道，我已經睡了，他把鑰匙帶在身上。」

「你有萬能鑰匙嗎？」

少年點了點頭，從腰帶上的一串鑰匙中解下其中一把，放到哈利伸出的手中。

「房號是？」

「二十六號，樓上走廊最後一間。」

哈利快步前進，駕駛雙手握著衝鋒槍，緊緊跟上。

「待在房間，等我們行動結束再出來。」哈福森對少年說，拔出史密斯威森左輪手槍，眨了眨眼，又拍了拍少年的肩膀。

他打開大門，看見櫃台沒人。很正常。就跟遠處街上停著一輛警車，車內坐著一名警察一樣正常，畢竟他剛剛才親身經歷這地區的不法情事。

他腳步沉重地爬上樓梯，才轉過走廊轉角，就聽見吱喳聲。他在武科瓦爾的碉堡裡聽過這種吱喳聲，知道那是無線電對講機的聲音。

他抬頭一看，就看見走廊盡頭他的房間門口，站著兩名便衣男子和一名手持衝鋒槍的制服員警。他立刻認出那個握著門把的便衣男子。制服員警拿起對講機，低聲說話。

另外兩人面向他。這時要離開已經太遲。

他對他們點了點頭，走到二十二號房門口，搖了搖頭，彷彿對這附近犯罪率升高感到失望，同時伸手在口袋裡找鑰匙。他用眼角餘光看見他曾在斯堪地亞飯店櫃台遇見的那名便衣刑警無聲無息打開房門，另外兩人立刻跟上。

三名警察一進房間，他立刻沿原路下樓，兩步併作一步，迅速步下樓梯。一如往常，他熟知所有出口的位置，稍早他搭白色巴士來到這裡之後，就把出口位置都摸清楚了。轉眼間他就來到通往後院的門口，但想想從這裡出去實在太過明顯，除非他判斷錯誤，否則一定有警察守在這裡。如此看來，利用大門的成功逃脫機率最高。他走出大門，隨即左轉，直接朝警車走去。這條路線上只有一名警察，只要他能擺脫那名警察，就能走到河邊，沒入黑暗之中。

「媽的，幹！」哈利吼道，發現房間空無一人。

「說不定他散步去了。」哈福森說。

他們同時望向駕駛，他並未說話，但他胸前的無線電對講機響了起來。「剛剛走過去的傢伙又出現了，他從大門出來，正往我這邊走過來。」哈利吸了口氣，房裡隱約有種香味，他認得這種香味。

「就是他，」哈利說：「我們被耍了。」

「就是他。」駕駛朝對講機說，接著就跟隨哈利奔出房門。

「太好了，他是我的了，」對講機發出吱喳聲。「完畢。」

「不！」哈利吼道，三人衝下走廊。「不要擋住他，等我們過去！」

駕駛用對講機複述哈利的命令，傳來的卻只有嘶嘶聲。

他看見警車車門打開，街燈燈光下一名持槍的年輕制服員警下了車。

「站住！」年輕員警喊道，雙腿張開，拿槍指著他。他心想，經驗不足。兩人之間仍有大約五十碼的陰暗街道，但這名員警不如橋下的小搶匪來得精明，目標的逃脫路線還沒被截斷就現身了。這是他今晚第二次亮出拉瑪迷你麥斯手槍。他並未轉身逃跑，而是快速衝向年輕員警。

「站住！」年輕員警又喊一次。

兩人之間的距離縮短到三十碼、二十碼。他舉槍射擊。人們通常會高估射擊對方的機會，認為要到距離大約十幾碼才能開槍，同時又低估火藥爆炸聲和子彈擊中物體的巨大聲響。子彈擊中警車擋風玻璃，玻璃瞬間變白，隨即便轟的一聲坍塌。那年輕員警也是如此，他臉色發白，雙膝一軟，跪了下來，雙手仍努力握住那把過於沉重的傑立寇九四一手槍。

哈利和哈福森同時抵達漢道斯街。

「在那裡。」哈福森說。

年輕員警依然跪在警車旁的地上，手槍指著天空。遠處街道可以看見藍色外套的背影，正是剛才他們在走廊上見過的那個人。

「他朝艾卡區跑去了。」哈福森說。

哈利轉頭望去，駕駛奔到他們身旁。

「ＭＰ５給我。」

駕駛把衝鋒槍交給哈利。「它沒……」

哈利已衝了出去，他聽見哈福森跟在後頭，但他腳下的馬汀大夫皮靴有橡膠鞋底，在藍色冰面上可展現較佳的抓地力。男子遠遠領先，已轉過街角，奔上佛斯街；佛斯街是公園外圍的街道。哈利單手握著衝鋒槍，注意力放在呼吸上，盡量用有效率的方式奔跑。接近轉角時，他放慢腳步，把槍端到射擊位置，試著不想太多，探頭越過轉角往右望去。

轉角無人埋伏。

街道也空無一人。

史丹奇這類職業殺手不可能笨到跑進住家後院，因為這跟跑進捕鼠籠沒有兩樣，只是等警察把籠門關上而已。哈利朝公園望去，只見一大片白色雪面映照著周圍房舍的燈光。那裡是不是有動靜？就在六、七十碼外，有個人影正緩緩穿過雪地。藍色外套。哈利衝過街道，一躍而起，飛越雪堆，在雪地裡落下，立刻陷落在深及腰際的新雪之中。

「幹！」

衝鋒槍掉了。前方人影回過頭來，又繼續艱難地往前移動。哈利伸手去找衝鋒槍，同時看見史丹奇雖然腳下難以找到著力點，卻仍奮力穿過鬆軟白雪。哈利的手指摸到堅硬物體。找到了。他拉出衝鋒槍，從冰雪中爬起來，先抬起一隻腳，盡量跨出，再側過身子，抬起另一隻腳跨出去。前進三十碼之後，他大腿肌肉中的乳酸已開始產生灼熱感，但兩人之間的距離已逐漸縮短。眼見史丹奇就要離開雪地，走上小徑，哈利咬緊牙關，奮力追趕。距離縮短到十五碼。夠近了。哈利趴上雪地，衝鋒槍擺到射擊位置，吹開阻擋視線的白雪，打開保險，選擇單發射擊模式，等待史丹奇走到小徑的街燈底下。

「警察！」接下來這句話哈利喊出之後才覺得十分滑稽。「不准動！」

前方的史丹奇依然奮力前進。哈利扣緊扳機。

「站住，不然開槍了！」

史丹奇再前進五碼就能踏上小徑。

「我瞄準了你的頭，」哈利吼道：「我不會失手。」

史丹奇往前一撲，雙手抓住燈柱，把自己拉離雪堆。藍色外套進入哈利視線，他屏住呼吸，依照自己受過的訓練，否定小腦的衝動，因為小腦的邏輯評估會告訴你不該殺害同類。他專注於射擊技巧，避免魯莽地扣下扳機，接著感覺彈簧機制產生動作，也聽見金屬扳機發出喀噠一聲，但肩膀卻沒感覺到反作用力。難道是故障？哈利再次扣下扳機，依然只聽見喀噠一聲。

史丹奇直起身來，冰雪從他身上紛紛掉落，他站到小徑上，跺了跺腳，轉頭望向哈利。哈利沒有移動。史丹奇站立原地，雙手垂落身側。哈利心想，這傢伙看起來像在夢遊。史丹奇舉起了手。哈利看見對方手上有槍，知道自己趴在這裡毫無屏障可言。史丹奇的手繼續往上舉，來到額頭，做了一個諷刺的敬禮手勢，接著便轉過身，沿小徑跑去。

哈利閉上雙眼，感覺心臟在肋骨之間劇烈跳動。

等到哈利好不容易踏上小徑，史丹奇已消失在黑暗中。哈利卸下ＭＰ５的彈匣查看，果然不出所料。他怒火上沖，把槍往空中拋去。ＭＰ５在廣場飯店前方如同一隻醜陋黑鳥飛上天際，落入他身後的黑色水流，發出輕微的濺水聲響。

哈福森趕來時，哈利嘴裡叼著根菸，坐在雪地裡。

他彎腰抓住膝蓋，胸口劇烈起伏。「天啊，你好會跑。」他氣喘吁吁地說：「他跑掉了？」

「已經不見了，」哈利說：「我們回去吧。」

「那把ＭＰ５呢？」

「你問我什麼？」

哈福森看了看哈利，決定不再多問。

旅社前方停著兩輛警車，藍色警示燈不住閃爍。一群發著抖的男子胸前架著攝影機，擠在顯然鎖上的旅社大門門口。哈利和哈福森走在漢道斯街上，哈福森剛講完手機。

「為什麼每次我見到這副景象，就會想到色情影片裡的一句台詞？」哈利說。

「是記者，」哈福森說：「他們怎麼聽到風聲的？」

「你問問無線電上那個兔崽子，」哈利說：「我猜是他把貓放出來的。勤務中心怎麼說？」

「他們正在調派所有可動用的警車去河邊，制服部門會派十幾個制服員警徒步前往。你覺得呢？」

「找不到他的，他很行。打電話叫貝雅特過來。」

一名記者看見他們，走上前來。「呃，哈利？」

「你來遲了，錢登。」

「發生了什麼事？」

「沒什麼事。」

「喔？我看見有人開槍打破警車的擋風玻璃。」

「誰說不是棍子打破的？」哈利說，記者小跑步跟在後頭。

「警車裡的員警說有人朝他開槍。」

「天啊，我最好找他談一談，」哈利說：「借過，各位！」

那群記者不情願地讓開，哈利敲了敲旅社大門。相機喀擦聲不絕於耳，鎂光燈閃個不停。

「這件事跟伊格廣場命案有沒有關聯？」一名記者喊道：「救世軍是不是牽涉在內？」

大門開了一條縫，露出駕駛的臉。他後退一步，讓哈利和哈福森推門入內。三人經過櫃台，看見那年輕員警坐在櫃台內的椅子上看著空氣，眼神空洞，一名員警蹲在他面前跟他低聲說話。

樓上的二十六號房門依然開著。

「盡量別用手碰，」哈利對駕駛說：「貝雅特．隆恩會來採集指紋和ＤＮＡ。」

他們四處查看，打開櫃子，搜尋床底。

「天啊，」哈福森說：「什麼東西都沒有，那傢伙除了身上東西之外什麼都沒有。」

「他一定有個手提箱之類的，才能夾帶手槍入境，」哈利說：「當然手提箱可能已經扔掉了，或放在某個安全的地方。」

「奧斯陸已經沒有太多可以寄放行李的地方。」

「想想看。」

「好，比如說他住過的飯店的行李間，當然還有奧斯陸中央車站的置物櫃。」

「跟著這條線索想下去。」

「什麼線索？」

「他在外頭，行李又寄放在某個地方。」

「所以現在他可能需要用到行李，沒錯。我通知勤務中心，派人去斯堪地亞飯店和中央車站……還有一家飯店的名單上有史丹奇的名字，是哪一家來著？」

「霍勒伯廣場的瑞迪森飯店。」

「謝謝。」

哈利轉頭望向駕駛，問他是否想出去抽根菸。兩人下樓走出後門。白雪覆蓋著安靜的小後院，一名老人站在後院抽菸，抬頭凝望灰黃色天空，無視於他們的到來。

「你同事怎麼樣？」哈利問道，點燃兩根菸。

「他不會有事的。記者的事我很抱歉。」

「不是你的錯。」

「不對，是我的錯，他用無線電跟我聯絡，還清楚地說有人進入這家旅社。這種事我應該對他耳提面命才對。」

「你應該關心的是其他的事。」

駕駛的目光朝哈利射來，眼睛連續眨了兩下。「抱歉，我試著要警告你，可是你已經跑掉了。」

「好，可是為什麼？」

駕駛用力吸了口菸，熾紅的火光猶如譴責般亮了起來。「大部分的歹徒一看見ＭＰ５指著他們，就會投降。」

「我問的不是這個。」

駕駛的下巴肌肉緊縮又放鬆。「已經是陳年往事了。」

「嗯，」哈利看著他。「每個人都有過去，但這不代表我們可以用空彈匣害同事身陷危險。」

「你說得對，」駕駛丟掉抽到一半的菸，香菸發出嘶的一聲，隱沒在新雪之中。他深深吸了口氣。「你不會惹上麻煩的，霍勒，我會確認你的報告是正確的。」

哈利變換站姿，看著手中香菸。他估量這名駕駛年約五十，到了這個年紀很少有人還在執行警車巡邏勤務。「陳年往事，會是我喜歡聽的那種嗎？」

「你一定聽過。」

「嗯，跟小孩有關？」

「二十二歲，沒有前科。」

「死了？」

「胸部以下癱瘓，我瞄準他的腹部，但子彈直接射穿。」

院子裡的老人咳了幾聲，哈利循聲望去，看見老人用兩根火柴火著一根菸。

年輕員警依然坐在櫃台椅子上，接受同事的安慰。哈利側了側頭，請安慰他的同事離去，蹲了下來。

「創傷諮商不會有用的，」哈利對面無血色的年輕員警說。「自己振作起來。」

「什麼？」

「你害怕是因為你以為自己去鬼門關前走了一遭，但其實沒有，他根本沒有瞄準你，他瞄準的是警車。」

「什麼？」那兔崽子用平板聲調說。

「這傢伙是行家，他知道如果對警察開槍絕對沒有希望逃脫，所以他開那槍只是為了嚇唬你。」

「你怎麼知道……？」

「他也沒對我開槍。你只要這樣告訴自己，就可以安心入睡，也不用去找心理醫生，還有人更需要他們。」哈利起身時膝蓋發出喀啦一聲。「還有，階級比你高的警官照理說都比你聰明，所以下次請服從命令好嗎？」

他的心臟猛烈跳動，猶如獵物一般。一陣風吹來，把吊在細電線上的街燈吹得左搖右晃，他的影子也在人行道上跳起舞來。他希望腳步可以再跨大，但冰面滑溜，只能盡量踩穩步伐。

一定是在旅社辦公室打回札格瑞布的那通電話洩露了他的行蹤，而且警察竟來得如此之快！因此他不能再打電話回去了。他聽見後方有車子接近，強迫自己不能回頭，只能仔細聆聽。那輛車並未煞車，只是開了過去。一陣風捲來，激起細小雪花噴在他頸部未被藍色外套覆蓋的地方。警方已看見他身穿這件藍色外套，這表示他不再是隱形的。他雖然考慮丟棄這件外套，但身上只穿襯衫不僅可疑，還會被凍死。他看了看錶，現在距離這座城市醒來，可供躲避的餐廳和商店開始營業，還有好幾個小時，這段期間他必須先找個可以保暖和休息躲避的地方，等待天明。

他經過一棟畫滿塗鴉的黃灰色屋子，目光被上頭畫的一個字吸引過去：VESTBREDDEN。這是不是「西岸」的意思？前方街上有個男子在門口彎下腰，遠遠看去像是把額頭抵在門上，再走近就看見原來男子正在按電鈴。

他停步等待，也許這是得救的機會。

門鈴上方的對講機吱喳作響，傳出說話聲。男子直起身子，搖搖晃晃，對著對講機憤怒吼叫，爛醉發紅的肌膚垂掛在臉上，看起來宛如沙皮狗。男子的吼叫聲停了下來，餘音在靜夜城市裡逐漸散去。大門傳來細小的電子鎖嗞嗞聲，男子費力地移動身軀往前進，蹣跚地推門而入。

大門逐漸關上，他的反應是先聆聽。門關得太快。他的鞋底在藍色冰面上滑溜不已，雙掌才按上炙人冰面，身體就已摔在人行道上。他倉促爬起，看見那扇門即將關閉，隨即衝上前去，伸出一隻腳，感覺門的重量壓在他的腳踝上。他悄悄進門，駐足聆聽。拖曳的腳步聲傳來，停了一會之後又費力地再度前進，接著是敲門聲，門打開來，一個女子聲音大聲吼叫，說的是這個國家聲調單一的奇特語言。突然之間她的聲音停止，彷彿有人割斷她的喉嚨。幾分鐘的寧靜之後，他聽見低低哀鳴聲，是幼兒從受傷震撼中恢復的聲音。接著樓上的門砰的一聲關上，四周安靜下來。

他讓大門在背後關上，看見樓梯下方的垃圾裡有幾份報紙。過去他們在武科瓦爾會拿報紙塞進鞋子，除了可以保暖，還能吸收濕氣。他看見自己依然吐氣成霧，但至少他暫時安全了。

哈利坐在救世軍旅社櫃台後方的辦公室裡，手裡拿著話筒，想像對方的公寓。他在腦海中看見貼在電話上方的鏡子上的朋友照片，照片中人露出笑容，沉浸在歡樂氣氛中，也許正在國外旅行。主要都是女性友人。他看見的公寓只有簡單家具，但十分溫馨。冰箱門上貼著智慧的話語，浴室貼著古巴革命家切·格瓦拉的海報。不過現在還會有人貼這些東西嗎？

「喂？」一個昏睡的聲音說。

「又是我。」

「爹地？」

爹地？哈利吸了口氣，感覺臉頰發熱。「我是警察。」

「喔，原來是你。」那頭傳來悶笑聲，低沉又開朗。

「抱歉把妳吵醒，可是我們……」

「沒關係。」

兩人都沉默了一下，這種沉默是哈利想避免的。

「我在旅社，」他說：「我們是來這裡捉嫌犯的，櫃台那個少年說今晚稍早是妳和里卡把他送來的。」

「那個沒穿禦寒外套的可憐人？」

「對。」

「他做了什麼事？」

「我們懷疑是他殺了羅伯·卡爾森。」

「我的天啊！」

哈利注意到這句話她每個字都加重音。

「如果可以的話，我想派一位員警過去請妳說明，在這之前妳也可以回想看看他說過什麼話。」

「好，但可不可以……」她頓了一頓。

「喂？」哈利說。

「他什麼也沒說，」她說：「可是他的行為舉止看起來很像戰爭難民，動作像是在夢遊，好像無意識地在行動，像是他其實已經死了。」

「嗯，里卡跟他說過話嗎？」

「可能吧，你有他電話嗎？」

「請給我。」

「稍等一下。」

瑪蒂娜說得沒錯。哈利回想史丹奇爬出雪地後的模樣，冰雪從他身上掉落，他只是雙手垂落，面無表情，宛如電影《活死人之夜》（*Night of the Living Dead*）中爬出墳墓的殭屍。

哈利聽見咳嗽聲，在椅子上一轉身就看見辦公室門口站著甘納．哈根和大衛．艾考夫。

「打擾到你了嗎？」哈根問道。

「請進。」哈利說。

兩人走了進來，在桌子對面坐下。

「我們想聽報告。」哈根說。

哈利還來不及問「我們」指的是誰，瑪蒂娜的聲音就響了起來，說出一組號碼。哈利趕緊抄下。

「謝謝，」他說：「晚安。」

「我在想……」

「我得掛電話了。」哈利說。

「嗯哼，晚安。」

哈利掛上電話。

「我們盡快趕來了，」瑪蒂娜的父親說：「真是太糟糕了，發生了什麼事？」

哈利朝哈根望去。

「請跟我們說明。」哈根說。

哈利詳細說明逮捕行動如何失敗，子彈如何擊中警車，以及他如何穿越公園追逐嫌犯。

「既然你已經追到那麼近，手中又有ＭＰ５，為什麼不對他開槍？」哈根問道。

哈利清了清喉嚨，稍等片刻，觀察艾考夫。

「怎麼樣？」哈根說，口氣開始不耐煩。

「當時很暗。」哈利說。

哈根凝視他的警監一會，才說：「所以當你們打算闖進他房間的時候，他正在街上遊走。請你告訴我，為什麼在零下四度的深夜一個殺手會在戶外？」他壓低聲音。「我想你應該有派人二十四小時保護尤恩．卡爾森吧？」

「尤恩？」艾考夫說：「他不是在伍立弗醫院嗎？」

「我派了一個警員守在病房外，」哈利說，力求話聲鎮定。「我正要問他是不是一切正常。」

衝擊樂團的〈倫敦呼喚〉（*London Calling*）一曲的前四個音符，在伍立弗醫院神經外科病房區的走廊四壁間響起。一名男子頂著扁塌頭髮、身穿浴袍、握著活動點滴架，從守在病房門口的警員面前走過，並用斥責的眼神看了他一眼。警員不顧醫院規定，接起手機。

「我是史德隆。」

「我是霍勒，有什麼要回報的嗎？」

「沒什麼，只有個失眠病人在走廊上晃來晃去，看起來賊頭賊腦的，但應該無害。」男子的鼻子發出呼哧聲，繼續在走廊上繞行。

「今晚稍早有沒有發生什麼事？」

「有，熱刺隊在白鹿巷球場被兵工廠隊打得落花流水，還有停電。」

「病人呢？」

「沒發出一點聲音。」

「你有沒有查看是不是一切正常？」

「除了很難相處，一切都很正常。」

史德隆聽見手機那頭傳來異樣的靜默。「開玩笑的啦，我立刻去查，不要掛斷。」

病房裡聞起來有甜甜的氣味，史德隆心想應該是糖果的味道。走廊上的光線掃過房間，隨著房門關上而消失，但他已看見枕頭上的臉部輪廓。他走上前去。病房裡很安靜，太安靜了，彷彿所有的聲音都消失，連某種聲音也不見了。

「卡爾森？」

沒有回應。

史德隆咳了一聲，又叫了一次。「卡爾森。」這次嗓音拉高了些。

病房裡非常安靜，哈利的聲音十分清楚地響了起來。「怎麼回事？」

史德隆把手機拿到耳邊。「他睡得很熟。」

「你確定？」

史德隆仔細觀察枕頭上的那張臉，發現這就是令他困惑的原因。卡爾森**的確**睡得很熟，但成年男子睡覺時通常會打鼾才對。他把耳朵湊到尤恩面前，聆聽呼吸聲。

「喂？」手機傳來哈利的高聲呼喊，聽起來十分遙遠。「喂？」

16 難民

十二月十八日，星期四

太陽把他照得暖洋洋的。微風吹過沙丘，使得綠草上下起伏，不斷點頭，表示感謝。他剛才一定下水游泳過，因為他身體底下的毛巾是濕的。「你看。」他母親說，伸手一指。他以手遮眉，望向閃閃發光、藍得不可思議的亞得里亞海，看見一名男子涉水朝海灘走來，臉上掛著燦爛微笑。那是他的父親。父親後面是波波和喬吉。一隻小狗游在父親身旁，小尾巴有如旗杆般直直豎起。他看著他們，只見有更多人從海中升起，其中有些人他十分熟悉，例如喬吉的父親，其他人則頗為面熟，例如巴黎公寓門口的那張臉。突然之間，那些面孔扭曲變形，難以分辨，猶如怪異面具般對他做出怪臉。太陽消失在雲層後方，溫度驟降。面具開始大聲吼叫。

他醒了過來，睜開眼睛，身體側邊劇烈疼痛。原來這裡是奧斯陸，而他身處門廊樓梯下的地板上。一個人站在他面前，張口吼叫，他只聽得懂一個字，這個字跟他的母語幾乎一樣：Narkoman（毒蟲）。

接著身穿真皮短夾克的男子後退一步，抬起了腳。這一腳正好踢中他的疼痛之處，令他痛到在地上打滾。皮衣男子後方還有一名男子，正捏著鼻子大笑。皮衣男子朝大門指了指。

他看著那兩個人，把手伸進外套口袋，感覺外套濕濕的，但手槍還在身上，彈匣裡還有兩發子彈。如果他以槍威脅，他們可能會報警。

皮衣男子大喊，舉起了手。

他揚起一隻手臂防衛，搖搖晃晃地站了起來。捏著鼻子的男子打開大門，咧嘴而笑，趁他走出門時在他臀部踢了一腳。

大門在他背後關上，他聽見那兩名男子爬上樓梯。他看了看錶，凌晨四點。天色仍黑。他覺得寒意鑽入骨髓，全身又冷又濕。他用手摸了摸外套背後和褲管，覺得都是濕的，還散發著尿騷味。難道他尿褲子？不對，他一定是躺在地上的一灘尿上，原本尿是結冰的，後來被他的體溫融化。

他把雙手插在口袋裡，舉步行走，再也不去顧慮旁邊經過的車輛。

病患低低說了聲：「謝謝。」馬地亞．路海森關上門，癱坐在辦公椅上，打個哈欠，看了看時鐘。六點。再過一小時，早班人員就會來換班，然後他就可以回家睡幾個小時，再前往蘿凱在山上的家。現在蘿凱可能還在侯曼科倫區的木造大宅裡，安穩地睡在被窩中。他和歐雷克似乎還找不到相處的節奏，但有一天他一定會找到。歐雷克並不是不喜歡他，而是跟蘿凱那個警察前男友有著過於強大的連結。沒想到一個小孩竟可以毫不遲疑地把一個有酒癮的男人當成父親和榜樣。

有一陣子他想對蘿凱提起這件事，最後還是打消念頭，因為這樣只會讓他看起來像個無助的白癡而已，或讓蘿凱懷疑他對他們母子來說是不是合適的男人。而他的目標就是這個：成為合適的男人。為了留住蘿凱，要他成為什麼樣的男人他都願意，而且他必須知道自己得成為什麼樣的男人才行。於是他問了：這個警察到底有什麼特別？蘿凱回答說其實也沒什麼特別，只不過她愛過他而已。倘若蘿凱不是如此回答，馬地亞還不曾留意蘿凱從未在他身上用過「愛」這個字。

馬地亞甩開這些無聊的念頭，在電腦上查看下一位病患的名字，走到護士接待病患的中央走道。這時天色仍黑，走道上空無一人，於是他走進等候室。

等候室有五人朝他望來，露出乞求的眼神，希望下一個輪到自己。只有一名男子睡在遠處角落，嘴巴張開，頭倚牆壁。一定是毒蟲，那件藍色外套和陣陣尿騷味正是最好證明，而且那人一定會說身體疼痛，要求開藥。

馬地亞走到男子旁邊，皺起鼻子，用力搖了搖他，立刻後退一步。很多毒蟲都有過睡覺時被搶劫金錢和毒品的經驗，經過多年這種生活，他們已養成習慣，只要一被人驚醒就下意識地揮拳打人或拿刀刺人。

男子眨了眨眼，用意外清澈的眼神看著馬地亞。

「有什麼需要幫忙的嗎？」馬地亞問道。當然了，標準程序應該是在病人可以保有隱私的環境下才問這個問題，但馬地亞已經受夠了這些毒蟲和酒鬼，因為他們占用了其他患者的時間和資源。

男子只是裹緊外套，不發一語。

「哈囉！你恐怕得說明你坐在這裡的原因。」

男子搖了搖頭，朝其他人指了指，彷彿是說還沒輪到他。

「這裡不是休息室，你不能在這裡睡覺，快點離開。」

「我聽不懂。」男子說。

「離開，」馬地亞說：「不然我就報警。」

馬地亞驚訝地發現自己必須極力克制，才不會把這個渾身發臭的毒蟲從椅子上拖下來。其他人紛紛轉頭望來。

男子點了點頭，搖搖晃晃地站起身來。出入口的玻璃門晃回關上後，馬地亞依然站在原地看著男子的背影。

「你把那種人攆出去真是太好了。」一個聲音從背後傳來。馬地亞心不在焉地點了點頭。也許他對蘿凱說「我愛妳」的次數不夠多。也許原因就是這個。

早上七點半，神經外科病房區窗外的天空依然黑沉沉地。十九號病房內，員警史德隆低頭看著整齊無人的病床，這張床尤恩．卡爾森曾經躺過。他心想，不久另一個病人會來躺在這張床上。現在冒出這種念頭真奇怪。但他得找一張床躺下是真的，躺下來好好睡一覺。他打個哈欠，檢查是否遺留東西在床邊桌上，拿起椅子上的報紙，轉身離開。

門口站著一名男子，是霍勒警監。

「他去哪裡了？」

「離開了，」史德隆說：「他們十五分鐘前來載走他了。」

「喔？誰授權的？」

「社工，他們不能再把他留在這裡。」

「我是說運送事宜是誰授權的？人送到哪裡？」

「是你們犯罪特警隊的新長官，他打電話來。」

「甘納．哈根？他親自打電話來？」

「對，他們把卡爾森送去他弟弟的公寓了。」

東方天色漸白，哈利踏著沉重腳步，爬上葛畢茲街一棟紅褐色磚砌建築的樓梯。葛畢茲街不長，位於基克凡路和法格博街之間，柏油路面滿是坑洞。哈利依照尤恩在對講機上的指示，在二樓一扇微開的門前停下腳步，那扇門上有個淺藍色條紋塑膠名牌，上頭用浮凸的白字寫著：羅伯．卡爾森。

哈利走進門內，把這戶公寓粗略地看了一圈。這是個凌亂的小套房，符合大家對羅伯辦公室的印象，儘管歐拉和托莉在搜尋有助釐清案情的信件或文件時，可能把羅伯的辦公室弄得更亂。一面牆上貼著超大的彩色耶穌海報。哈利忽然心想，若把耶穌頭上的荊冠換成貝雷帽，那麼這就變成了切．格瓦拉的海報。

「所以甘納．哈根決定把你移來這裡？」哈利對坐在窗邊桌前的背影說。

「對，」尤恩．卡爾森說，轉過頭來。「他說殺手知道我住哪裡，所以這裡比較安全。」

「嗯，」哈利說，環視四周。「昨晚有睡好嗎？」

「不是很好，」尤恩露出尷尬的微笑。「我躺在床上，腦子裡一直出現各種聲音，好不容易睡著，又被史德隆驚醒，嚇得我半死。」

哈利拿開椅子上的一疊漫畫，重重坐下。「尤恩，我明白你害怕，但你有沒有想過誰會想要你性命？」

尤恩嘆了口氣。「昨晚到現在我一直都在想這件事，但答案還是一樣，我一點頭緒也沒有。」

「你有沒有去過札格瑞布？」哈利問道：「或是克羅埃西亞？」

尤恩搖了搖頭。「我去過最遠的國家是瑞典和丹麥，還是小時候去的。」

「你認識克羅埃西亞人嗎？」

「只認識那些投靠救世軍的難民。」

「嗯，員警有沒有說為什麼要把你移來這裡？」

尤恩聳了聳肩。「我說我有這間套房的鑰匙，這裡又沒人住，所以……」

哈利用手抹了抹臉。

「這裡本來有台電腦的。」尤恩說，朝桌面指了指。

「我們把它搬走了。」哈利說，站了起來。

「你要走了？」

「我得搭飛機去卑爾根。」

「喔。」尤恩說，眼神空洞。

哈利見尤恩失魂落魄，很想把一隻手放在他狹窄的肩膀上。

機場特快列車誤點，這已經是連續第三班誤點了。「因為耽擱了。」愛斯坦．艾克蘭給了個簡短又模糊的解釋。愛斯坦是哈利的童年好友，目前是計程車司機，他跟哈利說火車的電動馬達是世界上最簡單的東西，就算是哈利的小妹也懂得如何讓它運轉。此外，如果北歐航空和挪威國鐵的技術人員對調一天，那麼所有列車都會準時出發，所有班機都會依然停留在地面。哈利覺得這些技術人員還是待在原本的崗位比較好。

列車穿出利勒史托市附近的隧道之後，哈利撥打哈根的專線電話。

「我是霍勒。」

「我聽得出來。」

「我授權尤恩．卡爾森的二十四小時戒護，但我沒授權讓他離開伍立弗醫院。」

「後者是醫院決定的，」哈根說：「前者是我決定的。」

哈利數了窗外的三間房子，然後回答：「哈根，是你要我領導這項調查工作的。」

「對，但加班費不是你管的，而你應該知道，加班費早就超支了。」

「他已經嚇得膽戰心驚了，」哈利說：「你還把他移到前一名受害者、也就是他弟弟家裡，只為了省幾百克朗的飯店房錢？」

擴音器播報下站站名。

「利勒史托？」哈根口氣驚訝。「你在機場特快列車上？」

哈利暗暗咒罵一聲。「我要去卑爾根，快去快回。」

「是嗎？」

哈利吞了口口水。「今天就回來。」

「你瘋了嗎？目前我們是媒體焦點，記者……」

「要進隧道了。」哈利說，按下紅色鍵。

倫西．吉爾斯卓緩緩從夢中醒來，房裡一片漆黑。她知道現在是早上，但不知道那是什麼聲音，聽起來像是個大型機械時鐘，但臥房裡又沒有時鐘。她翻過身，縮起身體。黑暗之中，她看見床邊站著一個赤裸人影正在看著她。

「早安，親愛的。」他說。

「麥茲！你嚇了我一大跳。」

「喔？」

麥茲剛沖完澡，背後的浴室門開著，身上的水滴落拼花地面，輕柔的滴答聲響迴盪在房間裡。

「你這樣站在這裡很久了嗎？」倫西問道，把被子裹緊一點。

「什麼意思？」

倫西聳了聳肩，其實暗暗心驚。麥茲說話的語調甚是愉快，近乎挑逗，嘴角還泛起一絲微笑。他不曾用這種態度說過話。倫西假裝伸個懶腰，打個哈欠。

「你昨天晚上什麼時候回來的？」她問道：「我沒醒來。」

「妳一定是睡得太香了。」麥茲又微微一笑。

倫西仔細觀察麥茲。過去這幾個月他確實變了，以前他很瘦，現在他看起來比較強壯結實，體態也變得不一樣，看起來比較抬頭挺胸。當然她懷疑過麥茲會不會在外面有了情人，但這不太令她困擾，或她自認為不困擾。

「你去哪裡了？」倫西問道。

「去跟嚴恩・貝德・希斯納吃飯。」

「那個股票經紀人？」

「對，他認為股市前景佳，房地產也是。」

「跟他討論不是我的工作嗎？」倫西問道。

「我只是想了解市場的最新狀況而已。」

「你認為我沒有讓你了解市場的最新狀況嗎，親愛的？」

麥茲看著她，她也回望著他，直到她出現跟麥茲說話時從未出現的反應：雙頰發熱。

「我想妳把我需要知道的都跟我說了，親愛的。」麥茲走進浴室，倫西聽見他打開水龍頭。

「我研究了幾個很有意思的房產案子。」倫西高聲說，但只是為了說話而說，以打破麥茲丟下那句話之後的怪異寂靜。

「我也是，」麥茲高聲說：「我昨天去看過哥德堡街那棟公寓，就是救世軍名下那棟，妳知道的。」

倫西僵在原地。那正是尤恩的公寓。

「很不錯的房產，可是妳知道嗎？其中一個單位的門口拉起了警方的封鎖線，有個住戶跟我說那裡發生過槍擊案，妳能想像嗎？」

「怎麼可能，」倫西高聲說：「警方幹嘛拉起封鎖線？」

「那是警方的工作啊，封鎖現場，把公寓整個翻過來，找尋指紋和ＤＮＡ，看看誰去過那裡。反正呢，既然那裡發生過槍擊案，說不定救世軍會願意降價，妳說對不對？」

「我跟你說過他們不願意賣。」

「是那時候不願意賣，親愛的。」

倫西忽然想到一事。「既然歹徒是在外面走廊開槍，為什麼警方要搜索裡面？」

她聽見水龍頭關上，抬起頭來。麥茲站在浴室門口，露出發黃的微笑，嘴巴周圍都是刮鬍泡，手上拿著刮鬍刀。待會他就會拍上她無法忍受的昂貴鬍後水。

「妳在說什麼啊？」他說：「我沒提到走廊啊，還有妳的臉色怎麼這麼蒼白，親愛的？」

倫西匆匆走在亨格森街上，蘇菲恩堡公園仍籠罩在一層冰冷的透明晨霧中。寶緹嘉圍巾遮住她的口鼻，她在圍巾裡呼吸，即使是在米蘭用九千克朗買來的這條羊毛圍巾也無法抵禦寒冷，但至少可以遮住她的臉。

指紋。ＤＮＡ。看看誰去過那裡。這件事絕對不能發生，否則後果不堪設想。

她轉了個彎，踏上哥德堡街。起碼宿舍外沒有警察。

她用鑰匙打開宿舍大門，朝電梯小跑而去。她已經很久沒來這裡了，這也是她第一次沒有事先通知就跑來這裡。

電梯上升時，她的心臟怦怦亂跳，腦子裡想的盡是浴室排水口有她的頭髮、地毯上有她的衣服纖維、到處都有她的指紋。

走廊上空無一人。橫亙在門上的封條顯示房內沒人，但她還是敲了敲門，站立等待。她拿出鑰匙，插進門鎖，但鑰匙不合。她又試一次，卻只有鑰匙尖端插得進鎖頭。天啊，難道尤恩換鎖了？她深深吸口氣，把鑰匙反過來，默默禱告。

鑰匙插入鎖頭，門鎖發出細微喀噠聲，打了開來。

她吸入房裡的熟悉氣味，走到衣櫃前。她知道吸塵器放在衣櫃裡。那是西門子VS08G2040型黑色吸塵器，她家也有一台，具有兩千瓦馬力，是市場上吸力最強的吸塵器。尤恩喜歡家裡保持整潔。她插上電源，吸塵器發出轟轟聲響。現在是早上十點，她應該可以在一小時內吸完地板，擦拭完所有的牆面和家具表面。她看著緊閉的浴室門，心想該從哪裡開始才好？應該從回憶和證據最多的地方開始才對。不行。她把吸塵器的吸嘴抵在額頭上，立刻感覺像是被痛咬一口。她拉開吸嘴，看見上頭已沾了血。

她開始清理幾分鐘之後，才猛然想起一事。那些信！天啊，她差點忘記警方可能會發現她寫的信。第一批信寫的是她最私密的夢想和渴望，最後一批信寫的是她赤裸裸的絕望，懇求尤恩繼續保持聯絡。她讓吸塵器保持運轉，把管子放在椅子上，跑到尤恩的書桌前把抽屜一個一個拉開。第一格抽屜放著筆、膠帶和打洞器；第二格抽屜放的是電話簿；第三格抽屜上了鎖。當然上了鎖。

她從桌上拿起拆信刀，插進鎖頭上方，傾身向前，用上全身力氣。老舊乾燥的木材發出劈啪聲。正當她心想拆信刀可能斷掉時，就看見抽屜前方橫向迸裂開來。她用力一拉，拉開抽屜，撥開木屑，看見裡頭放著厚厚一疊信件。她翻看信封。哈夫斯倫能源公司、挪威銀行、聰明理財顧問公司、救世軍。她發現一個空白信封，打開裡頭的信，只見開頭寫著「親愛的兒子」。她繼續往下翻。有了！那是個淺藍色的低調信封，右上角印著一家投資基金公司的名字，這家公司叫做吉爾斯卓投資公司。

她鬆了口氣，拿出裡頭的信。

讀完之後，她把信放在一旁，感覺淚水滑落臉頰。她的雙眼像是再度睜開，彷彿一直以來她都瞎了眼，直到現在才看清楚事物的本然樣貌。她所相信及拒絕的一切似乎都再度變得真實。那封信很短，但她讀完之後，一切都改變了。

吸塵器毫不留情地轟然作響，淹沒一切，只露出信紙上簡單清楚的文句、其中的荒謬性，以及它不證自明的邏輯性。她沒聽見街上車聲，沒聽見房門打開的吱吱聲，沒聽見有人站到她所坐的椅子後方。直到她聞到他的氣味，脖子上的汗毛才根根豎起。

挪威航空的班機降落在卑爾根機場，強烈的西風吹襲機身。開往卑爾根市的計程車上，雨刷不斷發出嘶嘶聲，防滑胎壓上潮濕的黑色路面嘎扎作響。車子穿行在峭壁之間，崖面上覆蓋著濕答答的叢生植物和光禿的樹木。這就是冬季的挪威西部。

車子抵達費林斯谷區時，麥努斯打來電話。

「我有些發現。」

「快說。」

「我們查看過羅伯‧卡爾森的硬碟，唯一可疑的是許多色情網站的小型文字檔案。」

「史卡勒，這些東西在你電腦裡也找得到，說重點。」

「我們在文件或信件中也沒找到可疑人物。」

「史卡勒……」哈利以警告的口氣說。

「不過呢，我們找到了一張很有意思的票根，」麥努斯說：「猜猜看是到什麼地方的票根？」

「我打你喔。」

「札格瑞布，」麥努斯趕緊說，沒聽見哈利回應，又補上一句說：「克羅埃西亞的札格瑞布市。」

「謝謝，他是什麼時候去的。」

「十月，出發日期是十月十二日，當天晚上回來。」

「嗯，只在十月去了札格瑞布一天，聽起來不像是去度假。」

「我問過基克凡路的福雷特斯慈善商店主管，她說羅伯沒有替商店出國洽公過。」

哈利掛上電話，心想自己怎麼沒跟麥努斯說他對他的表現感到滿意？他大可把稱讚說出口的。難道他年紀大了，脾氣也跟著變壞？他從計程車司機手上接過四克朗零錢，心想，不對，他的脾氣一直都很壞。

哈利踏入呼嘯哀鳴的卑爾根寒風中，根據傳說，這寒風始於九月的一個下午，止於三月的一個下午。他走了幾步，進入伯爾許餐館的大門，環目四顧，心想不知道菸害防治法上路之後，會對這類餐館產生什麼影響。哈利來過伯爾許餐館兩次，每次踏進這裡都有種回家的感覺，同時卻又覺得自己像個局外人。身穿紅外套的服務生在店裡忙進忙出，臉上表情彷彿是說他們在高級餐館工作，手裡端著半公升啤酒，跟客人說些詼諧妙語。這裡的客人包括本地補蟹人、退休漁夫、經過戰爭洗禮且吃苦耐勞的水手，以及人生經過天翻地覆的人。哈利第一次光顧時，一個過氣藝人正在餐桌之間跟漁夫跳探戈，盛裝打扮的老婦在手風琴伴奏下高唱德國歌謠，並在間奏時用濃重捲舌音有節奏地說些下流話語。

哈利看見要找的人，朝坐在桌前的一名瘦高男子走去，桌上放著兩個啤酒杯，一個空了，一個快要空了。

「長官。」

男子猛然抬頭，朝哈利的聲音轉過頭，目光遲了點才跟上。男子一臉醉意，瞳孔收縮。

「哈利。」男子的口齒意外地清晰。哈利從隔壁桌拉了張空椅過來。

「正好經過嗎？」畢悠納．莫勒問道。

「對啊。」

「你是怎麼找到我的？」

哈利沒有回答。他已做好心理準備，但仍不敢相信眼前所見。

「是不是署裡的人都在講我的八卦？真是的，」莫勒又喝一大口酒。「很奇妙的角色對換對不對？以前都是我在這種情況下找到你。要不要喝啤酒？」

哈利傾身越過桌面。「長官，發生了什麼事？」

「什麼情況下一個成年男人會在上班時間喝酒，哈利？」

「不是被開除，就是老婆離開他。」

「據我所知，我還沒被開除。」莫勒笑了，肩膀抖動，但沒笑出聲來。

「卡莉有沒有……？」哈利頓了頓，不知該怎麼措詞才好。

「她和孩子沒跟我來，這無所謂，早就決定好的。」

「什麼？」

「我想念孩子，我當然想念他們，但我還應付得來。這只是……人家是怎麼說的……過渡時期……但還有更好聽的說法……超越……不對。」莫勒在啤酒杯前垂下了頭。

「我們去散散步吧。」哈利說，招手表示買單。二十五分鐘後，哈利和莫勒站在弗拉揚山的欄杆旁，上空是同一朵雨雲，下方俯瞰的可能是卑爾根。一台纜車以斜角線向上爬升，它是由粗鋼纜所拉動，看起來宛如一片蛋糕，他們就是從卑爾根市中心搭纜車上山的。

「這就是你來這裡的原因嗎？」哈利問道：「因為你跟卡莉要分手了？」

「這裡跟人家說的一樣，一天到晚下雨。」莫勒說。

哈利嘆了口氣。「長官，喝酒沒有幫助的，只會讓事情變得更糟。」

「這應該是我的台詞吧，哈利。你跟甘納・哈根相處得怎樣？」

「還可以，他是個好講師。」

「你可別低估他，哈利，他不只是講師，他在ＦＳＫ武裝特種部隊待了七年。」

「特種部隊？」

「沒錯，總警司跟我說的。哈根是在一九八一年被調到ＦＳＫ，當時ＦＳＫ之所以建置，是為了保護北海鑽油塔。基於安全理由，他的這段經歷沒有寫在履歷上。」

「ＦＳＫ，」哈利說，察覺到冰雨滲入外套肩膀。「聽說他們的忠誠度非常之高。」

「就好像兄弟情誼，」莫勒說：「堅不可摧。」

「你還認識別人待過ＦＳＫ嗎？」

莫勒搖了搖頭，看起來已經清醒。「案情有進展嗎？有人給了我一些內部消息。」

「目前連動機都還沒找到。」

「動機是錢，」莫勒說，清了清喉嚨。「也就是貪欲，它來自妄念，妄想以為有錢就能改變，以為自己可以改變。」

「錢，」哈利看著莫勒。「可能吧。」他附和說。

莫勒朝面前灰濛濛的混沌雲層厭惡地吐了口口水。「找到錢，追蹤它的流向，錢總是可以帶你找到答案。」哈利從未聽過莫勒用這種口氣說話，說得這麼苦澀、這麼確定，彷彿他有一種寧願不曾擁有的洞見。

哈利吸了口氣，鼓起勇氣。「長官，你知道我不喜歡拐彎抹角，所以我就開門見山地說了。你跟我都不是那種朋友滿天下的人，雖然你可能不把我當成朋友，但我畢竟也算是你的某種朋友。」

哈利看著莫勒，他沒有回應。

「我來找你是希望可以幫上一點忙，你會不會想聊一聊或是……」

依然沒有回應。

「呃，可惡，如果我知道自己為什麼來就好了，但我總是來了。」

莫勒仰望天空。「你知道卑爾根人把我們後面這個稱為山脈嗎？事實上它們的確是山脈，實實在在的山脈。只要從挪威第二大城的市中心搭乘纜車，六分鐘就可以抵達，但卻有人會在這裡迷路和死亡，想想還挺可笑的對不對？」

哈利聳了聳肩。

莫勒嘆了口氣。「雨不會停的，我們去搭那個像錫罐一樣的纜車下去吧。」

抵達市區後，他們朝計程車招呼站走去。

「現在還沒到尖峰時間，二十分鐘就可以到卑爾根機場。」

哈利點了點頭，卻不上車，他的外套已經濕透。

「追蹤錢的流向，」莫勒說，一手搭在哈利肩上。「做你該做的事。」

「你也是，長官。」

莫勒揚了揚手，邁步離開。哈利坐上計程車後，莫勒又轉身喊了幾句話，卻被車聲淹沒。計程車從丹麥廣場呼嘯而過，哈利打開手機電源，隨即出現哈福森的簡訊，說請他回電。哈利撥打哈福森的號碼。

「我們拿到史丹奇的信用卡了，」哈福森說：「青年廣場的提款機昨晚十二點沒收了它。」

「所以昨晚我們突襲救世軍旅社的時候，他就是從青年廣場走回去。」哈利說。

「沒錯。」

「青年廣場距離救世軍旅社很遠，」哈利說：「他去那邊一定是怕我們會追蹤到旅社附近，這代表他急需用錢。」

「還有更棒的，」哈福森說：「提款機一定設有監視器。」

「所以呢？」

哈福森頓了一下，製造效果。

「快說啦，」哈利說：「他沒有把臉遮起來吧？是這樣嗎？」

「他像電影明星一樣對著鏡頭微笑。」哈福森說。

「貝雅特看過監視影片了嗎？」

「她正坐在痛苦之屋裡面看。」

倫西．吉爾斯卓想起約翰尼斯，想起她的一生可以截然不同。倘若當時她能跟隨自己的心就好了，她的心總是比她的頭腦來得有智慧。奇怪的是，她從未如此不快樂過，卻又從未像現在一樣想盡情去活，活得更久一點。

因為現在她明白了一切。

她看著黑色管口，知道自己看見的是什麼，即將來臨的是什麼。

她的尖叫聲被西門子VS08G2040型吸塵器那顆簡單馬達的怒吼聲給淹沒。椅子摔跌在地。強力吸塵器的管口逐漸接近她的眼睛。她想用力閉上眼睛，眼皮卻被強而有力的手指給撐開，逼迫她親眼目睹。於是她只好張大眼睛看著，並知道接下來會發生什麼事。

17 臉孔

十二月十八日，星期四

這家大藥局櫃台牆上的時鐘顯示八點三十分，坐在藥局內的民眾有的咳嗽，有的閉上沉重眼皮，有的看一看牆上的紅色數位數字，又看一看手中的領藥號，彷彿手中拿的是可以改變一生的樂透彩券，擴音器每嗶一聲就代表公布新的開獎號碼。

他沒抽號碼單，只想坐在藥局裡的電暖器旁，但他察覺到自己身上的藍色外套吸引了不必要的注意，因為藥局員工開始對他投以異樣眼光。他朝窗外看去，在白霧後方看見虛弱無力的太陽輪廓。一輛警車從街上駛過。這裡有監視器。他必須繼續移動，可是要移動去哪裡？他身上沒錢，會被餐廳和酒吧給趕出來。就連信用卡現在也沒了。昨晚他決定去提款，儘管知道這樣做可能會被追蹤，但還是去了。他離開救世軍旅社，走在深夜街頭，最後在遠處找到一台提款機，但提款機只是沒收他的信用卡，一克朗也沒給他，同時確認了他已經知道的事：警方正在圍捕他，他再度陷入了圍城戰事。

呈現半荒涼狀態的餅乾餐廳沉浸在排笛音樂中。午餐和晚餐之間的這段時間客人總是稀少，因此杜勒比約根站在窗前，用恍惚的眼神看著卡爾約翰街，並不是因為窗外景色迷人，而是因為電暖器就裝設在窗戶下方，而他卻似乎怎麼也暖和不起來。他心情不好，接下來這兩天他必須去拿飛往開普敦市的機票，但他算了算，確定了自己一直以來都知道的一件事：他的錢不夠。即使他努力工作，錢依然不夠。當然了，今年秋天他買了一面洛可可風鏡子回家，但還有很多錢花在香檳、古柯鹼和其他的昂貴玩樂上。如今他的生活失了控，不過老實說，這正是他脫離惡性循環的好時機，脫離古柯鹼派對、吃安眠藥睡覺、使用古柯錢來提神加班賺錢以支持這些惡習。現在他的銀行帳戶裡連一克朗也沒有。過去五年來，他每年都去開普敦慶祝聖誕節和新年，沒回老家維果斯黑市，因為那裡有狹隘的宗教信仰、父母的沉默指責、叔伯和姪兒難以掩飾的嫌惡神情。比起花三星期忍受酷寒低溫、陰鬱黑暗和單調無聊，他寧願選擇耀眼陽光、美麗人群和刺激的夜生活。此外還有遊戲，危險的遊戲。每年十二月到一月，開普敦都會湧入歐洲的廣告代理商、電影團隊、模特兒、男男女女，他就是在這裡找到志趣相投之人。他最喜歡玩的遊戲是盲目約會。開普敦這座城市原本就不以安全著稱，但在開普平原區的小屋裡約見男人，更是必須冒生命危險。然而是的，他就是會做這種事。他不確定自己為什麼要做這種白癡的事，只知道他需要危險才有活著的感覺。唯有可能讓你受到懲罰的遊戲，玩起來才有意思。

杜勒用鼻子聞了聞，他的白日夢被一股氣味打斷，心下希望這味道不是從廚房傳出來的才好。他轉過身去。

「哈囉。」他身後的男子說。

倘若杜勒不是專業服務生，臉上一定會出現不滿神情。站在他面前的男子不僅身穿不得體的藍色外套，這外套在卡爾約翰街的毒蟲身上經常看得到，而且還鬍碴滿面，眼泛血絲，渾身散發尿騷味。

「還記得我嗎？」男子說：「男廁的那個？」

杜勒以為男子指的是一家叫「男廁」的夜店，隨即才想到男子說的是洗手間，這才把對方認了出來。也就是說，他認出了男子的聲音，同時腦子裡在想，沒想到少了民生必需品如刮鬍刀、沖澡和一夜好眠，會讓一個人的外表產生這麼大改變。

也許因為剛才的強烈白日夢被打斷，這時杜勒依序產生兩種截然不同的反應。首先他感到慾望的甜蜜刺激，因為男子之所以回來，顯然是因為上次的挑逗和短暫但親密的肢體接觸。接著他感到震驚，眼前浮現男子手中拿著沾有洗手乳的手槍畫面，此外警察來過餐廳，表示那把手槍跟那個被槍殺的可憐救世軍軍人有關。

「我需要有個地方住。」男子說。

杜勒的眼睛用力眨了兩下，不相信自己所聽見的。而他站在這個可能涉嫌冷血殺人的男子面前，為什麼沒有丟下一切，跑出去大叫警察？警方甚至公布說若民眾提供線索協助破案，可以得到獎金。杜勒朝房間另一側望去，看見領班正在翻看訂位簿。為什麼他反而覺得自己的太陽神經叢出現一種奇特又愉悅的振動？而且這種感覺擴散到全身，令他一邊找尋適當話語，一邊還打了冷顫？

「一個晚上就好。」男子說。

「我今天要上班。」

「我可以等。」

杜勒打量男子，心想這簡直是瘋了，同時他的頭腦緩慢而無情地把他愛冒險的個性和一個也許可以解決燃眉之急的方法給結合起來。

哈利搭乘機場特快列車在奧斯陸中央車站下車，慢跑穿越格蘭區，來到警察總署，搭電梯前往搶案組，大步經過走廊，進入被稱為痛苦之屋的影音室。

影音室小而無窗，裡頭陰暗溫暖又窒悶。哈利聽見電腦鍵盤傳來手指快速敲擊的聲音。畫面的閃耀光線勾勒出螢幕牆前的人影。「妳看到了什麼？」哈利問那人說。

「一件非常有意思的事。」貝雅特．隆恩說，並未回頭，但哈利知道她的眼睛已出現血絲。他見過貝雅特工作的狀況，她只是盯著螢幕長達數小時，不斷倒帶、停止、調焦、放大、儲存，完全不知道自己要找的是什麼，或能看到什麼。這裡是她的地盤。

「說不定可以提供解釋。」她補上一句。

「我洗耳恭聽。」哈利在黑暗中摸索，撞到了腳，咒罵一聲之後才坐下。

「準備好了嗎？」

「說吧。」

「好，來見見科里斯多．史丹奇。」

畫面中一名男子來到提款機前。

「妳確定嗎？」哈利問道。

「你不認得他？」

「我認得那件藍色外套，可是……」哈利說，聽見自己語帶迷惘。

「先繼續往下看。」貝雅特說。

男子把一張卡片插進提款機，站立等候，接著轉頭面對監視器，露齒而笑。那是個假笑，背後的含意跟笑容正好相反。

「他發現沒辦法領錢了。」貝雅特說。

畫面中的男子不斷按按鍵，最後用手打了一下鍵盤。

「現在他發現卡片拿不回來。」哈利說。男子凝視提款機螢幕好一會兒。

接著男子拉起袖口，看了看錶，轉身離去。

「那支錶是什麼牌子？」哈利問道。

「玻璃鏡面會反光，」貝雅特說：「但我放大畫面之後，看見錶盤上寫著SEIKO SQ50。」

「聰明，但我看不見任何解釋。」

「解釋在這裡。」

貝雅特在鍵盤上敲了幾下，螢幕上出現男子的兩個畫面，其中一個畫面他正在拿出信用卡，另一個畫面他正在看錶。

「我選這兩個畫面是因為他的臉大概在相同位置，這樣比較容易看出來。這些畫面的拍攝間隔大概是一百秒多一點，你看得出來嗎？」

「看不出來，」哈利若有所思地說，「看來我對這個不在行。我連這兩個畫面中的人是不是同一個都看不出來，也看不出他是不是我在德揚公園見過的人。」

「很好，那你就看出來了。」

「看出什麼？」

「這是他在信用卡上的照片。」貝雅特按了一下滑鼠，螢幕上出現一張照片，裡頭是個打領帶的短髮男子。

「這是《每日新聞報》在伊格廣場拍到的照片。」螢幕上又出現兩張照片。

「你看得出這是同一個人嗎？」貝雅特問道。

「呃，看不出來。」

「我也看不出來。」

「妳也看不出來？如果妳也看不出來，那就表示這不是同一個人。」

「不對，」貝雅特說：「這表示我們面對的是所謂超彈性臉的案例，專家稱之為默劇臉。」

「妳在說什麼啊？」

「這個人不需要化妝、易容或整形，就能改變他的容貌。」

哈利在紅區會議室裡等所有調查小組成員都到齊之後，說：「現在我們知道要追查的只有一名男子，目前我們先暫時叫他科里斯多．史丹奇。貝雅特？」

她打開投影機，螢幕上出現一張臉，雙眼閉著，臉上似乎戴著一張塗滿紅色義大利麵的面具。

「各位現在看到的是臉部肌肉示意圖，」貝雅特開始說：「人類可以用這些肌肉來做出表情，因而改變面容。其中最重要的肌肉分布在額頭、眼睛周圍和嘴巴周圍。比如說，這是額肌，它和皺眉肌一起運動，可以皺眉或揚起眉毛。眼輪匝肌則用來閉起眼皮，或在眼睛周圍形成皺褶等等。」

貝雅特按下遙控器。螢幕上出現一個雙頰高高鼓起的小丑。

「我們臉上有數百條肌肉，但即使是那些用來做表情的肌肉，運用率也非常低。演員和表演者會訓練臉部肌肉，讓肌肉達到最高的運動幅度，一般人的臉部肌肉則通常在小時候就失去了活動能力。然而像是演員或默劇表演者就會運用臉部來模仿肌肉運動，做出特定的情緒表情。這些情緒對人類來說非常重要，全人類臉上都看得到，而且為數不多，包括憤怒、快樂、戀愛、驚訝、咯咯笑、咆哮、大笑等等。不過大自然賦予我們的這張肌肉面具，其實可以做出數百萬、甚至接近無限多種臉部表情。鋼琴家對腦部和手指肌肉的連結做了強化訓練，因此十根手指可以同時做出十種不同的獨立動作，而且手指的肌肉還不算很多。所以說，我們的臉有什麼能力呢？」

貝雅特把畫面切換到史丹奇站在提款機前的畫面。

「呃，比如說，我們可以這樣。」畫面以慢動作播放。

「它的變化非常細微，小肌肉緊繃和放鬆，而小肌肉的動作可以改變表情。那麼臉部是否出現很多改變呢？其實沒有，但腦部用來辨認臉孔的區域，也就是梭狀迴，對於細小改變非常敏感，因為它的功能就是區分成千上萬張在生理結構上非常相似的臉孔。透過臉部肌肉的細微調整，就能讓臉孔看起來像是另一個人。比如說這個。」

畫面停在最後一格。

「哈囉！地球呼叫火星。」

哈利聽出這是麥努斯・史卡勒的聲音。有些人笑了起來，貝雅特則雙頰泛紅。

「抱歉，」麥努斯說，環視四周，自鳴得意地咯咯笑了幾聲。「這一樣還是史丹奇那個外國佬啊。科幻情節是很有娛樂性啦，可是一個人的臉部肌肉只要這裡緊一點，那裡鬆一點，就能讓人認不出來？我個人是覺得有點太扯了啦。」

哈利正要爆發，但心念一轉，反而興味盎然地朝貝雅特看去。兩年前貝雅特若是聽見這種批評言論，一定會當場崩潰，他還得幫忙掃起滿地碎片。

「據我所知，好像沒有人問你的意見，」貝雅特說，雙頰依然泛紅。「但既然你有這種疑問，我就為你舉例，讓你能夠了解。」

「哇，」麥努斯高聲說，高舉雙手做防衛狀。「隆恩，我可是對事不對人喔。」

「人死之後，會出現一種叫做死後僵硬的情況，」貝雅特繼續說，並未被麥努斯反制住，但哈利看見她鼻孔微張。「身體和臉部肌肉都會變得僵硬，這就跟繃緊肌肉一樣，於是當家屬來認屍時會發生什麼典型狀況？」接下來是一片沉默，只聽得見投影機風扇的嗡嗡聲。哈利的嘴角泛起微笑。

「他們認不出死者。」一個聲音清楚大聲地說。哈利並未聽見甘納．哈根走進會議室。「這種事在戰爭時期家屬認屍時經常發生。當然了，死者身上穿了制服，但有時連同單位的同袍都得查看身分識別牌才能確定。」

「謝謝。」貝雅特說：「史卡勒，這樣有沒有釐清你的疑惑？」麥努斯聳了聳肩，哈利聽見某人大笑。貝雅特關上投影機。

「每個人臉部肌肉的彈性或活動性不盡相同，有的人可以靠訓練來提高，但有的人可能來自遺傳。有些人無法分辨左臉和右臉的肌肉，有些人在訓練之後可以獨立運動每一條肌肉，就好像鋼琴家那樣。這就叫做超彈性臉，或默劇臉。根據已知案例顯示，基因遺傳占了很重要的因素。這種能力是在年輕或小時候學會的，而臉部彈性非常高的人通常會出現人格障礙的症狀，或在成長期間經歷嚴重創傷。」

「所以妳的意思是說我們面對的是個瘋子？」哈根說。

「我的專長領域是臉孔，不是心理學，」貝雅特說：「但至少我們不能排除這個可能性。哈利？」

「謝謝妳，貝雅特，」哈利站了起來。「現在大家知道我們面對的是什麼樣的人了吧？有問題嗎？是的，李？」

「要怎樣才能捉到這個怪物？」

哈利和貝雅特交換眼色，哈根咳了一聲。

「我不知道，」哈利說：「我只知道這一切不會結束，除非他完成任務，或我們完成任務。」

哈利回到辦公室，看見蘿凱曾經來電的留言，便立刻打電話給她，不想多做思考。

「最近好嗎？」

「快上高等法院了。」哈利說。這是蘿凱的父親常說的一句話，是個自己人才聽得懂的笑話，流傳在上過東部戰線的挪威士兵之間，因為他們戰後回國卻得面對審判。蘿凱聽了大笑，激盪出溫柔的漣漪。哈利曾為了每天聽見這笑聲，願意犧牲一切，即使到現在還是如此。

「你一個人在辦公室嗎？」蘿凱問道。

「不是，跟平常一樣，哈福森坐在那裡聽我說話。」

哈福森從伊格廣場的民眾供述上抬起頭來，咧嘴而笑。

「歐雷克需要有人跟他說說話。」蘿凱說。

「喔，是嗎？」

「嘖，這樣說太蠢了。這個『有人』指的就是你，他需要跟你說說話。」

「需要？」

「再更正一次。他說他想跟你說話。」

「所以他要求妳打電話給我？」

「沒有沒有，他才不會這樣做。」

「沒有。」哈利想了想，露出微笑。

「所以……你有辦法找個晚上過來嗎？」

「當然有。」

「太好了，來跟我們一起吃晚餐吧。」
「我們？」
「歐雷克跟我。」
「嗯。」
「我知道你見過馬地亞了……」
「對，」哈利馬上說：「他看起來很不錯。」
「對。」
哈利不知道該如何解讀蘿凱的語氣。
「喂？你還在嗎？」
「我在，」哈利說：「聽著，我們正在辦一起命案，情勢正在升溫，我可以想一下再打電話跟妳約時間嗎？」
一陣靜默。
「蘿凱？」
「可以，沒問題。除此之外，你還好嗎？」
這個問題來得頗突兀，哈利心想難道這是在挖苦他嗎？
「還過得去。」哈利說。
「自從我們上次說話以後，你的生活中都沒什麼新鮮事嗎？」
哈利吸了口氣。「蘿凱，我得掛電話了，我想好時間以後再打給妳，替我問候歐雷克好嗎？」
「好。」
哈利掛上電話。
「怎麼了？」哈福森說：「要找個方便的時間？」

「只是吃飯而已，跟歐雷克有關。羅伯去札格瑞布幹什麼？」

哈福森正要開口，門上就傳來輕輕的敲門聲。兩人同時轉頭，看見麥努斯站在門口。

「札格瑞布警方剛剛打電話來，」麥努斯說：「他們說那張信用卡是依據假護照核發的。」

「嗯，」哈利靠上椅背，雙手抱在腦後。「羅伯會去札格瑞布做什麼呢，史卡勒？」

「你知道我是怎麼想的。」

「毒品。」哈福森說。

「史卡勒，你不是說過有個少女去基克凡路的福雷特斯慈善商店找過羅伯，店裡的人還以為那少女是南斯拉夫人？」

「對，是店經理，她……」

「哈福森，打電話去福雷特斯。」

哈福森翻尋電話簿，撥打電話，辦公室一片寂靜。哈利在桌上輪敲手指，心想該如何表示他對麥努斯的表現感到滿意才好？他清了清喉嚨，這時哈福森把話筒遞了過來。

魯厄士官長聽電話、答話和行動，行事極有效率。兩分鐘後，哈利得到確認，掛上電話，又咳了一聲。

「見過少女的人是店經理手下十二名青年中的一個，他是塞爾維亞人，他記得少女的名字好像叫蘇菲亞，但不是很確定，不過他確定少女來自武科瓦爾。」

哈利看見尤恩坐在羅伯家的床上，腹部放著一本《聖經》，看起來頗為焦慮，好像昨晚沒睡好。哈利點了根菸，在搖晃的餐椅上坐下，詢問尤恩認為羅伯去札格瑞布做什麼。

「我不知道，他什麼都沒跟我說，搞不好跟他向我借錢去進行的祕密計畫有關。」

「好，那你知道他有個女性朋友的事嗎？這個少女很年輕，是克羅埃西亞人，名叫蘇菲亞。」

「蘇菲亞．米何耶茲？你是開玩笑的吧！」

「恐怕不是，所以你知道她是誰囉？」

「蘇菲亞住在救世軍位於亞克奧斯街的公寓，他們一家人是武科瓦爾的克羅埃西亞難民，是總司令帶他們過來的。可是蘇菲亞……蘇菲亞才十五歲。」

「說不定她愛上了羅伯？一個年輕女孩跟一個英俊的年輕男人，你知道這也不算太不尋常。」

尤恩正要回答，話到口邊又縮了回去

「你說過羅伯喜歡年輕女生。」哈利說。

尤恩看著地板。「我可以給你他們的住址，你可以親自去問她。」

「好，」哈利看了看錶。「你需要什麼嗎？」

尤恩環視四周。「我應該回家拿些衣服和盥洗用品。」

「好，我載你去。要帶大衣和帽子，外面又更冷了。」

車程花了二十分鐘，他們經過荒廢且即將拆除的老畢斯雷球場，以及施羅德酒館，酒館外站著一名面熟的男子，身穿厚羊毛大衣，頭戴帽子。哈利違規停車，把車停在哥德堡街四號門口。兩人走進大門，在電梯門前等候。哈利看見電梯門上方的紅色數字顯示為四，正是尤恩住的那一層樓。他們還沒按按鈕，就聽見電梯開始移動，並看見數字越來越小。哈利用雙掌搓揉大腿。

「你不喜歡搭電梯。」尤恩說。

哈利驚訝地看著尤恩。「有這麼明顯？」

尤恩微微一笑。「我爸也不喜歡搭電梯，走吧，我們爬樓梯。」

兩人走上樓梯，途中哈利聽見電梯門在樓下開啟的聲音。

他們進入尤恩家，哈利站在門邊，尤恩走進臥室拿盥洗包。

「奇怪，」尤恩蹙眉說：「怎麼好像有人來過。」

尤恩拿著盥洗包走進臥室。

「有個奇怪的味道。」尤恩說。

哈利環視房內，只見水槽裡有兩個玻璃杯，但杯緣沒有牛奶或可見的液體痕跡來說明杯子曾被拿來做什麼。地上沒有融雪的水痕，只有書桌前有少許輕質木材的碎屑，那些碎屑一定是來自其中一個抽屜，而有個抽屜看起來確實有破裂的痕跡。

「我們走吧。」哈利說。

「我的吸塵器為什麼在那裡？」尤恩說，伸手一指。「你們的人有來用過吸塵器嗎？」

哈利熟知犯罪現場搜索程序，其中並不包括在現場使用吸塵器。

「誰有你家的鑰匙？」哈利問道。

尤恩遲疑片刻。「我女朋友希雅，但她絕對不會自己拿吸塵器出來用。」

哈利細看碎木屑，照理說吸塵器應該很快就可以吸光它們。他走到吸塵器前，只見塑膠管末端的吸頭已被卸下。一陣寒意竄上他的脊椎。他拿起管子朝裡頭看去，再用手指摸了一圈黑色管緣，看了看手指。

「是什麼東西？」尤恩問道

「血，」哈利說：「去看門是不是鎖上了。」

但哈利已經知道發生了什麼事。他彷彿正站在一間屋子的門檻前，他痛恨這間屋子，卻總是避不開它。他打開吸塵器機身中央的蓋子，拆下黃色集塵袋，拿了出來，心想*這裡*才是痛苦之屋。在這間屋子裡，他總是被迫拿出他感覺邪惡的能力，而他越來越覺得他的這種能力已經過度開發。

「你在幹嘛？」尤恩問道。

集塵袋鼓脹脹地。哈利抓住以厚軟紙質製成的集塵袋，用力一扯。袋子被扯開，一蓬黑色細塵彷彿神燈精靈般冒了出來，飄上天花板。集塵袋的內容物傾洩到拼花地板上，尤恩和哈利同時望去。

「求主憐憫。」尤恩低聲說。

18 滑槽

十二月十八日，星期四

「我的老天，」尤恩呻吟說，摸索著找椅子坐下。「這裡發生了什麼事？那是……那是個……」

「對，」哈利說，蹲在吸塵器旁，專心調勻呼吸。「那是個眼球。」

那顆眼球看起來像隻帶有血絲的擱淺水母，眼白表面附著灰塵。哈利在血淋淋的眼球後方看見肌肉根部，以及更粗的蟲狀物，也就是視神經。「我搞不懂，它是怎麼毫髮無傷地穿過濾網進入集塵袋，當然前提是它是被吸進去的。」

「我把濾網拿出來了，」尤恩說，話聲顫抖。「這樣吸力比較強。」哈利從外套口袋拿出一支筆，小心地轉動眼球。眼球組織感覺柔軟，但裡頭有個堅硬核心。他變換蹲姿，讓天花板的燈光照射在瞳孔上，只見瞳孔又大又黑，外緣模糊，因為眼部肌肉無法再讓瞳孔保持為圓形。瞳孔外圍的虹膜顏色很淺，幾乎呈藍綠色，閃閃發光，猶如彈珠的中心。哈利聽見背後的尤恩呼吸加速。

「通常虹膜是淺藍色的，」哈利說：「你認識這個人嗎？」

「不，我……我不認識。」

「聽著，尤恩，」哈利說，並未回頭。「我不知道你是不是經常練習說謊，可是你的技術不是很好。我不能逼你說出你弟不可告人的事，但是這個……」哈利指了指那個帶著血絲的眼球。「我可以逼你告訴我這個人是誰。」

哈利轉過身去，看見尤恩垂首坐在兩張餐椅的其中一張上。

「我……她……」他的聲音因為情緒波動而濃重。

「所以這是個**女的**。」哈利說。

尤恩低著頭，確認地點了點頭。「她的名字叫做倫西・吉爾斯卓，她的眼睛是獨一無二的。」

「她的眼睛怎麼會在這裡？」

「我不知道。她……我們……以前會在這裡碰面，她有我家的鑰匙。我做了什麼，哈利？為什麼會發生這種事？」

「我不知道，但我在這裡有工作得做，我們得先替你找個安置的地方。」

「我可以去葛畢茲街。」

「不行！」哈利高聲說：「你有希雅家的鑰匙嗎？」

尤恩點了點頭。

「好吧，那你去希雅家，把門鎖上，除了我之外任何人去都不要開門。」

尤恩朝大門走去，又停下腳步。「哈利？」

「是？」

「我跟倫西的事可以不讓大家知道嗎？我跟希雅開始交往以後就沒跟她碰面了。」

「這樣不就沒問題？」

「你不明白，」尤恩說：「倫西・吉爾斯卓已經結婚了。」

哈利側頭想了想。「第八誡？」

「第十誡。」尤恩說。

「這件事我沒辦法保密，尤恩。」

尤恩用驚訝的眼神看著哈利，緩緩搖頭。

「怎麼了？」

「真不敢相信我竟然說出這種話，」尤恩說：「倫西死了，我卻只想著怎麼苟全自身。」

淚水在尤恩的眼眶裡打轉。哈利心一軟，覺得十分同情尤恩，這並不是對死者家屬的同情，而是對一個看見自己悲哀人性而心碎之人的同情。

史瓦萊．哈斯弗有時會後悔自己放棄商船水手的生涯，跑來哥德堡街四號的新式公寓當管理員，尤其是在這種寒冷天氣，住戶又打電話來抱怨說垃圾滑槽堵住的時候。這種事平均一個月會發生一次，原因十分明顯：每層樓的滑槽開口跟滑槽本身的大小是一樣的。老公寓還比較沒這種問題，即使是在三〇年代，垃圾滑槽剛推出時，建築設計師都懂得把滑槽開口設計得比滑槽本身小，這樣人們才不會把垃圾從開口硬塞進去，使得垃圾卡在滑槽中間。現在的人滿腦子都只想到風格和照明而已。

史瓦萊打開三樓的滑槽門，探頭進去，按亮手電筒。光線照射在白色垃圾袋上，他估計袋子應該卡在一樓和二樓之間，那裡的管道最窄。

他打開地下室垃圾間的門，把燈打開。裡頭十分濕冷，連他的眼鏡都起了白霧。他打個冷顫，拿起倚在牆邊的九呎長鐵桿。這根鐵桿專門用來清除卡住的垃圾，末端還有個塑膠球，只要把鐵棒伸進滑槽內就可以刺破垃圾袋。從垃圾袋破口掉進垃圾箱的東西通常會伴隨液體滴下。管理規章清楚規定，必須是乾燥垃圾才能裝在垃圾袋中，丟進滑槽，但沒有一位住戶遵守規定，就連住在這棟公寓的所謂基督徒都沒遵守。

他踩在垃圾箱裡的蛋殼和牛奶盒上，腳下嘎扎作響，朝天花板上的滑槽開口走去。他朝開口望去，卻只看見漆黑一片。他把鐵桿往上伸進開口，期待碰到一大包軟軟的垃圾袋，不料鐵桿卻戳到某種厚實的東西。他用力再戳，那東西卻動也不動，顯然是緊緊卡在滑槽裡。

他拿起掛在腰帶上的手電筒，往上照去。一滴液體低落在他的眼鏡上，讓他突然什麼都看不見。他咒罵一句，摘下眼鏡，把手電筒夾在腋下，用藍色外套擦去液體。他站到一旁，瞇起近視眼往上看，同時拿起手電筒往上照，不由得大吃一驚，腦中的想像力開始奔騰，越看心臟越沒力。他不敢置信，戴上眼鏡再往上看，心跳驀地停止。

鐵桿從手中滑落，擦過牆壁，鏗的一聲掉落在地。史瓦萊跌坐在垃圾箱裡，手電筒滾落在垃圾袋之間。又一滴液體滴落在他大腿之間的垃圾袋上。他猛然後退，彷彿那是具有腐蝕性的強酸。他爬起來衝了出去。

他需要新鮮空氣。他在海上見過許多玩意，但從未見過這種東西。這東西……不正常。他一定得把它嘔出來才行。他推開大門，蹣跚地踏上人行道，沒注意到外頭站著兩名高大男子，也沒注意到迎面而來的冰冷空氣。他頭暈目眩，喘不過氣，倚在牆邊拿出手機，無助地盯著手機看。急難救助專線的電話號碼多年前改過，為的是讓民眾比較好記，但這時他腦子裡浮現的仍是舊號碼。他看見那兩名男子，其中一人正在講手機，另一人他認得是這裡的住戶。

「抱歉，請問報案要打幾號？」史瓦萊問道，聽見自己聲音沙啞，彷彿已聲嘶力竭。

那位住戶朝他身旁的男子看去，男子略為打量史瓦萊，說：「我們可能還是得請伊凡帶搜索犬過來，稍等我一下。」男子放下手機，轉身對史瓦萊說：「我是奧斯陸警署的霍勒警監，讓我猜猜看……」

杜勒站在西區跳蚤市場旁的公寓臥室窗戶前，看著下方的院子。窗內窗外一樣安靜，沒有小孩在雪地裡尖叫奔跑和玩耍，一定是外頭太黑太冷了，不過他也已經好幾年沒看見冬天還有小孩在室外玩耍。他聽見客廳的電視正在播報新聞，主播提醒大家今年低溫創下新紀錄。社會服務部門的官員將推動特別措施，讓遊民離開街頭，並鼓勵獨居老人打開家中暖氣。警方正在搜尋一位名叫科里斯多．史丹奇的克羅埃西亞公民，民眾提供線索可獲得獎金。主播並未提及獎金金額，但杜勒猜想這筆錢應該夠他購買開普敦的來回機票，並支付三星期的食宿費用。

杜勒把鼻孔清乾淨，將剩下的古柯鹼抹在牙齦上，蓋過披薩的餘味。

他跟餅乾餐廳的經理說他頭痛，提早下班。史丹奇——或是麥可，他說他叫麥可——依照約定在西區跳蚤市場的長椅上等他。史丹奇顯然很享受葛蘭迪歐沙牌的冷凍披薩，狼吞虎嚥地連同「疏痙」也一起吞下肚。疏痙是含有鎮靜成分的藥丸，杜勒把十五毫克的疏痙剁成碎片，加在披薩裡。

杜勒看著沉睡中的史丹奇，只見他面朝下赤裸地躺在床上，儘管口中戴著口塞，但呼吸仍深沉均勻。杜勒進行他小小的安排時，史丹奇並沒有甦醒的跡象。疏痙是杜勒從餅乾餐廳外的街上跟一個癲狂的毒蟲買來的，一顆十五克朗。其他道具也不貴，包括手銬、腳鐐、附有頭套的口塞，以及肛門串珠，這一整套工具稱為入門套組，網購價僅五百九十九克朗。

被子被拉到了地上，房間四周點滿蠟燭，將史丹奇的肌膚照得閃閃發亮。史丹奇的身體趴在白色床單上呈Y字型，雙手被銬在堅固的銅製床架上，雙腳被束縛在床尾的欄杆上。杜勒設法在史丹奇的腹部底下塞進一個墊子，讓他臀部翹起。

杜勒打開凡士林的蓋子，用食指挖了一坨，再用另一手掰開史丹奇的雙臀。一個念頭閃現他的腦際：這是強暴。他現在的行為很難再冠上別的名稱，但光是想到「強暴」這兩個字就讓他的慾火熊熊燃起。

事實上杜勒不太確定史丹奇會不會反對被玩，因為他釋放出的是雙重訊號。玩一個殺人犯是危險的，但這種危險感是美妙的。不過他這樣做也並非完全出於愚昧，畢竟被他壓在底下的這個男人，下半輩子都將在監獄裡度過。

他低頭看著自己勃起的陰莖，從盒子裡拿出肛門串珠，拉了拉細而堅韌的尼龍繩兩端。尼龍繩穿過串珠，宛如一串珍珠項鍊，一端的珠子小，另一端的珠子大，依序排列，最大的有如高爾夫球般大小。說明書上寫道，依序將串珠塞入肛門，再徐徐拔出，給予分布在肛門開口的敏感神經最大刺激。珠子是彩色的。倘若你不知道肛門串珠是什麼，那你可以把它們想像成別的東西。大珠子映照出杜勒的扭曲身影，他對著自己的身影露出微笑。父親如果收到他寄的聖誕禮物，以及來自開普敦的問候，一定會大吃一驚。他希望這份禮物掛在聖誕樹上會非常好看，但他在維果斯黑市的家人一定不知道這串閃閃發亮的珠子究竟是什麼，只會把它掛在聖誕樹上，盡責地牽起彼此的手，圍著聖誕樹跳吉格舞。

哈利領著貝雅特和她的兩個助手步下樓梯，走進地下室。管理員打開垃圾間的門。其中一名女助手是新來的，哈利聽過她的名字之後三秒鐘就忘記了。

「上面那裡。」哈利說。貝雅特和兩名助手身穿有如養蜂人的裝束，小心翼翼走到滑槽開口的下方。頭燈光束消失在黑暗的滑槽中。哈利看著那名新來的女助手，等著看她臉上有什麼反應。她露出的表情讓哈利聯想到被潛水者的手指觸碰而立即收縮的珊瑚。貝雅特微微點頭，猶如冷靜評估霜害有多嚴重的水管工人。

「眼球剜出，」貝雅特說，聲音在滑槽裡迴盪。「瑪格麗特，妳有沒有看見？」

女助手大力呼吸，在養蜂人裝束裡尋找筆和筆記本。

「妳說什麼？」哈利問道。

「她的左眼被取出來了。瑪格麗特？」

「記下來了。」女助手說，記下筆記。

「我想女子是頭下腳上卡在滑槽內，眼窩流出少許血液，裡頭可以看見一些白色部位，應該是組織之間內部露出的頭骨。血液是深紅色的，所以已經凝固了一段時間。病理醫生來了以後會檢查體溫和僵硬度。我會不會說得太快？」

「不會，可以的。」瑪格麗特說。

「我們在四樓的滑槽門上發現血跡，和眼珠被發現的樓層一樣，所以我推測屍體應該就是從那裡被推下來。滑槽開口不大，如果從這裡觀察，死者的右肩似乎脫臼，這可能是在她被推進滑槽門或滑落時發生的。從這個角度很難看清楚，但我看見脖子上有瘀青，這表示她是被勒死的。病理醫生會檢查肩膀並判定死因。除此之外，我們在這裡可以進行的工作有限。交給你了，吉伯格。」

貝雅特站到一旁，男助手對著滑槽內開閃光燈拍了幾張照片。

「眼窩裡的黃白色物體是什麼？」吉伯格問道。

「脂肪。」貝雅特說：「你清查垃圾箱，找尋可能屬於死者或凶手的東西，之後外面的員警會來幫你把死者拉下來。瑪格麗特，妳跟我來。」

他們進入走廊，瑪格麗特走到電梯門前按下按鈕。

「我們走樓梯。」貝雅特低聲說。瑪格麗特用驚訝表情看著她，跟在兩名前輩後頭爬上樓梯。

「我這邊還有三個人很快就會到，」貝雅特回答了哈利沒問出口的問題。他邁開長腿，一次跨上兩級台階，但身形嬌小的貝雅特依然可以輕鬆跟上。「有目擊者嗎？」

「目前為止沒有，」哈利說：「但我們正在挨家挨戶調查，有三名員警正在拜訪公寓裡的每一個單位，接著會拜訪隔壁公寓。」

「他們手上有史丹奇的照片嗎？」

哈利看了貝雅特一眼，想看看她是不是刻意挖苦，但很難判斷。

「妳的第一印象是什麼？」哈利問道。

「凶手是男人。」貝雅特說。

「因為一定要夠強壯才能把死者推進滑槽？」

「可能吧。」

「還有其他原因嗎？」

「哈利，難道我們還不確定凶手是誰嗎？」貝雅特嘆了口氣。

「是的，貝雅特，還不確定。根據辦案原則，在證據確鑿之前，一切都必須視為是不確定的。」

哈利轉頭望向瑪格麗特，只見她氣喘吁吁地跟在後頭。「妳的第一印象呢？」

「什麼？」

他們轉了個彎，踏進四樓走廊。尤恩・卡爾森家的門口站著一名身穿花呢西裝、外頭的花呢大衣沒扣上的肥胖男子，顯然正在等候他們。

「我正在想，妳走進這種公寓和抬頭看進滑槽的時候，不知道會有什麼感覺？」哈利說。

「感覺？」瑪格麗特說，露出困惑的微笑。

「沒錯，感覺！」史戴．奧納大聲說道，伸出了手。哈利毫不猶豫地跟他握了握手。「加入我們來一起學習吧，各位，這就是霍勒的著名真理：進入犯罪現場前，請先清空所有思緒，讓自己變成新生兒，沒有語言干擾，讓自己對神聖的第一印象敞開。最初的這幾秒鐘，是你在沒有證據協助下唯一能掌握事發經過的機會。這聽起來很像驅魔對不對。貝雅特，妳這身打扮真不賴耶，還有妳這位美麗的同事是誰？」

「這位是瑪格麗特．史文森。」

「我叫史戴．奧納，」男子說，握起瑪格麗特戴著手套的手吻了吻。「我的天，妳嚐起來有橡膠的味道，親愛的。」

「奧納是心理醫生，」貝雅特說：「他是來提供協助的。」

「應該說我總是『試著』提供協助，」奧納說：「我恐怕得說，心理學這門科學仍處於包尿布的時期，接下來五十到一百年間都不應該賦予它太高的評價。至於妳對霍勒警監的問題有什麼回答呢，親愛的？」

瑪格麗特用求救的眼神望向貝雅特。

「我……我不知道，」瑪格麗特說：「當然了，那顆眼球有點讓人覺得噁心。」哈利打開門鎖。

「你知道我受不了血腥的場面喔。」奧納警告說。

「就把它當成玻璃眼珠吧，」哈利說，推門入內。「請踏在塑膠墊片上，什麼東西都不要碰。」

奧納小心地沿著鋪在地上的黑色塑膠墊片行走，在眼球旁蹲了下來。眼球依然躺在吸塵器旁的一堆灰塵裡，但現在已蒙上一層灰色薄膜。

「顯然這叫做眼球剜出。」哈利說。

奧納挑起一邊眉毛。「是用吸塵器吸出來的？」

「光用吸塵器沒辦法把眼球從頭部吸出來，」哈利說：「凶手一定是先將眼球吸出到一定程度，再伸進手指把它拔出來，肌肉和視神經非常堅韌。」
「哈利，有什麼是你不知道的嗎？」
「我逮捕過一名在浴缸裡溺死親生孩子的女人，她在拘留所裡把自己的眼睛挖出來，所以我聽醫生解說過詳細過程。」
他們聽見瑪格麗特在後方急促地吸了口氣。
「一顆眼球被挖出來並不會致命，」哈利說：「貝雅特認為死者可能是被勒斃，你的第一印象呢？」
「不用說，做出這種行為的人處於情緒或理智失調的狀態，」奧納說：「毀傷肢體的行為顯示無法控制的怒意。當然凶手選擇把屍體丟進滑槽可能有實際上的考量……」
「不太可能，」哈利說：「如果想讓屍體一時不被發現，最聰明的做法是把它留在這個無人空屋裡。」
「這樣說來，就某種程度上而言，這可能是有意識的象徵性行為。」
「嗯，挖出眼睛，再把身體其他部分當做垃圾？」
「對。」
哈利望向貝雅特。「這聽起來不像是職業殺手的手法。」
奧納聳了聳肩。「說不定是個憤怒的職業殺手。」
「一般來說，職業殺手會有一套自己信賴的殺人方法，科里斯多．史丹奇的方法就是用槍殺死對方。」
「說不定他的手法比較多，」貝雅特說：「又或者他在房間裡的時候被死者嚇到。」
「說不定他不想用槍，因為槍聲會驚動鄰居。」瑪格麗特說。
另外三人轉頭朝瑪格麗特望去。
她臉上掠過受驚的微笑。「我的意思是說……說不定他需要一段不受打擾的時間，說不定他在找什麼東西。」
哈利注意到貝雅特的鼻子突然呼吸急促，臉色比平常還要蒼白。

「你覺得這聽起來怎麼樣？」哈利問奧納說。

「就跟心理學一樣，」奧納說：「一團疑問，以及從反應來反推回去的假設。」

三人走到門外，哈利問貝雅特怎麼了。

「我只是覺得有點反胃而已。」她說。

「喔？在這當口妳可不能生病，明白嗎？」

她只露出別有深意的微笑做為回答。

他醒了過來，睜開眼睛，看見光線漫溢在前方的白色牆壁上。他覺得頭痛，身體也痛，而且無法動彈。他覺得嘴裡有個東西，試著移動，卻發現雙手雙腳都被銬住。他抬起頭來，在床邊的鏡子和燃燒的蠟燭光線中看見自己一絲不掛，頭上戴著一個看起來像馬具的黑色玩意。那玩意的一條帶子橫亙臉部，覆蓋嘴巴，中央有個黑色球體。他的雙手被金屬手銬銬住，雙腳被看起來像是束縛帶的黑色物體固定住。他盯著鏡子看，看見雙腿之間的床單上有一根線頭，線的另一端隱沒在他的雙臀之間。他背上有某種白色物體，看起來像精液。他趴回枕頭中，緊閉雙眼，雖想大叫，但知道口裡的球會形成阻礙。

他聽見客廳傳來聲音。

「哈囉？Politi？」

Politi？Polizei？警察？

他在床上扭動，拉扯雙臂，卻被手銬削去拇指背的皮膚，令他疼痛呻吟。他扭動雙手，讓手指抓住銬環之間的鐵鍊。手銬。金屬桿。父親教過他說，建材通常只製造成可以承受單方向的壓力，而彎曲鋼鐵的藝術就在於知道它在哪個點和哪個方向的抵抗力最弱。手銬之間的鐵鍊是設計用來防止兩個銬環分離。

他聽見男子的聲音在客廳簡短地講完電話，接著四周一片寂靜。

他按住鐵鍊最後一段連接扣，這段連接扣連結著銬環，而銬環銬在床頭的銅桿上。他沒有拉扯，而是扭轉。扭轉四十五度角之後，連結扣就卡在銅桿上。他試著繼續扭轉，但手銬動也不動。他再試一次，手卻滑了開來。

「哈囉？」客廳再度傳來聲音。

他深呼吸一口氣，閉上眼睛，眼前浮現父親的身影。父親穿著短袖襯衫，露出粗大前臂，站在工地的鋼筋束前。父親輕聲對他說：「排除所有的懷疑，把所有的空間留給意志力，鋼鐵沒有意志力，這就是為什麼它最後總是會輸。」

杜勒的手指不耐煩地在洛可可鏡子上輪敲著，這面鏡子鑲有閃耀珠光的灰色貝殼。骨董店老闆跟他說，「洛可可」這個名詞通常帶有貶意，因為它代表的是一種過於誇張的風格，幾乎稱得上是怪誕。後來杜勒發現就是因為老闆這一番話，讓他決定貸款一萬兩千克朗來買下這面鏡子。

警署總機把電話轉到犯罪特警隊，但無人接聽，現在正試著轉接給制服員警。

他聽見臥房傳來聲響，是鐵鍊摩擦銅床的咯咯聲。看來疏瘧並不是最有效的鎮靜劑。

「我是值班員警。」一個冷靜低沉的聲音傳來，嚇了杜勒一跳。

「呃，我打……我打電話來是關於獎金，就是……呃，那個槍殺救世軍的傢伙。」

「請問你的姓名？從哪裡打電話來的？」

「我叫杜勒，從奧斯陸打的電話。」

「可以請你說得詳細一點嗎？」

杜勒吞了口口水。基於幾個原因，他行使了不公開電話號碼的權利，因此他知道現在這名值班員警面前的螢幕應該顯示為「未顯示號碼」。

「我可以提供協助。」杜勒的聲調不自禁地拉高。

「首先我需要知道……」

名字。」

「我把他銬在床上了。」

「你是說你把某人銬在床上？」

「他是殺人犯不是嗎？他很危險。我在餐廳看見了手槍。他叫科里斯多．史丹奇，我在報紙上看見他的名字。」

電話那頭沉默片刻，接著話聲再度傳來，這次有點不再那麼鎮定。「請冷靜下來，告訴我你的姓名，你的所在位置，我們立刻趕來。」

「那獎金呢？」

「如果這通電話讓我們逮捕到正確的嫌犯，我會確認是你協助過我們。」

「那我會立刻得到獎金嗎？」

「對。」

杜勒想到開普敦，想到炙熱陽光下的聖誕老人。電話發出吱喳聲。他吸了口氣，準備回答，眼睛看著那面價值一萬兩千克朗的鏡子。這時他明白了三件事。第一，吱喳聲不是電話傳來的。第二，網路上販售的五百九十九克朗入門套組所提供的手銬品質不佳。第三，他很可能已經過了人生最後一個聖誕節。

「喂？」電話傳來說話聲。

杜勒很想回答，但那條怎麼看都像聖誕裝飾品、由細尼龍繩串起的閃亮珠子，塞住了聲帶發聲所需要用到的氣管。

19 貨櫃

十二月十八日，星期四

四人乘車行駛在暗夜裡的高雪堆之間。

「厄斯古德就在前面左邊。」尤恩在後座說，手臂環抱著驚畏不已的希雅。

哈福森駕車轉彎，離開主幹道。哈利看著窗外星羅棋布的農舍在山坡頂端或樹叢之間如同燈塔般閃爍燈光。

由於哈利說羅伯的住處已不再安全，因此尤恩建議去厄斯古德，並堅持要帶希雅一起去。

哈福森駕車開上白色農舍和紅色穀倉間的車道。

「我們得打電話請鄰居駕駛牽引機清除一些雪才行。」尤恩說。車子費力地開在新雪之上，朝農舍的方向前進。

「絕對不行，」哈利說：「不能讓別人知道你在這裡，就連警察也不行。」

尤恩走到台階旁的圍牆前，數到第五塊牆板，把手伸進牆板下的雪堆之中。

「有了。」他說，用手拿出一把鑰匙。

室內的溫度感覺比室外還低，漆面木牆似乎冰凍在冰塊中，讓他們的聲音變得刺耳。他們跺掉鞋子上的冰雪，走進大廚房，裡頭有堅實的餐桌、櫥櫃、儲物長椅，角落有個耶爾多牌燃木火爐。

「我來生火，」尤恩說，口噴白氣，雙手搓揉取暖。「長椅裡可能有一些木柴，但我們需要更多，得去柴房拿。」

「我去拿。」哈福森說。

「你得挖出一條路才行，陽台上有兩把鏟子。」

「我跟你去。」希雅低聲說。

雪停了，天空也變得清朗。哈利站在窗前抽菸，看著哈福森和希雅在白色月光下鏟開重量頗輕的新雪。火爐發出劈啪聲，尤恩彎腰看著火焰。

「你女朋友對倫西・吉爾斯卓的事有什麼反應？」

「她原諒我了，」尤恩說，「就像我說的，那是在跟她交往以前的事。」

哈利看著香菸火光。「你還是不知道倫西為什麼要去你家？」

尤恩搖了搖頭。

「我不知道你有沒有發現，」哈利說：「你書桌最底下的一格抽屜被強行打開，你在裡面放了什麼？」

尤恩聳了聳肩。「私人物品，大部分是信。」

「情書嗎？比方說倫西寫的？」

尤恩臉頰發紅。「我……不記得了。大部分都已經丟了，可是或許留了幾封。我抽屜都會上鎖。」

「所以就算希雅一個人在那裡也不會發現？」

尤恩緩緩點頭。

哈利走到門外台階上，俯瞰農舍庭院，抽了最後幾口菸，然後丟進雪地，拿出手機。鈴聲響到第三聲，哈根接了起來。

「我把尤恩・卡爾森移到了別的地方。」哈利說。

「說詳細一點。」

「沒有必要。」

「什麼？」

「他在這裡比較安全，哈福森會留下來過夜。」

「在哪裡，霍勒？」

「這裡。」

哈利聆聽電話那頭的沉默，隱約猜到接下來會有什麼回應。果然哈根的聲音大而清楚地響了起來。

「霍勒，你的直屬長官要求你詳細回報，拒絕回報會被視為不服從命令，你聽清楚了嗎？」

哈利經常希望自己的奇特個性是怪在別的地方，好讓他擁有一點大部分人都具備的社會生存本能。但他不是這種人，一向都不是。

「為什麼你需要知道，這很重要嗎，哈根？」

哈根的聲音因為憤怒而顫抖。「霍勒，我會告訴你什麼時候可以提問，你聽清楚了嗎？」

哈利沉默等待，再等待，聽見哈根深深吸了口氣，然後哈利說：「史康森農場。」

「你說什麼？」

「在史特勒曼鎮東部，盧蘭森林的警察訓練場附近。」

「原來如此。」過了一會哈根說。

哈利結束通話，按下另一組號碼，同時看見希雅站在月光下朝屋外廁所的方向怔怔望去。她放下鏟子，身體凝止成一種奇怪的姿勢。

「我是史卡勒。」

「我是哈利，有新發現嗎？」

「沒有。」

「沒有線報？」

「沒有像樣的。」

「但是有人打電話來？」

「天啊當然有，民眾都知道有獎金可以拿啊。如果你問我的話，我會說這是個爛主意，替我們增加了很多無謂的工作。」

「民眾都怎麼說？」

「他們說的都差不多！都說見過長得很像史丹奇的人。最好笑的是有個傢伙打給值班員警，說他把史丹奇給銬在家裡的床上，還問說這樣有沒有獎金可以拿。」

哈利等麥努斯的笑聲停止後才說：「他們怎麼證實那傢伙說的不是真的？」

「他們不用證實，那傢伙自己掛了電話，顯然頭腦不清楚，他還宣稱說他見過史丹奇在餐廳手裡拿著槍。你們在幹嘛？」

「我們……你剛剛說什麼？」

「我問說你們……」

「不是，我是說你剛說那傢伙看見史丹奇拿槍。」

「哈哈……民眾的想像力很豐富對不對？」

「幫我把電話轉給值班員警。」

「呃……」

「**現在就轉**，史卡勒。」

哈利的電話被轉了過去，跟值班員警說上了話，才說三句就請對方留在線上不要掛斷。

「哈福森！」哈利的喊叫聲在院子裡迴盪。

「什麼事？」哈福森出現在穀倉前的月光下。

「不是有個服務生在廁所看見有人拿著沾有洗手乳的手槍嗎，他叫什麼名字？」

「我怎麼會記得？」

「我不管，你給我記起來。」

兩人的回音在靜夜中的房舍牆壁和穀倉之間響起。

「好像叫杜勒什麼的。」

「正中紅心！那傢伙就是在電話上說他叫杜勒。很好，現在請把他的姓氏想起來。」

「呃……比勒格？不對，比爾倫？不對……」

「快點，列夫．雅辛！」

「比約根，對，比約根。」

「放下鏟子，你得到了上路飆車的許可。」

二十八分鐘後，哈福森和哈利駕車來到西區跳蚤市場，在希維斯街轉彎，抵達杜勒的住處地址，這地址是值班員警向餅乾餐廳的領班問來的。現場已經停著一輛警車。

哈福森把車停在警車旁，按下車窗。

「三樓。」駕駛座上的員警說，指了指灰磚牆上一扇亮著燈光的窗戶。

哈利傾身越過哈福森。「哈福森跟我上去，你們一個人留在這裡跟警署保持聯絡，一個人去後院守住廚房樓梯。你們後車箱裡有槍可以借我嗎？」

「有。」女警員說。

男警員傾身向前。「你是哈利．霍勒對不對？」

「對。」

「署裡有人說你沒有槍枝執照。」

「我沒有。」

「喔？」

哈利微微一笑。「那天我睡過頭，錯過了秋天那時第一回合射擊測驗，可是第二回合我拿到全國第三名，這樣可以嗎？」

兩名員警互望一眼。

「可以。」男警員咕噥說。

哈利猛力推開車門，冰凍的橡膠條發出呻吟。「好，我們來看看這條線報是不是值得我們跑一趟。」

這是哈利在兩天內第二次拿起MP5衝鋒槍，他按下名牌上寫著塞斯德的門鈴，對一個緊張的女性聲音說他們是警察，還說她可以先走到窗邊，看看樓下是不是有警車再開門。女子照做了。女警員走到後院就定位，哈福森和哈利爬上樓梯。

門鈴上的銅製名牌用黑字寫著「杜勒．比約根」。哈利想起過去第一次跟莫勒一起行動時，莫勒教了他一種判斷門內是否有人在家最簡單的方法，到現在仍然很管用。哈利把耳朵附在門板玻璃上。裡頭沒有聲音。

「子彈裝了，保險打開了？」哈利低聲說。

哈福森拿出警用左輪手槍，貼著大門左方的牆壁站立。

哈利按下門鈴。

「要破門還是不要破門，」哈利低聲說：「這是個好問題。」

「要強行侵入的話，最好先打電話去檢察官辦公室申請搜索……」

哈福森話未說完，就被MP5衝鋒槍打破門上玻璃的碎裂聲給打斷。哈利伸手入內，打開了門。

他們悄悄走進玄關，哈利指了指幾扇門，指示哈福森去檢查，自己則走進客廳。客廳空無一人，但哈利立刻注意到電話桌旁的鏡子曾遭受重擊，鏡子中央有個圓形區塊已經掉落，其他部分有如黑色太陽般從圓形區塊呈放射狀往外龜裂，裂痕一直延伸到鍍金的裝飾鏡框。

哈利把注意力集中在客廳盡頭一扇微開的房門。

「廚房和浴室沒人。」哈福森在他背後低聲說。

「好，做好準備。」

哈利朝微開的房門走去。這時他覺得如果他們在這裡會有任何發現，一定會在那個房間裡。一輛消音器故障的車子從外頭經過。電車的尖銳煞車聲從遠處傳來。哈利發覺自己似乎本能地弓起身體，避免成為太大的目標。

他用衝鋒槍管推開房門，俐落地踏了進去，立刻閃到一旁，以免自己成為明顯目標。他緊靠牆壁，手指扣在扳機上，等待眼睛適應黑暗。

透過門口射入的光線，他看見一張銅桿大床，被子底下伸出兩條赤裸小腿。他大步上前，抓住被子一角，掀了開來。

「哇！」哈福森驚呼一聲，站在門口，驚訝地看著床鋪，慢慢放下了槍。

他打量柵欄，奮力助跑，縱身一躍，運用波波教他的方式，像蟲一樣往上爬，然後翻越柵欄。口袋裡的手槍頂到他的腹部。他躍落在柵欄另一側的人行道冰面上，在街燈光線下看見身上的藍色外套出現一道大裂縫，白色內裡跑了出來。

一個聲響令他避開燈光，躲進層層疊疊的貨櫃陰影中。這是個很大的港口區。風吹過陰暗荒廢的小木屋破窗，發出尖鳴。

不知為何，他感覺自己受到監視。不對，不是受到監視，而是被發現。有人知道他來到了這裡，但也許還沒看見他。他掃視被燈光照亮的柵欄，找尋可能的保全系統，但什麼都沒發現。

他沿著兩排貨櫃行走，找到一個開著的貨櫃，走進深不可測的黑暗中，立刻察覺不妙，如果他睡在這裡一定會凍死。他關上貨櫃門，感覺空氣流動，彷彿站在某個正在運送中的方塊裡。

他踩到報紙，腳下發出窸窣聲。他必須想辦法保暖才行。

他走出貨櫃，再度覺得自己受到監視。他走到小屋，抓住一塊木板用力一拉。木板砰的一聲被拉了下來。他瞥見有個影子閃過，轉身卻只看見奧斯陸中央車站周圍十分誘人的飯店，以及這間小屋的漆黑門口。他又拆下兩塊木板，走回貨櫃。雪堆上有腳印，是爪子的，而且很大，是警衛犬的爪印。腳印是原本就在這裡的嗎？他將木板掰成小塊，放在櫃門內的鋼製壁板旁，並在櫃門上留一條縫，想讓黑煙飄出去。他從救世軍旅社拿來的火柴跟手槍放在同一個口袋。他點燃報紙，放在木頭下方，再把手放在熱氣上。小小的火焰舔舐著鏽紅色的牆壁。

他想到那服務生用驚恐眼神看著槍管，任他搜查口袋，但他只找到一些零錢。服務生說他只有這點錢。這點錢只夠買個漢堡和搭地鐵，不夠找地方躲藏、保暖和睡覺。接著服務生又笨到說他已經報警，警察正在趕來的路上。於是他做了他該做的事。

火焰照亮外頭的雪地，他注意到門外多出一些爪印。奇怪，他剛剛進貨櫃時並未看見。他坐在原地，聆聽自己的呼吸聲在鐵箱裡迴盪，彷彿裡頭有兩個人。他用目光追蹤爪印，突然身體一僵，他發現腳印和爪印重疊了，他的腳印中有個爪印。

他猛力將門關上，貨櫃門發出砰的一聲悶響，只剩報紙邊緣在漆黑中發出紅光。他的呼吸變得濃重。外頭有隻警衛犬正在獵捕他，牠會嗅聞他，辨認他的氣味。他屏住呼吸，這時才驚覺那隻獵捕他的警衛犬就在裡頭，剛才他聽見的並不是自己呼吸聲的回音。警衛犬就在貨櫃裡。他趕緊把手伸進口袋拿槍，這時腦子裡閃過一個念頭：奇怪，這隻警衛犬竟然不會嗥叫，連一絲聲音都沒有發出來。直到這時牠才發出聲音，即便如此，牠發出的也只不過是衝刺時腳爪接觸金屬地面的輕柔摩擦聲。他才剛揚起手臂，一張大嘴就已咬上他的手，劇烈疼痛讓他的腦袋像是爆炸開來似的。

哈利仔細查看床上，認為那人應該就是杜勒·比約根。

哈福森站到哈利身旁。「我的老天，」他低聲說：「這是怎麼回事？」

哈利沒有回答，只是拉開那人臉上的黑色面罩拉鍊，再把面罩拉到一旁，露出底下畫著的紅唇和眼妝，令他想到怪人樂團（The Cure）的主唱羅伯·史密斯（Robert Smith）。

「他就是跟你在餅乾餐廳說過話的服務生？」哈利問道，環視臥室。

「應該是吧，但這身裝扮是什麼啊？」

「皮革裝。」哈利說，用指尖撫摸床單上的金屬細屑，又拿起床邊桌上一個半滿水杯旁的東西。那東西是藥丸。他細看那顆藥丸。

哈福森呻吟一聲。「這真是太噁心了。」

「算是戀物癖的一種，」哈利說：「其實不會比你喜歡看女人穿迷你裙、吊襪帶或任何令你血脈賁張的服裝還來得噁心。」

「我喜歡制服，」哈福森說：「什麼制服都好，護士制服、交通警察制服……」

「謝謝你的分享。」哈利說。

「你說呢？」哈福森問道：「這是自殺藥丸？」

「最好問他。」哈利說，拿起那杯水，倒在床上那張臉上。哈福森目瞪口呆地看著他。

「如果你不是滿腦子充滿偏見，早就應該聽見他還在呼吸了，」哈利說：「這是疏瘂，不會比煩寧來得更糟。」床上的男子掙扎著要吸呼，臉皺成一團，接著是一陣猛咳。

哈利在床沿坐下，等待那對驚恐又縮小的瞳孔慢慢將焦距對準在他身上。

「比約根，我們是警察，抱歉闖進你家，但我們相信你手上曾經有我們要找的人，現在這個人顯然已經不在了。」

哈利面前的那雙眼睛眨了兩次。「你在說什麼啊？」男子的聲音十分濃重。「你們是怎麼進來的？」

「從前門進來的，」哈利說：「今晚稍早你家有客人。」男子搖了搖頭。

「你是這樣跟警察說的。」哈利說。

「我家沒人來過，我也沒打電話報警，我的電話號碼沒登記在電話簿裡，你們是追蹤不到的。」

「可以，我們追蹤得到，而且我剛剛可沒說你打電話報警。你在電話中說你把某人銬在床上，而且我在床單這裡發現欄杆的金屬細屑，外頭的鏡子也被打破。比約根，他跑掉了是不是？」

男子瞠目結舌，看了看哈利，又看了看哈福森，視線又回到哈利身上。

「他有沒有威脅你？」哈利用同樣低沉平板的聲音說。「他有沒有說如果你敢對我們透露一個字，他就會回來找你？是不是這樣？你害怕他會回來？」

男子只是張大嘴巴。也許是因為那副皮革面具的緣故，哈利聯想到偏離航道的機師，只不過眼前這位是偏離航道的羅伯．史密斯。

「他們總是會撂下這類狠話，」哈利說：「不過你知道嗎？如果他是來真的，你早就死了。」

男子呆望著哈利。

「比約根，你知道他去哪裡嗎？他帶了什麼東西離開？錢？還是衣服？」

男子不發一語。

「快說，這很重要，他在奧斯陸還有一個人要殺。」

「我不知道你在說什麼，」杜勒．比約根低聲說，眼光並未離開哈利。「可以請你們離開嗎？」

「當然可以，不過我應該告訴你，你這樣做有可能被控窩藏殺人犯，最壞的情況下，法院可能會把你視為幫凶。」

哈利從床沿站了起來。「隨便你，我們要走了，你收拾些衣服吧，我會派幾個人來帶你回去。」

「有什麼證據？好吧，也許我打過電話，但我是開玩笑的，我只想樂一樂，那又怎樣？」

「帶我回去？」

「就是逮捕你。」哈利對哈福森做個手勢，表示離開。

「逮捕我？」杜勒的聲音不再濃重。「為什麼？媽的你手上根本沒有證據。」

哈利揚起了手，拇指和食指之間夾著藥丸。「比約根，疏痙是處方用藥，就跟安非他命和古柯鹼一樣，除非你有處方箋，否則我們必須因為你持有疏痙而逮捕你，刑期是兩年。」

「你是開玩笑的吧。」杜勒費力地爬下床，抓起地上的被子，這時才發現自己身上穿的是什麼。

哈利朝門口走去。「這我同意，我個人認為挪威法律對於持有軟性毒品的刑罰太重了，所以如果是在別的情況下，我有可能睜一隻眼閉一隻眼。晚安了。」

「等一下！」

哈利停下腳步，在原地等待。

「他的兄……弟……」杜勒結結巴巴地說。

「兄弟？」

「他說如果他在奧斯陸出事，他的兄弟會來追殺我。無論他是被捕還是被殺，他們一定會來追殺我。他還說他的兄弟喜歡用鹽酸。」

「他沒有任何兄弟。」哈利說。

杜勒抬頭看著哈利，用十分驚訝的口吻說：「沒有嗎？」

哈利搖了搖頭。

杜勒擰絞雙手。「我……我吃那些藥是因為我心情很不好，這不就是那些藥的用處嗎？」

「他去哪裡了？」

「他沒說。」

「他有拿錢嗎？」

「只有我身上的一點零錢，然後他就走了。我……我只是坐在這裡，覺得很害怕……」他突然哭了起來，縮在被子底下。「我好害怕。」

哈利看著哭哭啼啼的杜勒。「如果你要的話，今天晚上可以去警署睡覺。」

「我要留在這裡。」杜勒吸了吸鼻涕。

「好吧，我們其中一個人明天早上會再找你問話。」

「好。等一下！如果你們逮到他……」

「怎樣？」

「我還是可以拿到獎金對不對？」

他把火生得很旺。火焰在一片三角形玻璃內翻騰，玻璃來自小屋的破玻璃窗。他又去拿了幾片木板，感覺身體開始暖和起來。夜裡會更冷，但至少他還活著。他用那片玻璃把襯衫割成條狀，把流血的手指包紮起來。先前警衛犬的嘴巴咬上他握住手槍的手，連手槍也咬在嘴裡。

那隻黑麥茲納犬吊掛在貨櫃的頂端和地板之間，影子在櫃壁上閃動不定，牠嘴巴張開，身體伸長，凝結在最後一次無聲攻擊的姿勢中。兩條後腿用鐵絲綁了起來，鐵絲穿過貨櫃頂端的鐵溝槽。血從嘴巴和耳朵後方的子彈出口滴落地面，猶如時鐘般規律地滴答作響。他永遠不會知道扣下扳機的究竟是他的前臂肌肉，還是因為那隻狗的嘴巴咬上他的手，擠得他的手指扣動扳機。但子彈擊發之後，他仍覺得櫃壁震動不已。自從他抵達這個討厭的都市之後，這是他開的第六槍，如今手槍裡只剩一發子彈。

子彈只要一發就夠了，但現在他要怎麼找到尤恩．卡爾森？他需要有人引導他前往正確的方向。他想到那個叫哈利．霍勒的警察。「哈利．霍勒」聽起來不像是個常見的名字，也許這個警察不會太難找。

第三部　釘刑

20 會議廳

十二月十八日，星期四

維卡中庭飯店暨辦公大樓外的霓虹燈顯示零下四度，裡頭的時鐘顯示晚上九點。哈利和哈福森站在玻璃電梯內，看著熱帶植物在下方漸遠漸小。

哈福森噘起嘴唇，然後改變心意，又噘起嘴唇。

「玻璃電梯就沒問題，」哈利說：「我不怕高。」

「嗯哼。」

「我希望由你來說明和發問，我晚點再加入，好嗎？」

哈福森點了點頭。

他們離開杜勒家之後，才剛上車就接到甘納．哈根的電話，要他們前往維卡中庭飯店，亞伯和麥茲．吉爾斯卓這對父子正在那裡等候，準備提供說明。哈利說民眾打電話來表示要提供說明並找警方去做筆錄不合常規，因此建議派麥努斯去。

「亞伯是總警司的老朋友，」哈根解釋說：「他打電話來說他們決定只提供說明給領導調查工作的警官。往好的方面想，不會有律師在場。」

「這個嘛……」

「太好了，謝謝。」

這次他們身不由己。

一名身穿藍色運動上衣的矮小男子站在電梯外等候他們。

「我是亞伯．吉爾斯卓。」男子說，一雙薄唇說話時幾乎不動，跟人握手迅速堅定。

亞伯有一頭白髮，眉頭蹙起，面容飽經風霜，但眼神年輕警覺，在他們行走時觀察哈利。三人來到一扇門前，門上標誌說明這裡是吉爾斯卓投資公司。

「我想先跟你們說，我兒子受到很大的打擊，」亞伯說：「屍體的狀況慘不忍睹，麥茲又生性比較敏感。」

哈利根據他的表達方式，研判他可能是個務實之人，懂得逝者已矣的道理，或者是他的媳婦並未在他心中占有一席之地。

接待區小而華麗，牆上掛著多幅民族浪漫主義時期的挪威著名畫作。這些畫哈利見過無數次，像是農家庭院中的男人和貓、索里亞莫利亞宮殿。只不過這次哈利不確定自己看見的是不是複製品。

他們走進會議室，只見麥茲．吉爾斯卓坐在裡頭，凝視著面對中庭的玻璃牆。亞伯咳了一聲，麥茲緩緩轉過身來，彷彿正在做夢卻受到打擾，而他不願意離開夢境。哈利的第一印象是兒子長得不像父親。麥茲臉小而圓，五官柔和，一頭捲髮。哈利判斷他應該三十多歲，但他看起來比這年紀還小，可能因為他臉上露出孩子般的無助神情，站起來時雙眼才終於聚焦在他們身上。

「很感謝你們過來。」麥茲用濃重嗓音低聲說，非常用力地跟哈利握手，讓哈利懷疑他說不定以為來的是牧師而非警察。

「不客氣，」哈利說：「反正我們也想找你談話。」

亞伯咳了一聲，嘴巴幾乎沒什麼張開，只像是木雕臉孔上的一條裂縫。「麥茲的意思是說他很感謝你們接受請求來到這裡，我們以為你們會比較想在警局碰面。」

「我以為你會比較想在家裡見我們，因為時間已經很晚了。」哈利對麥茲說。

麥茲優柔寡斷地看了父親一眼，見他微微點頭，才說：「我沒辦法忍受待在那裡，感覺好……空。今天晚上我會睡家裡。」

「睡我們家。」亞伯接口說明，看了兒子一眼。哈利覺得亞伯的眼神應該是帶著同情，但看起來卻像是輕視。

四人坐下，父子倆越過桌面把名片遞給哈利和哈福森。哈福森回遞兩張自己的名片，亞伯用期待的眼神看著哈利。

「我的還沒印出來，」哈利說。這是實話，他的名片從以前到現在從未印出來過。「不過哈福森跟我是搭檔，所以打給他是一樣的。」

哈福森清了清喉嚨。「我們想請教幾個問題。」

哈福森的詢問重點在於釐清倫西稍早之前的行蹤、她去尤恩・卡爾森家的原因，以及她可能的仇敵。但每個問題對方都以搖頭作答。

哈利找牛奶來加進咖啡，他已不喝黑咖啡，也許這是開始老化的徵兆。幾星期前，他把披頭四的經典專輯《比伯軍曹寂寞芳心俱樂部》拿出來聽，結果十分失望，因為連這張專輯也變老了。

哈福森看著筆記本讀問題，記下回答，並未和對方目光相觸。他請麥茲說明今天早上九點到十點之間的行蹤，這正是醫生推斷的死亡時間。

「他在這裡，」亞伯說：「我們兩個人一整天都在這裡工作，希望讓公司出現轉機。」他對哈利說，「我們料到你們會問這個問題，因為我讀過警方在調查命案時，第一個懷疑的就是丈夫。」

「這是有原因的，」哈利說：「從統計學的角度來看確實如此。」

「了解，」亞伯說：「但統計數字是一回事，現實情況又是一回事。」

哈利直視亞伯閃爍不定的藍色眼睛。哈福森瞥了哈利一眼，彷彿在害怕些什麼。

「那我們就把現實情況說清楚，」哈利說：「少搖頭、多說話，可以嗎，麥茲？」

麥茲猛然抬頭，彷彿剛剛在打瞌睡。哈利等到和麥茲四目相接，才說：「尤恩・卡爾森跟你老婆的事，你知道多少？」

「住口！」亞伯用他那張木娃娃嘴厲聲說：「你這種傲慢的態度可以用來應付平常那些人，可不能用在這裡。」

哈利嘆了口氣。「如果你希望的話，可以讓你父親留在這裡，麥茲，但如果有必要的話，我會把他轟出去。」

亞伯哈哈大笑，這是勝利者發出的老練笑聲，大有終於找到可敬對手之感。「告訴我，警監先生，我是不是得打電話給我的總警司朋友，說他的手下用這種態度來對付一個剛經歷喪妻之痛的人？」

哈利正要回答，卻被麥茲搶先一步。麥茲以怪異而優雅的姿態緩緩揚起了手。

「爸，我們得找到他，我們必須跟警方互相幫助。」

他們等待麥茲往下說，但麥茲的目光又回到玻璃牆上，不再說話。

「好吧，」亞伯用腔調十分道地的英語說，「那我們有個條件：霍勒，我們私底下說，請你的助手去外面等。」

「這不是我們的工作方式。」哈利說。

「我們正在試著跟你合作，沒什麼好商量的，不然就透過律師來跟我們談，明白嗎？」

哈利等待自己的怒氣上升，卻遲遲沒等到，於是他很確定：自己的確開始老了。他朝哈福森點了點頭，後者露出驚訝表情，但仍站了起來。亞伯等他離開並關上門之後，才開口說話。

「是的，我們見過尤恩．卡爾森。麥茲、倫西和我見過他，他是以救世軍金融顧問的身分跟我們見面。我們開了很高的條件給他，但他回拒，這個人的道德和正直無可懷疑。但他還是有可能追求倫西，而且他也不是頭一個。我發現婚外情已經登不上報紙頭版了。但你的暗示是荒謬的，相信我，我認識倫西已經很久了，她在家裡不僅備受疼愛，也是個很有個性的女人。」

「如果我說她有尤恩．卡爾森家的鑰匙呢？」

「我不想再聽見這件事了！」亞伯怒道。哈利瞥了玻璃牆一眼，看見玻璃映照出麥茲的臉。亞伯繼續往下說。

「我們之所以想私底下跟你談話，霍勒，是因為你是調查工作的領導人，只要你逮到殺害倫西的凶手，我們就給你一筆獎金，二十萬克朗，絕對謹慎處理。」

「你說什麼？」哈利說。

「好吧，」亞伯說：「數目可以再談。重點是我們希望警方優先辦這件案子。」

「你是要賄賂我？」

亞伯露出刻薄的微笑。「霍勒，你用不著這麼激動，回去好好想一下。如果你要把這筆錢捐給警察遺孀基金，我們也不會有意見。」

哈利默然不語。亞伯在桌上拍了一掌。

「會議結束。我們保持聯絡，警監先生。」

玻璃電梯輕柔無聲地向下沉降，哈福森打個哈欠，心想耶誕頌歌中的天使應該就是這樣降臨人間。

「你怎麼沒有立刻把亞伯・吉爾斯卓轟出去？」哈福森問道。

「因為他還挺有意思的。」哈利說。

「我去外面的時候他說了什麼？」

「他說倫西是很好的人，不可能跟尤恩・卡爾森發生什麼關係。」

「這種話連他們自己也相信嗎？」

哈利聳了聳肩。

「他們還說了什麼？」

哈利遲疑片刻。「沒有。」他說，朝下方大理石沙漠中的綠洲和噴泉望去。

「你在想什麼？」哈福森問道。

「我好像看見麥茲・吉爾斯卓微笑，但不是很確定。」

「什麼？」

「我在玻璃牆上看見他的影子。你有沒有發現亞伯・吉爾斯卓看起來有點像木偶？那種腹語術的木偶。」

哈福森搖了搖頭。

他們踏上穆克坦斯路，朝奧斯陸音樂廳的方向走去。路人行色匆匆，手上拎著大包小包的聖誕採購品。

「好冷，」哈利說，打個冷顫。「冷空氣讓廢氣滯留在地表，這整座城市都快窒息了。」

「就算這樣也比剛剛會議室裡薰死人的鬍後水香味來得好。」哈福森說。

奧斯陸音樂廳的員工出入口掛著救世軍聖誕音樂會的海報，海報下方坐著一個小孩，正拿著空紙杯伸手乞討。

「你唬弄了比約根。」哈福森說。

「喔？」

「持有疏瘧要判刑兩年？而且史丹奇說不定有九個凶神惡煞的兄弟會來找他報仇。」

哈利聳了聳肩，又看看錶。要去參加匿名戒酒會已經太遲，那就把戒酒這件事交給上主安排吧。

「但是耶穌重返人間之後，誰認得出祂呢？」總司令大衛・艾考夫高聲說，面前的火焰搖曳閃爍。「會不會救主就在我們之間，就在這個城市裡？」

白色簡約的偌大會堂裡，眾人紛紛耳語。會堂的講台後方沒有裝飾，前方也沒有領聖餐的欄杆，會眾和講台之間只有一張提供給懺悔者坐的長椅。

總司令低頭看著會眾，頓了一下以達到效果，然後繼續說：「雖然馬太寫說救主會以輝煌燦爛的方式偕同所有的天使一同降臨，但經典上也寫說：『我作客旅，你們不留我住。我赤身露體，你們不給我穿。我病了、我在監裡，你們不來看顧我。』」

艾考夫吸了口氣，翻過一頁，抬眼看著會眾，不看《聖經》繼續往下說。

「『他們回答說：主阿，我們什麼時候見你餓了、或渴了、或作客旅、或赤身露體、或病了、或在監裡，不看顧你呢？主回答說：我實在告訴你們，這些事你們既不做在我這弟兄中一個最小的身上，就是不做在我身上。這些人要往永刑裡去，那些義人要往永生裡去。』」

艾考夫講道完畢後，時間開放給會眾分享見證。一名老翁以敞開心房的誠懇態度說，他們以上主透過耶穌所說的話語做為後盾，贏得奧斯陸大教堂廣場上的戰役。接著一名年輕男子走上講台說，今晚要唱書上第六一七號聖歌來做為結束。男子是指揮，他站到身穿制服的八人管樂團前，負責演奏大鼓的里卡．尼爾森便開始倒數。樂團奏起前奏，男子轉身面對會眾，眾人齊聲高唱，歌聲在會堂裡聽起來宏亮有力：「揮舞救贖的旗幟，展開聖戰！」

聖歌唱完後，總司令再度站上講台。「親愛的朋友，在今晚聚會的最後，我想跟大家宣布，今天總理辦公室確定總理本人將蒞臨我們在奧斯陸音樂廳舉行的年度聖誕音樂會。」

台下響起掌聲。會眾起身朝門外從容走去，會堂內響起熱烈的談話聲。只有瑪蒂娜．艾考夫看起來神色匆忙，她坐在最後一排長椅上，哈利看見她起身走到中央走道。她身穿羊毛裙、黑絲襪、跟他一樣的馬汀大夫靴，頭戴白色毛線帽。她朝哈利的方向望來，起初並未認出他，接著才眼神一亮。哈利站起身來。

「嗨，」瑪蒂娜說，側頭微笑。「你是為了工作而來，還是對靈性感到飢渴？」

「呃，你父親的演講功力一流。」

「他有辦法成為五旬節運動的國際巨星。」

哈利似乎在瑪蒂娜身後的人群中瞥見里卡。「是這樣的，我想請教妳幾個問題，如果妳想在寒風裡散散步，我可以陪妳走回家。」

瑪蒂娜露出懷疑神色。

「如果妳現在要回家的話。」哈利急忙補上一句。

瑪蒂娜環視四周，答道：「我可以陪你散步回家，你家比較順路。」

外頭的空氣凝重刺骨，瀰漫著油炸食物和汽車廢氣的氣味。

「我就開門見山地說了，」哈利說：「羅伯跟尤恩妳都認識，所以我想問妳，羅伯有可能想殺他哥哥嗎？」

「你說什麼？」

「妳回答前可以先想一想。」

他們在冰面上小步行走，經過蜘蛛戲院，穿越無人的人行道。聖誕大餐的季節已接近尾聲，但計程車仍載著盛裝打扮、醉眼迷濛的人們，在彼斯德拉街上來往奔馳。

「羅伯是有點瘋狂，」瑪蒂娜說：「但還不到殺人的地步吧？」她用力搖頭。

「他會不會雇人來做這件事？」

瑪蒂娜聳了聳肩。「我跟尤恩和羅伯沒有太多往來。」

「為什麼？說起來你們不是一起長大的嗎？」

「對，但我其實跟別人都沒什麼往來，我比較喜歡獨來獨往，跟你一樣。」

「我？」哈利驚訝地說。

「獨行的狼是認得出同類的。」

哈利看了瑪蒂娜一眼，見她露出逗弄的眼神。

「你小時候一定是那種獨來獨往的人，喜歡自己享受刺激，不讓別人靠近。」

哈利微笑搖頭。他們經過貝里茲屋前的廢棄油桶，這些房屋外牆都是塗鴉，裡頭無人居住。哈利伸手一指。

「妳還記得一九八二年這裡的房屋被占領的時候，舉辦了不少龐克音樂會嗎？來表演的有夏特樂團

（Kjøtt）、奧勒維斯塔樂團（The Aller Værste），還有好多其他團體。」

瑪蒂娜笑了幾聲。「我不知道，那時候我才剛上學，而且救世軍的人很少會來這裡。」

哈利咧嘴而笑。「說的也是。我有時會來，至少以前的時候會來，我以為這裡適合像我這種邊緣人來，但結果我也無法融入，因為說到底貝里茲屋還是充滿單一論調和思想，那些煽動家會來這裡演講，像是……」

哈利頓了一頓，但瑪蒂娜替他把話說完。「像是今晚我爸在會議廳的演講？」

哈利把雙手深深插進口袋。「我的意思是說，如果妳想用自己的大腦去找答案，很快就會覺得孤單。」

「那目前為止你孤單的大腦找到了什麼答案？」瑪蒂娜將手放在哈利的手臂上。

「看來尤恩和羅伯過去都有幾個情人。這個希雅到底有什麼特別，讓他們兩兄弟都為她傾倒？」

「羅伯喜歡希雅？我沒有這個印象。」

「尤恩是這樣說的。」

「呃，就像我說的，我跟他們沒什麼往來。但我記得以前暑假在厄斯古德，希雅很受男生歡迎。競爭從很早就開始了，你知道的。」

「競爭？」

「對啊，想成為軍官的男生必須在救世軍裡找個女朋友。」

「是嗎？」哈利驚訝地說。

「你不知道嗎？男生只要娶了外人，馬上就會失去在救世軍的工作，救世軍的整個指揮鏈是以共同生活工作的夫妻做為基礎，兩個人必須都受到上帝的召喚。」

「聽起來很嚴格。」

「我們是軍事組織。」瑪蒂娜說，話中不帶諷刺之意。

「男生怎麼會知道希雅想成為軍官？那時她還小不是嗎？」

瑪蒂娜微笑搖頭。「看來你並不了解救世軍，其實軍官中有三分之二是女性。」

「但總司令和行政長卻都是男性？」

瑪蒂娜點了點頭。「我們的創立者卜維廉說過他最好的手下都是女人，但我們跟社會上其他組織沒什麼兩樣，都是由愚笨狂妄的男人來統治懼怕威權的聰明女人。」

「所以每年夏天男生都在爭奪希雅的統治權？」

「有一陣子是這樣，但後來希雅突然就不去厄斯古德了，所以一切問題都解決了。」

「她為什麼不去了？」

瑪蒂娜聳了聳肩。「可能她不想去了，也可能她父母不讓她去了，因為日夜都跟男生混在一起，又正值青春期……你知道的。」

哈利點了點頭，但其實並不了解那是什麼情況，因為他從未參加過宗教夏令營。兩人踏上史登柏街。

「我在這裡出生的。」瑪蒂娜說，指了指曾是國立醫院一部分的牆壁，現在這裡的建築物已被拆除，不久將推動彼斯德拉公園新住宅計畫。

「他們保留了婦產科病房，改建成公寓。」哈利說。

「那裡真的有人會去住嗎？想想看那個地方發生過多少事情，像是墮胎和……」

哈利點了點頭。「有時半夜在附近走動，還聽得見那裡傳出小孩子的尖叫聲。」

瑪蒂娜看著哈利。「你開玩笑吧！那裡鬧鬼？」

「這個嘛，」哈利說，轉彎踏上蘇菲街。「可能因為搬進去的家庭有小孩吧。」

瑪蒂娜拍了哈利肩膀一下，哈哈大笑。「別開鬼魂的玩笑啦，我相信它們存在。」

「我也是，」哈利說：「我也相信。」

瑪蒂娜停止笑聲。

「我住這裡。」哈利說，指著一扇淺藍色大門。

「你沒有別的問題要問了嗎？」

「有，但可以等早上再問。」

她側過了頭。「我還不累，你家有茶可以喝嗎？」一輛車在雪地裡嘎扎駛來，在前方五十碼的人行道旁停下，頭燈的藍白色光線射來十分刺眼。哈利若有所思地看著她，同時掏尋鑰匙。「只有雀巢咖啡，我可以打電話……」

「雀巢咖啡就可以了。」瑪蒂娜說。哈利剛用鑰匙打開門鎖，瑪蒂娜就推開淺藍色大門，走了進去。大門晃了回來，靠上門框，並未完全關上。

「天氣好冷，」哈利咕噥說：「整間房子都縮小了。」

哈利在身後關上大門，走上樓梯。

「你家很整齊。」瑪蒂娜說，在玄關脫下鞋子。

「我東西不多。」哈利在廚房裡說。

「你最喜歡什麼？」

哈利想了想。「唱片。」

「不是相簿？」

「我不相信相簿。」哈利說。

瑪蒂娜走進廚房，在一張椅子上坐下。哈利用眼角餘光看見她盤起雙腳，靈巧地像隻貓。

「你**不相信**相簿？」她問道：「這是什麼意思？」

「它們會摧毀忘記的能力。要加牛奶嗎？」

瑪蒂娜搖了搖頭。「但你相信唱片？」

「對，它們用一種比較真實的方式說謊。」

「但它們不會摧毀你忘記的能力？」

哈利倒咖啡的手停了下來。瑪蒂娜咯咯笑說：「我才不相信你這套說詞，說得跟真的一樣。我認為你是個很浪漫的人，霍勒。」

「去客廳吧，」哈利說：「我剛買了一張很棒的新專輯，現在它還沒附著任何回憶。」瑪蒂娜輕巧地坐上沙發。哈利播放吉姆史塔克樂團（Jim Stärk）的首張專輯，在綠色扶手椅上坐下，撫摸粗糙的木質扶手，聆聽吉他的第一個音響起。他想起這張扶手椅是在救世軍的二手商店「電梯」買的。他清了清喉嚨。「羅伯可能跟一個年紀小他很多的女孩子交往過，這件事妳有什麼看法？」

「你是問我對年長男子和年輕女子交往有什麼看法？」她咯咯一笑，接著又沉默臉紅。「還是我對羅伯喜歡未成年少女有什麼看法？」

「我沒這麼說，但這個女孩子可能只有十幾歲，是克羅埃西亞人。」

「Izgubila sam se.（**我迷路了。**）」

「什麼？」

「這是克羅埃西亞語，或稱為塞爾維亞—克羅埃西亞語。小時候我們常去達爾馬提亞過暑假，那時救世軍還沒買下厄斯古德莊園。我爸十八歲的時候去南斯拉夫幫助他們在二戰之後重建，認識了很多建築工匠的家庭，這就是為什麼他指示我們幫助武科瓦爾的難民。」

「關於厄斯古德莊園，妳還記得麥茲．吉爾斯卓這個人嗎？他是吉爾斯卓家族的孫子，救世軍就是跟吉爾斯卓家族買下厄斯古德莊園的。」

「喔，我記得。我們進駐厄斯古德莊園的那一年，他出現過一段時間，但我沒跟他說過話，我記得沒人跟他說過話，他看起來憤怒又內向，不過我想他也喜歡希雅。」

「為什麼妳會這樣認為？他不是都不跟別人說話嗎？」

「我見過他在看希雅，而且我們跟希雅在一起的時候他常常會突然冒出來，又一句話都不說。我覺得他看起來很怪，幾乎有點讓人害怕。」

「喔？」

「對啊。他在厄斯古德的時候都睡在隔壁房子，我睡的那個房間只有幾個女生，但有一天晚上我醒過來，竟然看見一張臉貼在窗戶上，然後就不見了。我幾乎可以確定那人就是他。我告訴其他女生這件事，她們只說我眼花了，還說我眼睛有問題。」

「為什麼？」

「你沒發現嗎？」

「發現什麼？」

「過來這邊，我給你看，」瑪蒂娜說，拍了拍旁邊的沙發。「你有沒有看見我的瞳孔？」

哈利傾身向前，感覺她的鼻息噴在他臉上，然後他就看見褐色虹膜內的瞳孔看起來像是溢出到虹膜裡，形成有如鑰匙般的形狀。

「這是天生的，」她說：「叫做虹膜缺損，但還是可以有正常視力。」

「有意思。」他們的臉非常靠近，哈利聞得到她肌膚和頭髮的氣味。他吸了口氣，覺得有種像浸入熱水浴缸的顫動感。一聲短促而堅決的嗶嗶聲響起。

片刻之後，哈利才發現這聲音來自門口，而不是對講機。有人站在他家門外的樓梯間。

「一定是阿里，」哈利說，從沙發上站了起來。「我的鄰居。」哈利花了六秒鐘從沙發走到玄關，把門打開，這段時間他想到現在時間太晚，不可能是阿里，而且阿里通常會敲門。

到了第七秒，他才發覺自己不該開門。他一看見門外那人，就知道接下來會發生什麼事。

「這下子你開心了吧。」奧絲琪用些微捲舌音說。哈利不發一語。

「我剛吃完聖誕晚餐，你不請我進去嗎，哈利小子？」她露出微笑，紅唇緊貼牙齒，一隻腳橫向跨出，站穩身體，細高鞋跟發出喀噠一聲。

「我現在不方便。」哈利說。

她瞇起眼睛，打量哈利的臉，又越過他肩頭望去。「你家有女人在對不對？這就是你今天沒去參加聚會的原因？」

「奧絲琪，我們改天再聊，妳喝醉了。」

「今天聚會我們討論的是第三步：**我們決定讓神來看顧我們的生命**。但我什麼神都看不見，我就是看不見，哈利。」她不是很用力地拿包包打了哈利一下。

「第三步是不存在的，每個人都必須照顧自己才行。」

奧絲琪直起身子，看著哈利，眼中盈滿淚水。「哈利，讓我進去。」她低聲說。

「這樣不會有幫助的，奧絲琪，」哈利把手放在她肩膀上。「我幫妳叫計程車送妳回家。」

奧絲琪拍開他的手，哈利一臉詫異。「家？」她尖聲說：「媽的我才不回家，你這個陽痿無能的淫蟲。」

她轉過身子，搖搖晃晃地走下樓梯。

「奧絲琪……」

「滾出我的視線！去幹那個賤人啦。」

哈利看著奧絲琪離去，聽見她在樓下弄了半天還打不開大門，口裡不停咒罵，過了一會大門鉸鏈才發出吱的一聲，一切歸於平靜。

哈利一轉身就看見瑪蒂娜在他身後的玄關，正慢慢穿上大衣。

「我……」哈利開口說。

「時間不早了，」她臉上掠過一絲笑容。「我也有點累了。」

凌晨三點，哈利依然坐在扶手椅上，湯姆・威茲（Tom Waits）用低沉嗓音唱著〈艾莉絲〉（*Alice*）這首曲子，鼓刷刷著小鼓沙沙作響。

「外頭天色迷濛，妳揮舞彎曲的魔杖，一旁是結冰的池塘……」

哈利腦中思緒紛飛。這個時間所有酒館都已打烊。自從他在貨櫃場把小酒壺裡的酒全灌進那隻狗的嘴裡之後，就一直沒再把它裝滿。他可以打電話給愛斯坦，愛斯坦幾乎每晚都在外頭開計程車，而且座椅底下一定會放一瓶琴酒。

「喝酒不會有幫助。」

除非你相信世上有鬼魂存在。相信它們正環繞著扶手椅，用黑沉空洞的眼窩低頭看著他。碧姬妲從海底浮起，船錨依然纏繞在她脖子上；愛倫正在笑，球棒打破了她的頭；維廉掛在旋轉晾衣架上，猶如西班牙大帆船的船首雕像；湯姆揮舞著血淋淋的手臂殘肢，前來要回他的手錶。

酒無法讓他自由，只能帶來暫時紓解，但這時他願意付一大筆錢來換一瓶酒。

他拿起電話，按了一組號碼。鈴聲響到第二聲，電話被接起。

「哈福森，情況如何？」

「天氣好冷。尤恩和希雅正在睡覺，我坐的這個房間可以看見外頭的路。明天我得補眠才行。」

「嗯。」

「明天我們還得開車回希雅的公寓拿胰島素，她有糖尿病。」

「好，帶尤恩一起去，我不想放他單獨一個人。」

「我可以叫別人過來。」

「不要！」哈利厲聲說：「暫時先不要讓別人參與。」

「了解。」

哈利嘆了一聲。「聽著，我知道當保姆不是你份內的工作，告訴我要怎麼補償你。」

「這個嘛……」

「說啊。」

「我答應過貝雅特，聖誕節之前要找一天晚上帶她去吃鹼魚，她從來沒吃過這道料理，可憐的傢伙。」

「沒問題。」

「謝了。」

「還有，哈福森？」

「是？」

「你……」哈利深深吸口氣。「……你很好。」

「謝啦，長官。」

哈利掛上電話。湯姆・威茲唱著冰鞋在池塘冰面上拼出艾莉絲的名字。

21 札格瑞布

十二月十九日，星期五

他坐在蘇菲恩堡公園旁的人行道上，底下只鋪一塊硬紙板，冷得全身發抖。這時是尖峰時間，路人行色匆匆，但有些人還是丟了幾克朗在他面前的紙杯裡。聖誕節就快到了。他的肺臟因為吸了一整晚黑煙而發疼。他抬起雙眼望著哥德堡街。

他想起流經武科瓦爾的多瑙河是那麼地有耐心且無可抵擋，現在他也必須耐心等候戰車出現，等候惡龍從洞穴裡探出頭來，等候尤恩·卡爾森回家。他看見一雙膝蓋停在面前。

他一抬頭就看見一名手拿紙杯的紅鬍男子憤怒地高聲嚷嚷。

「你說什麼？」

紅鬍男子用英語回答，好像在說「地盤」什麼的。

他摸了摸口袋裡的槍，只剩一發子彈，於是他從口袋裡拿出一大片尖銳玻璃。紅鬍乞丐對他怒目而視，但仍識相離去。

他揮去尤恩可能不會回來的念頭。尤恩一定會回來。等待的這段期間他將有如多瑙河，耐心且無可抵擋。

「請進。」一名胸部豐滿的女子開朗地說。這裡是亞克奧斯街的救世軍公寓。女子用舌尖頂住牙齒來發字母n的音，通常長大之後才學挪威語的成年人都會傾向於如此發音。

「希望我們沒有打擾到妳。」哈利和貝雅特走進玄關，看見地上擺滿大大小小的鞋子。

女子搖了搖頭。他們脫下鞋子。

「天氣很冷，」女子說：「餓不餓？」

「我們剛吃過早餐，謝謝。」貝雅特說。哈利搖了搖頭，露出友善的微笑。

女子領著他們走進客廳。哈利看見餐桌圍坐許多人，心想這應該就是米何耶茲家族。桌前坐著兩名男子、一個跟歐雷克年紀相仿的男孩、一個小女孩、一個十幾歲的少女。哈利猜想她應該就是蘇菲亞。少女的黑色劉海遮住眼睛，懷裡抱著一個嬰兒。

「Zdravo.（**你好**。）」年長男子說。這人身材削瘦，一頭發白的頭髮十分濃密，眼珠是黑色的。哈利認得出那是一雙遭放逐之人的眼睛，眼神蘊含憤怒與驚懼。

「這是我先生，」女子說：「他聽得懂挪威話，但不太會說。這是約瑟夫叔叔，他來跟我們過聖誕節。這些是我的小孩。」

「四個都是？」貝雅特問道。

「對，」女子笑道：「最小的是上主的禮物。」

「真可愛。」貝雅特說，對寶寶做個鬼臉，寶寶開心地咯咯亂笑。不出哈利所料，貝雅特忍不住又捏了捏寶寶的粉嫩臉頰。哈利猜想不出一年，最多兩年，貝雅特和哈福森就會自己生個寶寶。

米何耶茲先生說了幾句話，他太太答話，並轉頭對哈利說：「他要我說，你們在挪威只雇用挪威人，他想找工作可是找不到。」

哈利和米何耶茲先生目光相觸，對他點了點頭，但他沒有回應。

「請坐。」米何耶茲太太說，指了指兩張空椅。

他們坐了下來，哈利看見貝雅特在他還沒開口之前就拿出筆記本。

「我們來這裡是想請問……」

「羅伯・卡爾森。」米何耶茲太太說，朝丈夫看了一眼，她丈夫點頭表示同意。

「沒錯，關於這個人妳有什麼可以告訴我們的嗎？」

「不是太多，其實我們最近才認識他。」

「最近才認識。」

米何耶茲太太正好和蘇菲亞四目相觸，她的鼻子埋在寶寶凌亂的頭髮中。「今年夏天我們從A棟的小公寓搬過來，尤恩請羅伯來幫忙。尤恩是個好人。我們生下他以後，尤恩就幫我們換一間比較大的公寓。」她朝寶寶笑了笑。「但羅伯最常跟蘇菲亞聊天，然後……呃，她今年十五歲。」

哈利注意到蘇菲亞臉色一變。「嗯，我們想跟蘇菲亞談話。」

「你們談吧。」米何耶茲太太說。

「單獨談話。」哈利說。

米何耶茲夫婦對看一眼，這場眼神的對決只持續兩秒，但哈利從中解讀不少。過去這個家也許是由丈夫拿主意，但如今他們來到全新的環境、全新的國度，妻子顯然比丈夫更加適應，因此決定權落到了她手中。米何耶茲太太對哈利點了點頭。

「去廚房坐，我們不會打擾。」

「謝謝。」貝雅特說。

「不用道謝，」米何耶茲太太沉重地說：「希望你們能捉到凶手，你們知道凶手是什麼樣的人了嗎？」

「我們認為他是職業殺手，住在札格瑞布，」哈利說：「至少他從奧斯陸打過電話去那裡的一家飯店。」

「哪一家？」

哈利吃了一驚，朝米何耶茲先生看去。這句話是米何耶茲先生用挪威語說的。

「國際飯店，」哈利說，看見米何耶茲先生跟約瑟夫叔叔交換眼神。「你們知道什麼嗎？」

米何耶茲先生搖了搖頭。

「如果你們能提供線索，我會非常感謝，」哈利說：「這個殺手正在追殺尤恩，前天他就在尤恩的公寓連開好幾槍。」

哈利看見米何耶茲先生露出不相信的神色，但未再說話。

米何耶茲太太領著他們走進廚房，蘇菲亞拖著腳步跟在後頭。哈利心想，青少年都是這樣，再過幾年歐雷克也會變成這樣。

米何耶茲太太離開後，哈利拿出筆記本，貝雅特在蘇菲亞對面坐了下來。

「嗨，蘇菲亞，我叫貝雅特，羅伯是不是妳的男朋友？」

蘇菲亞垂下雙目，搖了搖頭。

「妳是不是愛上了他？」

蘇菲亞又搖了搖頭。

「他有沒有傷害妳？」

自從他們到來後，這是蘇菲亞第一次撥開黑色瀏海，直視貝雅特的雙眼。哈利猜想她那臉濃妝之下是個美麗少女，此外他也看見了跟她父親一樣的憤怒和驚懼，以及額頭上連濃妝也遮蓋不了的瘀青。

「沒有。」蘇菲亞說。

「蘇菲亞，妳父親是不是叫妳什麼都不要說？我看得出來。」

「你看得出來什麼？」

「有人傷害了妳。」

「你說謊。」

「妳額頭上的瘀青是怎麼來的？」

「我撞到門。」

「妳說謊。」

蘇菲亞哼了一聲。「你說得好像自己很聰明一樣，但其實你什麼都不知道。你只是個老警察，喜歡在家跟小孩混在一起，我看得出來。」憤怒依然存在，但她的聲音已開始變得凝重。哈利估計她最多只能再回答一句，最多兩句。

貝雅特嘆了一聲。「蘇菲亞，妳得信任我們，妳也必須幫助我們，我們正在阻止命案再度發生。」

「這又不是我的錯。」蘇菲亞嗓音變啞。哈利看得出她只有辦法回這一句，接著淚水就湧了出來。蘇菲亞彎下腰，瀏海的簾幕再度關上。

貝雅特把手放在她肩膀上，卻被她甩開。

「走開啦！」她吼道。

「妳知道今年秋天羅伯去過札格瑞布嗎？」哈利問道。蘇菲亞的頭條地抬起，那張濃妝豔抹的臉用不可置信的神情看著哈利。

「原來他沒告訴妳？」哈利繼續說：「那他可能也沒告訴你說他愛上的女人叫做希雅·尼爾森吧？」

「沒有，」蘇菲亞含淚低聲說道，「他愛上那女人又怎樣？」

哈利試著解讀蘇菲亞的反應，但她臉上的黑色睫毛膏糊成一團，難以解讀。

「妳去福雷特斯慈善商店找過羅伯，妳找他做什麼？」

「找他要根菸！」蘇菲亞怒聲說：「你們走開啦！」

哈利和貝雅特對看一眼，同時站起來。

「請妳先想一想，」貝雅特說：「再打電話給我。」她留了一張名片在桌上。

米何耶茲太太在玄關等候他們。

「抱歉，」貝雅特說：「她有點不高興，妳可能得去跟她說說話。」

他們踏上亞克奧斯街，走進十二月的早晨，朝索姆街走去，剛才貝雅特把車子停在那裡。

「Oprostite!（**抱歉！**）」

兩人轉過頭去。這聲音來自一座拱門的陰影處，他們看見那裡亮著兩點香菸火光。火光墜落地面，兩名男子走了出來，原來是蘇菲亞的父親和約瑟夫叔叔，他們走到哈利和貝雅特面前。

「國際飯店？」米何耶茲先生說。哈利點了點頭。

米何耶茲先生用眼角瞄了貝雅特一眼。

「我去開車。」貝雅特立刻說。哈利對貝雅特的這個特質一直十分驚嘆，她年紀輕輕，經常跟影片及刑事鑑識證據獨處，竟然能發展出比他還高度的社會智能。

「我第一年在……你知道……在搬家公司上班，後來工作沒了。戰爭前我在武科瓦爾……當電子工程師，在這裡我什麼都不是。」

哈利點頭等待。約瑟夫叔叔說了幾句話。

「Da, da.（好。好。）」米何耶茲先生說，轉頭望向哈利。「一九九一年南斯拉夫軍隊占領武科瓦爾，懂？有個小男孩讓十二台戰車爆炸……用地雷，懂？我們叫他Mali Spasitelj。」

「Mali Spasitelj.」約瑟夫叔叔敬畏地說。

「就是小救主，」米何耶茲先生說：「他們用……無線電叫他這個名字。」

「這是代號？」

「是。武科瓦爾投降後，塞爾維亞人要找他，可是找不到。有人說他死了，有人不相信。他們說他……不存在，懂？」

「這跟國際飯店有什麼關係？」

「戰爭後武科瓦爾人沒房子住，房子炸壞了，有些人來這裡，很多人去札格瑞布。圖季曼總統……」

「圖季曼。」約瑟夫叔叔附和說，翻個白眼。

「……和他手下找一家很舊的大飯店給他們住，這樣可以看見他們，就是監視，懂？他們喝湯，沒工作。圖季曼不喜歡斯洛維尼亞人。塞爾維亞人流太多血。後來有些去過武科瓦爾的塞爾維亞人死了，有人說小救主回來了。」

「Mali Spasitelj.」約瑟夫叔叔大笑。

「人家說克羅埃西亞人在國際飯店能得到幫助。」

「怎麼做？」

米何耶茲先生聳了聳肩。「不知道，人家說的。」

「嗯。還有其他人知道這件事嗎……關於這個幫助者和國際飯店的事？」

「其他人？」

「比如說救世軍的人？」

「有。大衛．艾考夫知道，還有其他人知道。今年夏天厄斯古德的餐會以後……他說一些話。」

「演講？」

「對。他說到小救主以及有些人一直在打仗，我們打仗打不完，他們也是。」

「總司令真的說過這種話？」貝雅特說，駕車進入燈光明亮的易普森隧道，降低車速，停在車陣後方。

「米何耶茲先生是這樣說的，」哈利說：「我想當時每個人都在場，羅伯也是。」

「你認為總司令可能給了羅伯雇用殺手的想法？」貝雅特的手指不耐煩地在方向盤上輪敲著。

「至少我們可以確定羅伯去過札格瑞布，既然他知道尤恩在跟希雅交往，那麼他就有殺人動機。」哈利揉揉下巴。「聽著，妳能安排蘇菲亞去給醫生做個徹底檢查嗎？如果我沒猜錯，她身上的瘀青一定不只一處。我要搭最近一班飛機前往札格瑞布。」

貝雅特用銳利目光瞥了哈利一眼。「你出國只能因為兩個原因，一個是協助國家警察，一個是度假。我們接到的命令非常清楚……」

「後者，」哈利說：「我去度個短暫的聖誕假期。」

貝雅特無奈地嘆了口氣。「希望你也可以讓哈福森放個聖誕小假，我們打算去斯泰恩謝爾探望他的父母。今年你要去哪裡過聖誕節？」

這時哈利的手機響起，他在外套口袋裡摸尋手機，一邊答道：「去年我跟爸和小妹一起過，前年跟蘿凱和歐雷克一起過，今年我沒有太多時間去想這件事。」

哈利發現自己在口袋裡按到了手機按鍵，因為手機傳出笑聲，他一聽竟然是蘿凱的聲音。

「你可以來加入我們啊，」那聲音說：「聖誕夜當天我們對外開放，非常需要有義工來燈塔幫忙。」哈利花了兩秒才明白原來不是蘿凱。

「我打來是要跟你說昨天很抱歉，」瑪蒂娜說：「我沒有要那樣跑掉的意思，我只是有點被嚇到而已。你找到你要的答案沒有？」

「原來是妳，」哈利用自認不帶情緒的聲調說，但仍注意到貝雅特立刻有所察覺，同時展現高度社會智能。「我再打給妳好嗎？」

「好啊。」

「謝謝。」

「不客氣，」瑪蒂娜話聲嚴肅，但哈利聽得出她壓抑了想笑的衝動。「只是有件小事要問你。」

「什麼事？」

「二十二號星期一你有事嗎？」

「不知道。」哈利說。

「我們這裡有多一張聖誕音樂會的票。」

「我知道了。」

「你聽起來不是很興奮的樣子。」

「抱歉，這裡有點吵，而且我不太習慣要盛裝出席的場合。」

「而且那些表演者都太庸俗無聊。」

「我沒這樣說。」

「沒有，是**我**這樣說。還有我說我們有多一張票，其實是**我**有多一張票。」

「了解。」

「你有機會看我穿禮服的樣子，還不賴喔，只是身邊差一個高大年長的男人而已，你考慮一下吧。」

哈利哈哈大笑。「謝了，我一定會考慮。」

「不客氣。」

哈利結束通話後，貝雅特沒說話，也沒對他臉上揮之不去的微笑做出任何評論，只是提到天氣預報說會下雪，除雪車將有得忙。有時哈利不禁懷疑哈福森是否真的高興他成功追到貝雅特。

尤恩．卡爾森還沒出現。他全身僵硬，從蘇菲恩堡公園旁的人行道上站了起來。寒意似乎從地底滲出，蔓延到全身。走路後他的雙腳血液開始循環，他迎接這種痛楚。他沒留意自己盤腿坐在紙板上到底多久，只是一直盯著進出哥德堡街那棟公寓的人，但日光已逐漸黯淡。

他今天的收入已夠買杯咖啡和一點食物，希望還能買包菸。

他快步走向十字路口，紙杯就是在那附近的餐廳拿的。他在牆上看見一台公共電話，但打消打電話的念頭。他在餐廳前方停下腳步，拉下藍色連帽外套的帽子，看著自己在玻璃中的映影。難怪人們會認為他是窮困潦倒的可憐人，因為他的鬍子長得很快，臉上還因為在貨櫃裡生火而沾有一條條煤灰。

他在玻璃上看見號誌燈轉為紅燈，一輛車在他後方停下。他推開餐廳大門，同時瞄了那輛車子一眼，開門的動作頓時停了下來。惡龍。塞爾維亞戰車。尤恩．卡爾森。車子後座。距離六呎。

他走進餐廳，快步走到窗前朝車內望去，只覺得駕駛者很面熟，但記不起在哪裡見過。對了，是在救世軍旅社見過，那人是跟哈利．霍勒一起去旅社的其中一名警察。車子後座還坐著一名女子。

號誌燈變換。他衝出餐廳，看見那輛車的排氣管噴出白煙，沿著公園旁的馬路加速而去。他拔腿狂奔，看見那輛車在前方轉彎，駛上哥德堡街。

他往口袋裡掏，麻木的指尖摸到小屋的窗玻璃。他的雙腿猶如沒有生命的義肢，不太聽使喚，只要一個踏不穩就會如冰柱般摔碎在地上。他感到害怕。

公園裡的樹木、托兒所和墓碑在他眼前晃動，宛如搖晃的螢幕。他的手摸到手槍，覺得槍柄黏黏的，心想一定是手指被玻璃割破了。

哈福森把車停在哥德堡街四號門口，和尤恩下車伸展雙腿，希雅去拿胰島素。

哈福森把整條空蕩無人的街道來回查看一遍。尤恩在寒冷中踱步，看起來不太自在。哈福森透過車窗看見他的槍套放在中控台上，左輪手槍插在槍套中。他開車時槍套會頂到肋骨，因此把它拿下，倘若有事發生，只要兩秒就能把槍拿到手。他打開手機電源，看見這趟路程中收到兩通留言，便進入語音信箱。熟悉的電腦語音說他有留言，接著是嗶一聲，一個不熟悉的聲音開始說話。哈福森越聽越詫異，同時看見尤恩因為聽見手機聲音而走過來。他的情緒從詫異轉為不可置信。

他聽完簡訊後，尤恩做出詢問的嘴形，但他不發一語，只是快速鍵入一組號碼。

「那是什麼？」尤恩問道。

「自白。」哈福森厲聲說。

「你現在要幹嘛？」

「我要跟哈利回報。」

哈福森一抬頭就看見尤恩面孔扭曲，雙目圓睜且深沉，視線似乎直接穿過了他。

「怎麼了？」他問道。

哈利通過海關，進入札格瑞布機場的簡陋航廈，找了一台提款機插入威士信用卡，機器二話不說就吐出相當於一千克朗的克羅埃西亞貨幣「庫納」。他把一半的錢放進褐色信封，走出機場，坐上一輛有藍色計程車標誌的賓士轎車。

「國際飯店。」

司機不發一語，打檔上路。雨水從低垂雲層落下，打在積有零星白雪的褐色原野上。車子穿過起伏地形，朝西北方的札格瑞布駛去。

十五分鐘後，哈利看見札格瑞布逐漸成形，公寓和教堂樓塔在地平線上勾勒出城市的輪廓。車子經過一條安靜的深色河流，哈利心想那應該就是薩瓦河。他們經由一條大道進入市區，這條寬廣的大馬路和稀疏的車流不成正比。車子經過火車站和荒涼開放的大公園，裡頭有個大玻璃亭，光禿樹枝箕張著寒冬的黑手指。

「國際飯店。」司機說，在一棟驚人的巨大灰磚建築前停了下來，這棟建築一看就知道是共產國家替四處視察的領導人建造的。

哈利付了車錢，一名穿著有如將軍的飯店門房已替他打開車門，撐起雨傘，露出燦爛笑容。「歡迎光臨，這邊請。」

哈利踏上人行道。飯店旋轉門走出兩名房客，搭上他搭乘的賓士計程車。門內的水晶吊燈閃閃發光。哈利站立原地。「難民呢？」

「抱歉？」

「難民，」哈利再說一次。「武科瓦爾的難民。」

雨點打落在哈利頭上。雨傘和笑容都收了起來。將軍戴著手套的食指指向距離飯店大門有段距離的一扇門。

哈利走進毫無陳設可言的寬敞大廳，只見天花板是拱形的，但讓他留下第一印象的竟是裡頭聞起來像醫院。大廳中央擺著兩張長桌，桌邊的四十到五十人或坐或站，或在櫃台前排隊領湯。這些人讓哈利聯想到患者，也許因為他們身上穿的衣服多半是鬆垮的運動服、破爛的毛衣和拖鞋，顯然這些人對自己的外表漠不關心。也可能因為他們只是低頭抱著湯碗，臉上盡是缺乏睡眠和意志消沉的神情，完全沒注意到他走進門來。

哈利的目光掃過大廳，停在吧台上。吧台看起來比較像熱狗攤，一個客人也沒有。吧台內只有一名酒保，正同時進行三個動作：擦拭玻璃、對旁邊桌子的幾個男人大聲評論吊掛電視所播放的足球賽、留意哈利的一舉一動。

哈利覺得自己來對了地方，朝吧台走去。酒保順了順往後梳的油膩黑髮。

「Da?（什麼事？）」

哈利努力對熱狗攤後方架上的許多酒瓶視而不見，卻早已看見他的老友兼死敵：金賓威士忌。酒保順著哈利的目光看去，揚起雙眉，指著那個裝有褐色液體的方形酒瓶。

哈利搖了搖頭，吸了口氣。沒必要把事情搞得更複雜。

「Mali spasitelj.」哈利用不是太大的聲音說，但又可以讓酒保在電視吵雜聲中聽見他的聲音。「我要找小救主。」

酒保打量哈利，用帶有濃濃德國腔的英文說：「我不知道什麼救主的。」

「我有個住在武科瓦爾的朋友說小救主可以幫我。」哈利從外套口袋拿出褐色信封，放在吧台上。

酒保垂眼看了看信封，碰也沒碰。「你是警察。」他說。

哈利搖了搖頭。

「你說謊，」酒保說：「你一走進來我就看出來了。」

「我的確當了二十年警察，但現在已經不是了，我兩年前辭職了。」哈利讓酒保仔細打量他，心想這人不知道為什麼入獄，因為他身上的肌肉和刺青顯示他蹲過很久的苦牢。

「沒有叫救主的人住在這裡，這裡每個人我都認識。」酒保正要轉身，哈利俯身越過吧台，抓住他的上臂。酒保低頭看了看哈利的手，他感覺酒保的二頭肌鼓脹起來，便放開手。「我兒子在學校外面被販毒的藥頭槍殺身亡，只因為他跟那個藥頭說如果他再繼續販毒，就要去報告校長。」

酒保沒有答話。

「他死的時候才十一歲。」哈利說。

「先生，我不知道你為什麼要跟我說這些事。」

「這樣你才明白為什麼我會坐在這裡等，等到有人來幫我為止。」

酒保緩緩點頭，快如閃電地問出一個問題。「你兒子叫什麼名字？」

「歐雷克。」哈利說。

兩人面對面站立，酒保瞇起一隻眼睛。哈利感覺手機在口袋裡震動，但不去理會。

酒保把一隻手放在信封上，推回給哈利。「這不用。你叫什麼名字？住哪裡？」

「我從機場直接過來的。」

「把你的名字寫在這條餐巾上，去火車站旁邊的巴爾金飯店，過橋直走就到了，然後在房間裡等，有人會跟你聯絡。」

哈利正要說話，酒保的視線已回到電視上，繼續評論球賽。

「Do vraga!」他呻吟一聲。該死！

哥德堡街的雪地看起來宛如紅色冰沙。

他感到惶惑不已。一切都發生得太快。他舉槍瞄準逃跑的尤恩．卡爾森，擊發最後一枚子彈，子彈擊中公寓外牆，發出砰的一聲悶響。尤恩逃進公寓大門內，不見蹤影。他蹲下身來，聽見沾血的玻璃戳破他的外套口袋。那警察面朝下倒臥在雪地中，冰雪正在吸收從頸部傷口流出的鮮血。

手槍，他心想，抓住那警察的肩膀把他翻過來。他需要手槍來射擊。一陣風吹來，吹開覆蓋在異常蒼白臉孔上的頭髮。他匆忙搜尋外套口袋。鮮血汩汩流出，既稠又紅。他還來不及感覺嘴裡冒出的膽汁酸味，就覺得胃裡湧出的東西充滿口中。他撇過頭去，黃色物質立刻噴濺在藍色冰面上。他擦了擦嘴。應該找褲子口袋才對。他摸到皮夾、腰帶。老天爺，你可是警察，要保護人民總得帶槍吧！

一輛車彎過轉角，朝他駛來。他拿起皮夾，起身穿越馬路。那輛車停了下來。不要跑。他的雙腳跑了起來。

他在街角商店旁的人行道上滑了一跤，臀部著地，但立刻就爬了起來，一點也不覺得疼痛。跟上次一樣，他朝公園的方向奔去。這真是場惡夢，一場由一連串無意義事件所構成的惡夢。是不是他瘋了？還是事情真的如此發生了？寒風與膽汁刺痛他的喉嚨。他踏上馬克路，聽見第一聲警笛響起，於是他知道，現在他感到恐懼了。

22 迷你酒

十二月十九日，星期五

警署燈火通明，宛如佇立在昏暗午後的聖誕樹。窄小的二號訊問室裡，尤恩坐在椅子上雙手抱頭，小圓桌對面坐的是警探托莉・李。兩人中間放著兩具麥克風，以及尤恩的供述。尤恩透過窗戶看見希雅正在隔壁房間等候訊問。

「所以他攻擊你？」托莉看著供述說。

「那個身穿藍色外套的男人拿槍朝我衝過來。」

「然後呢？」

「一切都發生得太快，我好害怕，只記得片段，可能因為我有腦震盪吧。」

「了解。」托莉說，臉上表情說的卻是相反意思。她看了紅燈一眼，亮紅燈表示錄音機仍在錄音。

「可是哈福森朝車子跑過去？」

「對，他的槍放在那裡。我記得我們從厄斯古德出發的時候，他把槍放在中控台上。」

「你怎麼做？」

「我不知如何是好，本來想躲進車裡，又改變主意，朝旁邊的公寓大門跑去。」

「然後持槍歹徒就朝你開槍？」

「反正我聽見了槍聲。」

「繼續說。」

「我跑進大門，回頭一看，就看見那個人攻擊哈福森。」

「哈福森沒有跑進車裡？」

「沒有，他抱怨過車門因為結冰而卡住。」

「然後那個人用刀子攻擊哈福森，不是用槍？」

「從我站的位置看起來是這樣，他從哈福森背後撲上去，刺了他好幾刀。」

「幾刀？」

「四刀或五刀。我不知道……我……」

「然後呢？」

「然後我跑進地下室打電話報警。」

「歹徒沒有追上來？」

「我不知道。大門鎖住了。」

「他大可以打破玻璃。我的意思是說，反正他都已經襲警了。」

「對，妳說得對，我不知道為什麼。」

托莉低頭看著供述。「我們在哈福森旁邊發現嘔吐物，推測應該是歹徒的，你能證明這點嗎？」

尤恩搖了搖頭。「我一直留在地下室的樓梯上，直到你們抵達。也許我應該去幫忙的……可是我……」

「你怎樣？」

「我害怕。」

「也許你這樣做是正確的。」托莉臉上的神情再度述說相反的意思。

「醫生怎麼說？他會不會……？」

「他還在昏迷中，醫生還不知道能不能救回他的性命。我們繼續。」

「這簡直像不斷重演的惡夢，」尤恩低聲說：「一而再、再而三地重複上演。」

「對著麥克風說話，別讓我再說一次。」托莉語調平板。

哈利站在飯店窗前觀察屋頂，屋頂上的殘破電視天線對著黃褐色天空做出怪異姿態。厚重的深色地毯與窗簾吸收了電視播出的瑞典語說話聲，瑞典裔演員麥斯・馮西度（Max von Sydow）正在飾演作家克努特・漢姆生。迷你酒吧的櫃門開著，飯店小冊攤在咖啡桌上，第一頁印著約瑟夫・耶拉西奇總督（Josip Jelačić）在耶拉西奇廣場上的雕像照片。照片上放著各種品牌的迷你酒，包括約翰走路威士忌、思美洛伏特加、野格利口酒、高登琴酒，此外還有兩瓶歐祖伊斯科啤酒。這些酒都還沒打開。一小時前麥努斯打電話來報告哥德堡街發生的事。

哈利希望自己打這通電話時聽起來是清醒的。鈴聲響到第四聲，貝雅特接了起來。

「他還活著，」哈利還沒開口，她就說：「他們替他接上了人工呼吸器，但他還在昏迷中。」

「醫生怎麼說？」

「他們也不敢說。其實他可能當場死亡，看起來史丹奇想割斷他的動脈，但他用手擋住了。他的手背有很深的割痕，血從頸部兩側的小動脈流出來。史丹奇還在他心臟上方刺了幾刀，醫生說刀子可能傷及心臟上端。」

貝雅特的聲音出現微微顫抖，除此之外她的口氣聽起來像是在描述其他被害人。哈利知道現在她別無他法，只能用談公事的方式來說這件事。電話兩頭陷入沉默。麥斯・馮西度在電視裡憤慨咆哮。哈利在腦中尋找安慰的話語。

「我跟托莉通過電話，」結果哈利反而說：「她跟我報告了卡爾森的供述，妳還有什麼要補充的嗎？」

「我們在大門左側的公寓外牆發現子彈，彈道鑑識員正在比對，但我很確定它會符合伊格廣場、尤恩的公寓和救世軍旅社外面發現的子彈。是史丹奇下的手。」

「為什麼妳這麼確定？」

「有一對男女駕車經過，看見哈福森倒臥在人行道上，就把車停下來。他們說有個很像乞丐的人從他們面前穿越馬路，女的還說那個人在遠處的人行道上摔了一跤。我們去那個地方查過，我同事畢爾・侯勒姆也發現一枚外國硬幣埋在雪地裡，因為埋得很深，所以我們本來還以為它已經埋在那裡好幾天了。侯勒姆也不知道這枚硬幣是哪裡來的，我們只看見硬幣上有字，他去查了之後，知道上面寫的是『克羅埃西亞共和國』和『五庫納』。」

「謝了，我知道答案了，」哈利說：「是史丹奇沒錯。」

「我們採集了冰面上的嘔吐物，進行確認。病理醫生正在比對旅社枕頭上採集到的頭髮DNA，希望明天就能得到結果。」

「反正我們已經掌握了DNA。」

「可笑的是一灘嘔吐物並不是採集DNA的理想場所，黏膜的表面細胞在這麼大量的嘔吐物中是四散的，而且又曝露在空氣中……」

「它們會受到無數其他的DNA來源所汙染，這我知道，但至少我們有些線索可以追查。現在妳在做什麼？」

貝雅特嘆了口氣。「我收到獸醫試驗所傳來的怪簡訊，得打電話問他們是什麼意思。」

「獸醫試驗所？」

「對，我們在嘔吐物中發現許多消化到一半的肉塊，所以送去獸醫試驗所做DNA化驗，主要是希望他們能比對奧斯區農業高中的肉品資料庫，追蹤肉塊的來源和產地。如果肉塊具有任何特徵，也許就能連結到奧斯陸的某家餐廳。這有點像胡亂瞎猜，但如果過去二十四小時史丹奇找到地方躲藏，那他一定會盡量減少移動機會，如果他在藏身處附近吃過東西，那他很可能會再去。」

「原來如此，不妨一試。簡訊是怎麼寫的？」

「『此例必定是中餐館』，有點不知道在寫什麼。」

「嗯，有其他發現再打給我。還有……」

「什麼？」

哈利聽得見自己即將說出口的話有多麼荒謬：哈福森很強壯，現在醫學科技又這麼發達，不會有事的。

「沒什麼。」

貝雅特掛斷電話後，哈利站到咖啡桌和迷你酒前。國王下山來點名……點到的是約翰走路。哈利一手拿起約翰走路迷你酒，另一手旋開瓶蓋，或應該說扭開瓶蓋。他覺得自己有如《格列佛遊記》的主角，被困在小人國裡，面對侏儒般的酒瓶，鼻子吸入小瓶口飄出的熟悉甜味。他喝了一大口，身體預測到酒精來襲，進入備戰狀態。他害怕第一波嘔吐反應的攻擊，但知道這無法令他停止。電視裡克努特・漢姆生說他累了，一個字也寫不出來。

哈利深深吸口氣，彷彿準備長時間深潛一般。這時電話響起。

他遲疑片刻。電話響了一聲之後就安靜下來。

他舉起酒瓶。電話再度響起，然後又安靜下來。

他知道電話是櫃台打來的。

他把酒瓶放在床邊桌上，靜靜等待。第三聲響起，他接了起來。

「韓森先生嗎？」

「我是。」

「大廳有人找您。」

哈利看著瓶身標籤上身穿紅外套的紳士。「說我馬上下來。」

哈利用三根手指拿著酒瓶，將威士忌一飲而盡。四秒鐘後，他趴在馬桶上把機上午餐給吐了出來。

櫃員指了指鋼琴旁的桌椅，其中一張椅子上直挺挺地坐著一名披著披肩的白髮女子。哈利朝女子走去，她用冷靜的褐色眼珠觀察哈利。他在桌子前方停下腳步。桌上擺著一台電池型小收音機，正在播放體育節目的亢奮說話聲，可能是足球賽轉播。女子後方的鋼琴手正在鍵盤上滑動手指，彈奏著經典電影配樂的集錦曲。廣播聲和鋼琴聲相互交雜。

「《齊瓦哥醫生》，」女子用英語說，朝鋼琴手點了點頭。「很好聽對不對，韓森先生？」

女子的英語發音和音調十分標準。她嘻嘻一笑，彷彿自己說了什麼幽默話語，接著用堅定慎重的態度輕彈手指，示意哈利坐下。

「妳擔心我們受到監視？」

「妳喜歡聽音樂？」哈利問道。

「誰不喜歡呢？我以前教過音樂。」她傾身向前，調高收音機的音量。

女子靠上椅背。「韓森先生，你找我有什麼事？」

哈利又說了一遍兒子在校外被人槍殺的故事，只覺得膽汁燒灼喉嚨，胃裡的嗜酒之犬大發雷霆，嗥叫著還要更多酒精。

「你是怎麼找到我的？」女子問道。

「一個武科瓦爾人告訴我的。」

「你從哪裡來的？」

哈利吞了口口水，舌頭乾澀腫脹。「哥本哈根。」女子觀察他，他靜靜等待，感覺一滴汗水從肩胛骨之間滑落，嘴唇上方泌出一顆汗珠。管他去死的，他要酒，現在就要。

「我不相信你。」最後女子說。

「好吧，」哈利說，站起身來。「那我走了。」

「等一等！」女子雖然嬌小，聲音卻十分果決。她示意哈利坐下。「這不表示我不懂得看人。」她說。

哈利坐了下來。

「我看得見恨意，」女子說：「還有悲慟，而且我聞得到酒味。至少我相信你兒子死了這件事。」她臉上掠過一絲微笑。「你想要我們替你做什麼？」

哈利努力打起精神。「要多少錢？多快可以解決？」

「視情況而定，但你在業界找不到價錢比我們更公道的，我們從五千歐元起跳，外加其他費用。」

「好，下禮拜？」

「這……有點太倉促了。」

女子只猶豫一秒，但這一秒已足以讓哈利明白，而他也看得出女子知道他明白了。收音機傳出興奮尖叫，背景群眾齊聲歡呼，有人得分。

「妳不確定妳的手下能及時回來？」哈利說。

女子用銳利目光看著哈利良久。「你還是警察對不對？」

哈利點了點頭。「我是奧斯陸的警監。」女子的眼周肌肉微一抽動。

「但我對你們不構成威脅，」哈利說：「克羅埃西亞不屬於我的轄區，沒人知道我在這裡，無論是克羅埃西亞警方或我的上司都不知道。」

「那你要什麼？」

「跟妳談個交易。」

「什麼交易？」女子傾身越過桌面，調低收音機的音量。

「用妳的手下來換取我的目標。」

「什麼意思？」

「交換，用你的手下來交換尤恩．卡爾森。只要他停止追殺卡爾森，我就放過他。」

女子挑起一道眉毛。「韓森先生，你們有這麼多人保護一個人和對付我的手下，這樣你還害怕？」

「我們害怕的是血流成河，妳的手下已經殺了兩個人，重傷我們一個同事。」

「那……」女子頓了一頓。「這不太對勁。」

「如果妳不召回他，屍體的數目還會增加，而其中一具會是他的。」

女子閉上雙眼，坐著不動，一會之後她吸了口氣。「既然他已經傷了你們一個同事，你們一定會大舉出動報仇，我怎麼可能相信你還會守信用？」

「我的名字叫哈利．霍勒，」哈利把護照放在桌上。「如果我在沒有克羅埃西亞當局准許之下就跑來的這件事宣揚出去，除了會釀成政治事件，我也會被革職。」

女子拿出一副眼鏡。「這麼說來，你是要把自己端出來當做人質？你以為這種說法聽起來可信嗎……」她戴上眼鏡，翻看護照。「……哈利．霍勒先生？」

「這是我這邊必須承擔的風險。」

女子點了點頭。「我明白了。你知道嗎？」她摘下眼鏡。「也許我願意跟你進行這場交易，但如果我沒辦法召回他，又該如何？」

「什麼意思？」

「我不知道他在哪裡。」

哈利觀察女子，看見她眼中的痛苦，聽見她話聲中的顫抖。

「這樣的話，」哈利說：「妳就必須把妳手上的籌碼拿出來談判，給我這次客戶的姓名。」

「不行。」

「如果這位警察死了，」哈利說，從口袋拿出一張照片，放在他們之間的桌子上。「妳的手下很有可能會被殺死，而且會被布置得像是警方出於自衛，不得不開槍射殺他，除非我出手制止。事情就是這樣，妳明白嗎？客戶是不是這個人？」

「霍勒先生，我不受人要脅的。」

「明天一大早我就飛回奧斯陸，我的手機號碼寫在照片背面，妳如果改變心意就打電話給我。」

女子將照片收進包包。

哈利快速而低聲地說：「他是妳兒子對不對？」

女子僵住了。「你怎麼會這樣想？」

「我也懂得看人，我看得見痛苦。」

女子弓身伏在包包上。「那你呢，霍勒？」她抬起雙眼，直視哈利的臉。「難道這位警察你不認識？你能這麼輕易地就放棄復仇？」

哈利口乾舌燥，吸入的空氣彷彿是熱燙的。「對，」他說：「我不認識。」

他看著女子穿過馬路，轉而向左，離開他的視線。窗外似乎傳來烏鴉的嘎嘎叫聲。

他回到房間，喝光其他的迷你酒，然後去吐，喝光啤酒，再次去吐，看了看鏡中的自己，再搭電梯去樓下酒吧。

23 犬

十二月十九日，星期五

他坐在黑暗的貨櫃裡試著釐清思緒。那警察的皮夾裡有兩千八百挪威克朗，如果他沒記錯匯率，這代表他有足夠的錢可以購買食物、外套，以及飛往哥本哈根的機票。

現在只剩下彈藥的問題。

他在哥德堡街擊發了第七發、也就是最後一發子彈。他去布拉達廣場問過哪裡買得到九毫米子彈，卻只得到白眼相待，假如他再繼續隨便找路人來問，碰到便衣警察的機率就會大增。

他把用完子彈的拉瑪迷你麥斯手槍用力摔在地上。

證件上的男子對他微笑，男子名叫哈福森。如今警方一定會在尤恩．卡爾森周圍布下防護網，他只剩一步棋可走：特洛伊木馬。他知道誰可以拿來當成木馬：哈利．霍勒。查號台的女性人員說全奧斯陸只有一個哈利．霍勒，地址是蘇菲街五號。他看了看錶，突然身子一僵。

外頭傳來腳步聲。

他跳了起來，一手抓起玻璃片，一手抓起手槍，站到櫃門邊。

櫃門打開，城市燈光流瀉而入，他看見一個人影走進來，盤腿坐下。

他屏住呼吸，但什麼事也沒發生。

火柴嘶的一聲點燃，火光照亮貨櫃一角和那人的臉龐，那人一手拿著湯匙和火柴，另一手和牙齒並用撕開一個小塑膠袋。他認出了這個身穿淺藍色牛仔外套的少年。

正當他鬆了口氣，少年迅速有效率的動作突然停止。

「哈囉？」少年朝漆黑處望去，同時將小塑膠袋塞進口袋。

他清了清喉嚨，踏進火柴的亮光裡。「記得我嗎？」

少年用驚恐的眼神看著他。

「我們在火車站外面說過話，我給了你錢，你叫克里斯多夫對不對？」

克里斯多夫詫異地張開了口。「那個人是你？你就是那個給我五百克朗的外國人？天啊，呃，好吧，我認得你的聲音……啊！」克里斯多夫拋開火柴，火柴在地上熄滅。他的聲音在漆黑當中聽起來比較靠近。「今天晚上我可以跟你共用這裡嗎，老哥？」

「都給你用，我正要出去。」

另一根火柴劃亮。「你最好留在這裡，兩個人比較溫暖，我是說真的。」克里斯多夫手拿湯匙，從小瓶子裡倒了些液體。

「那是什麼？」

「加了抗壞血酸的水。」克里斯多夫打開小塑膠袋，倒了些粉末在湯匙上，一粒粉末也沒浪費，然後迅速把火柴交到另一手。

「克里斯多夫，你真厲害。」他看著眼前的毒蟲把火柴拿到湯匙底下，同時抽出另一根火柴做好準備。

「布拉達廣場那些人稱之為『穩手』。」

「看得出來。聽著，我要走了，我可以跟你交換外套，讓你度過今晚。」

克里斯多夫看了看自己身上單薄的牛仔外套，又看了看對方身上的藍色厚外套。「哇，你是說真的嗎？」

「當然是真的。」

「靠，你真好心。先讓我把這一管打完。你能幫我拿火柴嗎？」

「我幫你拿針筒不是比較方便？」

克里斯多夫沉下了臉。「哈囉，我也許很菜，但我可不會掉進老掉牙的毒蟲圈套。來，幫我拿火柴。」

粉末溶在水中，形成清澈的褐色液體。克里斯多夫拿了顆棉花球放在湯匙上。

「這樣可以濾掉雜質。」克里斯多夫沒等他問就如此說道，然後透過棉花球把液體吸入針筒，再用針尖對準手臂。「有沒有看見我的皮膚很好？連個斑點都沒有，看到沒？膚質很好，血管很粗。他們說這叫做純淨處女地。但是再過幾年，我的皮膚就會變黃，還會有很多紅腫結痂，就跟那些人一樣，而且『穩手』這個名稱再也用不到我身上。這些我都知道，但還是執意要這樣做，很瘋狂對不對？」

克里斯多夫邊說邊搖針筒，讓液體冷卻，再用橡皮繩綁住前臂，把針插入皮膚底下有如藍色小蛇的靜脈。金屬針滑入肌膚，海洛因注入血管。他眼睛半閉，嘴巴半張，頭向後仰，看見吊在半空中的犬屍。

他看了克里斯多夫一會，丟開燃燒的火柴，拉下藍色外套的拉鍊。

貝雅特打的電話終於通了，但她幾乎聽不見哈利的聲音，因為迪斯可版本的〈聖誕鈴聲〉在背景中吵嚷回響。然而她所聽見的聲音已足以讓她知道哈利醉了，並不是因為他口齒不清，恰好相反，而是因為他的口齒過於靈便。她告訴哈利關於哈福森的事。

「心包填塞？」哈利高聲說。

「內出血充滿心包腔所導致的，使得心臟無法正常跳動，他們必須把很多血引流出來才行。狀況已經穩定下來，但他還在昏迷當中，現在能做的只有等待了，有任何進展我會再打給你。」

「謝了，還有什麼我必須知道的嗎？」

「哈根派兩個保姆把尤恩．卡爾森和希雅．尼爾森送回了厄斯古德。我跟蘇菲亞．米何耶茲的母親談過，她答應今天會帶蘇菲亞去看醫生。」

「嗯，獸醫試驗所的肉塊報告呢？」

「他們之所以指明中餐館是因為只有在中國才會吃那種東西。」

「吃什麼東西？」

「狗肉。」

「狗肉？等一下。」

音樂消失，取而代之的是車流聲。哈利的聲音再度傳來。「可是挪威的中餐館是不販賣狗肉的，我的老天。」

「不是，這個例子很特別。獸醫試驗所設法分辨出品種，所以我明天會打電話去挪威畜犬協會詢問，他們的資料庫裡有所有純種狗和飼主的資料。」

「我看不出這會有什麼幫助，全挪威的狗應該有數十萬隻吧。」

「我查過了，四十萬隻，至少每家有一隻。重點是這種狗很罕見，你有沒有聽過黑麥茲納犬？」

「妳再說一遍？」

貝雅特又說了一遍，接下來幾秒鐘她只聽見札格瑞布的車聲，跟著就聽見哈利喊道：「原來如此！非常合理，這個人必須找個藏身之處，我之前怎麼都沒想到？」

「想到什麼？」

「我知道史丹奇躲在哪裡了。」

「什麼？」

「妳一定要找到哈根，叫他授權出動戴爾塔特種部隊。」

「躲在哪裡？你在說什麼啊？」

「貨櫃場，史丹奇躲在貨櫃裡。」

「你怎麼知道？」

「因為奧斯陸不是很多地方吃得到黑麥茲納犬。明天早上我會搭第一班飛機回奧斯陸，我抵達之前先叫戴爾塔特種部隊和傅凱包圍貨櫃場，可是先不要逮人，等我到了再說，明白嗎？」

貝雅特掛斷電話後，哈利站在街上看著飯店酒吧。酒吧裡的音樂隆隆作響，半滿的酒杯正等著他回去。小救主已在羅網之中，現在需要的是清晰的頭腦和不會發抖的手。哈利想到哈福森，想到被血淹沒的心臟。他可以直接返回沒有酒的客房，鎖上房門，把鑰匙扔出窗外。或者他可以走回酒吧，把剩下的酒喝完。他打個冷顫，深深吸口氣，關閉手機電源，走進酒吧。

救世軍總部的工作人員早已熄燈回家，只有瑪蒂娜的辦公室依然亮著燈。她撥打哈利的手機號碼，同時自問：難道是因為他年長許多才讓她覺得如此刺激？或者是因為他有太多壓抑的情緒？還是他看起來如此無助？照理說那女人在哈利家門口大吵大鬧，應該會把她嚇跑才對，但結果正好相反，她反而更想要……是的，她究竟更想要什麼呢？瑪蒂娜呻吟一聲，因為電腦語音說她撥的手機號碼不是關機就是收不到訊號。她打電話去查號台，查到哈利在蘇菲街的住家市話，打了過去。一聽見哈利的聲音，她的心臟就砰砰亂跳，結果卻是電話答錄機。她有個完美藉口可以下班順路經過哈利家，沒想到他竟然不在！她又留了一則留言，說她要提早把聖誕音樂會的票拿給他，因為明天早上開始她就得去音樂廳幫忙。

她掛上電話，忽然發現有人站在門口看她。

「里卡！你不要這樣，嚇我一跳。」

「抱歉，我正要回家，所以來看看我是不是最後一個走的。我可以載妳回家嗎？」

「謝謝，可是……」

「妳都已經穿上外套了。走啦，這樣妳就不用設定警報器了。」里卡乾笑幾聲。上星期瑪蒂娜有兩次最後離開都誤觸新警鈴，使得保全公司的人員特地前來查看，救世軍只好支付額外費用。

「好吧，」她說：「謝謝。」

「沒問題……」里卡吸了吸鼻子。

他心跳加速，鼻子裡嗅到哈利．霍勒的氣味，伸出一手小心翼翼打開房門，在牆上摸索電燈開關，另一手舉起手槍，指著黑暗中依稀可見的床鋪輪廓。他吸了口氣，打開電燈開關，燈光溢滿整個房間。房內沒有多餘陳設，只有一張基本的床鋪，整齊且空無一人，就跟公寓裡其他房間一樣。他已搜查過其他房間，最後來到臥室。他感覺心跳慢了下來。哈利不在家。

他把手槍放回髒牛仔外套的口袋，感覺手槍壓碎了他從奧斯陸中央車站的廁所拿來的除臭錠。廁所旁有一台公共電話，他就是用那台電話查出哈利在蘇菲街的住家地址。

進入這棟公寓比他想像中來得容易，他在大門按了兩次門鈴，無人回應，原本打算放棄，但他推了推大門，關著的門就開了。門鎖沒有卡緊，一定是天冷的緣故。他爬上三樓，看見哈利．霍勒的名字潦草地寫在一段紙膠帶上。他把帽子抵在門鎖上方的玻璃，用槍柄一敲，玻璃應聲裂開。

客廳面對後院，因此他冒險打開檯燈，環顧四周，只見屋內是簡樸的斯巴達風格，整理得有條不紊。

但他的特洛伊木馬、可以帶他去找尤恩．卡爾森的人，這時卻不在家。不過他希望屋裡有槍或彈藥。於是他先從警察可能收藏手槍的地方開始找起，像是抽屜、櫃子或枕頭底下，但毫無所獲。他開始逐個房間進行有系統的搜索，但也徒勞無功。接著他開始瞎翻亂找，這意謂著他不是自暴自棄就是狗急跳牆。他在電話桌上的信件下方發現警察證，上面有哈利．霍勒的照片。他把警察證收進口袋，接著又移動書本和唱片，並發現架上這些東西都依照字母排列。咖啡桌上放著一疊文件，他拿來翻看，翻到一張照片停了下來。這張照片的主題他看過無數次不同版本的：一個身穿制服的死人。那是羅伯．卡爾森的照片。另一份文件上有史丹奇的名字。又有一張表格上有哈利的名字，他往下看，看見一個熟悉名詞的前方打了個勾：史密斯威森點三八手槍。表格上龍飛鳳舞地簽著名字。這究竟是槍枝執照還是槍枝申請表？

他放棄了。看來哈利把槍帶在身上。

他走進狹小整齊的浴室，打開水龍頭。熱水令他顫抖。他臉上的煤灰把水槽染成黑色。他打開冷水龍頭，手上凝固的血液融化，水槽染成了紅色。他擦乾臉和手，打開水槽上方的櫃子，找到一捲紗布，把手上被玻璃割傷的地方包紮起來。

但這裡似乎少了些什麼。

他看見水龍頭旁邊有根短鬚，像是刮鬍子之後留下來的，但卻沒看見刮鬍刀或刮鬍泡，也沒看見牙刷、牙膏或盥洗包。難道這個哈利．霍勒命案調查到一半竟然跑去旅行？又或者他跟女友同住？

他走進廚房，打開冰箱，看見裡頭有一盒保存期限到六天後的鮮奶、一罐果醬、白起士、三個燉肉菜罐頭。冷凍庫裡放著切片裸麥麵包，用保鮮膜包著。他拿出鮮奶、麵包、兩個燉肉菜罐頭，打開爐火。烤麵包機旁放著一份今天的報紙。鮮奶，今天的報紙。他開始覺得哈利．霍勒比較可能是去旅行了。

他從櫃子高處拿下一個玻璃杯，正要倒鮮奶，有個聲音忽然在屋裡響了起來。他心頭一驚，鮮奶掉落地上。

響起的是電話鈴聲。

他看著鮮奶在赤陶地磚上蔓延開來，耳中聽見玄關傳來急切的電話鈴聲。三聲機械喀噠聲過後響起五個嗶聲，接著一個女性聲音充滿室內，話聲甚快，語調似乎很欣喜，笑了幾聲後掛上電話。他在這聲音中聽見了什麼。

他把打開的燉肉菜罐頭放在煎鍋上，一如圍城時期那樣。他們這樣做並不是因為沒有盤子，而是為了表示每個人吃的份量是一樣的。他走進玄關，黑色小答錄機閃著紅色燈光，顯示的數字是2。他按下播放鍵，錄音帶開始轉動。

「我是蘿凱，」一個女性聲音說，這聲音聽起來比剛剛那個年紀大。女子說了幾句話後，把電話交給一個小男孩，小男孩開心地講個不停。接著播出的是剛才的留言。他很確定自己沒有聽錯，他聽過這個聲音，這是白色巴士上那個女子的聲音。

留言播放完畢後，他站在牆上鏡子前，看著鏡子下方貼著的兩張彩色照片。其中一張照片裡是哈利、一名深髮女子和一個小男孩，他們穿著滑雪板站在雪地裡瞇眼看著鏡頭。另一張是褪色老照片，裡頭是一個小女孩跟一個小男孩，兩人都穿泳衣，小女孩似乎有唐氏症，小男孩是哈利。

他悠哉地坐在廚房裡吃東西，同時留意樓梯聲響。他在電話桌的抽屜裡找到一捲透明膠帶，把破了的玻璃貼回前門。吃完之後，他走進臥室，裡頭很冷。他在床上坐下，用手撫摸柔軟床單，聞了聞枕頭，又打開衣櫃，發現兩件灰色平口內褲，一件折疊整齊的白色T恤，上頭印著有如濕婆般的八臂人像，下方寫著「FRELST!」，拯救，上方寫著「Jokke & Valentinerne」（約克與瓦倫廷納）。這些衣服都有肥皂香味。他換上這些衣服，躺在床上，閉上眼睛，想到哈利的照片、想到喬吉，把手槍放在枕頭底下。儘管他極度疲憊，但仍感覺陰莖逐漸勃起，頂著貼身又柔軟的棉質內褲。他安心入睡，知道只要有人開門，自己會立刻醒來。

「坦然面對意外之事。」

這是警察特種部隊戴爾塔小隊隊長希維德．傅凱的座右銘。他站在貨櫃後方的小山脊上，手持無線電對講機，耳中充滿計程車、轎車、卡車行駛在高速公路上準備返家過節的轟轟聲響。他身旁站著督察長甘納．哈根。哈根身上的綠色防彈背心領子高高翻起。傅凱的隊員位在他們下方寒冷冰封的黑暗中。他看了看錶，兩點五十五分。

十九分鐘前，警犬隊的德國狼犬聞出紅色貨櫃中有人。儘管這項任務看起來十分簡單，傅凱卻不喜歡眼前這個狀況。

目前為止一切都進行得相當順利。在他接到哈根的電話，命令五名優秀的警察特種部隊隊員在警署整裝待發之後，只花了五十五分鐘就達成命令。戴爾塔小隊共有七十人，絕大多數都鬥志高昂、訓練精良，平均年齡三十一歲。他們依需要制定詳細計畫，任務包括所謂的高難度武裝行動；特種部隊就是專門執行這種高難度任務。現場除了戴爾塔小隊的五名隊員之外，還有一名來自軍方的ＦＳＫ武裝特種部隊隊員，這就是讓傅凱不安的原因。此人是哈根親自調來的一流神槍手，他說自己名叫亞隆，但傅凱知道ＦＳＫ隊員向來不用真名。事實上FSK自一九八一年成立以來，就一直是極為神祕的單位，直到著名的持久自由行動在阿富汗展開之後，媒體才掌握到這個精良部隊的一些確切細節。然而從傅凱的角度來看，這個部隊比較像是神祕的兄弟會。

「因為我信任亞隆，」哈根對他如此簡單解釋。「你還記得九四年的那一槍嗎？」

傅凱對桑德福德機場的人質挾持事件記憶猶新，因為當時他就在現場。事後沒有人知道那救命的一槍是誰擊發的，只知道子彈穿過掛在汽車擋風玻璃前的防彈背心腋窩，擊中銀行搶匪的頭部。搶匪的腦袋就在全新富豪轎車的後座如同南瓜般爆開。事後車商回收這輛轎車，加以清洗並重新出售。但這並不是令傅凱感到不安的地方，就連亞隆帶著一把他從未見過的步槍也不會令他感到不安，槍托上刻著「MÄR」字樣對他來說不算什麼。這時亞隆趴在目標區域外的某處，配備雷射瞄準器和夜視鏡，並回報說他清楚看見貨櫃，除此之外，每當傅凱要求他回報最新情況時，他都只咕噥了事。但這也不會讓傅凱覺得反感。他之所以不喜歡眼前情況，是因為亞隆根本不需要在現場，他們根本不需要神槍手。

他猶疑片刻，把對講機拿到嘴邊。「阿德勒，準備好就閃燈。」

貨櫃旁出現一個燈光上下移動。

「各就各位，」傅凱說：「準備進入。」

哈根點了點頭。「很好。傅凱，在行動之前，我想先確認我們兩個人的看法是一致的。我們都認為最好現在就進行逮捕行動，不必等霍勒回來。」

傅凱聳了聳肩。再過六小時就天亮，屆時史丹奇會從貨櫃裡出來，這樣就可以在空地上放出警犬來追捕。大家都說哈根亟欲立功，為自己做好準備，時機一到就坐上總警司的位子。

「是的，聽起來很合理。」

「很好，我會在報告裡寫說這是一場共同決定的行動，以免有人說我先行逮人，搶下功勞。」

「我想沒有人會這樣懷疑吧。」

「很好。」

傅凱按下對講機上的發話鍵。「兩分鐘後行動。」

哈根和傅凱鼻中噴出的白氣交織成一片雲霧，隨即消失。

「傅凱……」對講機傳出阿德勒的低低話聲。「有個男人從貨櫃裡走出來。」

「大家做好準備，」傅凱用堅定冷靜的口氣說。坦然面對意外之事。「他是要出去嗎？」

「不是，他只是站著。他……看起來好像要……」

砰的一聲槍聲響起，在黑暗的奧斯陸峽灣裡迴盪，接著一切又歸於寂靜。

「媽的怎麼回事？」哈根說。傅凱心想，那是意外之事。

24 承諾

十二月二十日，星期六

週六清晨，他仍在睡覺，睡在哈利的公寓裡、睡在哈利的床鋪上、穿著哈利的衣服、做著哈利的惡夢。夢中鬼魂回來找他，夢中總有鬼魂回來找他。

前門傳來細微的摩擦聲，但這已足夠讓他醒來。他立刻伸手到枕頭下，翻身下床，悄悄走進玄關。冰冷的地板燒灼他的腳底板。他透過波浪紋玻璃看見一個人影。昨晚他關上屋內所有的燈，可以肯定沒人能從屋外得知他在這裡。那人似乎彎腰在門鎖上搗鼓著什麼。難道鑰匙插不進門鎖？難道哈利・霍勒喝醉了？也許他不是去旅行，而是去整夜買醉。

他站到門邊，伸手握住冰冷的金屬門把，屏住氣息，感覺槍托抵住手掌的摩擦力所帶來的安全感。門外那人似乎也屏住了氣息。

他希望這不代表事情將出現不必要的麻煩；他希望霍勒是個明智之人，明白自己別無選擇，只能帶他去找尤恩・卡爾森，倘若這不可行，至少把尤恩叫來這間公寓。

他手裡舉著槍，讓槍一眼可見，猛然把門打開。門外那人倒抽一口涼氣，後退兩步。有個東西卡在外頭的門把上，是用包裝紙和玻璃紙包紮成的一束鮮花，紙上還黏著一個大信封。

儘管那人滿臉驚恐，他還是立刻認出了她。

「進來。」他吼道。

瑪蒂娜・艾考夫猶疑不決，直到他再度舉起手槍。

他揮動槍管，示意瑪蒂娜走進客廳。他跟在後頭，禮貌地請她坐在扶手椅上，自己在沙發上坐了下來。

瑪蒂娜勉強讓目光離開手槍，朝他望去。

「抱歉我穿這身衣服，」他說：「哈利呢？」

「你想幹嘛？」瑪蒂娜用英語問道。

他聽了瑪蒂娜的聲音之後非常訝異，因為她的聲音很冷靜，幾乎是溫暖的。

「我要找哈利．霍勒，」他說：「他在哪裡？」

「我不知道，你找他幹嘛？」

「發問的人是我，如果妳不告訴我他在哪裡，我只好對妳開槍，明白嗎？」

「我不知道他在哪裡，所以你只好對我開槍，如果你認為這樣會有幫助的話。」

他在她眼中找尋恐懼，卻找不到，也許跟她的瞳孔有關，她的瞳孔好像怪怪的。

「妳來這裡做什麼？」他問道。

「我來把音樂會的門票拿給他。」

「還送花？」

「心血來潮。」

他拿起瑪蒂娜放在桌上的包包翻看，找出皮夾和銀行卡片。瑪蒂娜．艾考夫，一九七七年生，地址是奧斯陸市索根福里街。

「你是史丹奇，」瑪蒂娜說：「你就是上過白色巴士的那個人對不對？」

他再度朝她望去。她直視他雙眼，緩緩點了點頭。

「你來這裡是因為你想叫哈利帶你去找尤恩．卡爾森對不對？現在你不知道該怎麼辦了對不對？」

「閉嘴。」他說，口氣卻顯得虛張聲勢，因為她說得對：一切都走樣了。兩人不發一語，坐在透入晨光的陰暗客廳內。

最後瑪蒂娜打破沉默。

「我可以帶你去找尤恩·卡爾森。」

「什麼？」他驚訝地說。

「我知道他在哪裡。」

「哪裡？」

「一座莊園裡。」

「妳怎麼知道？」

「因為那座莊園是救世軍的，我手上有清單，知道每間莊園的使用者是誰。警方打過電話給我，問我這幾天可不可以把莊園都借給他們用。」

「原來如此，但妳為什麼要帶我過去？」

「因為哈利是不會告訴你的，」她簡單地說：「結果你會對他開槍。」

他觀察她，明白她說的是實話，便緩緩點頭。「莊園裡有幾個人？」

「尤恩、他女朋友，還有一個警察。」

一個警察。他腦中開始建構計畫。

「有多遠？」

「尖峰時間要四十五分鐘到一小時，但今天是週末，」瑪蒂娜說：「我的車就在外面。」

「妳為什麼要幫我？」

「我說過了，我希望這件事趕快結束。」

「妳知道如果妳胡說的話，我會在妳腦袋上開一槍嗎？」

瑪蒂娜點了點頭。

「那走吧。」他說。

早上七點十四分，哈利知道自己還活著，因為他全身每根神經都感到疼痛，因為他胃裡的嗜酒之犬還渴求更多酒精。他睜開一隻眼睛，看了看四周，只見衣服散落在客房地上，但至少房裡只有他一個人。他朝床邊桌上的玻璃杯伸手，幸運地抓中杯子。杯子是空的。他用手指刮了刮杯底，舔舔手指。味道是甜的，酒精都已揮發。

他拖著身體下床，拿著杯子走進浴室，目光避開鏡子，將杯子裝滿水，緩緩喝下。嗜酒之犬高聲抗議，但他穩穩拿著杯子，又喝了一杯。對了，要搭飛機。他把目光集中在手腕上。媽的手錶跑哪裡去了？現在幾點？他必須離開，必須回家。還是先喝一杯再說……他找到褲子穿上，覺得手指麻木腫脹。包包呢？在那裡。盥洗包。鞋子。可是手機呢？不見了。他撥9，打給樓下櫃台，聽見背景傳來帳單的列印聲。櫃員回答了四次，他還是聽不懂。

他結結巴巴地說著英語，連自己都聽不太懂自己在說什麼。

「先生抱歉，」櫃員答道：「酒吧下午三點才開始營業，您要退房了嗎？」

哈利點了點頭，在床尾的外套裡找尋機票。

「先生？」

「對。」哈利掛上電話，靠在床上，繼續在褲子口袋裡翻找，卻只找到一個二十克朗的挪威硬幣。昨晚酒吧打烊結帳時，他付錢少了幾庫納，就把二十克朗挪威硬幣放在鈔票上，轉身離去。但還沒走到門口，就聽見憤怒的咆哮聲，感覺後腦一陣疼痛，低頭就看見那枚硬幣在地上跳動，發出清脆聲響，滾到他雙腳之間。他走回吧台，酒保咕噥咒罵，接受了他的手錶以補齊差額。

哈利知道外套內袋已被扯破，便摸索著在襯裡中找到機票，把它勾出來，看清楚起飛時間。這時門上傳來敲門聲，起初只有一聲，接著是更大力的一聲。

他不記得酒吧打烊後發生的事，但若敲門聲跟這有關，那肯定沒好事。不過話又說回來，搞不好有人撿到他的手機也說不定。他拖著腳步走到門口，把門打開一吋。

「早上好，」門外的女子說：「還是不好？」

哈利擠出微笑，倚在門框上。「有什麼事？」

女子盤起了頭髮，看起來更像個英文老師。

「跟你敲定交易。」她說。

「喔？為什麼是現在，不是昨天？」

「因為我想知道我們碰面之後你會做什麼，比如說你會不會去跟克羅埃西亞警方碰面之類的。」

「妳知道我沒有？」

「你去酒吧喝酒喝到打烊，然後搖搖晃晃地走回房間。」

「妳還有眼線啊？」

「別東拉西扯了，霍勒，你還要趕飛機。」

飯店外有輛車等著他們，司機就是那個身上有監獄刺青的酒保。

「弗萊德，去聖史蒂芬教堂，」女子說：「開快點，他的飛機一個半小時後起飛。」

「你知道很多我的事，」哈利說：「我對妳卻一無所知。」

「你可以叫我瑪麗亞。」女子說。

晨霧籠罩札格瑞布，偌大的聖史蒂芬教堂塔樓隱沒在白霧之中。

瑪麗亞領著哈利穿過近乎荒涼的廣闊中殿，經過懺悔室、幾個聖者雕像和附屬的祈禱長椅。隱藏式喇叭播放著宛如祈禱文般的聖歌，歌聲低而沉重，餘韻連綿，也許是為了激發沉思，但哈利聽了卻只想到天主教超級市場播放的背景音樂。瑪麗亞帶著哈利踏上側邊走道，穿過一扇門，進入小房間，裡頭有兩張祈禱長椅。晨光穿過彩色玻璃，化為紅色與藍色的光線。釘有耶穌的十字架兩旁點著蠟燭，十字架前方是個跪著的蠟像，仰頭伸臂，絕望地祈禱。

「這是使徒多馬，建築工匠的守護者，」瑪麗亞說，鞠躬畫個十字。「他想跟耶穌一起死。」

哈利心想，這是心存懷疑的多馬。瑪麗亞弓身在包包上，拿出一根貼有聖者照片的小蠟燭，將蠟燭點燃，放在多馬前方。

「跪下。」她說。

「為什麼？」

「照做就是了。」

哈利不情願地在粗糙的紅絲絨祈禱長椅上跪下，手肘放在傾斜骯髒的木扶手上，上頭沾有汗漬、油脂和淚水。沒想到這個姿勢竟怪異地舒服。

「向聖子發誓你會信守承諾。」

哈利猶疑片刻，低下了頭。

「我以聖子……」瑪麗亞說。

「我以聖子……」

「我的救主之名發誓……」

「我的救主之名發誓……」

「盡力拯救那個人們稱之為小救主的性命。」

哈利複述。

瑪麗亞坐直身子。「這裡是我跟客戶的中間人接洽的地方，」她說：「也是他委託工作的地方。不過我們走吧，這裡不是討論凡人命運的地方。」

弗萊德載他們前往寬廣開放的托米斯拉夫國王廣場，並在車上等候他們。他們在廣場上找了張長椅坐下。枯萎的褐色小草奮力站直，但仍不敵濕冷寒風而趴倒。電車鈴聲從老展覽館的另一側傳來。

「我沒見到他本人，」瑪麗亞說：「但他聽起來滿年輕的。」

「聽起來？」

「十月的時候這個人打了第一通電話去國際飯店，只要是關於難民的電話都會經過弗萊德，他把電話轉給了我。這個人說他代表一位匿名人士希望我們接下奧斯陸的任務，我記得電話背景有很多車聲。」

「公共電話。」

「我想也是。我說我不在電話上接案，也不跟匿名人士打交道，就把電話掛了。三天後他又打來，跟我約在聖史蒂芬教堂，還指定了時間跟懺悔室。」

一隻烏鴉飛到長椅前的樹枝上，低下頭來，陰鬱地看著他們。

「那天教堂裡有很多觀光客，我依照指定時間走進懺悔室，看見椅子上放著一個信封。我打開信封，裡頭有尤恩．卡爾森值班的時間地點、遠超過我們一般收費的美金頭款，還寫了尾款數目。此外還寫說那個跟我通過電話的中間人會再跟我聯絡，聽取我的意願，如果我願意接受，可以再跟他商討財務方面的細節。這個中間人會是我們唯一的聯絡窗口，但基於安全因素，他並未授權跟我討論任務內容，所以無論在任何情況下，我都不能透露有關任務的事給中間人知道。我拿了信封，離開懺悔室和教堂，回到飯店。半小時後，中間人就打電話來。」

「這個人跟從奧斯陸打電話給你的人是同一個？」

「他沒有自我介紹，但我當過英文老師，所以習慣注意聽別人怎麼說英語。這個人的口音非常特別。」

「你們說了些什麼？」

「我說基於三個理由我必須拒絕。第一，我們的原則是必須知道客戶委託任務的原因。第二，基於安全考量，我們從不讓別人決定時間或地點。第三，我們不跟匿名客戶來往。」

「他怎麼說？」

「他說他負責付錢，所以我只能知道他的身分，並容忍這一點。然後他問我價碼要調高到多少，我才能對其他的反對理由視而不見？我說我要的價碼他絕對付不起，於是他開出一個數目，而我……」

哈利看著瑪麗亞在腦中尋找適當的英文詞句。

「……我沒準備聽見這麼高的數目。」

「他說的數目是多少？」

「二十萬美金，這是我們標準收費的十五倍。」

哈利緩緩點頭。「所以對方的動機就不再重要了？」

「這你不用明白，霍勒，但我們一直有個計畫，希望錢賺夠之後就洗手不幹，搬回武科瓦爾，展開新生活。我知道這個價碼可以讓我們達成目標，這會是最後一次任務。」

「所以道德殺人的原則就可以擺在一旁？」哈利問道，在身上四處找菸。

「你調查命案的方式一定都合乎道德嗎，霍勒？」

「不一定，一個人總得過活。」

瑪麗亞淡淡一笑。「那你跟我也沒有多大差別，不是嗎？」

「我懷疑。」

「啊哈，如果我沒看錯，你跟我一樣只希望對付那些值得你花心思的事，是不是？」

「這是當然。」

「但事實並非如此，不是嗎？你發現罪行並不像你當初選擇當警察時以為的那樣黑白分明，你原本想從邪惡的手中解救人類，但多數情況下，你發現邪惡的成分很少，人類弱點的成分很多，很多悲傷的故事你都可以在自己內心裡找到。然而就像你說的，一個人總得過活，於是我們開始說謊，對周遭的人和自己說謊。」

哈利找不到打火機，再不把菸點燃，他就要爆炸了。他不願意想起比勒格·侯曼，現在絕對不要。濾嘴被他咬破，發出乾澀的窸窣聲。「妳說這個中間人是叫什麼名字來著？」

「你說得好像你已經知道似的。」瑪麗亞說。

「羅伯·卡爾森，」哈利說，用手掌用力揉了揉臉。「他給妳信封的日期是十月十二日。」瑪麗亞挑起一道眉毛，眉型修得很優雅。

「我們發現了他的機票，」哈利覺得凍死了，寒風吹來直接穿過他，彷彿他是幽靈似的。「而他回去之後，又在不知情的情況下替他協助要殺害的人代班。一個人是可以笑著殺死自己的，是不是？」

瑪麗亞沒有答話。

「我不明白的是，」哈利說：「妳兒子從電視或報紙上得知他殺的人是負責遞送現金的中間人之後，為什麼不中止任務？」

「他從不知道客戶是誰，也不知道目標的罪行是什麼，」瑪麗亞說：「這樣是最好的安排。」

「這樣他被捕的時候就什麼都不能洩露？」

「這樣他就不必思考，這樣他就只要執行任務就好，把其他都交給我，信賴我會做出最正確的判斷。」

「不論是道德上或財務上？」

瑪麗亞聳了聳肩。「當然了，這次他如果事先知道名字就好了，問題是自從我兒子下手之後，不知道為什麼就沒再跟我們聯絡。」

「他不敢。」哈利說。

瑪麗亞閉上眼睛，哈利看見她那張小臉上肌肉抽動。

「你希望我中止任務，跟你交易，」她說：「現在你知道這是不可能的，但我已經告訴你跟我們聯絡的中間人是誰，這樣你還願意信守承諾嗎，哈利？你願意救我兒子嗎？」

哈利默然不答。那隻烏鴉飛離樹枝，水滴滴落在他們前方的碎石地上。

「妳想妳兒子如果知道自己勝算很低，會不會收手？」哈利問道。

瑪麗亞露出苦笑，憂鬱地搖了搖頭。

「為什麼？」

「因為他無畏又固執，這是從他父親那裡遺傳來的。」哈利看著眼前這名瘦小女子的挺直身軀，不確定後面這句話是否正確。「替我跟弗萊德說再見，我搭計程車去機場。」

瑪麗亞看著雙手。「哈利，你相信上帝嗎？」

「不相信。」

「但你還是在祂面前發誓說你會救我兒子。」

「對。」哈利說，站起身來。

瑪麗亞依然坐著，抬頭朝哈利望去。「你是那種會信守承諾的人嗎？」

「不一定。」

「你不相信上帝，」她說：「也不相信自己說過的話，那你還剩下什麼？」

哈利把外套裹緊了些。

「哈利，跟我說你相信什麼。」

「我相信下一個承諾，」他說，轉身瞇眼看著車輛稀疏的寬闊大馬路。「人們就算打破了上一個承諾，還是可以守住下一個。我相信新的開始。雖然我可能不會這樣說……」哈利招手攔下一輛有藍色標誌的計程車。「但這就是我幹這行的原因。」

哈利坐上計程車才想到身上沒有現金可以付錢，司機告訴他說札格瑞布機場有提款機可以用威士信用卡提現。哈利坐在車上，手中不斷把玩那個二十克朗硬幣。硬幣在酒吧地上滾動的那一幕跟機上第一杯酒的念頭爭執不下。

外頭天色大明，尤恩被轉彎駛入厄斯古德莊園的車聲吵醒，他躺在床上盯著天花板。昨晚又冷又長，他沒睡好。

「是誰來了？」希雅問道，剛才她還睡得很熟。尤恩聽見她口氣中的焦慮。

「可能是來換班的警察吧。」尤恩說。引擎聲消失，兩扇車門開關的聲音傳來。所以來的是兩個人，沒有交談，是兩個沉默的警察。他們聽見由員警鎮守的客廳傳來大門的敲門聲，一聲、兩聲。

「他不開門嗎？」希雅低聲說。

「噓，」尤恩說：「說不定他在外面，說不定他去屋外廁所了。」

第三聲敲門聲傳來，非常大聲。

「我去開門。」尤恩說。

「等一下！」希雅說。

「我們得開門讓他們進來。」尤恩說，從希雅身上爬過，穿上衣服。

他打開通往客廳的門，只見咖啡桌上擺著菸灰缸，一根香菸還擱在上頭冒著煙，沙發上有條凌亂的毯子。敲門聲再度傳來。尤恩朝窗外看去，卻看不見車子。奇怪。他站到大門前。

「哪位？」尤恩大聲問道，心裡已不再那麼確定。

「警察。」外頭的聲音說。

尤恩覺得自己聞到一種奇怪的味道，又覺得自己是不是聞錯了。

門上再度響起敲門聲，他嚇得跳了起來，伸出顫抖不已的手握住門把，深深吸口氣，把門打開。

寒風直捲而入，他感覺像是被水牆打到似的。掛在半空的太陽放出刺目白光，令他瞇起雙眼，看著台階上的兩個人影。

「你們是來換班的嗎？」尤恩問道。

「不是，」一個他認得的女子聲音說：「一切都結束了。」

「結束了？」尤恩驚訝地問道，以手遮眉。「原來是妳？」

「對，去打包吧，我們載你回家。」女子說。

「為什麼？」

女子告訴他原因。

「尤恩！」希雅在臥房裡大喊。

「等一下。」尤恩說，讓門開著，去找希雅。

「是誰啊？」希雅問道。

「是那個訊問我的警探托莉．李，」尤恩說：「還有一個應該也姓李的警探。他們說史丹奇死了，昨晚中槍身亡。」昨晚留守的員警從屋外廁所回來，打包個人物品並離開。十分鐘後，尤恩把包包揹到肩上，關上大門，轉動鑰匙鎖門。他踏著自己在深雪中的足跡，沿著屋子牆壁行走，數到第五塊木板，把鑰匙掛在裡頭，轉身跟上其他人，朝一輛噴著白色廢氣的紅色高爾夫奔去。他擠進後座，坐在希雅旁邊。車子上路後，他伸出手臂緊緊環抱希雅，傾身湊到前座之間。

「昨晚貨櫃場發生什麼事？」

駕車的托莉瞥了坐在旁邊的同事歐拉一眼。

「他們說史丹奇要掏槍，」歐拉說：「也就是說，特種部隊的神槍手說他看到的是這樣。」

「所以史丹奇不是要掏槍？」

「那要看你說的是哪種槍囉，」歐拉說，看了托莉一眼，只見她很難保持面無表情。「他們把史丹奇翻過來，看見他拉鍊拉開，老二垂在外面，看來是站在貨櫃門口想要尿尿。」

托莉突然板起臉孔，清了清喉嚨。

「但這是非官方紀錄的消息，」歐拉趕緊補充道：「你們明白對吧？」

「你的意思是說你們就這樣把他射殺了？」希雅不可置信地拉高嗓門說。

「不是**我們**，」托莉說：「是ＦＳＫ的神槍手開的槍。」

「他們認為史丹奇一定是聽見什麼聲音，轉過了頭，」歐拉說：「但子彈從他耳朵後方射入，從原本是鼻子的地方射出，這下子連鼻子都沒了，一命嗚呼，哈哈哈。」

希雅看著尤恩。

「那發子彈一定超有威力的，」歐拉一副神往的樣子。「反正你看了就知道，卡爾森，你如果指認得出那傢伙才是奇蹟。」

「反正本來就不容易指認。」尤恩說。

「對啊，我們聽說了，」歐拉搖頭說：「那傢伙有橡皮臉什麼的。如果你問我，我會說根本是鬼扯，但這也是非官方紀錄的好嗎？」

車子繼續行駛，車內沉默了一會。

「你們怎麼確定就是他？」希雅問道：「我是說既然他的臉都被打爛了。」

「他們認得那件外套。」歐拉說。

「就這樣？」

歐拉和托莉互望一眼。

「不只這樣，」托莉說：「外套內側和口袋裡的玻璃上發現了血跡，他們正在跟哈福森的血液做比對。」

「希雅，一切都結束了。」尤恩說，把她抱得更緊。她把頭靠在他肩膀上，他吸入她頭髮的香味。再過不久，他就能好好睡一覺。他穿過前座看見托莉的手放在方向盤上端，把車子開到鄉間小路的右側，避開對向駛來的一輛白色小型電動車。尤恩認出那輛電動車跟皇室送給救世軍的電動車屬於相同車款。

25 寬恕

十二月二十日，星期六

心電圖螢幕上的曲線圖和數字，以及規律的聲納嗶聲，呈現出一切都在控制中的假象。

哈福森的口鼻罩著呼吸器面罩，頭上戴著有如頭盔般的東西，醫生說這東西可用來監測腦部活動。深色眼皮上爬著由細小血管所構成的網絡。哈利忽然想到他從未見過閉上眼睛的哈福森，他的眼睛總是張著。

哈利身後的門吱的一聲打開，貝雅特走了進來。

「你終於來了。」她說。

「我從機場直接趕來，」哈利低聲說：「他看起來好像是睡著的噴射機飛行員。」

貝雅特勉強笑了笑，這時哈利才發現自己用的這個譬喻有多麼不祥，倘若他的腦袋不是這麼痲木，也許就會另選一種說法，或者什麼都別說。他之所以現在看起來還像樣，是因為從札格瑞布飛到奧斯陸只經過一個半小時的國際空域，而負責酒類的空服員在服務完每位乘客後，才注意到哈利座位上的服務燈亮著。

他們走出病房，在走廊盡頭找個座椅區坐下。

「有新進展嗎？」哈利問道。

貝雅特用一隻手抹了抹臉。「負責檢查蘇菲亞．米何耶茲的醫生昨天深夜打給我，他說他在蘇菲亞身上什麼都沒發現，只發現額頭上的瘀青，他認為這個瘀青很可能如蘇菲亞所說是撞到門所導致的。他還說醫師誓詞對他來說很重要，但他太太說服他把事情說出來，畢竟這牽涉到如此重大的刑事案件。他從蘇菲亞身上採集了血液樣本，但什麼異常都沒發現，不過他有個直覺，於是把樣本送去做荷爾蒙ＨＣＧ檢驗，結果檢驗報告的濃度幾乎可以非常確定。」

貝雅特咬住下唇。

「很有意思的直覺，」哈利說：「但我不知道荷爾蒙HCG是什麼。」

「蘇菲亞最近有過身孕，哈利。」

哈利想吹口哨，但嘴巴太乾。「妳最好去找她談一談。」

「對啊，何況上次我們變成這麼要好的朋友。」貝雅特挖苦地說。

「妳不需要去當她朋友，只需要知道她是不是被強暴。」

「強暴？」

「直覺。」

她嘆了口氣。「好吧，但事情已經不急了，不是嗎？」

「什麼意思？」

「經過昨晚的事啊。」

「昨晚發生什麼事？」

貝雅特詫異地張開口。「你不知道嗎？」

哈利搖了搖頭。

「我至少留了四通留言在你的語音信箱裡。」

「昨天我手機掉了。什麼事？快告訴我。」

哈利看見她吞了口口水。

「喔，該死，」他說：「不會是我想的那樣吧。」

「昨晚他們射殺了史丹奇，他當場死亡。」

哈利閉上眼睛，聽見貝雅特的聲音彷彿從十分遙遠的地方傳來。「報告上寫說史丹奇突然有動作，警方也已大聲警告。」

哈利心想，連報告都做好了。

「但他們只在他外套口袋裡發現一片玻璃，上頭沾有血跡，病理醫生答應說今天早上會化驗。史丹奇一定是把槍藏起來，要用的時候再拿出來。槍如果帶在身上，被逮到就會成為直接證據。他身上也沒發現任何證件。」

「還有其他發現嗎？」哈利機械式的問出這句話，因為他的心思已飄到別處，飄到了聖史蒂芬教堂。**我以聖子、我的救主之名發誓。**

「貨櫃角落發現了一些吸毒用品，像是針筒、湯匙等等。比較有意思的是有隻狗掛在貨櫃頂端。貨櫃場的警衛說那是黑麥茲納犬，牠身上有些肉被割了下來。」

「很高興知道這件事。」哈利嘟囔說。

「什麼？」

「沒什麼。」

「如你上次所說，這說明了哥德堡街嘔吐物裡的肉塊是怎麼來的。」

「除了戴爾塔小隊之外，還有誰參與這次行動？」

「報告上沒提到別人。」

「報告是誰寫的？」

「當然是負責領導這次行動的希維德・傅凱。」

「當然。」

「反正一切都結束了。」

「不，還沒結束！」

「你用不著吼的，哈利。」

「還沒結束，有王子就有國王。」

「你是怎麼了？」貝雅特雙頰泛紅。「一個殺手死了，你卻表現得好像跟他是……朋友一樣。」

哈利心想，她要提起哈福森了。哈利閉上眼睛，看見眼皮裡紅光閃耀，心想這就好像教堂裡的蠟燭一樣。母親去世時哈利還很小，她在病床上說希望葬在翁達斯涅鎮，那裡看得見山。喪禮上父親、小妹和他站著聆聽牧師講述母親，講的是個他根本不認識的人，因為父親無法上前發言，只好交給牧師。也許那時哈利就已經知道，少了母親，他們就再也沒有家庭了。哈利的爺爺滿身濃烈酒氣，彎腰對他說，世事就是如此，父母應該會先死。哈利聽了喉頭哽住，什麼話都說不出來。他的身高就是遺傳自爺爺的。

「我找到了史丹奇的上司，」哈利說：「她確認這次的謀殺任務是羅伯・卡爾森去委託的。」

貝雅特瞠目結舌地看著哈利。

「但事情並非到此為止，」哈利說：「羅伯只是中間人，後面還有個主使者。」

「是誰？」

「不知道。我只知道這個主使者有能力支付二十萬美金來雇用職業殺手。」

「史丹奇的上司這麼輕易就把這些告訴你？」

哈利搖了搖頭。「我跟她達成一個協議。」

「什麼協議？」

「妳不會想知道的。」

貝雅特的眼睛迅速眨了兩下，點了點頭。哈利看見一名老婦拄著枴杖走過，心想不知道史丹奇的母親和弗萊德會不會在網路上閱讀挪威報紙，不知道他們是不是曉得史丹奇已經死了。

「哈福森的父母正在餐廳用餐，我要下去找他們，你要不要一起來？哈利？」

「什麼？抱歉，我在飛機上吃過了。」

「他們見到你會很高興。他們說哈福森每次談到你都露出很仰慕的樣子，好像你是他的大哥哥一樣。」

哈利搖了搖頭。「可能晚一點吧。」

貝雅特離開後，哈利回到哈福森的病房，在病床旁的椅子邊緣坐下，低頭看著枕頭上那張蒼白的臉。他包包裡有一瓶還沒開封的金賓威士忌，是在免稅商店買的。

「我倆對抗全世界。」哈利低聲說。

他對著哈福森的額頭彈指，中指彈到哈福森眉心，但哈福森的眼皮動也不動。

「雅辛。」哈利說，聽見自己的聲音變得濃重。他的外套打到病床，有什麼東西在外套襯裡中，伸手一摸就摸到遺失的手機。

貝雅特和哈福森的父母回來時，哈利已經離去。

尤恩躺在沙發上，頭枕在希雅大腿上。她正在看電視上播出的老電影，他則看著天花板。貝蒂・戴維斯的獨特嗓音穿過他的思緒：他覺得他對這裡的天花板比他家的還熟悉。倘若先前他在國立醫院的冰冷地下室看得夠用力，最後也許會在那張被子彈打穿的臉上看見一些熟悉和不同之處。他們問說這是不是在他家門口出現過、後來又持刀襲警的那個人？他搖了搖頭。

「但這並不表示這個人不是他。」尤恩答道。他們點了點頭，記錄下來，送他出去。

「你確定警方不會讓你睡自己家嗎？」希雅問道：「如果你今晚睡這裡一定會引來很多八卦。」

「那裡是犯罪現場，」尤恩說：「已經被封起來了，要一直封到警方完成調查為止。」

「封起來，」她說：「聽起來好像是信封一樣。」

貝蒂・戴維斯朝年輕女子奔去，小提琴聲驀地拉高，增添戲劇性。

「你在想什麼？」希雅問道。

尤恩默然不答。他沒說他想的是他說一切都結束了是騙她的。除非他去做他該做的事，否則一切不會結束。而他該做的是鼓起勇氣，不畏艱難地迎向敵人，當個勇敢的小士兵。只因他已然知曉。當時他站得離哈福森非常靠近，聽見哈福森所說的自白留言是麥茲・吉爾斯卓留下的。

門鈴響起。希雅起身開門，彷彿很歡迎有人來打擾似的。來者是里卡。

「有沒有打擾到你們？」里卡問道。

「沒有，」尤恩說：「我正要出去。」

三人都沉默下來，尤恩穿上外出的衣服。關上門之後，尤恩在門外站了一會，聆聽門內的聲音，聽見他們正在小聲說話。他們為什麼要小聲說話？里卡的口氣聽起來很生氣。

他搭上前往市中心的電車，再轉搭侯曼科倫線列車。通常週末如有積雪，列車都會擠滿越野滑雪者，但今天對大多數人來說一定都太冷了。他在最後一站下車，看著盤據在遠處山下的奧斯陸。

麥茲和倫西的家位在丘陵上，尤恩從未去過。柵門相當小，車道也是，沿著樹林彎彎曲曲，樹林遮住了屋子的絕大部分，從路上看不到。屋子本身不高，但結構獨特，要等你真的在屋內走一圈才會發現屋子有多大，至少倫西是這樣說的。

尤恩按下門鈴，幾秒鐘後，他聽見隱藏式擴音器傳出說話聲。「尤恩·卡爾森。真沒想到啊。」

尤恩看著大門上方的監視器。

「我在客廳，」麥茲·吉爾斯卓的話聲聽起來頗為含糊，還帶著咯咯笑聲。「我想你應該知道怎麼走吧。」

大門自動打開，尤恩走進相當於他家大小的門廳。

「哈囉？」

他只聽見自己的回音簡短模糊地傳回來。

他沿著走廊走去，心想盡頭應該是客廳。走廊牆上掛著繪滿鮮豔油彩的未裱框畫布。他越往前走，有股味道就越濃烈。他經過設有中島料理台的廚房和環繞著十二張椅子的餐桌。水槽裡堆滿盤子、杯子和空酒瓶，空氣中瀰漫著腐敗食物和啤酒的噁心氣味。尤恩繼續往前走。走廊上散落著許多衣服。他朝浴室看去，只聞到裡頭冒出嘔吐物的惡臭。

他彎過轉角，眼前出現奧斯陸和峽灣全景，他和父親去諾瑪迦區散步時曾見過這片景致。

客廳中央佇立著一個螢幕，無聲地播放一場婚禮，一看就知道是業餘者拍的影片。父親帶著新娘踏上走道，新娘對兩側賓客點頭微笑。房裡只聽得見投影機風扇的細微嗡嗚聲。螢幕正前方擺著一張黑色高背扶手椅，旁邊地上放著兩個空酒瓶和一個半空酒瓶。

尤恩大聲地咳了一聲，表明自己的到來，走上前去。那張椅子慢慢旋轉過來。

尤恩猛然停步。

他差點認不出椅子上坐著的麥茲．吉爾斯卓。麥茲身穿乾淨白襯衫和黑褲子，但滿臉鬍碴，臉頰腫脹，眼球泛白宛如罩著一層灰白色薄膜，大腿上放著一把雙管步槍，赭紅色槍柄刻著精細的動物花紋。麥茲坐的方式使得那把步槍正好對準尤恩。

「卡爾森，你會打獵嗎？」麥茲用酒醉嘶啞的嗓音輕聲問道。

尤恩搖了搖頭，目光無法從那把步槍上移開。

「我們家族什麼動物都獵殺，」麥茲說：「獵物無分鉅細，我想這就是我們的家族座右銘吧。我父親只要看到四腳動物就開槍，每年冬天他都會去旅遊，只要哪個國家有他沒獵殺過的動物他就去。去年他去巴拉圭，據說那裡有罕見的森林美洲獅。我父親說我不是個好獵人，說我沒有好獵人必備的冷血態度。他常說我唯一獵捕到的動物是她，」麥茲朝螢幕側了側頭。「但我懷疑他心想是她獵捕到我。」

麥茲把步槍放在旁邊的咖啡桌上，張開手掌。「請坐，這禮拜我們會跟你的長官大衛．艾考夫簽約，首先轉移的是亞克奧斯街的房產。我父親會感謝你建議出售。」

「恐怕沒什麼好謝的，」尤恩說，在黑色皮沙發上坐了下來，皮面柔軟冰冷。「我只是提供專業評估而已。」

「是嗎？說來聽聽。」

尤恩吞了口口水。「與其讓錢綁死在房地產上，還不如活用這些錢來協助我們的工作。」

「不過換作是其他業主，可能會把房產拿到市場上公開出售不是嗎？」

「我們也想這樣做，但你們提出的條件很好，清楚表明願意出價購買所有房產，不會容許拍賣。」

「不過是你的建議扭轉了情勢。」

「我認為你們提出的條件很好。」

麥茲微微一笑。「胡扯，你們分明可以賣到兩倍價錢。」

尤恩聳了聳肩。「如果把全部房產分開銷售，我們也許可以賣到高一點的價錢，但一次銷售可以省去冗長費力的售屋過程。而且委員會在房租方面也很信任你們，畢竟我們必須考量那裡的眾多房客。如果是其他寡廉鮮恥的買家，我們不敢想像他們會怎麼對待那些房客。」

「條款上寫明房租不得變動，現有房客可以再住十八個月。」

「信任比條款來得重要。」

麥茲在椅子上傾身向前。「媽的沒錯，卡爾森。你知道嗎？我早就知道你跟倫西的事了，因為每次她被你幹完之後總是面色紅潤，她連在辦公室裡聽見你的名字臉也會紅。你幹她的時候有沒有一邊讀《聖經》給她聽啊？因為你知道嗎？我想她應該會愛死才對……」麥茲癱靠在椅子上，輕蔑地笑了幾聲，伸手撫摸桌上的步槍。「卡爾森，這把槍有兩發子彈，你見過這種子彈的威力嗎？不用瞄得很準，只要扣下扳機——砰——你就會被炸飛到牆上。很棒對不對？」

「我是來告訴你，我不想跟你為敵。」

「為敵？」麥茲哈哈大笑。「你們永遠會是我的敵人。你還記得那年夏天你們買下厄斯古德，而艾考夫總司令親自邀請我過去嗎？你們替我感到難過，覺得我是個被剝奪童年回憶的可憐小孩，你們都非常敏感且善體人意。我的天，我恨死你們了！」麥茲仰天大笑。「我站在那裡看你們遊玩和享受，好像那個地方是屬於你們的。尤其是你弟弟羅伯，他對女孩子真有一套，他會逗她們笑，把她們帶進穀倉，然後……」

麥茲腳一移動，踢到酒瓶，酒瓶哐啷哐啷倒在地上，褐色酒液汩汩流到拼花地板上。「你們眼中沒有我，你們全都看不見我，彷彿我不存在似的，你們眼中只有你們自己人。所以我心想，好啊，那我一定是隱形的，既然如此，我就讓你們看看隱形人可以做些什麼事。」

「所以你才這樣做？」

「我？」麥茲大笑。「我是清白的，尤恩．卡爾森，不是嗎？我們這些特權人士總是清白的，這你一定知道吧，我們總是心安理得，因為我們可以從別人那裡買到清白，可以雇用別人來替我們服務，替我們去做骯髒事。這就是自然法則。」

尤恩點了點頭。「你為什麼要打電話給警察自白？」

麥茲聳了聳肩。「我本來想打給另一個叫哈利．霍勒的，但那個混蛋連名片也沒有，所以我就打給那個給我們名片的警察，好像叫哈福森什麼的，我記不清楚名字，因為我喝醉了。」

「你還有跟別人說嗎？」尤恩問道。

麥茲搖了搖頭，拿起地上酒瓶喝了一口。

「我父親。」

「你父親？」尤恩說：「原來如此，當然了。」

「當然了？」麥茲咯咯笑了幾聲。「你愛你父親嗎，尤恩．卡爾森？」

「愛啊，非常愛。」

「那你同不同意對父親的愛是種詛咒呢？」尤恩沒有答話，麥茲繼續往下說。「我打電話給那個警察之後，我父親正好來了，我就告訴了他。你知道他怎麼做嗎？他拿起滑雪杖狠狠打我，那渾球的力氣還是很大，是憤恨給了他力量。他說如果我再跟別人說一個字，如果我讓我們家族名譽掃地，他就要把我殺了。他就是這麼說的。可是你知道嗎？」麥茲淚水盈眶，話聲嗚咽。「我還是愛他，我想這就是為什麼他可以那麼強烈地痛恨我的原因，因為我身為他的獨生子，竟然如此軟弱，軟弱到無法回敬他的恨意。」

麥茲砰的一聲把酒瓶重重放到地上，聲音在客廳裡迴盪。

尤恩交疊雙臂說：「聽著，聽過你自白的警察陷入了昏迷，如果你答應我不來對付我或我的家人，我答應不會把你的事洩露出去。」

麥茲似乎沒在聽尤恩說話，目光移到螢幕上，畫面中那對開心男女背對著他們。「你聽，她要說我願意了。這一段我一再一再地重播，因為我聽不清楚。她是不是說粗話？她……」麥茲搖了搖頭。「我以為這樣做會讓她重新愛上我，只要我能完成這項……罪行，那麼她就會看見真正的我。罪犯一定是勇敢、強壯的，是個男子漢，對不對？而不是……」他哼了一聲，不屑地說：「某人的兒子。」

尤恩站起身來。「我得走了。」

麥茲點了點頭。「我這裡有樣東西是屬於你的，就把它稱之為……」他咬著上唇思索。「……倫西的道別禮物好了。」

回程路上，尤恩坐在侯曼科倫線列車上，怔怔看著麥茲給他的黑色手提包。

外頭寒冷徹骨，大膽外出步行的路人都低頭縮肩，把自己藏在帽子和圍巾裡，但貝雅特站在亞克奧斯街按下米何耶茲家的門鈴時，卻一點也不覺得冷。自從她收到醫院傳來的最新消息之後，她就什麼都感覺不到了。

「現在他的心臟已經不是最大的問題了，」醫生說：「其他器官也開始出現狀況，尤其是腎臟。」

米何耶茲太太在樓梯盡頭的門口等候，領著貝雅特走進廚房。蘇菲亞正坐在廚房裡玩頭髮。米何耶茲太太將水壺注滿水，擺出三個杯子。

「我跟蘇菲亞單獨談話可能比較好。」貝雅特說。

「她希望我在場，」米何耶茲太太說：「喝咖啡嗎？」

「不用了，謝謝。我還得回國立醫院，不會花太久時間。」

「好。」米何耶茲太太說，倒掉了水壺裡的水。

貝雅特在蘇菲亞對面坐下，試著和她目光相觸，但她只是在研究分岔的頭髮。

「蘇菲亞，妳確定我們不要單獨談話嗎？」

「幹嘛要？」蘇菲亞用作對的口氣說話，通常憤怒的青少年都會用這種有效方式來達到目的，惹惱對方。

「我們要談的是非常私密的事，蘇菲亞。」

「她是我媽耶！」

「好，」貝雅特說：「妳是不是墮過胎？」

蘇菲亞大吃一驚，表情扭曲，混雜著憤怒與痛苦。「妳說什麼啊？」她厲聲說，卻藏不住話聲中的驚訝之意。

「孩子的父親是誰？」貝雅特問道。

蘇菲亞繼續假裝整理頭髮，米何耶茲太太訝異地張大嘴巴。

「妳是自願跟他發生性關係嗎？」貝雅特繼續問道：「還是他強暴了妳？」

「妳怎麼敢對我女兒說這種話？」米何耶茲太太高聲說：「她只是個孩子，妳竟然用這種口氣對她說話，好像她是……是妓女。」

「米何耶茲太太，妳女兒曾經懷孕，我需要知道這跟我們正在調查的命案有沒有關係。」

米何耶茲太太似乎再度取得下巴的掌控權，閉起了嘴。貝雅特朝蘇菲亞傾身。

「是不是羅伯．卡爾森？蘇菲亞，是不是？」

貝雅特看見她下唇顫抖。

米何耶茲太太從椅子上站了起來。「蘇菲亞，她到底在說什麼？告訴我這不是真的。」

蘇菲亞趴在桌上，把臉藏在手臂中。

「蘇菲亞！」米何耶茲太太吼道。

「對，」蘇菲亞嗚咽地說：「是他，是羅伯．卡爾森。我沒想到……我不知道……他是這種人。」貝雅特站起身來。蘇菲亞低聲啜泣，米何耶茲太太看起來像是被人打了一拳。貝雅特只覺得全身麻木。

「殺害羅伯的凶手昨晚被發現，」她說：「特種部隊在貨櫃場朝他開槍，他當場死亡。」

貝雅特觀察她們有什麼反應，卻什麼也沒看見。

「我要走了。」

沒人聽見貝雅特說話，她獨自朝門口走去。

他站在窗邊，望著起伏的白色鄉間宛如一片在翻騰時凍結的牛奶海，浪峰上看得見一些房舍和紅色穀倉。太陽低垂在山脊上方，日光暗淡。

「他們不會回來了，」他說：「他們走了，還是他們從沒來過？說不定妳是騙我的？」

「他們來過，」瑪蒂娜說，從爐子裡拿出烤鍋。「我們到的時候屋裡是溫暖的，你自己也看見雪地裡有腳印。一定是發生了什麼事。坐下吧，食物煮好了。」他把手槍放在盤子旁邊，吃起燉肉菜，並發現這燉肉菜罐頭的牌子跟哈利家的一樣。窗台上有一台藍色電晶體老收音機，播放著他聽得懂的流行音樂，其中穿插他聽不懂的挪威語談話。現在收音機播放的是他在電影裡聽過的曲子，他母親有時會用家裡擋住窗戶的鋼琴彈奏這首歌。每當父親想逗弄母親，總開玩笑說那扇窗是「家裡唯一有多瑙河景觀的窗戶」。倘若母親生氣，父親為了終止口角，總會問她說，像妳這樣美麗又聰明的女人怎麼會願意嫁給像我這樣的男人呢？

「哈利是妳男朋友嗎？」他問道。

瑪蒂娜搖了搖頭。

「那妳為什麼要拿音樂會門票給他？」

瑪蒂娜默然不答。

他微微一笑。「妳愛上他了。」

瑪蒂娜舉起叉子指著他，彷彿想強調什麼，卻又改變主意。

「那你呢？你在家鄉有女朋友嗎？」

他搖了搖頭，拿起玻璃杯喝水。

「為什麼沒有？因為工作太忙？」

他把口中的水噴了出來，噴得滿桌子都是，心想自己一定是太緊繃了，才會爆出這麼歇斯底里的笑聲。瑪蒂娜跟著他一起笑了起來。

「還是你是同志？」瑪蒂娜說，擦去眼淚。「你在家鄉有男朋友？」

他笑得更大聲了。瑪蒂娜的話說完之後，他還笑了很久。

瑪蒂娜替兩人又添了燉肉菜。

「既然妳這麼喜歡他，這給妳吧。」他說，把一張照片丟在桌上。那是原本貼在哈利家玄關鏡子下方的照片，裡頭是哈利、深髮女子和小男孩。瑪蒂娜拿起來仔細看了看。

「他看起來很開心。」她說。

「可能那時玩得很高興吧。」

「對。」

灰濛濛的陰暗夜色滲入窗戶，進駐屋內。

「也許他會再開心起來。」瑪蒂娜溫柔地說。

「妳覺得有可能嗎？」

「你是說再開心起來？當然有可能啊。」

他看著瑪蒂娜背後的收音機。「妳為什麼要幫我？」

「我不是說過了嗎？哈利絕對不會幫你，而且……」

「我不相信，一定有其他原因。」

瑪蒂娜聳了聳肩。

「妳能跟我說這上面寫什麼嗎？」他說，打開一張表格，遞給瑪蒂娜，這是他從哈利家咖啡桌上那疊文件中拿來的。

瑪蒂娜閱讀表格。他看著從哈利家拿來的警察證上的照片，照片中的哈利看著鏡頭上方，他猜哈利應該是看著攝影師而不是鏡頭。

「這是一種叫做史密斯威森點三八的手槍領取單，」瑪蒂娜說：「他必須提交這張簽名表單去警署領取手槍。」

他緩緩點頭。「表單已經簽名了？」

「對，簽名的是……讓我看看……總警監甘納．哈根。」

「換句話說，哈利還沒領槍，這表示他並不危險，現在他沒有防衛能力。」

瑪蒂娜很快地眨了兩下眼睛。

「你在想什麼？」

26 小把戲

十二月二十日，星期六

哥德堡街的街燈亮起。

「好，」哈利對貝雅特說：「這就是哈福森停車的地方？」

「對。」

「他們下車，然後被史丹奇攻擊。他先朝逃進公寓的尤恩開槍，再攻擊要去車上拿槍的哈福森。」

「對，哈福森被發現倒臥在車子旁邊，我們在他的外套口袋、褲子口袋和腰帶上發現血跡，但這些血跡不是他的，所以我們推測應該是史丹奇的。史丹奇搜了他的身，拿走皮夾和手機。」

「嗯，」哈利說，揉揉下巴。「他為什麼不對哈福森開槍？為什麼要用刀子？他用不著保持安靜，因為他對尤恩開槍就已經吵醒鄰居了。」

「我們也有這個疑問。」

「為什麼他攻擊哈福森之後要逃走？他攻擊哈福森一定是為了除去障礙，然後去追殺尤恩，但他連追都沒追。」

「不是有輛車子來了？」

「對，但這傢伙已經在光天化日之下襲警，怎麼會怕一輛經過的車子？為什麼他已經把槍拿出來了還要用刀？」

「對，這是個重點。」

哈利閉目良久，貝雅特在雪地裡跺腳。

「哈利，」貝雅特說：「我想走了，我……」

哈利緩緩張開眼睛。「他沒子彈了。」

「什麼？」

「那是史丹奇的最後一發子彈。」

貝雅特疲倦地嘆了口氣。「哈利，他是職業殺手，職業殺手的子彈是用不完的，不是嗎？」

「對，正是如此，」哈利說：「如果你的殺人計畫十分周延，那就只需要一發子彈，頂多兩發，你不會隨身攜帶大量的補給彈藥。你必須進入另一個國家，所有行李都會經過X光檢查，所以你得把槍藏在某個地方，對不對？」

貝雅特不發一語。

哈利繼續往下說。「史丹奇對尤恩擊出最後一發子彈卻沒命中，所以他用尖銳工具攻擊哈福森。為什麼？為了奪取他的警用手槍來追殺尤恩，這就是為什麼哈福森的腰帶上有血跡的原因。你不會在腰帶上找皮夾，而是找槍。但他沒找到，因為槍在車上。這時尤恩已跑進公寓，門已鎖上，史丹奇手上又只有一把刀，所以只能放棄並逃跑。」

「很棒的推論，」貝雅特打個哈欠說：「我們可以去問史丹奇，但他已經死了，所以也無所謂了。」

哈利看著貝雅特，只見她瞇縫著因缺乏睡眠而發紅的雙眼。她處事圓滑，明白不要提及哈利身上散發著新舊酒臭味，或者說她夠聰明，知道當面說出來也沒意義。但哈利也知道現在貝雅特對他沒信心。

「車裡的證人是怎麼說的？」哈利問道：「他們說史丹奇從左側人行道逃跑？」

「對，她在後照鏡裡看見他，然後他在轉角摔跤，我們在轉角發現一枚克羅埃西亞硬幣。」

哈利朝轉角望去，上次他去那個轉角看見有個紅鬍子乞丐站在那裡，說不定那乞丐見到了什麼，但現在氣溫是零下八度，轉角一個人也沒有。

「我們去鑑識中心。」哈利說。

兩人靜默無話，駕車駛上托夫德街，上了環二號道路，駛過伍立弗醫院。車子經過松恩路的白色庭院和英式磚屋時，哈利打破沉默。

「把車子停到路邊。」

「現在嗎？這裡？」

「對。」

貝雅特查看後視鏡，依言而行。

「讓車子閃雙黃燈，」哈利說：「然後仔細聽我說，妳還記得我教過妳的聯想遊戲嗎？」

「你是說不要思考直接說出來？」

「或是把妳的想法直接說出來，不要去想說不應該有這種想法，把腦袋清空。」

貝雅特閉上眼睛。外頭有一家人穿著滑雪板從車子旁邊經過。

「準備好了？好，是誰派羅伯．卡爾森去札格瑞布？」

「蘇菲亞的母親。」

「嗯，」哈利說：「這答案是從哪裡來的？」

「不知道，」貝雅特說，張開眼睛。「據我們所知她沒有動機，而且她絕對不像是這種人。也許因為她跟史丹奇一樣是克羅埃西亞人吧，我的潛意識沒有這麼複雜的思緒。」

「這些可能都是正確的，」哈利說：「除了最後關於妳的潛意識的部分。好了，換妳問我。」

「我要……大聲問出來？」

「對。」

「為什麼？」

「問就對了，」哈利說，閉上眼睛。「我準備好了。」

「是誰派羅伯．卡爾森去札格瑞布？」

「開車吧。」哈利說。

「很有趣的遊戲。」貝雅特說。

他對著對向來車的車燈眨眼，覺得有點暈眩。「我想應該是里卡。」

哈利張開眼睛。

「尼爾森？誰是尼爾森？」

「尼爾森。」

夜色降臨厄斯古德，窗台上的收音機嘰嘰喳喳說著話。

「真的沒人認得出你嗎？」瑪蒂娜問道。

「有些人認得出來，」他說：「但是要學會看我的臉得花時間，不是很多人願意花時間。」

「所以跟你無關，而是跟別人有關囉？」

「也許吧，但我也不想讓別人認出我，我……就是這樣。」

「你可以逃逸無蹤。」

「不是，正好相反，我會滲透、侵入，讓自己隱形，然後悄悄進入我想去的地方。」

「但如果沒人看見你，有什麼意義？」

他用訝異神情看著她。收音機傳來叮噹聲，接著是一個女性聲音用客觀而不帶情緒的嗓音播報新聞。

「她在說什麼？」他問道。

「氣溫還會再下降。托兒所關閉。警告老人留在屋內，不要省電。」

「但妳看見了我，」他說：「妳認得我。」

「我是個愛觀察人的人，」瑪蒂娜說：「我看得見人們，這是我的一個才能。」

「所以妳才幫我？」他問道：「這就是妳完全沒試著逃跑的原因？」

瑪蒂娜看著他。「不是，原因不是這個。」最後她說。

「那是為什麼？」

「因為我希望尤恩．卡爾森死，我希望他死得比你還透。」

他嚇了一跳，難道這女的瘋了？

「我？死？」

「過去這幾個小時新聞一直在播。」瑪蒂娜說，朝收音機點了點頭。

她吸了口氣，用新聞播報員嚴肅而急迫的口吻說：「涉嫌犯下伊格廣場命案的男子昨晚在特種部隊的貨櫃場突襲行動中中槍身亡。特種部隊隊長希維德．傅凱表示，嫌犯不肯投降，伸手拔槍。奧斯陸犯罪特警隊隊長甘納．哈根總警監表示，根據慣例，此案將交由ＳＥＦＯ獨立警務調查機構審理。總警監哈根還說，此案代表警方必須面對越來越殘暴的組織犯罪，因此有必要商討警察平常是否應該帶槍，這樣做不僅能提高執法效率，也能保障警察的人身安全。」

他的眼睛眨了兩下、三下，然後恍然明白。克里斯多夫。那件藍色外套。

「我已經死了，」他說：「這就是他們為什麼在我們抵達之前就離開的原因，他們以為事情已經結束了。」他把手放在瑪蒂娜的手上。「妳希望尤恩．卡爾森死。」

瑪蒂娜看著虛空，吸了口氣，似欲說話，又呻吟著吐了口氣，彷彿她想說的話語並不正確，接著又試一次，到了第三次終於把話說出口。

「因為尤恩．卡爾森知道，這些年來他一直心知肚明，這就是我恨他的原因，也是我恨自己的原因。」

哈利看著桌上赤裸的屍體。他看見這種屍體早已無動於衷，幾乎無動於衷。

室內溫度約為華氏五十七度，光滑的水泥牆壁迴盪著女病理醫生簡短刺耳的說話聲，她正在回答哈利的問題。

「沒有，我們沒有打算驗屍，因為種種跡象都已非常清楚，死因也非常明顯，你不認為嗎？」病理醫生朝屍體臉部比了比，該處有個大黑洞，鼻子的絕大部分和上唇都不見了，嘴巴張開，露出上排牙齒。

「這要去問你的長官，他要求我們把報告直接交給他。」

「有點像火山口，」哈利說：「這看起來不像是ＭＰ５造成的。我什麼時候可以拿到報告？」

「哈根？」

「對，如果你急的話最好去跟他要影本。」

哈利和貝雅特互望一眼。

「聽著，」病理醫生說，嘴角一橫，哈利認為那應該是微笑。「這週末我們人力不足，我還有很多工作要做，如果你們不介意的話，可以離開了嗎？」

「當然。」貝雅特說。

病理醫生和貝雅特朝門口走去，這時哈利的話聲傳來，兩人停下腳步。

「有人注意到這個嗎？」

她們轉頭望向哈利，只見他俯身看著屍體。

「他身上有注射針孔，你們有沒有化驗他的血液是否含有毒品？」

病理醫生嘆了口氣。「他是今天早上送進來的，我們只有時間把他放進冷凍庫。」

「什麼時候可以完成化驗？」

「這很重要嗎？」病理醫生問道，看見哈利露出遲疑神色，便繼續說：「你最好說實話，因為如果我們優先處理這件事，就代表你們急著跟我們要的其他報告都得延遲。聖誕節快到了，這裡忙得要死。」

「呃，」哈利說：「也許他注射了一管。」他聳了聳肩。「但他已經死了，所以我想也不是那麼重要了。你們拿下了他的手銬？」

「手銬？」

「對，那天他去提款機領錢的時候，手上戴著SQ50精工錶。」

「他沒戴錶。」

「嗯，」哈利說，看著自己空無一物的手腕。「一定是掉了。」

「我要趕去加護病房。」他們出來後貝雅特說。

「好，」哈利說：「我搭計程車。妳會確認死者身分嗎？」

「什麼意思？」

「這樣我們才能百分之百確定躺在那裡的人是史丹奇。」

「當然，這是正常程序。屍體的血型是A型，跟我們在哈福森口袋上發現的血跡一樣。」

「貝雅特，這是挪威最常見的血型。」

「對，但他們也正在鑑定ＤＮＡ，這樣你滿意了嗎？」

哈利聳了聳肩。「這是一定要做的，報告什麼時候會出來？」

「最快星期二，好嗎？」

「要三天？這樣不好。」

「哈利……」

他防衛地舉起雙手。「好好，我要走了。妳應該去睡一下。」

「老實說，你看起來比我更需要去睡一下。」

哈利把手放在貝雅特肩膀上，只覺得外套底下的她很瘦。「貝雅特，他很堅強的，而且他想留在這裡，好嗎？」

貝雅特咬著下唇，彷彿要說話，但只是微微一笑，點了點頭。

哈利搭上計程車，拿出手機，撥打哈福森的手機。無人接聽，不出所料。

接著他撥打國際飯店的號碼，請櫃員幫他轉接酒吧的弗萊德。弗萊德？哪個酒吧？

「另一個酒吧。」哈利說。

「我是警察，」電話被轉接到酒保手裡之後，哈利說：「就是昨天去找小救主的那個。」

「什麼事？」

「我要找她。」

「她知道壞消息了，」弗萊德說：「再見。」

哈利坐著聆聽斷線的電話一會，然後將手機放進內袋，望向窗外死寂的街道，想像瑪麗亞在教堂點亮另一根蠟燭。

「施羅德酒館到了。」計程車司機說，靠邊停車。

哈利坐在老位子上，看著半滿的啤酒杯。這家酒館雖然也可叫做餐館，但實際上比較像是賣酒的簡陋酒館，它的驕傲和尊嚴可能來自客人或員工，或是煙燻牆壁上所裝飾之顯眼又格格不入的繪畫。

酒館接近打烊時間，店裡人不多，這時卻又進來一位客人。那人環視店內，解開大衣鈕扣，露出裡頭的花呢外套，快步走向哈利那桌。

「晚安，老朋友，」史戴·奧納說：「你好像都坐這個轉角。」

「不是轉角，」哈利口齒伶俐地說：「是角落。轉角是在室外，你會彎過轉角，但不會坐在轉角。」

「那『轉角桌』呢？」

「它不是指轉角的桌子，而是有轉角的桌子，就跟『轉角沙發』一樣。」

奧納欣喜地笑了笑，他喜歡這種對話。女服務生走來，奧納點了杯茶，她用懷疑的眼光看了他一眼。

「這樣說來，劣等生不是被分配到轉角囉？」奧納說，整理綴有紅白圓點的領結。

哈利微微一笑。「你是想告訴我什麼嗎，心理學家先生？」

「這個嘛，既然是你打給我，應該是你想告訴我什麼才對。」

「如果要你現在去跟人說他們應該覺得羞愧，該付你多少錢？」

「小心點，哈利，喝酒不只讓你自己變得易怒，你也容易激怒別人。我來這裡並不是為了奪去你的尊嚴、膽量或啤酒，但你現在的問題是這三樣東西都在酒杯裡。」

「你永遠都是對的，」哈利說，舉起酒杯。「所以我要趕快把這杯喝完。」

奧納站起身來。「如果你想討論喝酒的事，可以跟平常一樣去我辦公室說。這次諮商結束了，茶錢給你付。」

「等一下，」哈利說：「聽著，」他轉過身去，把剩下的啤酒放在背後的空桌上。「這是我玩的小把戲，用來控制飲酒量。我點半公升啤酒，花一小時喝完，每隔一分鐘喝一小口，就好像吃安眠藥一樣。然後我回家，隔天開始戒酒。我想跟你談談哈福森被攻擊的事。」

奧納遲疑片刻，又坐了下來。「詳細經過我聽說了，真是糟糕透頂。」

「這裡頭你看見什麼？」

「只是窺豹一斑而已啊，哈利，甚至連一斑都稱不上。」女服務生端上茶，奧納親切地對她點了點頭。

「但你也知道，我瞥見的已經比業界那些飯桶所說的廢話來得有用多了。我看見這次的攻擊事件跟倫西．吉爾斯卓的命案有些類似之處。」

「說來聽聽。」

「比如說內心深處的怒氣發洩、性挫折所導致的暴力。你知道，怒氣爆發是邊緣性格的典型特徵。」

「對，只不過這個人似乎可以控制怒意，如果不是這樣，我們在犯罪現場應該可以找到更多線索。」

「說得好。這個人可能是個受怒意驅策的攻擊者，或稱之為『行使暴力行為之人』，業界那些老處女總是要我們這樣稱呼這種人。這種人平常看起來似乎很平靜，幾乎是處於防衛狀態。《美國心理學期刊》最近有篇文章就在討論這種人的內心帶著『沉睡的怒意』，我稱之為《化身博士》中的傑克醫生和海德先生。每當海德先生醒來……」奧納揮舞左手食指，啜飲一口茶。「……立刻就變成審判日和世界末日。怒氣一旦釋放出來，他是無力控制的。」

「聽起來對職業殺手來說是個很方便的人格特質。」

「才不呢，不過你是指什麼？」

「史丹奇在殺害倫西．吉爾斯卓和攻擊哈福森時，他的殺人風格走樣了，這裡面摻雜了……不冷靜的成分，也跟羅伯．卡爾森命案和歐洲刑警組織寄給我們的報告很不一樣。」

「一個憤怒、不穩定的職業殺手？我想世界上也有很多不穩定的機師和不穩定的核電廠經理，你也知道不是每個人都適任自己的工作。」

「這我應該自己乾一杯。」

「事實上我剛剛想到的不是你，你知道你有點自戀嗎，警監？」

哈利微微一笑。

「你要不要告訴我為什麼你感到羞愧？」奧納問道：「你是不是覺得哈福森被刺傷是你的錯？」

哈利清了清喉嚨。「是我命令他照顧尤恩．卡爾森，也是我應該教他進行保護工作時必須隨時把槍帶在身上。」

奧納點了點頭。「所以一如往常，都是你的錯。」

哈利朝旁邊和店內看去。酒館閃燈了，剩下的幾個客人乖乖把酒喝完，圍上圍巾，戴上帽子。哈利在桌上放了一百克朗鈔票，從椅子底下踢出包包。「下次再聊吧，史戴，我從札格瑞布回來之後都還沒回家，現在得回去合眼一下。」

他跟著奧納走出酒館，忍不住朝桌上那杯沒喝完的啤酒頻頻回首。

哈利打開家門時，發現大門玻璃被打破，不禁大聲咒罵。這是今年他家大門玻璃第二次被打破了。他發現入侵者還花時間貼回玻璃，以免經過的鄰居起疑，但卻沒搬走音響或電視，原因顯而易見，因為它們都不是今年推出的新款，也不是去年的，除此之外，家裡也沒什麼值錢物品。

咖啡桌上的一疊文件被移動過。哈利走進浴室，看見水槽上方的藥櫃被翻得亂七八糟，顯然有個毒蟲跑來這裡胡作非為。

他看見料理台上放著一個盤子，水槽底下的垃圾袋丟了空的燉肉菜罐頭。他覺得滿腹疑惑，難道這個不幸的入侵者這麼需要食物的慰藉？

哈利躺上床後，全身痠痛浮現，只希望能在酒精還發揮作用時睡去。月光透過窗簾縫隙灑入，從地板到床鋪灑下一道白色光芒。他翻個身，等待鬼魂出現，耳中聽見窸窣聲響，知道鬼魂遲早會出現。儘管他曉得自己出現了酒毒性偏狂的症狀，仍不停覺得自己在床單上聞到死亡和流血的氣味。

27 門徒

十二月二十一日，星期日

有人在紅區會議室門上掛了聖誕花環。

緊閉的門內，調查小組的最後一次晨間會議正接近尾聲。

哈利身穿深色合身西裝，滿頭大汗地站在小組成員面前。

「由於職業殺手史丹奇和中間人羅伯・卡爾森已雙雙死亡，因此本調查小組在這次會議結束後就地解散，」哈利說：「這表示我們大多數人都可以開始期待今年的聖誕假期，但我會請哈根讓幾個人準備進一步的調查工作。會議結束前有任何疑問嗎？是，托莉？」

「你說史丹奇在札格瑞布的聯絡人確認是羅伯・卡爾森委託謀殺尤恩，是誰跟這個聯絡人說過話？過程是怎樣？」

「我恐怕無法說明細節。」哈利說，避開貝雅特意味深長的目光，感覺汗水在背後涔涔流下。他流汗並不是因為穿西裝或有人提問，而是因為他是清醒的。

「好，」他繼續說：「接下來的工作是查出羅伯替誰工作，今天我會聯絡幾個將繼續參加調查工作的幸運兒。稍晚哈根會舉行記者會，對外發布消息。」哈利雙手做出趕人的姿勢。「大家去收拾東西吧。」

「嘿！」麥努斯高聲說，話聲穿過椅子的摩擦聲。「我們不是應該慶祝一下嗎？」

移動聲響停止，眾人皆朝哈利看去。

「這個嘛，」哈利靜靜地說：「史卡勒，我不太知道我們要慶祝什麼。慶祝有三個人死了？在幕後指使羅伯・卡爾森的人還逍遙法外？還是我們有位同事仍在昏迷當中？」

哈利看著眾人，面對接下來的沉痛靜默什麼也沒做。

大家散去之後，哈利開始整理今早六點他寫的筆記，麥努斯走了過來。

「抱歉，」麥努斯說：「我出了個餿主意。」

「沒關係，」哈利說：「你是好意。」

麥努斯咳了一聲。「很少看你穿西裝。」

「了解。」麥努斯搖晃腳跟。

「羅伯．卡爾森的喪禮十二點舉行，」哈利說，並未抬頭。「我想去看看誰會出席。」

哈利停下手邊工作。「還有什麼事嗎，史卡勒？」

「呃，有。我在想隊上有很多人都成家了，很期待跟家人一起過聖誕節，而我是單身……」

「嗯？」

「呃，我想自願。」

「自願？」

「我是說我想繼續調查這件案子，當然也要你願意用我才行。」麥努斯急忙補上一句。

哈利看著他。

「我知道你不喜歡我。」麥努斯說。

「跟這個無關，」哈利說：「我已經選好要誰留下，我考慮的是能力，而不是我喜不喜歡。」

麥努斯聳了聳肩，喉結上下跳動。「很公平，祝你聖誕快樂囉。」他朝門口走去。

「這就是為什麼……」哈利說，把筆記放進公事包。「我要你開始清查羅伯．卡爾森的銀行帳戶，查看過去六個月的存提狀況，記下任何不正常的帳戶交易。」

麥努斯停下腳步，滿臉驚詫地回過頭來。

「另外也要清查亞伯和麥茲．吉爾斯卓的帳戶，聽清楚了嗎，史卡勒？」

麥努斯．史卡勒熱烈點頭。

「再去調出挪威電信的通聯紀錄，看過去半年內羅伯和吉爾斯卓家族的人是不是通過電話。對了，既然史丹奇拿了哈福森的手機，順便查查看那支手機有沒有收發話。去跟律師說要銀行帳戶的搜索許可。」

「不需要，」麥努斯說：「根據最新規定，我們握有永久的搜索許可。」

「嗯，」哈利認真地看了他一眼。「團隊中有人會閱讀規定果然很不錯。」

哈利邁開大步走出會議室。

羅伯．卡爾森不是軍官，但他在值勤時殉職，因此救世軍仍決定將他安葬在他們為軍官保留的維斯特墓園。喪禮結束後，部隊將在麥佑斯登區舉行悼念儀式。

哈利走進禮拜堂，看見尤恩和希雅獨自坐在第一排長椅上。尤恩轉過頭來。哈利注意到羅伯和尤恩的父母並未出席，他和尤恩目光交接，尤恩微一點頭，露出感謝神情。

不出所料，禮拜堂座無虛席，出席人士大多身穿救世軍制服。哈利看見里卡．尼爾森和大衛．艾考夫，他們旁邊坐著甘納．哈根。現場也來了一些媒體禿鷹，這時羅傑．錢登就坐到哈利身旁，問他是否知道總理為何未如先前宣布的前來參加喪禮。

「去問總理辦公室。」哈利答道，他知道今天早上總理辦公室接到警方高層的低調電話，告知羅伯．卡爾森在命案中可能扮演的角色，因此總理辦公室忽然想起總理還有另外更重要的行程要跑。

救世軍總司令大衛．艾考夫也收到警署的電話，這通電話在救世軍總部造成不小恐慌，再加上今天清晨喪禮主辦人之一、也就是總司令的女兒瑪蒂娜打電話來請病假。

然而總司令用堅定的口吻說，在證據確鑿之前，必須先將羅伯．卡爾森視為是清白的。此外他還說現在要改變計畫已然太遲，整個喪禮必須照常舉行。總理則跟艾考夫保證說無論如何他一定會去參加聖誕音樂會。

「那還有其他消息嗎？」羅傑低聲問道：「命案有什麼新進展？」

「據我所知你們都已經知道了，」哈利說：「記者必須透過甘納．哈根或發言人取得消息。」

「他們什麼都沒說。」

「看來他們很盡責。」

「別這樣，霍勒，我知道這底下暗潮洶湧。那個在哥德堡街被刺傷的警探跟你們昨晚射殺的殺手有什麼關聯？」

哈利搖了搖頭，可解讀為「沒有」，也可解讀為「不予置評」。

管風琴的聲音暫時停止，眾人不再交頭接耳，那個剛出道的女歌手站上台，用誘人氣音和帶著點呻吟的嗓音高唱耳熟能詳的聖歌，最後一個音節以瑪麗亞．凱莉聽了都會嫉妒的雲霄飛車式花俏轉音結束。哈利聽了突然非常想來一杯。幸好女歌手終於閉嘴，哀戚地朝她幻想中的閃光燈海鞠躬。她的經紀人露出愉快的微笑，顯然他並未收到警署的低調電話。

艾考夫上台對眾人講述勇氣與犧牲。

哈利無法專心聆聽，他看著棺木，想起哈福森和史丹奇的母親，閉上眼睛又想到瑪蒂娜。

六名救世軍軍官抬著棺木步出禮拜堂，尤恩與里卡首先跟在後頭。

一行人轉彎踏上碎石徑，尤恩在冰面上滑了一跤。

哈利離開聚在墓地旁的人群，穿過墓園空蕩的一側，朝維格蘭雕塑公園走去，這時他聽見後方傳來鞋子踏在雪地裡的嘎扎聲。

起初他以為跟上來的是記者，但一聽見急促的呼吸聲，就不假思索立刻轉身。

來人是里卡，他倏然停步。

「她在哪裡？」里卡氣喘吁吁地說。

「誰在哪裡？」

「瑪蒂娜。」

「我聽說她今天生病。」

「對，生病，」里卡的胸膛不住起伏。「但她沒有躺在家裡，昨晚也不在家。」

「你怎麼知道？」

「你少……！」里卡的吼聲聽起來彷彿是痛苦尖鳴，臉孔扭曲的模樣彷彿無法控制自己的表情。他喘過氣來，似乎用盡力氣讓自己振作起來。「你少跟我來這套，」他低聲說：「我知道你玩弄她、玷汙她。她在你家對不對？你是無法……」

里卡朝他踏上一步，哈利立刻把雙手抽出大衣口袋。

「你聽著，」哈利說：「我不知道瑪蒂娜在哪裡。」

「你騙人！」里卡緊握雙拳。哈利明白自己必須立刻找到適當言語來讓里卡冷靜下來，於是他決定賭一把。「現在有兩件事你要考慮。第一，我身手不算快，但我體重超過兩百磅，一拳可以打穿橡木門。第二，刑法第二十七條明定對公僕行使暴力最低可處六個月徒刑。你不僅可能進醫院，也會進監獄。」

里卡的雙目似欲噴出火來。「我會再找你，哈利．霍勒。」他丟下這句話，轉身穿過墓碑，朝禮拜堂奔去。

英狄亞茲．拉辛心情不好，剛才他為了是否要在收銀櫃台後方的牆壁上掛聖誕飾品而跟弟弟大吵一架。英狄亞茲認為他們為了賣豬肉、聖誕倒數月曆和其他基督教用品，而沒把阿拉掛出來，已經算是對這個異教習俗夠低頭了，要是再掛上聖誕飾品，他們的巴基斯坦裔客人會怎麼說？但他弟弟認為他們也必須考量其他客人，比如說住在哥德堡街另一頭那棟公寓的客人，況且在聖誕節期間讓雜貨店帶有一點基督教的味道又不會怎麼樣。兩人吵翻了天，英狄亞茲雖然贏得最後勝利，卻一點也不高興。

他重重嘆了口氣，這時店門口的鈴鐺激烈地響起，一名肩寬膀闊、身穿深色西裝的高大男子走進門來，直接走到收銀櫃台前。

「我叫哈利．霍勒，我是警察。」男子說。英狄亞茲一陣驚慌，心想難道挪威有法律規定所有商店都必須掛上聖誕飾品？

「幾天前你們店外坐著一個乞丐，」男子說：「他有一頭紅髮，鬍子長這樣。」他用手指從上唇畫到嘴巴兩側。

「對，」英狄亞茲說：「我認識他，他會帶空瓶來換錢。」

「你知道他叫什麼名字嗎？」

「老虎，或是豹。」

「什麼？」

英狄亞茲呵呵大笑，心情又好了起來。「老虎（tiger）是tigger的諧音，tigger就是挪威文的乞丐，至於豹是因為他的空瓶是從……我們也不知道是從哪裡來的。」

哈利點了點頭。

英狄亞茲聳了聳肩。「這是我姪子說的笑話……」

「嗯，很好，所以說……」

「我不知道他叫什麼名字，但我知道哪裡找得到他。」

艾斯本．卡斯柏森一如往常坐在亨利易普森街的戴西曼斯可公立圖書館裡，面前放著一疊書。他覺得有人走到面前，便抬起頭。

「我姓霍勒，我是警察。」男子說，在長桌對面的椅子上坐下。艾斯本看見坐在長桌另一頭閱讀的女子看了過來。有時他離開圖書館，新來的圖書館員會檢查他的包包，他也曾兩度被請出去，只因他身上散發惡臭，使得圖書館員無法專心工作。不過警察來找他說話倒是第一次，當然他在街頭行乞時不算在內。

「你在看什麼書？」哈利問道。

艾斯本聳了聳肩，他看得出來跟這警察說明他的任務只是浪費時間。

「索倫・齊克果？」哈利看著書脊說：「叔本華、尼采。都是哲學書，你是個思考者。」

艾斯本輕蔑地說：「我只是想找出正確的道路而已，這表示我必須思考身而為人究竟是怎麼回事。」

「不就是當個會思考的人嗎？」

艾斯本打量眼前這名男子，也許他看走眼了。

「我問過哥德堡街的雜貨店老闆，」哈利說：「他說你每天都坐在這裡，如果不是坐在這裡，就是在街上乞討。」

「是的，這是我選擇的生活方式。」

哈利拿出筆記本，艾斯本回答自己的全名和姑婆在哈吉街的地址。

「職業是？」

「修道士。」

艾斯本滿意地看著哈利沒有嘟囔，一一記下。

哈利點了點頭。「好吧，艾斯本，你不是吸毒者，那你為什麼要乞討？」

「因為我的任務是成為人類的鏡子，讓大家看見什麼行為是偉大的，什麼是渺小的。」

「什麼是偉大的？」

艾斯本絕望地嘆了口氣，彷彿是說這麼明顯的事還要他說幾遍才行？

「施捨。分享並幫助你的鄰居，《聖經》在說的只有這一件事。事實上在探討婚姻、墮胎、同性戀和女性公開發言權之前，你必須非常用力地去探索所有關於性的事。當然了，對那些假裝虔誠的人來說，談論無關緊要的經文要比說到做到《聖經》明確指出的偉大行為要容易多了，也就是你必須把你擁有的一半送給那些一無所有的人。世界上每天都有成千上萬的人到臨死之前都還沒聽過上帝的話語，只因為這些基督徒不肯放棄他們的世俗擁有物，我只是想給他們有個自省的機會。」

哈利點了點頭。

艾斯本露出疑惑神情。「對了，你怎麼知道我不吸毒？」

「因為前幾天我在哥德堡街看過你，當時你在乞討，跟我同行的年輕男子給了你一枚硬幣，當時你很生氣地拿起來丟他。吸毒者絕對不會做這種事，再沒有用的硬幣他們都會收下。」

「這我記得。」

「結果兩天前我在札格瑞布的酒吧也碰上同樣的事，這本來應該足以讓我思考，但是我沒有，直到現在。」

「我丟那枚硬幣是有原因的。」艾斯本說。

「所以我突然想到，」哈利說，把一樣裝在塑膠袋裡的東西放在桌上。「是不是就是這個原因？」

28 吻

十二月二十一日，星期日

記者會在五樓講堂舉行。甘納．哈根和總警司坐在講台上，他們的聲音在擺設簡單的偌大講堂裡回響。哈利奉命前來參加，以免哈根需要跟他討論調查工作的詳情，然而記者絕大部分的問題都集中在貨櫃場的戲劇化射殺事件上，對此哈根的回答不外乎是「無可奉告」、「這我不能透露」、「這要留給SEFO回答。」

至於警方是否知道這名殺手還有同夥，哈根答道：「現在還不清楚，但這是警方深入調查的重點。」

記者會結束、記者離去之後，哈根把哈利叫去，站在講台上低頭看著這位高大警監。「我已經清楚指示這禮拜要看見每一位警監隨身佩槍，你已經收到我簽發的領取單，可是你的槍在哪裡？」

「我都在查案，沒辦法先去做這件事，長官。」

「把它列為最優先事項。」哈根的話聲在講堂裡迴盪。

哈利緩緩點頭。「還有事嗎，長官？」

哈利坐在辦公室，怔怔望著哈福森的空椅子，然後打電話到二樓的護照組，請他們列出核發給卡爾森家族的護照清單。一個語帶鼻音的女性聲音問他是不是在開玩笑，全挪威有無數個卡爾森家族。哈利給了她羅伯的身分證號碼。她利用國家戶政局的資料庫和中等速度的電腦，很快就把人口縮減到羅伯、尤恩、約瑟夫和朵絲。

「父母約瑟夫和朵絲持有護照，四年前換發新護照。我們沒有核發護照給尤恩，然後我看看……電腦速度今天有點慢……有了，羅伯·卡爾森持有一本效期十年的護照，就快過期了，你可以叫他……」

「他死了。」

哈利撥打麥努斯的電話，請他立刻過來。

「什麼都沒發現，」麥努斯說。也不知是碰巧還是世故，麥努斯並未在哈福森的椅子上坐下，而是坐在桌緣。「我查過吉爾斯卓家族的帳戶，結果跟羅伯·卡爾森或瑞士銀行帳戶都沒有關聯，唯一不尋常的交易是從公司的一個帳戶提領相當於五百萬克朗的美金。我打電話去問亞伯·吉爾斯卓，他毫不遲疑地回答說那是要發給布宜諾斯艾利斯、馬尼拉和孟買港務長的獎金，今年十二月麥茲才去拜訪過這些人。他們的事業做得真大。」

「那羅伯的帳戶呢？」

「全都是薪水入帳和小額提領。」

「吉爾斯卓家族撥出的電話呢？」

「沒有一通是打給羅伯·卡爾森的。但我在查看電話費清單時發現一件事，猜猜看是誰打過一大堆電話給尤恩·卡爾森，有時還是三更半夜打的？」

「倫西·吉爾斯卓，」哈利說，看著麥努斯失望的表情。「還有什麼發現？」

「沒有了，」麥努斯說：「除此之外，只有一個熟悉的號碼跳出來。哈福森被攻擊當天，麥茲·吉爾斯卓打過電話給他，可是電話沒接通。」

「了解，」哈利說：「我要你再去查一個帳戶。」

「誰的？」

「大衛·艾考夫的。」

「救世軍總司令？我要查什麼？」

「現在還不知道，去查就是了。」

麥努斯離開後，哈利打電話去鑑識中心，女病理醫生答應說她不會拖延找藉口，立刻會把科里斯多．史丹奇的屍體照片傳真到札格瑞布市國際飯店的這個電話號碼。

哈利向她道謝，結束通話，再打電話去國際飯店。

「該如何處置屍體也是問題，」電話轉接到弗萊德手上之後，哈利說：「克羅埃西亞當局並不知道科里斯多．史丹奇的事，所以沒有要求引渡。」

十秒鐘後，哈利聽見瑪麗亞那口學院英語傳來。

「我想再提一個交易。」哈利說。

挪威電信奧斯陸區營運中心的克勞斯．托西森有個人生願望，那就是安靜過生活不被打擾。由於他體重過重，時時刻刻都在流汗，加之性情乖戾，因此大部分時間都能如願。至於他被迫必須跟人有所接觸時，一定會保持最大距離。這就是為什麼他經常一個人關在營運部的房間裡，跟許多熱燙機器及冷卻風扇為伍，很少人知道他在房裡究竟在做什麼，只知道他是公司裡不可或缺的人物。也許對他來說，保持距離的需要形成了他遛鳥暴露的動機，因此有時需要隔著五到五十碼距離暴露給對方看，以達到心理上的滿足。然而克勞斯最大的願望還是不要有人來吵他，不過這星期他的麻煩有夠多。首先是那個叫哈福森的傢伙要求他監控札格瑞布的一家飯店，接著是那個叫麥努斯的來要吉爾斯卓和卡爾森之間的通聯紀錄。這兩個傢伙都打著哈利．霍勒的旗號，而托西森仍欠這個哈利許多人情，因此當他親自打電話來時，托西森並未掛斷電話。

「你應該知道我們有個部門叫警察應答中心吧，」托西森用陰沉的聲調說：「如果你照規定來，就可以打電話請他們協助。」

「我知道，」哈利說，並未多做解釋。「我已經打給瑪蒂娜．艾考夫四次她都沒接，救世軍也沒人知道她在哪裡，連她父親也不知道。」

「父母都是最後才知道的。」托西森說，其實他對這種事根本一無所悉，只不過常看電影就會知道這類知識，而他看電影的頻率非常之高。

「她有可能關了手機電源，但你能不能幫我尋找她的手機位置，至少讓我知道她是不是在市區。」

托西森嘆了口氣。他是故意做出這種純粹而簡單的姿態，因為他熱愛這種警察小手段，尤其是這些手段見不得人時。

「可以把她的號碼給我嗎？」

十五分鐘後，托西森回電說瑪蒂娜的ＳＩＭ卡絕對不在奧斯陸市區，因為Ｅ６公路以西的兩座基地台收到訊號。他說明這兩座基地台的位置和收訊範圍，哈利聽了之後道謝並掛上電話，因此他認為自己應該幫上了忙，便繼續興味盎然地查看電影時刻表。

尤恩開門走進羅伯的公寓。

牆壁依然沾有煙味，櫥櫃前的地上丟著髒T恤，彷彿羅伯在家，只是出去買咖啡和香菸而已。

尤恩把麥茲給他的黑手提包放在床邊，打開暖氣，脫下衣服去沖澡，讓熱水打在肌膚上，直到肌膚發紅起疙瘩。他擦乾身體，走出浴室，赤裸地坐在床上，凝望著黑手提包。

他幾乎不敢把它打開，因為他知道光滑厚實的材質裡裝的是地獄和死亡，鼻子裡彷彿聞得到腐爛的臭味。他需要想一想，於是閉上眼睛。

手機響起。

希雅一定正在納悶他在哪裡。現在他不想跟希雅說話，但手機不停地響，十分堅持且難以逃避，猶如中國的水刑。最後他拿起手機，用顫抖且憤怒的聲音說：「什麼事？」

手機那頭沒有回應。他看了看螢幕顯示，但不認得號碼，這才明白不是希雅打來的。

「喂，我是尤恩．卡爾森。」他謹慎地說。對方依然沒有回應。

「喂，你是誰？喂，我聽得見有人，你是誰……？」驚恐爬上他的背脊。

「哈囉？」他聽見自己用英語說：「你是哪位？是你嗎？我需要跟你談一談，哈囉！」

那頭傳來喀噠一聲，電話斷了。

尤恩心想，太荒謬了，可能是打錯電話。他吞了口口水。史丹奇死了、羅伯死了、倫西死了。他們全都死了，只有那個警察跟他還活著。他看著手提包，感覺一陣涼意，把被子拉到身上。

哈利駕車駛下E6公路，在白雪覆蓋的鄉間小路上行進一段距離，抬頭看見天上星星都已熄滅。

他心頭浮現一種奇特的震顫感，覺得有什麼事就要發生，這時他看見一顆流星呈拋物線劃過天際，心想世上如果真有預兆存在，那這顆流星一定象徵某種意義。

他在厄斯古德莊園的一樓窗戶看見亮光，駕車開上車道就看見一輛電動車，這更強化了某事正在逼近的感覺。

他朝屋子走去，觀察雪地裡的腳印，站在門外，把耳朵貼在門上，聽見裡頭傳來細小說話聲。

他快速地在門上敲了三下，說話聲消失，接著便聽見腳步聲和她輕柔的聲音。「是誰？」

「我是哈利，」他說，又補上一句：「霍勒。」他補上姓氏是為了不讓第三者懷疑他和瑪蒂娜．艾考夫之間有過於私人的關係。

門鎖傳來摸索聲，門打了開來。

他的第一個念頭、也是唯一的念頭是她真美。她身穿軟厚的白色純棉上衣，領口敞開，眼睛光芒四射。

「我真高興。」她笑說。

「看得出來，」哈利露出微笑。「我也很高興。」

她伸出雙臂環抱他的脖子，他感覺到她心跳加速。

「你是怎麼找到我的？」她在他耳畔輕聲說。

「利用現代科技。」

她身上傳來的熱氣、她眼中的光芒，以及這整個令人狂喜的歡迎態度，讓哈利感覺到不真實的幸福感，彷彿置身於一場幸福美夢，而他一點也不想從即將來臨的未來中醒來。但他必須醒來。

「有人在裡面？」他問道。

「呃，沒有……」

「我聽見說話的聲音。」

「喔，那個啊，」瑪蒂娜說，放開哈利。「那只是收音機的聲音，我聽見有人敲門就關掉了。我有點害怕，結果來的卻是你……」她拍了拍哈利的手臂。「來的是哈利．霍勒。」

「沒有人知道妳在哪裡，瑪蒂娜。」

「太好了。」

「有人很擔心。」

「喔？」

「尤其是里卡。」

「喔，算了吧。」瑪蒂娜牽起哈利的手，帶他走進廚房，從櫥櫃裡拿出藍色咖啡杯。哈利注意到水槽裡有兩個盤子和兩個杯子。

「妳看起來不像生病的樣子。」他說。

「經過這麼多風波，我只是想休息一天而已，」瑪蒂娜倒了咖啡遞給哈利。「你喝黑咖啡對不對？」

哈利聳了聳肩。暖氣開到最強，因此他先脫下外套和毛衣，才在桌前坐下。

「但明天要舉行聖誕音樂會，所以我得回去，」瑪蒂娜嘆了口氣。「你會去嗎？」

「這個嘛，妳說會給我票……」

「說你會去！」瑪蒂娜立刻咬住下唇。「喔，天啊……其實我拿的是貴賓包廂的票，就在總理後方三排的位子，但現在我得把你的票給別人了。」

「沒關係。」

「反正你也只能一個人看，因為我得在後台工作。」

「真的沒關係。」

「不行！」她大笑。「我希望你去。」

她握起他的手，他看著她的小手緊握並撫摸他的大手。此地極為安靜，他聽見血液在耳中有如瀑布般快速奔流。

「我來的時候看見流星，」哈利說：「這不是很奇怪嗎？通常流星不是會帶來壞運？」

瑪蒂娜靜靜點頭，站起身來，依然握著哈利的手，繞過桌子跨坐在他大腿上面對他，用手抱住他的脖子。

「瑪蒂娜……」哈利開口說。

「噓。」瑪蒂娜用食指撫摸哈利的嘴唇。

她沒拿開手指，直接傾身向前，將嘴唇貼在哈利的唇上。

哈利閉眼等待，感覺心臟熱烈欣喜地鼓動，但依然坐著不動。他發現自己正在等待她的心跳和他一致，並很確定自己必須等待。接著他感覺她雙唇分開，便自動把嘴張開，舌頭平躺口中，抵著牙齒，準備迎接她的舌頭。她的手指有種混合肥皂和咖啡的刺激苦味，燒灼他的舌尖。她的手緊捏他的脖子，接著他就感覺到她的舌頭。她的舌頭壓著她的手指，令他舌頭兩側都與她接觸，感覺彷彿是蛇的分岔舌尖，像是他們在給對方半個吻。

她放開他。

「繼續閉上眼睛。」她在他耳畔輕聲說。

哈利靠上椅背，抵抗著想把雙手放到她臀上的誘惑。幾秒鐘後，他的手背感覺柔軟綿質衣料滑過，她的上衣滑到了地上。

「現在可以張開了。」她柔聲說。

哈利依言張開眼睛，坐著看她，只見她的表情混合著焦慮與期待。

「妳好美。」他說，聲音因為緊縮而顯得奇怪，同時也流露出迷惑的聲調。

他見她吞了口口水，接著臉上漾開勝利的微笑。

「抬起手臂。」她命令說，抓住他的T恤底端，往上拉過他的頭。

她囓咬他的乳頭，他感覺到一種令人陶醉的痛楚。她的一隻手從背後往他的雙腿之間移動，她抵在他脖子上的氣息開始加速，另一隻手抓住他的腰帶。他的雙臂抱住她柔軟的背部，這時他感覺到她的肌肉不由自主地顫抖，那是她設法隱藏的緊張。她在害怕。

「等一等，瑪蒂娜。」哈利低聲說。她的手頓時停住。

哈利低頭把嘴湊到她耳邊。「妳想要嗎？妳知道自己在做什麼嗎？」

他感覺到她呼吸急促，濕潤他的肌膚。她喘息地說：「不知道，你知道嗎？」

「不知道，那也許我們應該……」

她坐直身子，用受傷而急切的眼神看著哈利。「可是我……我感覺得到你……」

「對，」哈利說，撫摸她的頭髮。「我想要妳，我從第一次見到妳就想要妳。」

「真的嗎？」瑪蒂娜說，握起哈利的手貼在她發熱泛紅的臉頰上。

哈利露出微笑。「好吧，第二次。」

「第二次？」

「好吧，第三次。好音樂都要花一些時間醞釀。」

「我是好音樂？」

「騙妳的，是第一次，但這並不代表我是個花癡好嗎？」

瑪蒂娜露出微笑，接著開始哈哈大笑，哈利也跟著笑了起來。她倚身向前，額頭抵在他胸膛上，邊笑邊抖動，撞擊他的肩膀。這時哈利感覺到她的淚水流下他的腹部，知道她哭了。

尤恩醒了過來，心想自己是被冷醒的。羅伯的公寓黑魆魆地，不可能有其他原因讓他醒來。這時他的記憶倒帶，他發現原本以為是夢境尾端的片段其實不是夢，他**的確**聽見了鑰匙開鎖的聲音，而且門打開了，現在有人站在公寓裡呼吸著。

他覺得此情此景似曾相識，彷彿惡夢再度上演。他轉過身去。

床邊站著一個人影。

死亡的恐懼大舉來襲，尤恩大口喘息，恐懼的利齒嵌入他的皮肉，攻擊底下的神經。他非常確定這個人想要他死。

「Stigla sam.」那人影說。

尤恩懂得的克羅埃西亞語不多，但他從武科瓦爾難民房客那裡學來的，足以讓他明白對方說的是：「我來了。」

「哈利，你都獨來獨往嗎？」

「我想是吧。」

「為什麼？」

哈利聳了聳肩。「我不是善於交際的人。」

「就這樣？」

哈利朝天花板吐個煙圈，感覺瑪蒂娜抵著他的毛衣和脖子呼吸。兩人躺在床上，他躺在被子上，她躺在被子下。

「我的前任長官畢悠納．莫勒說，像我這種人專門愛挑艱難崎嶇的路走，這都是因為他口中所謂的『受詛咒的天性』使然，所以這就是最後我總是獨來獨往的原因。我也不知道，我喜歡一個人，也可能是我成長期間喜歡上獨行俠的自我形象吧。那妳呢？」

「我要你繼續說。」

「為什麼？」

「我不知道，我喜歡聽你說話。怎麼會有人喜歡獨行俠的自我形象呢？」

哈利深深吸口菸，把煙憋在肺部，心想如果吐煙的形狀可以解釋一切那該多好。他長長吁了口氣，把煙吐出來。

「我想一個人必須找出一些地方來喜歡自己才能活下去。有人說獨來獨往的人是不社會化且自私的，但其實你是獨立的，就算你向下沉淪，也不會把別人一起拖下水。很多人害怕孑然一身，但以前這樣讓我覺得自由、堅強、刀槍不入。」

「因為孤獨而堅強？」

「對，就像斯多克芒醫生說的：『世上最堅強的是孑然一身的人。』」

「你上次引用徐四金的作品，這次又引用易卜生的？」

哈利咧嘴而笑。「這句台詞是我老爸以前常引用的，」他嘆了口氣，又說：「在我媽去世之前。」

「你說**以前**它讓你覺得刀槍不入，所以現在不是了？」

哈利感覺煙灰落在胸口，但不去理會。「後來我遇見蘿凱，還有……歐雷克。他們讓自己歸屬於我，讓我大開眼界，原來我的生命裡還容納得下別人。他們是我的朋友，關心我，我需要他們，」哈利朝香菸呼氣，讓它發出紅光。「糟糕的是他們可能也需要我。」

「所以你不再自由了？」

「對，我不再自由了。」兩人躺在床上望著漆黑。

瑪蒂娜把鼻子埋在哈利的頸窩中。「你真的喜歡他們對不對？」

「對，」哈利把她抱緊了些。「我喜歡他們。」

瑪蒂娜睡著後，哈利悄悄下床，替她蓋好被子。他看了看時間，正好兩點。他走到玄關，穿上靴子，開門走入星夜，朝屋外廁所走去。他看著地上腳印，回想自從週六早上以來是否下過雪？

屋外廁所沒燈，因此他劃亮一根火柴看清楚裡頭。火柴快熄時，他在摩納哥王妃褪色圖片下方的牆壁上看見上頭刻著兩個字母。哈利在黑暗中沉思，有人曾跟他一樣坐在這裡，奮力在牆上刻下簡單的宣言：R＋M。

他走出屋外廁所，忽然瞥見穀倉角落有個影子閃過。他停下腳步，看見雪地裡有一組腳印往穀倉走去。哈利心中遲疑。又來了，那種某事即將發生的感覺又浮現了，而且此事命中注定，他無力阻止。他把手伸進屋外廁所門，拿出剛才看見豎立在地上的鏟子，跟著腳印走向穀倉。

他來到穀倉轉角，停下腳步，緊緊握住鏟子。自己的呼吸聲震耳欲聾，於是他屏住呼吸。就是現在，某事就要發生了。他衝出轉角，手握鏟子做好準備。

前方是一片白雪覆蓋的空地，月光照耀下，雪地閃爍著讓人迷醉的白光，令他目眩。他看見空地上有一隻狐狸朝森林奔去。

他癱軟下來，背靠穀倉大門，顫抖地大口喘氣。

門上傳來敲門聲，他本能地後退。

他是不是被看見了？門外那人絕對不能進來。

他咒罵自己竟如此不小心，用如此外行的行為暴露行蹤，要是波波還在一定會嚴厲斥責。

前門鎖著，但他仍四下張望，找尋任何可用的武器，以防那人設法闖入。

刀子。他剛剛用過瑪蒂娜的麵包刀，就放在廚房。

門上再度傳來敲門聲。

他還有手槍，雖然沒有子彈，但足以嚇阻理性之人，但問題在於他懷疑那人是否理性。

那人駕車前來，把車子停在瑪蒂娜在索根福里街的公寓大門前。那人並未看見他，直到他冒險探頭到窗前，朝人行道旁的一排車輛望去，看見一輛車內有個靜止人影。那人影動了動，他傾身向前想看清楚點，立刻知道為時已晚，那人已看見了他。他離開窗邊，等待半小時，然後放下百葉窗，關上瑪蒂娜家所有的燈。瑪蒂娜說過他可以把燈開著，因為暖氣都有恆溫裝置，而燈泡有百分之九十的能源是用在發熱上，因此關上電燈所節省的能源會被暖氣抵銷，以彌補熱能的流失。

「這是簡單的物理原則。」瑪蒂娜解釋說。要是她也解釋過那人是誰就好了，究竟是瘋狂追求者？還是醋罈子前男友？反正那人不是警察就是了，因為那人再度發出急切痛苦的嗥叫聲，聽得他全身血液都涼了。

「瑪蒂—娜！瑪蒂—娜！」接著是幾句挪威語，然後聲音近乎啜泣：「瑪蒂娜……」

他不知道那人是怎麼進入公寓大門的，但這時他聽見鄰居的門打開，挪威語的說話聲傳來，他在其中聽出一個他認得的名詞：**警察**。

鄰居家門砰的一聲關上。

他聽見門外那人發出絕望呻吟，手指抓門。最後那人的腳步聲漸去漸遠，他才鬆了一大口氣。

今天是漫長的一天。早上瑪蒂娜開車載他去車站，他搭當地火車進入市區，第一件事就是前往奧斯陸中央車站的旅行社，購買隔天晚上最後一班飛往哥本哈根的班機機票。旅行社人員聽他給的是挪威姓氏哈福森，並沒有特別反應。他用哈福森皮夾裡的現金付帳，道謝後離去。到了哥本哈根之後，他可以打電話回札格瑞布，請弗萊德帶一本新護照飛去找他。倘若幸運，聖誕節前夕他就可以回家。

他找了三家店的理髮師都搖頭說聖誕節之前預約全滿，到了第四位，才朝坐在角落嚼著口香糖、看來一臉迷失的少女點了點頭。他猜少女應該是學徒。他費工夫解釋了一番說想剪什麼樣的髮型，最後只好拿照片給少女看。少女嚼口香糖的嘴巴停了下來，抬頭用刷著濃密睫毛膏的眼睛看著他，以ＭＴＶ式的英語說：「老兄，你確定？」

剪完頭髮後，他搭計程車前往索根福里街的瑪蒂娜家，用她給的鑰匙開門而入，開始等待。除了電話響過幾次，一切都很平靜，直到這件事發生。他真是太笨了，竟然在室內開燈的情況下走到窗邊。

他回到客廳。

就在此時，砰的一聲巨響傳來，連空氣也為之震動，天花板上的電燈搖晃不已。

「瑪蒂—娜！」

他聽見那人又來了，正在朝前門衝撞，門板似乎被撞得往內凹。

那人喊了兩次瑪蒂娜的名字，跟著是兩聲巨響，然後他聽見跑下樓梯的腳步聲。

他來到客廳窗前，看見那人奔出公寓大門，停下腳步打開車門。街燈灑落在那人身上，他認出了那是誰。

那人就是曾經幫他找旅社過夜的年輕男子，名字好像是叫尼可拉斯或里卡之類的。車子發動，怒吼一聲，加速駛入冬夜。

一小時後，他上床睡覺，夢見熟悉的景緻，只在啪噠啪噠的腳步聲中醒來，並聽見報紙丟在門階上的聲音。

早上八點，哈利醒來，睜開眼睛。羊毛毯蓋住他一半臉龐，他聞著羊毛毯的氣味，這氣味令他想到某件事。他掀開毯子。昨晚他睡得很沉，沒有做夢，這時的他充滿好奇心，心情是興奮、高興的，沒有其他言語可以形容。

他走進廚房煮咖啡，在水槽裡洗臉，口中哼著吉姆史塔克樂團的〈早晨之歌〉（*Morning Song*）。東邊低緩山脊上方的天空是有如少女般的嫩紅色，最後一顆星星逐漸淡去。神祕而潔淨的新世界在廚房窗外鋪展開來，純白且樂觀，朝地平線那頭延伸而去。

他切了幾片麵包，拿出一些起士，在玻璃杯內裝了水，在乾淨杯子裡倒了熱氣蒸騰的咖啡，放上托盤拿進臥房。

瑪蒂娜的黑髮散落在被子上，她睡得沒發出一絲聲音。哈利把托盤放在床邊桌上，在床沿坐下等待。咖啡的香味逐漸溢滿房內。

瑪蒂娜的呼吸變得不規律起來。她眨了眨眼，看見哈利，伸手揉了揉臉，再用誇張又害羞的動作伸個懶腰。她的眼睛越來越亮，就好像有人在調整電燈調光器似的，最後她的嘴角泛起微笑。

「早安。」哈利說。

「早安。」

「吃早餐？」

「嗯，」她的笑容更燦爛了。「你不吃嗎？」

「我等一下再吃，如果妳不介意的話，我先來一根。」哈利拿出一包菸。

「你菸抽太凶了。」她說。

「我酗酒以後總是抽很多菸，尼古丁可以抑制酒癮。」

瑪蒂娜嚐了一口咖啡。「這不是自相矛盾嗎？」

「什麼？」

「你這個害怕失去自由的人竟然變成酒鬼。」

「的確。」哈利打開窗戶，點了根菸，在瑪蒂娜身旁的床上躺下。

「難道這就是你怕我的原因？」瑪蒂娜問道，依偎在哈利身旁。「怕我會剝奪你的自由？這就是你……不想……跟我做愛的原因？」

「不是，瑪蒂娜。」哈利抽了口菸，做個鬼臉，露出不同意的神情。「是因為妳害怕。」

他感覺瑪蒂娜身體一僵。

「我害怕？」她問道，話聲中充滿驚訝。

「對，如果我是妳，我也會怕。我一直不懂，為什麼女人會有勇氣跟體能完全勝過她們的男人分享屋簷和床鋪，」他在床邊桌上按熄香菸。「男人絕對不敢。」

「你怎麼會認為我害怕？」

「我感覺得到。妳主動是因為妳想掌控，但最主要的原因是妳害怕如果讓我掌控的話不知道會發生什麼事。其實這是沒關係的，不過既然妳害怕，我就不希望妳做這件事。」

「但我要不要不是由你來決定的！」她拉高嗓門說：「就算我**真的**害怕也一樣。」

哈利看著她。她毫無預警地伸出雙臂抱住哈利，把臉藏在他頸窩之中。

「你一定覺得我是個怪人。」她說。

「完全沒有。」哈利說。

她緊緊抱住他，用力擠壓。

「如果我總是害怕怎麼辦？」她低聲說：「如果我永遠都沒辦法……」她頓了一頓。

哈利靜靜等待。

「以前發生過一件事，」她說：「我不知道是什麼事。」她沉默下來。

「其實我知道發生什麼事，」她說：「很多年以前，我被人強暴過，就在這座莊園，這件事使我崩潰。」

森林裡的烏鴉發出冰冷尖鳴，劃破寧靜。

「妳想不想……？」

「不，我不想談，反正也沒什麼好談。那是很久以前的事了，如今我又恢復完整了。我只是……」她再度依偎在哈利身旁。「……有點害怕而已。」

「妳有報案嗎？」

「沒有，我沒有能力報案。」

「我知道很困難，但妳應該報案的。」

她微微一笑。「對，我聽說過應該報案，以免別的女孩子也慘遭毒手，是不是這樣？」

「這不是開玩笑的，瑪蒂娜。」

「抱歉，爹地。」

哈利聳了聳肩。「我不知道犯罪會不會有報應，我只知道罪犯會重蹈覆轍。」

「因為他們身上帶著犯罪基因對不對？」

「這我就不知道了。」

「你有沒有讀過關於領養的研究報告？報告指出犯罪者的小孩如果被領養，並在正常家庭跟其他小孩一起長大，卻不知道自己是被領養的，日後成為罪犯的機率會比家裡其他小孩高很多，所以的確有犯罪基因的存在。」

「這我讀過，」哈利說：「行為模式可能會遺傳，但我比較願意相信我們每個人的生命都是獨特的。」

「你認為我們每個人都只是按照習性運作的動物嗎？」瑪蒂娜曲起手指，搔癢哈利的下巴。

「我認為我們的頭腦把所有因素都丟在一起進行大鍋炒運算，包括色慾、恐懼、刺激、貪婪等等，而頭腦非常聰明，它會進行計算，而且幾乎不會出錯，所以每次都得出相同的結果。」

瑪蒂娜用一隻手肘撐起身體，低頭看著哈利。「那道德和自由意志也包括在內？」

「它們也包括在大鍋炒運算裡。」

「所以你認為罪犯總是會……」

「沒有，不然這行我就幹不下去了。」

瑪蒂娜用手指撫摸哈利的額頭。「所以你認為人還是可以改變的囉？」

「反正這是我的希望，我希望人會懂得學習。」

她把額頭抵在哈利的額頭上。「人會懂得學習什麼呢？」

「人會懂得學習……」哈利的話聲被她的舌頭觸碰他的舌頭給打斷。「……不要獨來獨往；人會懂得學習……」她的舌尖撫觸他的下唇。「不要害怕；還有人會懂得學習……」

「學習如何接吻？」

「對，但絕對不是跟剛起床的女人接吻，因為她們的舌頭上會有一層白白的很噁心的……」

瑪蒂娜的手啪的一聲打上哈利的臉頰，笑聲清脆得有如玻璃杯裡的冰塊。她的舌頭捲上他的舌頭。她把他蓋在被子底下，拉起他的毛衣和T恤，讓帶有床上暖意的柔軟腹部貼上他的腹部。

哈利把手伸進她的上衣，游移到她的背，感覺在肌膚底下活動的肩胛骨，以及她朝他蠕動時緊繃和放鬆的肌肉。

他解開她的上衣，直視她雙眼，一隻手撫過她的腹部和肋骨，直到他拇指和食指的柔軟肌膚捏住她硬挺的乳頭。她朝他吐出熾熱氣息，張開嘴巴貼上他的唇。兩人親吻。她把手擠到他們的髖部之間。他知道這次他無法停止，也不想停止。

「它在響。」她說。

「什麼？」

「你褲子裡的手機……它在震動。」她笑了起來。「感覺……」

「抱歉。」哈利從口袋裡抽出靜音的手機，倚身放到床邊桌上，但手機螢幕正好面對他，他想視而不見卻為時已晚，已看見來電的是貝雅特。

「該死，」他吸了口氣。「等我一下。」

他坐了起來，看著瑪蒂娜的臉，瑪蒂娜也看著他正在聆聽貝雅特說話的臉，而她的臉有如鏡子一般，兩人似乎在玩一場默劇遊戲。哈利除了看見自己之外，還看見自己的恐懼和痛苦，最後他的無奈也反映在她臉上。

「什麼事？」電話掛斷後瑪蒂娜問道。

「他死了。」

「誰？」

「哈福森，他昨晚兩點九分過世，那時我正好在外面的穀倉。」

第四部　慈悲

29 指揮官

十二月二十二日，星期一

今天是今年白晝最短的一天，但是對哈利·霍勒警監而言，今天還沒開始就已無比漫長。他得知哈福森的死訊之後，走到屋外，跋涉穿越厚厚積雪，走進森林，坐下來怔怔望著破曉的天空，希望寒冷可以凝凍、紓緩，或至少麻痺他的感覺。

他走回屋子。瑪蒂娜只是看著他，眼中帶著問號，但未發一語。他喝了杯咖啡，吻了吻她的臉頰，坐上車子。後照鏡中的瑪蒂娜雙臂交疊站在台階上，看起來更為嬌小。

哈利駕車回家，沖了個澡，換上衣服，翻尋咖啡桌上那疊文件三次，最後宣告放棄，同時感到困惑不已。從昨天開始，他已不知道往手腕上看了多少次時間，卻只看見手腕上空無一物。他從床邊桌的抽屜裡拿出莫勒的手錶，這支錶還正常運行，暫時可以拿來戴。他駕車前往警署，把車停進車庫，就停在哈根的奧迪轎車旁。

他爬樓梯上六樓，聽見中庭迴盪著說話聲、腳步聲和笑聲，但一踏進犯罪特警隊的部門，門一關上，就好像聲音被調到靜音一樣。他在走廊上遇見一位警官，那人看著他，搖了搖頭，又默默地往前走。

「嗨，哈利。」

他回頭看見托莉·李。他記得托莉好像從未直接叫過他名字。

「你還好嗎？」托莉問道。

哈利正欲回答，張開了嘴，卻突然發現自己發不出聲音。

「我們想說今天簡報過後，大家聚在一起悼念。」托莉用輕快的口吻說，彷彿是在替哈利掩護。

哈利點了點頭，表達無聲的謝意。

「也許你可以聯絡貝雅特？」

「沒問題。」

哈利站在辦公室門前，他一直懼怕這一刻的到來。他開門入內。

哈福森的椅子上坐著一個人，靠著椅背上下晃動，彷彿等了好一段時間。

「早安，哈利。」甘納·哈根說。

哈利把外套掛在衣帽架上，沒有回答。

「抱歉，」哈根說：「很爛的開場白。」

「有什麼事？」哈利坐了下來。

「我來致哀。今天晨間會議我也會公開表達遺憾，但我想先當面跟你說。傑克是你最親近的同事對不對？」

「是哈福森。」

「抱歉？」

哈利把臉埋在雙手中。「我們都叫他哈福森。」

哈根點了點頭。「哈福森。還有一件事，哈利……」

「我以為我把領取單放在家裡，」哈利從指縫間說：「可是卻找不到。」

「喔，這件事啊……」哈根改變坐姿，似乎在那張椅子上坐得不舒服。「我想說的不是佩槍的事。由於差旅經費縮減，我請會計部把所有收據都送來給我審查，結果我發現你去過札格瑞布。我不記得授權過任何國外出差，而且挪威警察如果在札格瑞布進行任何調查，都算得上是公然抗命。」

哈利心想，他們終於發現了。他的臉依然埋在雙手中。這正是他們等待已久的大紕漏，終於有個冠冕堂皇的理由可以把這個酒鬼警監踢回屬於他的地方，回到那些未開化的死老百姓身邊。哈利試著感覺自己的心情，卻發現自己只是鬆了一口氣。

「明天我會把我的決定遞交到你桌上，長官。」

「你在說什麼啊？」哈根說：「我想挪威警方在札格瑞布**並未**進行過任何調查，否則這對大家來說都太尷尬了。」

哈利抬頭望去。

「根據我的解讀，」哈根說：「你是去札格瑞布進行了一趟小小的考察之旅。」

「考察之旅？」

「對，沒有特定主題的考察之旅。這是我對你口頭徵詢札格瑞布考察之旅所簽發的同意書，」一張列印紙滑過辦公桌，停在哈利面前。「所以這件事就這樣了。」哈根站起身來，走到牆上掛著的愛倫・蓋登的照片前。「哈福森是你失去的第二個搭檔對不對？」

哈利側過了頭。這間狹小無窗的辦公室裡頓時安靜下來。

哈根咳了一聲。「你看過我辦公桌上那一小截雕刻骨頭對不對？那是我從長崎買回來的，是二戰期間日軍著名大隊長安田芳人的小指骨復刻品。」他轉頭對哈利說：「日本人通常會火化遺體，但他們在緬甸必須用埋葬的，這是因為屍體數量太多，火化一具屍體要花兩個小時，因此他們切下死者的小指加以火化，寄回家鄉給家屬。一九四四年春天，勃固市郊一場決定性戰役之後，日軍被迫撤退，躲入叢林。安田芳人請求長官當晚再度發動攻擊，以便拾回戰死弟兄的屍骨，但他的請求遭到駁回，因為敵軍數量實在太多。當天晚上他站在弟兄面前，在營火火光的映照下含淚宣布指揮官的決定。他看見弟兄們臉上露出絕望神情，於是擦乾眼淚，拔出刺刀，把手放在樹木殘幹上，切下小指扔進營火之中。弟兄們高聲歡呼。這件事傳到指揮官耳中，隔天日軍就發動反攻。」

哈根拿起哈福森桌上的削鉛筆機仔細觀看。

「我剛擔任主管的這段日子犯了些錯誤，有可能其中一個錯誤間接導致哈福森失去性命。我想說的是……」他放下削鉛筆機，吸了口氣。「我希望自己能像安田芳人那樣激勵人心，但我不知道該怎麼做才好。」

哈利感到尷尬困窘，只能保持沉默。

「所以讓我這樣說好了，哈利，我希望你能揪出這些命案背後的主使者，就這樣。」

兩人避免目光相觸。「但你如果隨身佩槍的話，會算是幫我一個忙。你知道，在大家面前做個樣子……至少維持到新年，然後我就會撤消這項命令。」

「好。」

「謝謝，我會再簽一張領取單給你。」哈利點了點頭，哈根朝門口走去。

「後來怎麼樣？」哈利問道：「那次的日軍反攻？」

「喔，那個啊，」哈根回過頭來，歪嘴一笑。「結果被打得落花流水。」

謝爾．亞特列．歐勒在警署一樓工作了十九年，今天早上他坐在辦公桌前，投注單放在面前，心想在耶誕節次日富勒姆隊對南安普敦隊的足球賽事上，自己是否敢大膽地賭客隊勝。他打算在午餐時間順便把投注單交給歐紹，但這樣一來時間就有點趕，因此當他聽見有人按下金屬訪客鈴時，不禁低聲咒罵。

他呻吟一聲，站了起來。他曾在甲組足球聯賽替史其特隊效命，享有十年不曾受傷的輝煌足球生涯，但後來在替警察隊出賽的一場賽事上，看似無害的拉傷竟導致他在十年後的今天仍得拖著右腿走路，這也成了他心中永遠的痛。

櫃台前站著一名留平頭的金髮男子，謝爾從男子手中接過領取單，瞇眼看著似乎越來越小的文字。上星期他跟老婆說聖誕禮物想要一台更大的電視機，她則建議他應該去找驗光師才對。

「哈利．霍勒，史密斯威森點三八，好。」謝爾呻吟一聲，一跛一跛走回槍械庫，找出一把看來受到前任主人細心保養的警用手槍。這時他突然想到，很快地那個在哥德堡街被刺殺身亡的警探佩槍就會被收繳回來。他又拿了手槍皮套和標準配備的三盒子彈，回到櫃台。

「在這裡簽名，」謝爾說，指了指簽收單。「我可以看一下你的證件嗎？」男子已把警察證放在櫃台上，接過謝爾遞來的筆，簽下了名。謝爾看了看哈利．霍勒的證件和潦草簽名，心想不知道南安普敦隊能否擋得下路易．薩哈的攻勢？

「記得要射的是壞人喔。」謝爾說，對方沒有回應。

他一跛一跛回到投注單前，心想難怪那個警察心情不好，因為證件上說他隸屬於犯罪特警隊，這次不幸殉職的警探不就是他們隊上的？

哈利把車子停在賀維古登陸岬的賀寧—恩斯德藝術中心前，從美麗的低矮磚砌建築朝緩坡下方的峽灣走去。

他看見朝斯納里亞半島延伸而去的結冰海面上有個黑色人影，便伸出一腳踩了踩海岸邊的一塊冰，結果冰面發出劈啪一聲巨響，應聲碎裂。哈利高喊大衛．艾考夫的名字，但冰面上的人影動也不動。

他咒罵一聲，心想總司令的體重應該不亞於他自己的兩百一十磅。他在擱淺的冰原上取得平衡，謹慎地在鋪著白雪、變化莫測的冰原上跨出腳步。冰面承受了他的重量。他踏出小而快的腳步前進。這段路比他在岸邊看起來的還要長。終於那個人影越來越近。只見那人身穿狼皮大衣，坐在折疊椅上，俯身在冰洞上方用連指手套拿著手釣鉤。哈利很確定那人就是救世軍總司令大衛．艾考夫，而且也明白為什麼對方沒聽見他的喊叫聲。

「艾考夫，你確定這冰面安全嗎？」

艾考夫轉過頭來，直接低頭朝哈利腳上的靴子望去。

「十二月的奧斯陸峽灣冰面一向不安全，」艾考夫說，口噴白氣。「所以只能一個人釣魚，可是我都會穿這個，」他朝腳上的滑雪板比了比。「可以分散重量。」

哈利緩緩點頭，耳中似乎聽見腳下冰面龜裂的聲音。「總部的人跟我說你在這裡。」

「只有這裡才聽得見自己的思緒。」艾考夫抓住手釣鉤。冰洞旁放著一盒釣餌和一把刀，底下墊著報紙。報紙頭版的天氣預報說聖誕節過後天氣會轉趨和緩，但並未提到哈福森去世的消息，一定是太早付印了。

「你有很多事要想？」哈利問道。

「嗯，我老婆跟我今天晚上得招待總理，這禮拜我們要跟吉爾斯卓簽約，事情是不少。」

「我想請問一個問題。」哈利說，專心把體重分散在雙腳上。

「嗯哼？」

「我請我的部下史卡勒去查你跟羅伯．卡爾森的銀行帳戶之間是否有往來，結果沒有，但他發現卡爾森家族的另一個成員，也就是約瑟夫．卡爾森，固定匯錢到你的帳戶。」

艾考夫雙眼盯著冰洞底下的陰暗海水，眼皮眨也不眨。

「我想問的是，」哈利說，注視著他。「為什麼過去十二年來，每一季你都收到羅伯和尤恩的父親匯來八千克朗？」

大衛抖了抖，彷彿釣到一條大魚。

「怎麼樣？」哈利問道。

「這件事很重要嗎？」

「我想很重要，艾考夫。」

「那你不能說出去。」

「我無法保證。」

「那我就不能告訴你。」

「這樣我就得帶你回警署偵訊。」

總司令抬起頭來，一眼閉著，打量哈利，掂量這個潛在對手的份量。「你認為甘納．哈根會同意你把我拖去警局嗎？」

「到時候就知道。」

艾考夫張口欲言，又把話嚥了回去，彷彿嗅到哈利的堅定意志。哈利心想，這個人之所以可以成為大批信眾的領導者，並不是透過殘暴的力量，而是藉由正確解讀情勢的能力。

「好，」總司令說：「但說來話長。」

「我有的是時間。」哈利說謊，因為他感覺冰原的寒氣從鞋底直透上來。

「尤恩和羅伯的父親約瑟夫．卡爾森是我最好的朋友，」艾考夫遙望斯納里亞半島。「我們是同學，也是同事，人家都說我們胸懷壯志、前途光明。但最重要的是，我們都有一個願景，那就是建立強大的救世軍，在世間進行上帝的工作，這你明白嗎？」

哈利點了點頭。

「我們在工作上也一起晉升，」艾考夫繼續說：「後來約瑟夫和我的確被視為是爭奪總司令這個位子的敵手。我並不認為這個位子有那麼重要，因為驅動我們前進的是願景，但是在我當選後，約瑟夫出現了狀況，他似乎崩潰了。我想我們每個人都不是徹底了解自己，天知道如果換作是我，同樣的情況可能也會發生在我身上。無論如何，約瑟夫當上了行政長。雖然我們兩家依然有聯絡，但已不像從前，」艾考夫思考著該怎麼說才好。「也就是說我們之間有了祕密，有些不愉快的事正在折磨約瑟夫。一九九一年秋天，我和會計長法蘭克．尼爾森，也就是里卡和希雅的父親，發現了折磨約瑟夫的是什麼事。他盜用公款。」

「後來呢？」

「救世軍內很少發生這種事，因此尼爾森跟我都對此事保密，想搞清楚該怎麼處理才好。當然我對約瑟夫的行為感到非常失望，但同時我也看見自己是導致這件事發生的原因之一。當我被選上而他被淘汰時，我應該用更……細膩的方式來處理才對。當時救世軍的招募成效非常差，也不像今天如此得到各方的善意對待，承受不起任何醜聞。那時我在南部有一棟避暑別墅，是我父母留給我的，平常很少用到，而我們又打算去厄斯古德度假，所以我就匆匆賣了別墅，拿這筆錢來補足短缺，以免事情曝光。」

「你竟然這樣做？」哈利說：「你用自己的財產來掩飾約瑟夫．卡爾森盜用公款的行為？」

艾考夫聳了聳肩。「沒有別的辦法。」

「一般企業中很少主管會……」

「對，但救世軍不是一般企業，我們做的是上帝的工作。所以不管發生什麼事，都跟我們個人有關。」

哈利緩緩點頭，想起哈根桌上那一截雕刻小指骨。「所以約瑟夫就打包行李，帶著老婆遠赴他鄉，沒有其他人發現這件事？」

「我給了他一個權力比較小的職位，」艾考夫說：「但他當然不肯接受，而且也會引起各方揣測。我想現在他們應該住在泰國距離曼谷不遠的地方。」

「所以那個關於中國農夫和他被毒蛇咬到的故事是杜撰的？」

艾考夫微笑搖頭。「不是，約瑟夫真的是個懷疑者，這故事令他留下深刻印象。約瑟夫有了懷疑，就跟有時我們會懷疑一樣。」

「你也會，總司令？」

「我也會。懷疑是信仰的影子，如果你無法懷疑，就無法真的相信。這就跟勇氣一樣，警監。如果你無法去感受恐懼，就無法生出勇氣。」

「所以這些錢是？」

「約瑟夫堅持要還我錢，並不是因為他想補救，畢竟木已成舟，而且他住在泰國絕對不可能賺到足夠的錢來還我。我想他認為獲得救贖對他來說有幫助，那我又何必拒絕？」

哈利緩緩點頭。「羅伯和尤恩知道這件事嗎？」

「我不知道，」艾考夫說：「我從沒提過。我一直很努力不讓他們父親的行為成為他們在救世軍發展的阻礙，尤其是尤恩。他已經成為我們最重要的專業資源之一，比如說這次的房產出售案我們就很仰賴他。我們會先出售亞克奧斯街的房產，將來還會再出售其他的。吉爾斯卓說不定還會買回厄斯古德莊園。如果我們十年前要賣這些房產，可能還得雇用各種顧問才行，但有了像尤恩這樣的人才，我們自己就能獨力完成。」

「你是說尤恩主導整個出售案的方向？」

「不是，銷售案是委員會核准通過的，但如果沒有他費心進行的基礎評估和具有說服力的結論，我真的不認為我們敢放手去做。尤恩未來會是救世軍的棟梁，現在就更不用說了。他跟希雅．尼爾森今晚將在貴賓包廂裡坐在總理旁邊，這正是他父親當年的行為並未阻礙他的最好證明。」艾考夫蹙起眉頭。「對了，我今天打電話找尤恩，但他沒接電話，你有沒有跟他說過話？」

「沒有，如果尤恩不在的話……」

「什麼？」

「如果那個殺手一開始就得手，殺死尤恩的話，誰會取代他的位子？」

艾考夫揚起雙眉。「你是說今天晚上？」

「我是說職位。」

「原來如此。這個嘛，就算我說是里卡．尼爾森也不算是洩露機密，」他咯咯一笑。「大家都在嚼舌根，拿尤恩和里卡跟當年的約瑟夫和我來比較。」

「同樣的競爭？」

「有人的地方就有競爭，在救世軍也是一樣。我們只能希望就整體而言，力量的試煉可以把人安排在最適當的位置，以追求共同目標，就是這樣。」總司令拉起釣魚線。「哈利，希望這樣回答了你的問題。如果你想求證的話，可以去問法蘭克．尼爾森，但我希望你能了解我不想讓這件事曝光的原因。」

「既然我們談到了救世軍的祕密，我想再問最後一個問題。」

「說吧。」總司令說，口氣不耐，將釣具放進包包。

「你知道十二年前在厄斯古德發生過強暴事件嗎？」

哈利猜想艾考夫的臉孔表達驚訝的能力應該有限，但既然這個限度被超越了，那就表示他從沒聽過這件事。

「這一定是誤會，警監。如果不是就太糟糕了，有誰牽涉在其中？」

哈利希望自己的表情沒有透露任何訊息。「基於專業考量，我無法透露。」

艾考夫戴著手套的手抓了抓下巴。「這是當然，不過……這起事件不是已經超過追訴期了嗎？」

「要看你從什麼角度來看，」哈利說，朝岸邊的方向看了看。「準備要走了嗎？」

「我們最好分開走，不然重量……」

哈利吞了口口水，點點頭。

他抵達岸邊，身上並未弄濕，而後回頭望去。起風了，白雪在冰原上飄動，看起來彷彿是飄飛的煙霧，而艾考夫似乎走在白茫茫的雲端。

哈利走到停車場，看見車上已罩著一層薄薄白霜。他上車發動引擎，把暖氣開到最強。熱空氣在冰冷玻璃上吹出白色霧氣。等待擋風玻璃霧氣消散的這段時間，他想起麥努斯曾提到麥茲．吉爾斯卓打過電話給哈福森。他從口袋裡拿出還留著的名片，撥打手機，但沒有人接。他把手機放回口袋，這時手機響起，螢幕顯示為國際飯店的號碼。

「你好嗎？」瑪麗亞用發音清脆的英語說。

「還好，」哈利說：「妳有沒有……？」

「有。」

哈利深深吸了口氣。「是他嗎？」

「對，」瑪麗亞嘆了口氣。「是他。」

「妳百分之百確定嗎？我的意思是說，光憑這樣就要認出……」

「哈利？」

「是？」

「我非常確定。」

哈利心想既然這位英文老師如此擅長處理壓力和英語發音，那麼她表達的就是這個意思：她非常確定。

「謝謝。」哈利說，結束通話，打從心底希望瑪麗亞說的沒錯，因為一切將從現在開始。

而且也已經開始了。

哈利啟動雨刷，雨刷將融化中的白霜推到兩側，這時手機再度響起。

「我是哈利·霍勒。」

「我是米何耶茲太太，蘇菲亞的媽媽，你說有事可以打電話給你……」

「是？」

「蘇菲亞出事了。」

30 沉默

十二月二十二日，星期一

今日白晝最短。

《晚郵報》頭版如此寫道。報紙放在主街的醫院候診室桌上，就在哈利面前。他看了看牆上時鐘，又想到自己手上就戴有手錶。

「霍勒先生，醫生可以見你了。」窗內傳來女子的高喊聲。他跟女子說過他要找幾小時前看過蘇菲亞．米何耶茲和她父親的醫生。

「走廊右邊第三扇門。」女子高聲說。哈利跳了起來，把候診室裡萎靡沉悶的病患拋在後頭。右邊第三扇門。左邊第二扇門或第三扇門也有醫生，但偏偏蘇菲亞被分到的是右邊第三扇門的醫生。

「嗨，我聽說是你來了。」馬地亞．路海森露出微笑，起身握手。「這次我能幫什麼忙？」

「是關於你早上看過的患者，蘇菲亞．米何耶茲。」

「是嗎？請坐，哈利。」

哈利盡量不讓自己被馬地亞的友善口氣給惹得心裡不快，但他實在不想坐下來，因為這樣對他們兩人來說都太尷尬了。

「蘇菲亞的母親打電話跟我說，今天早上她被蘇菲亞在房裡的哭聲吵醒，」哈利說：「她走進房間就看見女兒身上瘀青流血。蘇菲亞說她跟朋友出去，回家路上在冰上滑倒。於是她母親叫醒先生，請他帶蘇菲亞來看醫生。」

「事情有可能真是這樣。」馬地亞說，撐著手肘，傾身向前，表示他認真看待此事。

「但米何耶茲太太認為蘇菲亞說謊，」哈利繼續說：「她先生帶蘇菲亞出門後，她就去女兒的房間查看，結果發現不只枕頭上有血，床單上也有，而且是床單『下面』的地方有血。」

「嗯哼。」馬地亞的口氣既不同意也不否定，但哈利知道這代表什麼意思，因為他曾在心理系練習過諮商方法。尾音上揚代表鼓勵患者繼續往下說，而馬地亞的尾音就是上揚的。

「現在蘇菲亞把自己鎖在房裡一直哭，」哈利說：「米何耶茲太太說蘇菲亞什麼都不肯說，她打電話問過蘇菲亞的女性朋友，她們都說昨天沒見過她。」

「了解，」馬地亞揉捏鼻梁。「所以現在你要我為了你而忽視醫師誓詞？」

「不是。」哈利說。

「不是？」

「不是為了我，而是為了他們，為了蘇菲亞和她父母，以及其他已經或即將被強暴的人。」

「你的用詞非常強烈，」馬地亞微微一笑，但笑容隨即淹沒在沉默中，他咳了一聲。「哈利，我相信你一定明白我必須慎重考慮。」

「她昨晚到底有沒有被強暴？」

馬地亞嘆了一聲。「哈利，病患隱私必須保密……」

「我知道保密是怎麼回事，」哈利插口說：「我自己也必須保密，但我希望你破例並不是因為我把病患隱私不當回事，而是因為我評估過這件罪行的殘暴本質，以及它可能重複發生的危險。如果你信任我和我的評估，那我會非常感謝，否則你就得在昧著良心的情況下盡可能好好活下去。」

哈利心想這番流利誇張的言詞他不知在類似場合說過多少次。

馬地亞眨了眨眼，臉色一沉。

「你只要點頭或搖頭就好。」哈利說。馬地亞點了點頭。

這個方法再度奏效。

「謝謝，」哈利說，站了起來。「你跟蘿凱和歐雷克相處得好嗎？」

馬地亞又點了點頭，露出微笑。哈利傾身向前，一手放在馬地亞肩膀上。「聖誕快樂，馬地亞。」哈利離開前看了最後一眼，看見馬地亞坐在椅子上，肩膀垮下，彷彿有人賞了他一巴掌。

最後一抹日光透過橘色雲朵灑在挪威最大墓園西側的雲杉和屋頂上。哈利經過在戰爭中喪生的南斯拉夫人墳墓、挪威工黨的墓地、挪威總理埃納爾．基哈德森和特里格弗．布拉特利的墳墓，最後來到救世軍的墓地。不出所料，他在新下葬的墳墓旁看見了蘇菲亞，她直挺挺坐在雪地裡，身上裹著大羽絨外套。

「嗨。」哈利說，在蘇菲亞身旁坐下。

他點了根菸，在寒風中噴了口煙，風將藍煙吹散。

「妳媽說妳剛出門，」哈利說：「還把妳爸買給妳的花也帶走，所以不難猜想。」

蘇菲亞沒有答話。

「羅伯是個好朋友對不對？是個妳能信賴和說話的人，不是強暴者。」

「是羅伯做的。」蘇菲亞毫無生氣地說。

「蘇菲亞，妳的花放在羅伯的墳墓上。我相信強暴妳的另有其人，而且他昨晚又強暴了妳一次，他還可能再強暴妳很多次。」

「不要管我！」蘇菲亞吼道，掙扎著在雪地裡站起來。「你們怎麼都聽不懂啊？」

哈利一手夾菸，一手抓住蘇菲亞的手臂，用力把她拉回雪地。

「蘇菲亞，羅伯已經死了，但妳還活著，妳聽見了嗎？如果妳還想繼續活下去，我們最好現在就逮到他，否則他還會繼續犯行。妳不是第一個，也不會是最後一個。看著我。看著我，我在跟妳說話！」

哈利的怒氣嚇到了蘇菲亞，她朝他看來。

「蘇菲亞，我知道妳害怕，但我保證無論如何我都會逮到他，我發誓。」

哈利看見蘇菲亞目光閃動，如果他沒看錯，那代表的是希望。他靜靜等待，接著蘇菲亞用細若蚊鳴的聲音說了句話。

「妳說什麼？」哈利問道，傾身向前。

「誰會相信我？」她低聲說：「現在……羅伯死了，誰會相信我？」

哈利謹慎地把手放在她肩膀上。「試了才會知道。」

橘色雲朵逐漸變紅。

「他威脅我說如果不照他的話做，就要摧毀我們的一切，」蘇菲亞說：「他說他會把我們逐出公寓，讓我們不得不回祖國，可是在那裡我們一無所有。而且如果我說出來，誰會相信？誰……？」

她頓了一頓。

「只有羅伯相信。」哈利說，靜靜等待。

哈利看了看麥茲名片上的地址。他之所以想去找麥茲，首先是想問他為什麼打電話給哈福森。從這個地址來看，他必須經過蘿凱和歐雷克位在侯曼科倫山上的家。

哈利駕車經過蘿凱家時並未減速，只是朝車道上望了一眼。他上次經過時看見車庫外停著一輛切羅基吉普車，猜想應該是馬地亞醫生的車，但這時車庫外只停著蘿凱的車，歐雷克房間的窗戶亮著。

車子駛過奧斯陸最貴豪宅之間的U形道路，道路逐漸變直，朝懸崖的方向不斷向上延伸，經過奧斯陸的白色尖塔，也就是侯曼科倫滑雪跳台。山下是城市和峽灣，白雪皚皚的小島之間飄著淡淡寒霧。今年最短的白晝的確只是由日出和一眨眼的日落所構成，山下城市已亮起燈火，宛如聖誕倒數的降臨蠟燭。

謎團的拼圖已經拼得差不多了。

哈利按了麥茲家的門鈴四次，卻無人回應，只好放棄。他走回車子時，一名男子從隔壁房子跑過來，問哈利是不是麥茲的朋友。男子說他不想干涉麥茲的私生活，但今天早上他家傳來砰的一聲巨響，而且麥茲才剛失去妻子不是嗎？他們是不是該打電話報警？哈利回到麥茲家，打破前門旁的窗戶，使得警鈴大作。

警鈴不斷重複兩聲一組的粗啞警報聲。哈利朝客廳走去，看了看錶，減去莫勒撥快的兩分鐘，記下現在時間是下午三點三十七分，以便記錄在報告上。

麥茲身上一絲不掛，後腦不知所蹤。

他側躺在明亮螢幕前的拼花地板上，那把有著赭紅色槍柄的步槍彷彿是從他嘴裡長出來似的。步槍的槍管很長，哈利從眼前景象判斷，麥茲應該是用腳拇指扣下扳機。要做到這點，不僅得動作協調，還得死意堅定。

警報聲停了下來。哈利聽見投影機發出嗡嗡聲響，投射出來的暫停畫面在螢幕上不停顫動，畫面中是新郎新娘步上紅毯的特寫。兩張露出亮白笑容的臉孔和白色婚紗濺上了血，血已凝固，在螢幕上形成格狀條紋。

干邑空酒瓶下壓著一張遺書，短短寫著幾個字。

爸爸，原諒我。麥茲。

31 復活

十二月二十二日，星期一

他看著鏡中那張臉。有一天，也許明年，早上他們走出武科瓦爾的小房子時，鄰居是否會用微笑來和這張臉打招呼，說聲你好？就像是在跟熟悉、安全、善良的面孔打招呼？

「完美極了。」他背後的女子說。

他心想女子指的應該是他身上穿的這套小晚禮服。這裡是一家西裝出租兼乾洗店，他正在照鏡子。

「多少錢？」他問道。

他付了錢，答應明天十二點以前會送還西裝。

他走進灰濛濛的陰鬱天色中，找到一家可以喝咖啡的餐廳，餐點也不會太貴。接下來要做的就只有等待，他看了看錶。

今年最長的黑夜來臨了，薄暮將房舍與原野籠罩在灰茫茫的天色中。哈利駕車離開侯曼科倫區，但還沒抵達格蘭區，陰暗就已入侵公園。

剛才他在麥茲．吉爾斯卓家打電話請制服員警派一輛巡邏警車前往現場，然後就離開，什麼也沒碰。

他把車停進警署車庫，上樓走進辦公室，打電話給克勞斯．托西森。

「哈福森的手機不見了，我想知道麥茲．吉爾斯卓是不是有留言給他。」

「如果有的話呢？」

「我要聽。」

「這是監聽，我不能幫忙，」托西森嘆了口氣。「你打給警察應答中心吧。」

「這樣我需要法院命令，可是我沒時間，你有什麼建議？」

托西森想了想。「哈福森有電腦嗎？」

「我就坐在他的電腦前面。」

「不行不行，算了。」

「到底是怎樣？」

「你可以透過挪威電信的網站進入手機留言，可是需要密碼才能進去。」

「那是個人設定的密碼嗎？」

「對，可是你沒有，所以得碰運氣……」

「我來試試看，」哈利說：「網址是？」

「你的運氣得非常非常好才行。」托西森說，口氣聽起來像是他常常運氣不好。

「我覺得我可能知道。」哈利說。

哈利進入網站後，鍵入「列夫雅辛」，結果顯示密碼不正確，於是他縮短密碼，只輸入「雅辛」，然後就登入了。留言共有八則，其中六則是貝雅特留的，一則來自特倫德拉格，還有一則來自哈利手上那張名片上的手機號碼，也就是麥茲留的。

哈利按下播放鍵，於是不到兩小時前他所看見躺在自家客廳地上的死人，就開始透過電腦的塑膠喇叭用金屬聲調對他說話。

留言播放完畢後，最後一片拼圖拼了起來。

「有人知道尤恩・卡爾森在哪裡嗎？」哈利在手機上問麥努斯，一邊下樓前往警署一樓。「你有沒有試過羅伯家？」

哈利穿過一扇門，敲響櫃台上的訪客鈴。

「我打過電話，」麥努斯說：「可是沒人接。」

「你去跑一趟，如果沒人應門就直接進去，可以嗎？」

「他家鑰匙在鑑識中心，現在已經四點多了，平常貝雅特都會待到很晚，可是今天因為哈福森的事……」

「別用鑰匙了，」哈利說：「帶撬棒去。」

哈利聽見腳步拖行的聲音，接著就看見一名身穿藍色連身工作服的男子一跛一跛走來，男子滿臉皺紋，鼻梁上掛著一副眼鏡。他看也沒看哈利一眼，就拿起哈利放在櫃台上的領取單。

「那法院命令呢？」麥努斯問道。

「不用了，我們手上那張還有效。」哈利說謊。

「是嗎？」

「如果有人問起，就說是我下的命令，可以嗎？」

「好。」

藍衣男子發出呼嚕聲，搖了搖頭，把領取單退回給哈利。

「史卡勒，我等一下再打給你，這裡好像出了點麻煩……」哈利把手機放回口袋，用詢問的眼神看著藍衣男子。

「霍勒，同一把槍不能領取兩次。」男子說。

哈利聽不懂謝爾·亞特列·歐勒的意思，但他的頸背卻突然浮現一陣刺刺麻麻的感覺，這不是他第一次有這種感覺，因此他知道這代表惡夢尚未結束。事實上惡夢才剛要開始。

甘納·哈根的妻子將身上禮服整理妥當，走出浴室。哈根身穿小晚禮服站在玄關鏡子前，正在打領結。

她站在一旁等候，心知再過不久，哈根就會哼個幾聲，叫她幫忙。

今早警署的人打電話來報告傑克．哈福森的死訊時，哈根就覺得沒心情去參加音樂會，也覺得自己應該去不了。她知道這星期他們都會覺得烏雲罩頂。有時她會想，不知道除了她之外，有誰知道這種事對哈根的打擊有多大。無論如何，後來總警司來電，叫哈根一定要出席音樂會，因為救世軍決定要在音樂會上為哈福森默哀一分鐘，哈根身為他的直屬長官必定得出席。但她看得出哈根很不想去，嚴肅的氛圍籠罩在他眉間，彷彿戴了一頂貼合的頭盔。

哈根哼了一聲，解開領結。「莉莎！」

「我在這裡，」她冷靜地說，走上前來，站在哈根背後，伸出了手。「領結給我。」鏡子下方桌上的電話響了起來，哈根傾身接起電話。「我是哈根。」

她聽見電話那頭傳來遙遠的聲音。

「晚安，哈利，」哈根說：「沒有，我在家，我跟老婆得去參加今晚的音樂會，所以提早回來。有什麼新進展？」

莉莎．哈根看著他不發一語，聽著電話，頭上那頂隱形頭盔似乎越來越緊。

「好，」最後哈根說：「我會打電話回警署，叫每個人提高警覺，並動員所有人力去找。等一下我就得去音樂廳，會在那裡待好幾個小時，但我會把手機調到震動，有事就打給我。」

他掛上電話。

「怎麼了？」莉莎問道。

「是我手下的警監哈利．霍勒打來的，他剛才去警署地下室用我開給他的領取單領槍。今天我重開一張給他，因為他家被闖空門後，原本那張領取單就不見了，但今天稍早竟然有人用原本那張單子去領出了手槍和子彈。」

「呃，如果只是這樣……」莉莎說。

「恐怕不只這樣，」哈根嘆了口氣。「更糟的還在後頭，哈利懷疑手槍可能被某人拿走，所以打電話去鑑識中心詢問，結果證實他懷疑得沒錯。」

莉莎看見丈夫的臉登時有如罩上一層寒霜，心頭一驚。彷彿剛才哈利說的話現在才產生後座力似的，哈根聽見自己對妻子說：「我們在貨櫃場射殺的男子血液樣本顯示，他不是在哈福森旁邊嘔吐的人，不是在他外套上沾上血跡的人，也不是在旅社枕頭上留下頭髮的人。簡而言之，我們射殺的人不是科里斯多．史丹奇。如果哈利說得沒錯，這表示科里斯多．史丹奇還逍遙法外，而且身上有槍。」

「這麼說來……他可能還在追殺那個可憐的傢伙，那個人叫什麼名字來著？」

「尤恩．卡爾森。所以我得打電話回警署，動員所有人力找出尤恩．卡爾森和科里斯多．史丹奇的下落。」哈根把雙手手背抵在眼睛上，彷彿眼睛很痛。「還有，哈利命令部下強行進入羅伯的公寓尋找尤恩，後來部下打電話回報。」

「怎麼樣？」

「公寓裡似乎有打鬥痕跡，床單……沾滿血跡，尤恩下落不明，只發現床底下有一把折疊小刀，刀身有乾了的血跡。」

哈根放下雙手，莉莎在鏡中看見他雙眼發紅。

「全都是壞消息，莉莎。」

「甘納，親愛的，我知道。可是……那你們在貨櫃場射殺的人是誰？」

哈根用力吞了口口水。「現在還不知道，只知道他住在貨櫃裡，血中含有海洛英。」

「我的天啊，甘納……」

莉莎捏了捏哈根的肩膀，試著和他在鏡中目光相對。

「他在第三天復活。」哈根低聲說。

「什麼？」

「救主。我們星期五晚上射殺他，今天是星期一，也就是第三天。」

瑪蒂娜．艾考夫豔光四射，令哈利忘了呼吸。

「哈囉，不認得我了嗎？」瑪蒂娜用低沉嗓音說。哈利記得第一次在燈塔餐廳碰到她，她就是用這個嗓音說話，當時她穿的是制服，而這時她站在他面前，身穿一襲簡約優雅的黑色無袖晚禮服，和她的頭髮一樣熠熠生輝。她的肌膚白皙剔透，幾乎是透明的。

「我正在打扮，」她笑說：「你看。」她揚起一隻手。哈利覺得她的動作難以想像地柔軟靈巧，彷彿在跳一支舞，是一連串優雅舞姿的延續。她手中拿著一顆白色的淚滴形珍珠，映照著公寓玄關外的昏黃燈光，耳垂上掛著另一顆珍珠。

「進來吧。」她說，後退一步，放開門把。哈利跨過門檻，和她擁抱。「你能來真是太好了。」她說，把他的臉拉到面前，在他耳畔噴出熱氣說：「我一直在想你。」

哈利閉上眼睛，緊緊擁抱她，感覺她嬌小如貓的身體散發暖意。這是他一天之內第二次以這個姿勢站立，雙手抱著她，而且不願放開，因為他知道這是最後一次了。

珍珠耳環垂落在她眼睛下方的臉頰旁，彷彿一滴凝凍的淚珠。他放開了她。

「怎麼了嗎？」她問道。

「先坐下吧，」哈利說：「我們得談一談。」

兩人走進客廳。瑪蒂娜在沙發上坐下，哈利站在窗邊，低頭看著街道。

「有人坐在車裡抬頭往這邊看。」哈利說。

瑪蒂娜嘆了口氣。「是里卡，他在等我，要載我去音樂廳。」

「嗯，瑪蒂娜，妳知道尤恩在哪裡嗎？」哈利注視著她在窗玻璃上的映影。

「不知道，」她說，和哈利四目交接。「你這樣說的意思是我有理由應該知道嗎？既然你用這種口氣問我。」她話聲中的甜美不見了。

「我們認為現在尤恩住在羅伯的公寓裡，所以剛剛強行進入，」哈利說：「結果只發現床上沾滿血跡。」

「我不知道這件事。」瑪蒂娜用毫不造作的驚訝口氣說。

「我曉得妳不知道這件事，」哈利說：「鑑識人員正在比對血型，也就是說血跡的血型已經驗出來了，而我很確定他們會得到什麼結果。」

「是尤恩的血？」瑪蒂娜屏息以待。

「不是，」哈利說：「但妳希望是尤恩的對不對？」

「你為什麼這樣說？」

「因為強暴妳的人是尤恩。」

客廳靜了下來。哈利屏住氣息，聽見她倒抽一口氣，良久之後才呼出來。

「你怎麼會這樣想？」瑪蒂娜的話聲帶著微微顫抖。

「因為妳說事情發生在厄斯古德，當時在那裡會強暴女人的男人並不多，而尤恩．卡爾森正好是這種人。羅伯床上的血來自一個叫蘇菲亞．米何耶茲的少女，昨天晚上她去羅伯的公寓，因為尤恩命令她去。她按照安排，用以前她的好朋友羅伯給她的鑰匙開門進去。尤恩強暴她之後還打了她一頓，她說他經常這樣做。」

「經常？」

「蘇菲亞說，去年夏天的一個下午，尤恩第一次強暴她，地點是在米何耶茲家，當時她父母不在。尤恩去他們家的理由是要檢查公寓，畢竟那是他的工作，他也有權力決定誰可以繼續住在裡頭。」

「你是說……他威脅她？」

哈利點了點頭。「他說蘇菲亞如果不聽他吩咐並保守祕密，他們一家人都會被逐出公寓，送回克羅埃西亞。米何耶茲一家人的命運都掌握在尤恩手裡，蘇菲亞只好乖乖就範。這可憐的女孩子什麼都不敢做，但她懷孕之後必須找人幫忙，找一個值得信賴、比她年長、可以安排墮胎又不會問太多的人幫忙。」

「羅伯，」瑪蒂娜說：「我的天，她去找羅伯幫忙。」

「對，雖然蘇菲亞什麼都沒說，但她認為羅伯知道讓她懷孕的人是尤恩，我也這麼認為，因為羅伯知道尤恩以前強暴過別人，對不對？」

瑪蒂娜默然不答，只是蜷曲在沙發上，收起雙腿，雙手抱住裸露的肩膀，彷彿覺得很冷，或想原地消失。

瑪蒂娜再開口時，聲音十分細微，哈利仍聽得見莫勒的手錶滴答作響。

「當時我十四歲，他做那件事的時候我只是躺在那裡，心想只要集中精神，就能穿透天花板，看見天上的星星。」

哈利聆聽她述說那個在厄斯古德的燠熱夏日、羅伯和她玩的遊戲、尤恩的譴責眼神陰沉中帶著妒意。那晚屋外廁所的門打開之後，尤恩手持羅伯的折疊小刀站在門外。她被強暴之後一個人被留在廁所裡暗自哭泣，身體疼痛不已。尤恩逕自走回屋子。沒想到不久之後，外頭的鳥兒就開始啁啾歌唱。

「但最糟的不是強暴本身，」瑪蒂娜語帶哭音，但雙頰仍是乾的。「最糟的是尤恩知道他用不著威脅我，我自己就不敢把這件事說出去。他知道我就算把撕破的衣服拿出來當證據，並且取信於人，我心裡也會永遠懷疑這樣做到底對不對，罪惡感將永遠如影隨形，因為這有關於忠誠。我身為總司令的女兒，難道要用一件毀滅性的醜聞把父母和整個救世軍拖下泥沼？這些年來，每當我看著尤恩，他都會用一種眼神看我，好像是說：『我知道，我知道事後妳害怕地無聲顫抖哭泣，不敢讓人聽見。我一直都心裡有數，並看見妳無聲的懦弱。』」第一滴淚水滑落臉頰。「這就是為什麼我如此痛恨他的原因，不是因為他強暴我，這我可以原諒，而是因為他總是對我表現出他心知肚明的模樣。」

哈利走進廚房，撕下一張廚房紙巾，回到客廳，在瑪蒂娜身旁坐下。

「小心妳的妝，」哈利說，把紙巾遞給她。「等一下總理會出席。」

她小心地按壓臉頰。

「史丹奇去過厄斯古德，」哈利說：「是不是妳帶他去的？」

「你在說什麼？」

「他去過那裡。」

「你為什麼這樣說？」

「因為那個氣味。」

「氣味？」

哈利點了點頭。「一種像是香水的甜膩氣味，我在尤恩家替史丹奇開門時第一次聞到，第二次是在旅社房間，第三次是今天早上我在厄斯古德醒來時，在毯子上聞到的。」他凝視瑪蒂娜的鑰匙形瞳孔。「瑪蒂娜，他在哪裡？」

瑪蒂娜站起身來。「我想你該走了。」

「先回答我。」

「我不需要回答我沒做過的事。」

她伸手去開客廳的門，哈利搶上前去，站到她面前，抓住她的肩膀。「瑪蒂娜……」

「我得去音樂廳了。」

「瑪蒂娜，他殺了我的好朋友。」

她的神情封閉又強硬，答道：「也許他不該擋路才對。」

哈利抽回雙手，像是被燙到似的。「妳不能讓尤恩．卡爾森就這麼被殺死，這樣寬恕何在？寬恕不是你們這一行的核心本質嗎？」

「是你認為人會改變，」瑪蒂娜說：「不是我。我不知道史丹奇在哪裡。」

哈利讓她離開。她走進廁所，關上了門。哈利站著等待。

「你對我們這一行有錯誤印象，」瑪蒂娜在門後高聲說：「我們的工作跟寬恕無關。我們的工作跟別人沒有兩樣，只是尋求救贖而已，不是嗎？」

儘管寒冷，里卡依然站在外頭，雙臂交疊倚在引擎蓋上。哈利離去時對他點了點頭，他沒有回應。

32 離境

十二月二十二日，星期一

晚上六點三十分，犯罪特警隊裡異常忙碌。

哈利在傳真機旁找到歐拉．李，他看了一眼傳真機送出的紙，是國際刑警傳來的。

「歐拉，發生了什麼事？」

「甘納．哈根打電話召回全隊的人，每個人都回來了，我們一定要逮到那個殺害哈福森的傢伙。」

歐拉的口氣十分堅決，哈利一聽就知道這正是今晚六樓所瀰漫的氛圍。

哈利走進他的辦公室，麥努斯正站在辦公桌前講電話，話聲又快又響。

「亞菲，我可以替你跟你的手下帶來更多想像不到的麻煩，如果你不幫我派手下去街上找人，你就會成為頭號通緝要犯，我說的夠清楚了嗎？聽好：這個人是克羅埃西亞人，中等身高……」

「金髮平頭。」哈利說。

麥努斯抬起頭來，對哈利點了點頭。「金髮平頭，有發現再打給我。」

他掛上電話。「外面鬧哄哄地忙成一團，每個人都準備隨時行動，我從來沒見過這種情況。」

「嗯，」哈利說：「還是找不到尤恩．卡爾森？」

「連個影子都沒找到，我們只知道她女朋友希雅說他們約好今天晚上在音樂廳碰面，他們的位子在貴賓包廂。」

哈利看了看錶。「那史丹奇還有一個半小時完成任務。」

「你怎麼知道？」

「我打電話問過音樂廳，他們說門票四週前就賣完了，沒有票不得入場，連大廳都進不去。換句話說，尤恩只要入場就安全了。打電話給挪威電信的托西森，看他是不是還在位子上，如果是的話，叫他追蹤尤恩的手機。對了，音樂廳外一定要布署足夠警力，每個人都要帶槍，熟知史丹奇的樣子。還有打電話去總理辦公室，通知他們今晚有額外的維安措施。」

「我？」麥努斯說：「總……總理辦公室？」

「打就是了，」哈利說：「你已經長大了。」

哈利用辦公室電話撥打他熟背的六組電話號碼之一。

另外五組電話是：小妹的電話、奧普索鄉老家的電話、哈福森的手機、畢悠納．莫勒以前的私人電話、愛倫．蓋登已停話的電話。

「我是蘿凱。」

「是我。」

他聽見蘿凱吸了口氣。「我想也是。」

「為什麼？」

「因為我正好想到你，」蘿凱格格笑說：「我們就是會心有靈犀，你不覺得嗎？」

哈利閉上眼睛。「我想明天去找歐雷克，」他說：「就像上次我們討論的那樣。」

「太好了！」蘿凱說：「他一定會很高興，你會過來載他嗎？」她聽見哈利猶疑片刻，又補上一句：「只有我們在家。」

哈利既想問又不想問她這句話是什麼意思。

「我會盡量六點左右到。」他說。

根據托西森所說，尤恩的手機位在奧斯陸東部，可能是在赫格魯區或黑布洛登區。

「這樣沒什麼用。」哈利說。

哈利在六樓踱來踱去，每間辦公室都進去聽聽有什麼進展，一小時後他穿上外套，說他要去音樂廳。

他把車停在維多利亞露台大樓附近小街的禁止通行區，經過外交部，步下羅斯洛克路的大台階，右轉朝音樂廳走去。

身穿正式服裝的人們快步穿過冰寒刺骨的零下低溫，來到玻璃帷幕前的開放大廣場。入口兩側各站一名身穿黑色外套、戴著耳機的寬肩男子。音樂廳前方每隔一段距離就站著一名制服員警，共有六人。來看表演的民眾邊發抖邊對他們投以好奇目光，因為奧斯陸警察手持機關槍是很罕見的。

哈利在制服員警中認出希維德·傅凱，朝他走去。「我不知道戴爾塔小隊也被找來了。」

「的確沒有，」傅凱說：「是我打電話去警署說我們想幫忙的。他以前是你的搭檔對不對？」

哈利點了點頭，從外套內袋拿出一包菸，抽出一根遞給傅凱，他搖了搖頭。

「尤恩·卡爾森還沒出現？」

「還沒，」傅凱說：「等總理來了以後，我們就不會讓其他人進入貴賓包廂。」這時兩輛黑色轎車駛進廣場。「才說呢，人就到了。」

哈利看見總理下車，迅速被引進音樂廳。前門打開，哈利瞥見在門口恭候的迎接隊伍。大衛·艾考夫露出燦爛笑容，希雅·尼爾森的笑容則沒那麼燦爛，兩人都穿著救世軍制服。

哈利點燃香菸。

「幹，好冷，」傅凱說：「我的雙腿和半顆頭都沒感覺了。」

哈利心想，我真羨慕你。

哈利抽了半根菸，大聲說：「他不會來了。」

「看來是這樣，希望他沒找到卡爾森。」

「我說的是卡爾森，他知道遊戲開始了。」

傅凱看了一眼這位高大警監，在哈利蠻橫又酗酒的傳言尚未流傳開來之前，他曾想過哈利是加入戴爾塔小隊的優秀人才。「什麼遊戲？」傅凱問道。

「說來話長。我要進去了，如果尤恩．卡爾森出現的話，立刻逮捕他。」

「卡爾森？」傅凱一臉茫然。「那史丹奇呢？」

哈利放開手上的菸，菸掉落在他腳邊的雪地中，發出嘶的一聲。

「對，」哈利慢聲慢氣地說，彷彿在自言自語。「那史丹奇呢？」

他坐在黑暗中，手裡摸弄著放在大腿上的大衣。擴音器播放著輕柔的豎琴音樂。天花板上的聚光燈投射光柱，在觀眾席間掃動，他心想這應該是替待會舞台上的表演製造興奮期待的氣氛。

他前面幾排的人出現一陣騷動，因為有十幾位賓客來到現場，有幾個人稍微站起，但經過一陣交頭接耳後，他們又坐了下來。看來在這個國家，人們並不會以起立的方式來對民選領導者表達敬意。那十幾人被引導到他前三排的位子坐下，那些位子在他這半小時的等待期間一直是空的。

他看見一名西裝男子身上有條電線連到耳朵，但不見制服員警的蹤影。外頭的警察見了他也沒有任何警覺。原本他期待碰上更龐大的警力，畢竟瑪蒂娜說過總理會來看音樂會。但話說回來，警力多又怎樣？他是隱形的，比以往更為隱形。他對自己感到滿意，環視周圍觀眾。現場應該有上百名身穿小晚禮服的男士吧，他已經可以想像那個場面會有多混亂，他也已經計畫了簡單有效的脫逃路線。昨天他來過音樂廳，已經看好了。今晚開始之前，他做的最後一件事就是檢查男廁的窗戶，確認沒鎖上。那扇結霜的素面窗戶可以向上推開，而且夠大夠低，足以讓一個男人爬到外面屋簷，再躍下九呎，落在停車場的車頂上，然後穿上大衣，走上繁忙的哈康七世街，快步行走兩分鐘四十秒，抵達國家劇院站的月台，那裡每二十分鐘有一班機場特快列車停靠。他計畫搭乘的列車將在八點十九分離站。離開廁所之前，他在外套口袋了放了兩塊除臭錠。

為了進入音樂廳，他得兩度出示門票。一名女性工作人員指著他的大衣，說了幾句挪威語，他只是微笑搖頭。她驗票之後，領著他前往貴賓包廂的座位。原來所謂的貴賓包廂不過是觀眾席中央四排的一般座位，特地用紅色分隔繩圍起來。瑪蒂娜說明過尤恩・卡爾森和女友希雅會坐在哪個位子。

他們終於來了。他看了看錶。八點零六分。觀眾席間燈光微亮，台上燈光又過於強烈，讓他難以辨識代表團中的任何人，但突然間有張臉被小聚光燈照亮，在那一瞬間，他很確定地認出那張痛苦蒼白的臉。那是在哥德堡街跟尤恩・卡爾森一起坐在車子後座的女子。

前方有幾個人似乎搞混了座位號碼，但情況很快就解決，人牆坐了下來。他緊握大衣中的槍柄。彈倉中有六發子彈。他不熟悉這種左輪手槍，它的扳機比手槍重，不過他練習了一整天，找到擊錘擊發子彈的臨界點。

接著眾人彷彿接到隱形訊號般，安靜了下來。

一名身穿制服的男子走上台，他心想應該是要歡迎現場來賓。男子說了幾句話，大家都站了起來。他跟著站起，並看見周圍的人都靜靜低下頭來。一定是有人死了。過了一會，台上男子說了幾句話，大家都坐了下來。

布幕終於升起。

哈利站在舞台側翼的黑暗中，看著布幕升起，腳燈令他看不見觀眾，但他感覺得到他們的存在，宛如一隻正在呼吸的大型動物。

指揮揚起他的指揮棒，奧斯陸第三軍團唱詩班唱出哈利在救世軍會議廳聽過的歌曲。

「揮舞救贖的旗幟，展開聖戰！」

「請問一下，」哈利聽見一個聲音傳來，轉頭就看見一名戴著眼鏡和耳機的年輕女子。「你站在這裡做什麼？」她問道。

「我是警察。」哈利說。

「我是舞台監督，我得請你離開，你站在這裡會擋路。」

「我在找瑪蒂娜．艾考夫，」哈利說：「聽說她在這裡。」

「她在**那裡**。」舞台監督說，指了指台上的唱詩班。哈利凝目望去，看見了瑪蒂娜。她站在最高台階的最後一排，神情嚴肅地唱歌，幾乎像在受苦，彷彿口中高唱的是逝去的愛情，而不是奮戰和勝利。她旁邊站著里卡。里卡和她不同，嘴角掛著欣喜微笑，臉容在唱歌時變得很不一樣，壓抑的刻苦表情不見了，年輕的眼睛放出光芒，彷彿打從心底相信這些歌詞：為了慈善和悲憫，有一天他們將替上帝征服世界。

哈利驚訝地發現聖歌的旋律和歌詞確實能撼動人心。

唱完之後，觀眾熱烈鼓掌。唱詩班下台朝舞台側邊走去。里卡看見哈利，露出訝異表情，但未發一語。瑪蒂娜看見哈利只是低下雙眼，從他身旁繞過。哈利橫踏一步，擋在瑪蒂娜面前。

「瑪蒂娜，我給妳最後一次機會，請妳好好把握。」

她重重嘆了口氣。「我說過我不知道他在哪裡。」

哈利抓住她的肩膀，壓低嗓門嘶聲說：「妳會因為協助及教唆他人而被逮捕，妳希望讓尤恩稱心如意嗎？」

「稱心如意？」她露出疲憊的微笑。「他要去的地方一點都談不上稱心如意。」

「那妳唱的歌呢？『祂總是慈悲為懷，是罪人最好的朋友。』難道這不具任何意義嗎？難道這些只是空話而已？」

瑪蒂娜默然不答。

「我知道這比較困難，」哈利說：「比妳在燈塔餐廳給予廉價的寬恕和自我滿足式的施捨還困難，因為妳在燈塔做的事，就像是無助毒蟲從無名氏身上偷東西來滿足自己的需要一樣，可是這算什麼？比起要妳原諒一個需要妳原諒的人、一個正朝地獄走去的罪人，這算什麼？」

「別再說了。」她嗚咽地說，伸出無力的手想推開哈利。

「瑪蒂娜，妳還來得及拯救尤恩，這樣等於給他一個機會，也給妳自己一個機會。」

「他在煩妳嗎，瑪蒂娜？」里卡說。

哈利並未回頭，只是握緊右拳，做好準備，直視瑪蒂娜淚珠盈眶的雙眼。

「沒事，里卡，」她說：「沒事的。」

哈利聽見里卡的腳步聲逐漸遠去，眼睛依然望著她。這時台上有人彈起吉他，鋼琴聲也隨之加入。哈利認得這首歌，他在伊格廣場和厄斯古德莊園的收音機裡都聽過這首歌。這首歌是〈早晨之歌〉。哈利覺得那已像是很久以前的事了。

「如果妳不幫我制止這件事發生，他們兩個人都會死。」哈利說。

「為什麼你這樣說？」

「因為尤恩有邊緣性人格障礙，容易被他的憤怒所左右，而史丹奇什麼都不怕。」

「你是說你急於想救這兩個人是因為你必須克盡己職嗎？」

「對，」哈利說：「也因為我答應過史丹奇的母親。」

「母親？你跟他母親說過話？」

「我發誓說我會救他兒子。如果我現在不阻止史丹奇，他一定會被射殺，就跟上次在貨櫃場一樣，相信我。」

哈利凝視瑪蒂娜，然後轉身離開，走到樓梯口時，他聽見她的聲音從背後傳來：

「他在這裡。」

哈利猛然停步。「什麼？」

「我把票給史丹奇了。」

這時台上燈光全數亮起。

前方人影在瀑布般的閃爍白光襯托下顯得十分清楚，他低坐在位子上，緩緩舉起了手，將短槍管擱在前方椅子上，在他和希雅左方那個身穿小晚禮服的男子之間拉出一條清晰的射擊線。他打算開兩槍，有必要的話再站起來開第三槍，儘管他知道兩槍就夠了。

扳機感覺起來比先前輕，他知道這是腎上腺素的作用，但他不再感到害怕。他的手指越扣越緊，接著便來到沒有阻抗力的一點，這是扳機上零點五毫米的無人之境。到了這點，你必須放鬆，手指一扣到底，因為接下來就無法回頭，一切將由無可阻擋的物理法則及手槍機械裝置接管。

那個轉過來跟希雅說話的後腦勺將吃上一發子彈。

就在此時，他的大腦觀察到兩個奇怪現象。第一，尤恩．卡爾森怎麼會穿小晚禮服而不是救世軍制服？第二，希雅和尤恩之間的身體距離不合理，在音樂這麼大聲的音樂廳裡，照理說情侶應該會依偎在一起才對。

在這急迫的一刻，他的大腦試著翻轉他已進行的一連串動作，他的手指蜷曲在扳機上。

一聲巨響響起。

那聲巨響震耳欲聾，哈利耳中嗡嗡作響。

「什麼？」他對瑪蒂娜吼道，試著蓋過鼓手突然猛力敲鈸所產生的巨響。那聲巨響讓哈利一時之間什麼都聽不見。

「他坐在第十九排，在尤恩和總理後方三排，二十五號，就在正中間。」她試著微笑，嘴唇卻抖得太過厲害。「哈利，我替你拿到音樂廳最好的位子。」

哈利注視著她，轉身拔腿狂奔。

尤恩．卡爾森在奧斯陸中央車站的月台上奮力衝刺，但他的速度一向不夠快。自動門發出長聲嘆息，關上了門，閃爍微光的機場特快列車開始行進，這時他才趕到。他呻吟一聲，放下行李箱，卸下小背包，在月台上的設計師長椅上癱坐下來，把黑手提包放在大腿上。下班列車十分鐘後抵達。沒問題，他還有很多時間，而且是非常非常多時間，多到他幾乎希望自己的時間少一點。他看了看隧道，下班列車將從那裡出現。蘇菲亞離開羅伯家之後，他終於一覺到天亮，還做了夢，一個惡夢，夢中倫西的眼珠把他嚇得不知所措。

他看了看錶。

音樂會已經開始，可憐的希雅一定獨自坐在座位上，搞不清楚狀況，其他人也一樣。尤恩朝雙手呼了口氣，但冷空氣立刻降低濕潤吐息的溫度，令他的雙手感覺更冷。他必須離開，別無他法可想，因為一切都已失控，他無法再冒險待在奧斯陸。

一切都是他的錯。昨晚他對蘇菲亞完全失控，他應該預見這件事才對，他的緊繃情緒整個宣洩出來。他之所以如此憤怒是因為蘇菲亞不發一語、不作聲響地接受一切，只是用封閉退縮的眼神看著他，就像隻羔羊，一隻獻祭的羔羊。於是他打了她的臉，用緊握的拳頭，打得指節破皮，接著又是一拳。真是愚蠢。為了不看見她的臉，他把她翻過去面對牆壁，一直到射精之後才冷靜下來，但為時已晚。他看著蘇菲亞離開的模樣，知道這次她再也無法用撞到門或在冰上跌倒的理由矇騙過去。

他要逃走的第二個原因是昨天他接到一通無聲電話，他查過來電號碼屬於札格瑞布的國際飯店。他不知道他們是怎麼拿到他的手機號碼，因為這個號碼並未公開。但他知道這通電話代表什麼意思：雖然羅伯死了，但他們之間還沒了結。這不在計畫之中，他不明白事情怎麼會變成這樣。也許他們會再派一個殺手前來奧斯陸。無論如何，他都得離開才行。

他火速買了經由阿姆斯特丹飛往曼谷的機票，用的是羅伯．卡爾森的名字，就跟今年十月他買機票的方法一樣。同樣的，這時他的外套內袋也放著弟弟羅伯的十年效期護照。沒有人會說他看起來跟護照相片上的人不像，海關人員也都知道年輕人在十年間的長相會出現很大變化。

買完機票後，他前往哥德堡街整理行李和背包。距離班機起飛還有一小時，他需要找地方躲藏，因此它前往救世軍在赫格魯區的公寓，公寓裡只有簡陋裝潢，而他手上有鑰匙。這間公寓已經空了兩年，雖然裡頭有發霉問題，但仍有沙發、填塞物從背後冒出來的扶手椅、床鋪。床上有張沾有污漬的床墊。這裡就是每週四晚上六點蘇菲亞被命令前來的地方。床墊上的污漬有些是蘇菲亞留下的，有些是他單獨在這裡時留下的，而這些時候他總是想著瑪蒂娜。他跟瑪蒂娜的事就像是只被滿足過一次的飢渴，自此之後他就一直在尋找飢渴的滿足，如今他終於在一個十五歲克羅埃西亞少女的身上找到。

到了秋天，有一天羅伯氣沖沖地跑來找他，說蘇菲亞向他吐露心事。尤恩聽了大發雷霆，幾乎失控。

這實在是……太令他羞愧了，就好像十三歲那年父親拿腰帶抽他，只因母親在他的床單上發現精液痕跡一樣。

當羅伯威脅說如果他敢再看蘇菲亞一眼，就要把事情告訴所有救世軍高層時，他就知道自己只剩一條路可走，而這條路並不是再也不跟蘇菲亞碰面。其實羅伯、倫西或希雅都不明白，他非得保有蘇菲亞不可，這是他能達到救贖和真正滿足的唯一方式。再過幾年，蘇菲亞的年紀就會太大，那時他只得再去找別人。但是在那之前，蘇菲亞會是他的小公主、他靈魂的亮光、他胯間的火焰，就如同當年的瑪蒂娜一樣。當年她在厄斯古德莊園讓性的魔法第一次起了作用。

月台上來了許多人。也許什麼事都不會發生。也許他只需要在泰國待個幾星期就能回來，回到希雅身旁。他拿出手機發簡訊給希雅：**爸生病了，我今晚飛去曼谷，明天打電話給妳。**

他按下發送鍵，拍了拍黑手提包，這裡頭裝有相當於五百萬克朗的美鈔。爸一定會非常高興，他終於可以還清債務，重獲自由了。尤恩心想，我揹負著別人的罪愆，我會讓大家自由。

他看著有如黑色眼窩的隧道。八點十八分，機場快速列車呢？

尤恩．卡爾森呢？他掃視前方的背影，緩緩放下左輪手槍。他的手指聽從命令，放鬆了扣在扳機上的壓力。他永遠不會知道剛才究竟距離擊發子彈有多近，只知道尤恩．卡爾森不在這裡。這就是為什麼剛才那些人找位子會出現混亂的原因。

音樂變得安靜下來，鼓刷在鼓面上輕輕掠過，吉他的撥弦緩和下來。

他看見尤恩．卡爾森的女友低下頭去，肩膀上下活動，彷彿在包包裡找東西。她低頭坐著不動幾秒鐘，接著就站起身來。他的視線跟隨著她，看著她慌忙移動，以及那排觀眾紛紛站起來讓她走過。他知道自己該怎麼做。

「抱歉。」他說，站了起來，幾乎沒注意到受他影響而站起來的觀眾對他怒目而視、煩躁嘆息。他的注意力只放在女子身上，她是他找到尤恩的最後機會，而這個機會正要離開會場。

他走進大廳，停下腳步，聽見通往會場的隔音門關上，彷彿只是一彈指間，音樂就消失了。女子沒走太遠，正站在大廳中央的兩根柱子之間發簡訊。兩名西裝男子站在會場另一個入口旁說話，寄物處的兩名女工作人員坐在櫃台內望著遠方發呆。他查看掛在手臂上的大衣內依然藏著左輪手槍，正打算接近女子，這時卻聽見右側傳來奔跑聲，一轉頭就看見一名雙頰泛紅、雙目圓睜的高大男子朝他疾衝而來。是哈利．霍勒。他知道這時已然太遲，大衣阻礙了他，使他無法清楚瞄準。他蹣跚後退，靠上牆壁。哈利的手撞上他的肩膀。他一臉驚異地看著哈利抓住會場入口的門把，猛力把門拉開，消失在門內。

他靠在牆上，用力閉上眼睛，然後緩緩直起身子，張開眼睛，看見女子把手機拿在耳邊，臉上露出焦急神情。他走上前去，站到女子面前，將大衣拉到一側，讓女子看見手槍，並用緩慢清楚的聲音說：「請跟我走，不然我就殺了妳。」

他看見女子目光一沉，瞳孔因恐懼而渙散，手機掉落。

手機掉落到鐵軌上，發出砰的一聲。尤恩看著依然響個不停的手機。在他看清楚來電者是希雅之前，有那麼一瞬間他以為又是昨晚那個不出聲的人打來的。那人沒說一句話，但現在他很確定那人是個女人。是她，是倫西打來的。停下來，別再亂想了！這是怎麼回事？他是不是瘋了？他把注意力放在呼吸上，這時他可不能再失控。

火車駛入車站，他抓起黑手提包。

車門打開，激起一團空氣。他登上列車，將行李箱和背包放到行李置放處，找到空位坐下。

一排排坐滿觀眾的座位上有個空位，看起來像是少了顆牙。哈利一張張臉仔細看過去，但不是太老、太年輕，就是性別不對。他跑到第十九排的第一個座位旁蹲下，這個位子上坐著一名白髮老翁。

「我是警察，我們正在……」

「什麼？」男子高聲說，把手靠在耳邊。

「我是警察，」哈利拉高嗓門說，他看見前幾排有個耳朵後方有電線的男子動了動，對著翻領說話。

「我們正在找一個人，這個人坐在這一排中間，你有沒有看見任何人離開或……」

「什麼？」

一名老婦倚身過來，她顯然是老翁今晚的同伴。「他剛剛離開，在表演當中離開觀眾席……」她強調「表演當中」這幾個字，顯然以為警察就是為了這個原因才要找那個人。

哈利奔上走道，推門而出，衝過大廳，跑下通往前門的樓梯，看見外頭有個制服員警的背影，便在樓梯上大喊：「傅凱！」

希維德．傅凱轉過頭來，看見哈利開門出來。

「剛剛有沒有一個男人從這裡出來？」

傅凱搖了搖頭。

「史丹奇在音樂廳裡，」哈利說：「發布警報。」傅凱點點頭，翻起領子。

哈利奔回前廳，看見地上有支紅色手機，就詢問寄物處的兩名工作人員是否看見有人離開會場。她們互望一眼，異口同聲說沒有。哈利問說除了通往前門的樓梯之外，是否還有其他出口。

「還有緊急出口。」其中一人說。

「對，可是緊急出口的門關上會很大聲，我們一定會聽見。」另一人說。

哈利站在會場門外，把大廳自左而右看了一遍。史丹奇真的來過這裡嗎？瑪蒂娜這次說的是真話嗎？就在此時，他知道瑪蒂娜說的是真話，因為他再度在空氣中聞到那股甜膩氣味。就是剛才他跑過來時擋在路上的男子。他立刻知道史丹奇會從哪裡離開。

哈利拉開男廁的門，冷風立刻從另一側開啟的窗戶吹了進來。他來到窗邊，低頭往屋簷和底下的停車場望去，並用拳頭猛搥窗台。「媽的，幹！」

這時一個隔間傳出聲音。

「哈囉！」哈利吼道：「有人在裡面嗎？」

那聲音再度傳來，聽起來像是啜泣。哈利掃視一整排門鎖，找到一個顯示為紅色「使用中」字樣的。他趴到地上，看見一雙穿著女鞋的腳。

「我是警察，」哈利吼道：「妳有沒有受傷？」

啜泣聲停止。「他走了嗎？」一個顫抖的女性聲音說。

「妳說誰？」

「他叫我待在這裡十五分鐘。」

「他走了。」

隔間門盪了開來，希雅．尼爾森跌坐在馬桶和牆壁之間的地上，妝都哭花了。

「他說如果我不說出尤恩在哪裡就殺了我。」希雅語帶哭音，彷彿在道歉似的。

「那妳怎麼說？」哈利問道，扶她坐到馬桶蓋上。

她的眼睛眨了兩下。

「希雅，妳跟他說了什麼？」

「尤恩傳簡訊給我，」她說，目光渙散地看著廁所牆壁。「說他爸生病了，今晚他要飛去曼谷。你想想看，什麼時候不選偏偏要選今晚。」

「曼谷？妳這樣告訴史丹奇了？」

「今晚我們本來要一起招待總理的，」希雅說，淚珠滾落臉頰。「可是他連我的電話都不接，他……他……」

「希雅！你有沒有說尤恩今天晚上要搭飛機？」

她夢遊似的點了點頭，彷彿這一切都與她無關。

哈利站起身來，大步走進大廳。瑪蒂娜和里卡正在大廳裡跟一名男子說話，哈利認得男子是總理隨扈。

「取消警報，」哈利喊道：「史丹奇已經走了。」

三人轉頭朝他望來。

「里卡，你妹妹坐在男廁裡，你可以去照顧她嗎？瑪蒂娜，妳可以跟我來嗎？」

「我們要去哪裡？」她問道。

哈利不等瑪蒂娜回答，一把抓住她的手臂就往出口的方向走，她得小跑步才能跟上。

「加德莫恩機場。」

「那你拉我去幹嘛？」

「親愛的瑪蒂娜，妳要來當我的眼睛，妳要替我看見那個隱形人。」

他在火車窗戶的映影中細看自己的臉孔，諸如額頭、鼻子、臉頰、嘴巴、下巴、眼睛，想找出他臉孔上的祕密究竟藏在何處，卻在紅領巾之上找不到任何特別之處，只看見一張沒有表情的臉，眼睛和頭髮映照在奧斯陸中央車站到利勒史托市之間的隧道牆壁上，看起來跟外面的夜色一樣黑。

33 最短的白晝

十二月二十二日，星期一

哈利和瑪蒂娜花了兩分三十秒從音樂廳人廳奔到國家劇院站的月台，兩分鐘後，他們搭上開往利勒哈默爾的市內火車。這班火車中途停靠奧斯陸中央車站和加德莫恩機場，它的速度的確比較慢，但總比等候下一班機場特快列車來得快。他們找了兩個空位坐下。車廂裡滿是返家過聖誕假期的士兵，以及帶著整箱紅酒和頭戴聖誕老人帽的一群群學生。

「發生了什麼事？」瑪蒂娜問道。

「尤恩要逃走了。」哈利說。

「他知道史丹奇還活著？」

「他不是要躲避史丹奇，而是要躲避我們。他知道自己的面具被拆穿了。」

瑪蒂娜睜大雙眼。「什麼意思？」

「真不知該從何說起。」

火車駛進奧斯陸中央車站。哈利查看月台上的旅客，但沒看見尤恩。

「一切都是從倫西．吉爾斯卓向尤恩開出兩百萬克朗的價錢，要他協助吉爾斯卓投資公司收購救世軍的房產開始，」哈利說：「但他加以拒絕，因為他認為倫西不夠細心，嘴巴不夠緊，所以他就背著倫西跟麥茲和亞伯．吉爾斯卓接洽，開出五百萬克朗的價錢，並要求不能讓倫西知道這筆交易。吉爾斯卓父子同意了。」

瑪蒂娜張大了口。「這些事你是怎麼知道的？」

「倫西死後，麥茲幾近崩潰，決定把這整件事和盤托出。他打了哈福森名片上的手機號碼，但手機沒人接，所以就把自白留在語音信箱裡。幾小時前，我聽了這段留言，當中他還提到尤恩要求訂定一份書面協議。」

「尤恩喜歡每件事情都乾淨整齊。」瑪蒂娜低聲說。火車離站，經過站長室，駛進奧斯陸的灰色街景，只見住家後院有著壞了的腳踏車、空蕩的吊衣繩、漆黑的窗戶。

「可是這跟史丹奇有什麼關係？」瑪蒂娜問道：「是誰雇他來殺人的？是麥茲．吉爾斯卓嗎？」

「不是。」

火車被吸進隧道的黑色虛空中，黑暗中火車行駛在鐵軌上的匡噹聲幾乎淹沒瑪蒂娜的聲音。「是里卡嗎？拜託不要是里卡……」

「為什麼妳會認為是里卡？」

「尤恩強暴我的那天晚上，里卡在屋外廁所發現我，我說裡頭很黑所以我跌倒了，但我看得出他不相信。他扶我上床，沒有吵醒其他人。雖然他不曾說過什麼，但我總覺得他看見了尤恩，也知道發生了什麼事。」

「嗯，」哈利說：「怪不得他這麼保護妳。里卡似乎很喜歡妳，而且是真心的。」

瑪蒂娜點了點頭。「我想這就是為什麼我……」她開口說，又頓了一頓。

「什麼？」

「我不希望是他的原因。」

「那妳的願望實現了。」哈利看了看錶。火車再過十五分鐘抵達機場。

瑪蒂娜突然驚慌起來，說：「你……你不會這樣認為吧？」

「認為什麼？」

「你不會認為我父親已經知道強暴的事，所以他……」

「沒有，你父親對這些事一無所知。雇用殺手來殺害尤恩的人……」

火車駛出隧道，黑色星空高掛在閃爍白色磷光的原野上。

「……是尤恩他自己。」

尤恩走進寬廣的出境大廳，這不是他第一次來這裡，但他從未見過這裡擠了這麼多人。說話聲、腳步聲和廣播聲在挑高大廳裡迴盪，裡頭夾雜著亢奮的噪音、各種語言的大雜燴和他聽不懂的言語片段。這些人不是要返鄉過聖誕節，就是要出國過聖誕節。報到櫃台前排著似乎動也不動的人龍，在分隔繩之間盤旋迴繞，猶如吃太飽的大蟒蛇。

他深深吸口氣，告訴自己時間還很多，他們什麼都還不知道，也許永遠不會知道。他站在一名老婦後方，隊伍前進五吋，他彎腰幫老婦把行李箱往前挪。老婦回頭對他露出感謝的微笑，他看見對方臉上的肌膚猶如細薄蒼白的死亡纖維，包裹在瘦削的頭骨上。

他回以微笑，老婦終於移開目光，然而在這些活人製造出來的噪音中，他似乎一直聽得見她的尖叫聲。那是無止盡的刺耳尖叫，奮力想要蓋過電動馬達的怒吼聲。

那天他被送去醫院，並得知警方正在搜索他家，就想到警方可能會無意間在書桌抽屜裡發現他和吉爾斯卓投資公司的協議書，上頭寫明只要救世軍委員會通過房產出售案，他就可以收取五百萬克朗佣金，簽名人為亞伯與麥茲．吉爾斯卓。警方載他去羅伯家之後，他立刻返回哥德堡街拿協議書，沒想到他抵達時，家裡已經有人，那人就是倫西。由於吸塵器開著，因此倫西沒聽見他進門。他發現倫西看見了他的罪行，猶如他母親在床單上看見他遺留的精液痕跡。而且一如他母親，倫西也會羞辱他、摧毀他、把他的罪行公諸於世、告訴他父親。他不能讓她看見。這時他心想，我把她眼睛挖了出來，但她還是不停尖叫。

「乞丐不會拒絕別人的施捨，」哈利說：「這是乞丐的本性。我在札格瑞布被二十克朗挪威硬幣丟到頭的時候，想到的就是這件事。那時我看著硬幣在地上滾動，想起現場勘察組曾在哥德堡街的轉角雜貨店外，發現一枚被踩進雪地裡的克羅埃西亞硬幣。他們立刻就把這枚硬幣跟史丹奇連結在一起，因為當哈福森倒在街上的血泊中，史丹奇就是從那個路線逃跑。但我傾向於懷疑。當我在札格瑞布看見那個二十克朗硬幣時，就像是有來自天上的力量想提醒我什麼似的，我想到我第一次跟尤恩碰面時，有個乞丐拿硬幣丟他，當時我很驚訝，沒想到乞丐居然會拒絕施捨。昨天我在戴西曼斯可圖書館找到這個乞丐，把現場勘察組發現的硬幣拿給他看，他證實說他朝尤恩丟的是一枚外國硬幣，很可能就是我拿給他看的那枚。他說：『對，很可能就是這枚硬幣。』」

「所以尤恩去過克羅埃西亞，這又不犯法。」

「正好相反，他說他這輩子去過最遠的國家是瑞典和丹麥，而我問過護照組，他們說沒有核發過尤恩．卡爾森的護照，但將近十年前核發過羅伯．卡爾森的護照。」

「說不定這枚硬幣是羅伯給他的？」

「說得沒錯，」哈利說：「這枚硬幣不能證明什麼，但它讓我這個漿糊般的大腦做了點思考。要是羅伯從沒去過札格瑞布呢？要是去的人其實是尤恩呢？尤恩握有救世軍所有出租公寓的鑰匙，包括羅伯家的，要是尤恩借用羅伯的護照，用羅伯的名字前往札格瑞布，並用羅伯的身分雇用殺手來謀殺尤恩．卡爾森呢？會不會這個計畫打從一開始要殺的人就是羅伯？」

瑪蒂娜咬著指甲，陷入沉思。「但如果尤恩想殺羅伯，為什麼要叫殺手來殺他自己？」

「為的是要建立完美的不在場證明。倘若史丹奇不幸被捕並招供，尤恩絕對不會被懷疑，因為他是殺手原本要殺的對象，而且他和羅伯那天正好換班看起來也只像是命運之手的作弄，史丹奇只是聽命行事而已。此外，一旦史丹奇和札格瑞布方面發現他們殺死的是自己的客戶，就沒有理由再繼續履行合約去追殺尤恩，因為已經沒有人會付錢。這就是這個計畫最天才的地方，不管札格瑞布方面要求多少錢，尤恩都可以一口答應，因為最後他們找不到人要錢。而唯一可以駁斥羅伯那天不在札格瑞布或提出合約簽訂那天羅伯有不在場證明的人，就是羅伯本人，但他卻已經死了。這個計畫像是個邏輯圓圈，就好比蛇吞吃自己的尾巴，形成自我毀滅的迴圈，最後什麼都不會留下。」

「一個有潔癖的男人想出的計畫。」瑪蒂娜說。

兩名男學生唱起飲酒歌，卻各唱各的調，並由一名大聲打鼾的士兵擔任合音。

「可是為什麼？」瑪蒂娜問道：「為什麼他要殺羅伯？」

「因為羅伯威脅到他。根據魯厄士官長的供述，羅伯曾威脅尤恩說如果他敢再碰某人，就要『毀了』他。我聽到這件事的第一個反應是，他們說的是希雅。但妳說的沒錯，羅伯對希雅沒有特別感覺，從頭到尾都是尤恩自己宣稱說羅伯對希雅有種變態的癡迷，好讓大家以為羅伯有殺害他的動機。羅伯之所以威脅到尤恩，跟蘇菲亞．米何耶茲有關。蘇菲亞是個十五歲的克羅埃西亞少女，下午她才把一切都告訴我。她說尤恩逼她定期跟他上床，如果她敢反抗或告訴別人，他就會把他們一家人逐出救世軍公寓，丟回克羅埃西亞。蘇菲亞懷孕之後去找羅伯求助，羅伯幫助了她，並答應會阻止尤恩。遺憾的是羅伯沒有直接報警或報告救世軍高層，他應該是認為這是家務事，想在救世軍內把事情解決，我猜這是救世軍的傳統處事態度吧。」

瑪蒂娜凝望窗外為白雪覆蓋、隱沒在夜色之中的曠野，其起伏猶如大海。

「原來這就是尤恩的計畫，」她說：「結果哪裡出錯了？」

「錯在一個總是出人意料的因素上，」哈利說：「天氣。」

「天氣？」

「如果不是那晚下大雪，導致飛往札格瑞布的班機被取消，史丹奇早已回家並發現他們誤殺了中間人，那麼故事就到此結束。可是史丹奇在奧斯陸多住一晚，發現自己殺錯了人，但卻不知道中間人的名字叫羅伯．卡爾森，所以就繼續追殺尤恩。」

擴音器廣播道：「加德莫恩機場，旅客請由右側下車。」

「所以現在你要去追捕史丹奇？」

「這是我的工作。」

「你會殺死他嗎？」

哈利看著瑪蒂娜。

「他殺了你的同事。」瑪蒂娜說。

「他這樣跟妳說過嗎？」

「我說我什麼都不想知道，所以他什麼都沒說。」

「瑪蒂娜，我是警察，警察負責逮人，法院負責審判。」

「是嗎？那你為什麼沒有啟動警報？為什麼沒有通知機場警察？為什麼特種部隊沒有響著警笛趕往機場？為什麼你單槍匹馬一個人來？」

哈利默然不答。

「沒有人知道你剛剛跟我說的事，對不對？」

哈利透過車窗，看見加德莫恩機場站簡潔光滑的灰色水泥月台逐漸靠近。

「到站了。」他說。

34 釘刑

十二月二十二日，星期一

下一個就輪到他辦理報到手續，這時他聞到一股甜膩的肥皂氣味，似乎令他聯想到不久前才發生的某件事。他閉上眼睛，回想到底是什麼事。

「下一位！」

尤恩拖著腳步往前走，把行李箱和背包放上輸送帶，機票和護照放上櫃台。櫃台內是個古銅色肌膚的男子，身穿航空公司的白色短袖襯衫制服。

「羅伯．卡爾森，」男子說，看著尤恩。尤恩點點頭，表示自己就是。「兩件行李，那是手提行李嗎？」他朝黑手提包比了比。

「是。」

男子翻閱護照，在鍵盤上打字，印表機發出嗞嗞聲，吐出註明「曼谷」的行李條。這時尤恩憶起那個氣味，憶起他站在家門口的那一刻，那是他仍感覺安全的最後一刻。門外的男子用英語說他有話要轉達，接著就舉起黑色手槍。他逼自己不往槍口看。

「卡爾森先生，祝您旅途愉快。」男子說，露出一閃即逝的笑容，將登機證和護照遞給尤恩。

尤恩一刻也不敢拖延，立刻前往安檢處，把機票放進內袋，回頭望了一眼。

他直接朝他望來，有那麼緊張的一刻，他以為尤恩．卡爾森認出了自己，但尤恩的目光又繼續移動。然而令他擔心的是尤恩露出了恐懼神色。

他太晚在報到櫃台趕上尤恩，如今得加快腳步才行，因為尤恩已前往安檢處排隊。要通過安檢，旅客和隨身物品都必須經過掃描，左輪手槍是藏不住的，他一定得在安檢處外把事情解決。

他的直覺反應是使出慣用手法，當場射殺尤恩，但即使他可以消失在人群中，警方也會封鎖機場，檢查每個人的身分，這不僅會令他趕不上四十五分鐘後飛往哥本哈根的班機，也會使他失去接下來二十年間的自由。

他朝尤恩背後走去。動作必須迅速確實。他打算接近尤恩，用槍抵住他的肋骨，以簡單明瞭的言語對他做出最後通牒，威脅他冷靜地穿過擁擠的出境大廳，前往停車場，走到一輛車子後方，在他頭上開一槍，把屍體藏進車底，在停車場和安檢處之間丟棄左輪手槍，前往三十二號登機門，搭上飛往哥本哈根的班機。

槍已拿出一半，距離尤恩只剩兩步，這時尤恩突然離開隊伍，大步朝出境大廳的另一邊走去。Do vraga!（**該死！**）他轉身跟了上去，逼自己不要跑，不斷告訴自己說：「他沒看見你。」

尤恩告訴自己不要跑，不然史丹奇就會知道他看見他了。其實他沒認出史丹奇的長相，但他不必認出來，因為史丹奇戴著紅領巾。他步下通往入境大廳的樓梯，感覺全身冒汗。來到樓梯底端，他回頭一望，看見樓梯上的人已看不見他，立刻把黑手提包夾在腋下，拔腿狂奔。前方的面孔快速閃過，伴隨著倫西的空洞眼窩和無止盡的尖叫聲。他奔下另一個樓梯，這時周圍已無別人，只有冰冷潮濕的空氣和他的腳步聲及呼吸聲的回音，前方是緩緩向下傾斜的寬闊走廊。他明白自己已來到通往停車場的走廊，並遲疑地看了一眼監視器的黑色眼睛，彷彿它可以給他答案似的。他看見前方遠處一扇門上有個亮著燈的標誌，活脫是他自己現在的模樣。那標誌是個站立而無助的男子，也就是男廁的標誌。他可以躲進廁所，遠離別人的視線，把自己鎖在裡頭，等飛機即將起飛再出來。

他聽見快速的腳步聲回音越來越靠近，便奔到廁所，開門進入。眼前反射而來的白光對他來說彷彿是將死之人所想像的天堂模樣。這間廁所位處偏僻，卻仍相當寬敞，一邊牆上是白色小便斗，整齊排列等人使用，另一邊是同樣白色系的隔間。他聽見廁所門靜靜關上，金屬門鎖發出喀噠一聲。

加德莫恩機場的狹小監視室溫暖乾燥，令人覺得不甚舒適。

「那裡。」瑪蒂娜說，伸手一指。

哈利和坐在椅子上的兩名警衛先看了看她，再朝螢幕牆上她指的其中一個畫面看去。

「哪裡？」哈利問道。

「那裡，」她說，走到一個螢幕前，畫面中是空蕩無人的走廊。「我看見他經過，我很確定是他。」

「那是通往停車場的走廊監視器。」

「謝謝，」哈利說：「接下來交給我就好。」

「等一下，」警衛說：「這裡是國際機場，你雖然有警察證，但你需要授權才能……」

警衛話沒說完就停了下來，因為哈利從腰際拔出左輪手槍，拿在手上掂了掂重量。「我們可以說這個授權有效，直到進一步通知嗎？」

他沒等對方回答就轉身離去。

尤恩聽見有人走進廁所，但接下來他只能聽見外頭的淚滴形小便斗發出沖水聲，因為他把自己鎖在了隔間內。

他坐在馬桶蓋上，隔間上方是開放的，但隔間門一直延伸到地面，所以他不必把腳抬起來。沖水聲停止，接著是灑水聲，有人在小便。

他的第一個念頭是這個人不可能是史丹奇，沒有人可以這麼冷血，在殺人之前還想到要小便。第二個念頭是蘇菲亞的父親也許說對了，只用一點小錢就能在札格瑞布的國際飯店雇用到的這個小救主是無畏的。

尤恩清楚聽見拉鍊被唰的一聲拉起，接著由陶瓷交響樂團演奏的沖水樂曲再度響起。

接著彷彿指揮棒一揮，沖水聲停止了，水龍頭開始流出水來。有個男人正在洗手，洗得非常仔細。水龍頭關上。又是腳步聲傳來，廁所門吱的叫了一聲，金屬門鎖發出喀噠一聲。

尤恩在馬桶蓋上癱軟下來，黑手提包抱在大腿上。這時隔間門傳來敲門聲。

那是三下輕叩，但卻是用某種堅硬物體敲的，比如說鋼鐵。血液似乎拒絕流到尤恩的腦部。他動也不敢動，只是閉上眼睛，屏住呼吸，心臟怦怦狂跳。他在某處讀過肉食動物的耳朵聽得見獵物的恐懼心跳，這就是牠們找到獵物的方法。除了他的心跳，四周是完全的寂靜。他緊閉雙眼，認為只要自己集中精神，視線就能穿透天花板，看見寒冷清澈的星空、看見地球的無形計畫與邏輯、看見萬物的意義。

門上傳來無可避免的迸裂聲響。

尤恩感覺一股空氣撲面而來，有那麼一刻還以為是子彈擊發所帶動的空氣。他小心翼翼睜開雙眼，只見門鎖處剩下破裂的木材，隔間門斜斜掛著。

眼前的男子身上大衣是敞開的，露出裡頭的小晚禮服和襯衫，襯衫和後方的牆壁一樣白得耀眼，脖子上圍著紅領巾。

尤恩心想，這是出席宴會的打扮。

他吸入尿液和自由的氣味，低頭看著面前那個躲在隔間裡的年輕男子。他看起來十分笨拙，嚇得屁滾尿流，坐在馬桶上簌簌發抖，等待死亡的來臨。通常在這種時候，他會納悶這個有著汙濁藍眼珠的男子到底做了什麼見不得人的事？不過這次他很清楚這個人做了什麼。這是自從那次在達里鎮的聖誕晚餐以來，他再度可以獲得個人的滿足，而且不再感到恐懼。

他舉著手槍，看了看錶。班機三十五分鐘後起飛。他看見外面設有監視器，這表示停車場可能也有監視器，因此必須在這裡解決，把尤恩拉出來，丟進隔壁隔間，給他一槍，鎖上隔間再爬出來。這樣要到今晚機場關閉前，屍體才會被發現。

「出來！」他說。

尤恩似乎失了魂，動也不動。他揚起槍，做出瞄準動作。尤恩緩緩往外移動，又停下腳步，張大嘴巴。

「警察，把槍放下。」

哈利雙手握著左輪手槍，瞄準戴著紅領巾的男子。廁所門在哈利背後關上，金屬門鎖發出喀噠一聲。男子並未把槍放下，只是舉槍指著尤恩的頭，用帶有腔調且哈利認得的口音說：「哈囉，哈利，你的射擊線清楚嗎？」

「非常清楚，」哈利說：「正好對準你的後腦勺。我再說一遍，把槍放下。」

「我怎麼知道你手裡是不是真的有槍？因為我手中握的是你的槍，不是嗎？」

「我跟同事借了一把，」哈利看見男子扣在扳機上的手指收緊了些。「這把槍是傑克・哈福森的，就是你在哥德堡街刺殺的那個警察。」

哈利看見男子身子一僵。

「傑克・哈福森，」史丹奇說：「你憑什麼認為他是我殺的？」

「因為嘔吐物裡有你的DNA，他的外套上沾了你的血，而且目擊證人就站在你面前。」

史丹奇緩緩點頭。「原來如此，我殺了你的同事，但如果你真的這麼認為，為什麼還沒對我開槍？」

「這就是我跟你的不同之處，」哈利說：「我是警察，不是殺手。如果你現在放下手槍，我只會拿走你剩餘人生的一半，大概二十年。史丹奇，你自己選擇。」哈利的手臂肌肉已開始痠痛。

「告訴他！」

哈利看見尤恩嚇了一跳，知道史丹奇是在對尤恩大吼。

「告訴他！」

尤恩的喉結宛如浮標般上下跳動，他搖了搖頭。

「尤恩？」哈利說。

「我不……」

「他會對你開槍的，尤恩，快說。」

「我不知道要說什……」

「聽著，尤恩，」哈利說，目光一直盯著史丹奇。「現在有一把槍抵在你頭上，不管你說了什麼都不能在法庭上當做呈堂證供，明白嗎？現在你沒什麼可以損失的。」穿小晚禮服的史丹奇扳動擊鎚，金屬活動聲和彈簧拉緊聲在堅硬光滑的廁所牆壁之間被清楚放大。

「住手！」尤恩舉起雙臂擋在面前。「我什麼都說。」尤恩越過史丹奇的肩膀，和哈利四目交接，並從哈利的眼神中明白他已經知道了，說不定老早就知道了。哈利說得對：他沒什麼可以損失。現在他說的話日後都不能當做呈堂證供，而且奇妙的是他想說，這時他竟然沒有別的事更想做，只想把一切都說出來。

「我們站在車子旁邊等希雅，」尤恩說：「那警察用手機聽留言，我聽見留言是麥茲的聲音，他聽完留言後說麥茲自白了，我就知道那是什麼意思，然後他又說要打給你，我明白這下子我完了。我身上有羅伯的折疊小刀，所以就很本能地做出反應。」

尤恩眼前浮現當日景象，他用力把那警察的兩條手臂折到背後，但對方掙脫一隻手，護住喉嚨。他不斷猛刺，卻刺不到頸動脈，盛怒之下左右甩動那警察，像是在甩布娃娃似的，最後小刀刺進對方胸膛，那警察的身體像是洩了氣般，手臂垂軟下來。他從地上撿起手機，塞進口袋，準備再給致命的一刀。

「可是史丹奇跑來攪局對不對？」哈利問道。

尤恩舉起小刀，正要在昏迷的哈福森脖子上劃下最後一刀，卻聽見有人用外語大聲吼叫，他一抬頭就看見一個身穿藍色外套的男子朝他疾衝而來。

「他手上有槍，我只能逃跑。」尤恩說，感覺這段自白帶來淨化的效果，卸下他肩頭的重擔。他看見哈利點了點頭，也看見這個高大的金髮警察明白並原諒了他。他感動不已，喉頭一緊，繼續往下說：「我往公寓裡面跑，他對我開槍，差點就打中我。他要殺我，哈利，他是個瘋狂的殺手，你快開槍打他，我們得把他除掉，你跟我……我們……」

他看見哈利放下左輪手槍，插進腰帶。

「你……你幹什麼，哈利？」

只見那高大的金髮警察扣上外套鈕扣。「尤恩，我要去過聖誕假期了，謝謝你的自白。」

「哈利？等一下……」尤恩明白自己會有什麼下場，突然口乾舌燥，話語必須從乾燥的口腔黏膜之間硬逼出來。「錢可以分你，聽著，錢我們可以三個人分，不會有人知道。」

但哈利已開始用英語對史丹奇說：「我想那手提包裡的錢，應該足以替你們國際飯店的人在武科瓦爾蓋棟房子，你母親還會把一部分的錢捐給聖史蒂芬教堂。」

「哈利！」尤恩嘶聲大喊，猶如死前的喉鳴。「每個人都值得擁有第二次機會，哈利！」

哈利的手握住門把，停止動作。

「看進你心底深處，哈利，你一定可以找到寬恕之心！」

「問題是……」哈利揉揉下巴。「我幹的不是寬恕的行業。」

「什麼！」尤恩高聲說，驚愕不已。

「救贖，我也喜歡被救贖。」

尤恩聽見哈利離去後廁所門關上，金屬門鎖發出喀噠一聲。身穿小晚禮服的男子舉槍瞄準。尤恩望進槍管的黑色孔眼，這時恐懼具體化為肉身痛楚，他不再知道尖叫聲是倫西的、他自己的，還是其他人的。但是在子彈穿入額頭之前，他終於在這麼多年的懷疑、羞愧和急切禱告之後，明白了一件事：沒有人會聽見他的尖叫或禱告。

第五部　尾聲

35 罪行

哈利走出伊格廣場的地鐵站，今天是聖誕夜前一天，路人從他身邊匆匆走過，把握最後時間採買聖誕禮物。聖誕季節的寧靜氛圍似乎已籠罩整座城市，人們露出滿足的微笑，聖誕節的準備工作已經完成；或是露出疲憊的微笑，就算沒完成也沒關係。一名男子穿著整套的羽絨外套和褲子，宛如太空人般搖擺前行，臉頰圓滾泛紅，咧嘴噴出白氣。哈利看見一張焦急臉孔，那是個身穿單薄黑色皮夾克的蒼白女子，夾克手肘有破洞，女子站在鐘錶行旁，雙腳不斷改變站姿。

櫃台裡的年輕鐘錶師一看見哈利就臉色一亮，迅速打發眼前客人，衝進裡頭房間，出來時手中拿著哈利爺爺的手錶，放在櫃台上，露出得意神情。

「它在動了。」哈利說，十分驚訝。

「沒什麼是不能修的，」鐘錶師說：「記得發條不要上太緊，這樣會耗損零件。你試試看，我再跟你說。」

哈利旋轉錶冠，感覺到金屬零件的摩擦力和彈簧的抵抗力，並注意到鐘錶師露出如癡如狂的眼神。

「抱歉，」鐘錶師說：「可以請問這支錶你是從哪裡得來的嗎？」

「這是我爺爺給我的。」哈利答道，聽見鐘錶師突然語帶崇敬之意，很是訝異。

「不是這支，是**這支**。」鐘錶師指著哈利的手腕。

「這是我的前任長官辭職時送給我的。」

「我的老天爺，」鐘錶師俯身在哈利的左腕之上，仔細查看那支手錶。「這是真的，絕對是真的。這實在是一份非常慷慨的禮物。」

「喔？這支錶有什麼特別嗎？」

鐘錶師用不可置信的眼神看著哈利。「你不知道嗎？」

哈利搖了搖頭。

「這是朗格錶廠的Lange 1陀飛輪腕錶，背面底蓋上可以找到序號，告訴你這款腕錶總共生產了幾支。如果我沒記錯，它一共生產了一百五十支。你手上戴的這支錶是世界上最美麗的手錶之一，問題是你把它戴在手上是否明智？嚴格說來，以它現在的行情，應該鎖在銀行金庫裡才對。」

「銀行金庫？」哈利望著手上那支看起來名不見經傳的手錶，前幾天他還把它給扔出臥室窗外。「它看起來沒那麼名貴。」

「這就是它的價值所在。它只推出黑色錶帶和灰色錶盤的標準款式，連一顆鑽石都沒鑲，也沒用到黃金，看起來只是採用一般標準的精鋼或鉑金材質，而且也確實如此，但它的價值在於已臻化境、達到藝術境界的精湛工藝技術。」

「原來如此，你說這支錶值多少錢？」

「我不知道，我家有一本稀世腕錶的拍賣價格目錄，改天我可以帶來。」

「給我個整數。」哈利說。

「整數？」

「大概的價錢。」

年輕鐘錶師凸出下唇，反覆偏著頭。哈利靜靜等待。

「這個嘛，如果是我要賣，開價絕對不會低於四十萬。」

「四十萬克朗？」哈利高聲說。

「不對不對，」鐘錶師說：「是四十萬美金。」

離開鐘錶行之後，哈利不再覺得寒冷，呼呼大睡十二小時後殘留在身體中的昏沉感也不見了。他也沒注意到那個眼窩凹陷、身穿單薄皮夾克、有著毒蟲眼神的女子走過來，問說他是不是前幾天跟她說過話的警察？還有他是否看見她兒子？已經四天都沒人看見她兒子了。

「他最後是在什麼地方被人看見的？」哈利機械式地問道。

「你說呢？」女子說：「當然是布拉達廣場啊。」

「他叫什麼名字？」

「克里斯多夫。克里斯多夫・約根森。哈囉！有人在家嗎？」

「什麼？」

「老兄，你看起來像是去神遊了。」

「抱歉，妳最好拿他的照片去警署一樓，報案說他失蹤。」

「照片？」女子發出尖銳笑聲。「我有一張他七歲的照片，這樣可以嗎？」

「難道妳沒有他近期一點的照片？」

「你以為誰會拍？」

哈利在燈塔餐廳找到瑪蒂娜。餐廳已經打烊，但救世軍旅社的接待人員讓哈利從後門進來。瑪蒂娜背對哈利站在洗衣間裡，正在把洗衣機裡的衣服拿出來。哈利為了不嚇到她，輕咳一聲。她轉過身時，哈利正盯著她的肩胛骨和頸部肌肉，心想她的身體怎麼會這麼柔軟？是不是永遠都會這麼柔軟？她直起身子，側過頭，撥開一綹頭髮，露出微笑。

「嗨，傳說中的哈利。」

她雙臂垂落身側，跟哈利只有一步之遙。哈利好好地瞧了瞧她，只見她的冬季蒼白肌膚依然散發奇特光彩；敏感的鼻孔歙張著；奇特的雙眼上溢出的瞳孔使得眼睛看起有如局部月蝕；嘴唇下意識地抿起，柔軟濕潤，彷彿才剛親吻自己。滾筒烘衣機隆隆作響。

洗衣間只有他們兩人。她深深吸口氣，微微仰頭，依然和哈利有著一步之遙。

「嗨。」哈利說，並未移動。

她的眼睛快速地眨了兩下，臉上掠過一絲困惑的微笑，又轉過身去，面對工作台，開始摺衣服。

「我很快就好，你可以等我一下嗎？」

「我得在假期開始之前寫完報告。」

「明天這裡會提供聖誕晚餐，」瑪蒂娜半回頭說：「你會來幫忙嗎？」

哈利搖了搖頭。

「有事？」

今天的《晚郵報》攤開在她旁邊的工作台上，其中一整版都在報導昨晚加德莫恩機場發現一名救世軍軍官陳屍在廁所中。報上引述總警監甘納．哈根發表的聲明，目前凶手與動機依然不明，但可能跟上週在伊格廣場發生的槍殺案有關。

由於兩名死者是兄弟，加上警方懷疑一名身分不明的克羅埃西亞人，媒體已開始揣測命案背後原因可能跟家族仇恨有關。《世界之路報》報導說多年前卡爾森家族曾前往克羅埃西亞旅遊，該國素有血債血償的傳統，因此大幅提高家族仇恨的可能性。《每日新聞報》有篇文章提醒大家不要對克羅埃西亞人產生偏見，把他們跟來自塞爾維亞和科索沃阿爾巴尼亞的犯罪份子混為一談。

「蘿凱和歐雷克邀請了我，」哈利說：「我剛剛送歐雷克的聖誕禮物過去時，他們邀請我的。」

「他們？」

「她。」

瑪蒂娜點了點頭，繼續摺衣服，彷彿哈利說了一件她必須想清楚的事。

「這是不是代表你們兩個人……？」

「沒有，」哈利說：「不是那個意思。」

「那她還跟那個人在一起嗎？那個醫生？」

「據我所知是這樣。」

「你沒問？」哈利聽出一股受傷的怒意滲入她的口氣。

「他們的事跟我無關，我只知道那個醫生要跟父母過聖誕節，就這樣而已。所以妳都會在這裡？」

她摺著衣服，沉默點頭。

「我是來說再見的。」哈利說。瑪蒂娜點了點頭，沒有回頭。

「再見。」他說。

她摺衣服的手停了下來，他看見她的肩膀上下起伏。

「有一天妳會明白的，」他說：「現在妳可能不這麼想，但有一天妳會明白這樣下去……並不會有什麼不同。」

瑪蒂娜轉過身來，眼中噙著淚水。「我知道，哈利，但我還是想要，至少維持一段時間，難道這樣也算要求太多嗎？」

「不算，」哈利露出苦笑。「一段時間會很棒，但最好現在就說再見，不要等到會心痛的時候再來說再見。」

「可是現在就會心痛了，哈利。」第一顆淚珠滾落她的臉頰。

倘若哈利不夠了解瑪蒂娜．艾考夫，可能會認為這麼一個年輕女子不可能懂得心痛是什麼。這時他只是想起母親曾在醫院說過的話：「世上比活著沒有愛更空虛的，是活著沒有痛。」

「我要走了，瑪蒂娜。」

哈利轉身離去。他走到停在路邊的一輛車子旁，敲打車窗。車窗降下。

「她已經長大了，」哈利說：「所以我不確定她是不是需要這麼密切的關注。我知道你還是會繼續這樣做，但我只是想把話說出來而已。聖誕快樂，祝你一切順利。」

里卡似乎想說什麼，但只是點了點頭。

哈利邁步朝奧克西瓦河的方向走去，感覺天氣已經回溫。

十二月二十七日，哈福森下葬。這天陰雨綿綿，融化的雪水如湍急小溪般流過街道，墓園裡的積雪灰白沉重。

哈利負責抬棺，前方是哈福森的弟弟，哈利從他的步態看得出來。

喪禮結束後，眾人聚在瓦爾基麗酒吧。瓦爾基麗是一家很受歡迎的酒吧，大家都稱之為瓦基酒吧。

「過來這裡，」貝雅特說，帶著哈利離開其他人，來到角落的一張桌子。「大家都在那裡。」她說。

哈利點了點頭，克制自己沒把腦子裡浮現的一句話說出來：可是畢悠納．莫勒不在那裡。後來莫勒都沒跟任何人聯絡。

「哈利，有幾件事我必須知道，因為案子沒有偵破。」

哈利看著貝雅特，只見她臉色蒼白，神色哀戚。哈利知道她並非滴酒不沾，但她杯子裡盛的只是法里斯礦泉水。換作是他，今天一定會用任何可以到手的東西來麻痺自己。

「案子還沒偵結，貝雅特。」

「哈利，難道你以為我沒長眼睛嗎？案子已經交到一個白癡無能的克里波警官手裡，他只會把文件搬來搬去，一直搔他那顆沒腦袋的頭。」

哈利聳了聳肩。

「但你已經破案了，對不對，哈利？你知道發生了什麼事，只是不想告訴別人而已。」

哈利啜飲一口咖啡。

「為什麼，哈利？為什麼不讓別人知道這麼重要？」

「我本來就決定要告訴妳，」哈利說：「只是想等過一陣子而已。去札格瑞布雇用殺手的人不是羅伯，而是尤恩。」

「尤恩？」貝雅特大吃一驚。

哈利說出錢幣和遊民艾斯本．卡斯柏森的事。

「但我必須加以確認，」他說：「而唯一能指認尤恩去過札格瑞布的人是史丹奇的母親，所以我跟她談了條件，把尤恩的手機號碼給她，她正好在尤恩強暴蘇菲亞的那天晚上打給尤恩。她說尤恩一開始說的是挪威語，但她沒出聲，所以尤恩又用英語說：『是你嗎？』顯然以為打電話給他的是小救主。事後史丹奇的母親打給我，確認電話上的聲音跟她在札格瑞布聽見的一樣。」

「她百分之百確定嗎？」

哈利點了點頭。「她說她『非常確定』，還說尤恩的口音錯不了。」

「那她開出的條件是什麼？」

「要我保證她兒子不會被我們的人射殺。」

貝雅特喝了一大口法里斯礦泉水，彷彿需要將她聽見的這句話給和水吞下去。

「你答應了？」

「對，」哈利說：「這就是我要跟妳說的重點，殺害哈福森的人不是史丹奇，而是尤恩．卡爾森。」

貝雅特張口結舌，看著哈利，眼眶逐漸盈滿淚水，接著用悲慟的口氣低聲說：「哈利，這是真的嗎？還是你故意這樣說來讓我好過一點？因為你認為我無法忍受凶手逍遙法外的事實？」

「呃，我這邊有一把折疊小刀，是尤恩強暴蘇菲亞隔天在羅伯家的床底下找到的，如果妳拿去請鑑識人員比對小刀上的血跡是否符合哈福森的ＤＮＡ，我想妳的心情應該會平靜一點。」

貝雅特看著水杯。「我知道報告上寫說你去過那間廁所，但什麼人也沒看見。不過你知道我是怎麼想的嗎？我想你看見了史丹奇，但你沒有阻止他。」

哈利默然不語。

「我想你之所以不告訴別人說你知道尤恩有罪，是因為你不想讓別人阻擾史丹奇執行任務，殺了尤恩。」貝雅特的聲音因為憤怒而顫抖。「但如果你以為這樣我就會感謝你，那你就錯了。」她把水杯重重放在桌上，有些人朝他們望來。哈利保持緘默，靜靜等待。

「哈利，我們是警察，我們維持法律和秩序，但我們不審判，而且你他媽的也不是能讓我獲得救贖的救主，明白嗎？」貝雅特呼吸濃重，用手背擦去臉頰上滑落的淚水。

「妳說完了嗎？」哈利問道。

「對。」貝雅特用執拗的眼神怒視哈利。

「我不知道我為什麼這樣做，」哈利說：「頭腦是個非常奇特的運作裝置。但也許妳說得對，可能我設計了一切，讓事情這樣發生，但如果真是這樣，我希望妳知道我這樣做並不是為了想讓妳得到救贖，」哈利把咖啡一仰而盡，站了起來。「我是為了讓我自己得到救贖。」

聖誕節到除夕夜這段時間，街道被雨水沖刷得非常乾淨，積雪完全消失。新一年的曙光在零下氣溫中照亮大地，天空飄落羽毛般的細雪，冬季似乎被賦予一個更好的全新開始。歐雷克收到的聖誕禮物是曲道滑雪板，哈利帶他去韋勒山的下坡路段，在除雪機開出的彎道上滑雪。第三天去山坡滑雪的回家路上，歐雷克問哈利說，他們是不是很快就可以去山口滑雪？

哈利看見馬地亞的車停在車庫外，便讓歐雷克在車道底端下車，獨自駕車回家，然後躺在沙發上看著天花板，聆聽老唱片。

一月的第二週，貝雅特宣布說她懷孕了，將在夏天生下她和哈福森的寶寶。哈利回想起來，覺得自己真是瞎了眼。

一月份哈利有很多時間思考，因為這個月奧斯陸居民決定休個假，暫停彼此殘殺。他思考是否要讓麥努斯搬進六〇五室的情報交換所、思考下半生該做什麼才好、思考人在世時能否知道自己做了正確抉擇。

七山環繞的卑爾根依然是秋天，並未下雪。弗拉揚山上，哈利覺得籠罩四周的雲霧似乎跟上次沒有兩樣。他在弗羅伊山頂餐廳的一張桌子旁找到了那個人。

「聽說你最近都來這裡坐。」哈利說。

「我在等你，」畢悠納・莫勒說，喝完杯中的酒。「你花了點時間。」

他們走出餐廳，來到觀景點的欄杆旁。莫勒似乎比上次更為消瘦蒼白，雙眼雖然清澈，但臉頰腫脹，雙手發抖。哈利推測這應該是藥物的作用，而不是酒精。

「上次你說我應該追蹤錢的流向，」哈利說：「起初我還不懂你的意思。」

「我說得對不對？」

「對，」哈利說：「你說對了，但我以為你說的是我的案子，不是你自己的。」

「哈利，我說的是所有的案子。」風將莫勒的長髮吹到臉上又吹開。「對了，你沒告訴我甘納・哈根對這件案子的結果滿不滿意，也就是案子最後沒有結果。」

哈利聳了聳肩。「最後大衛・艾考夫和救世軍免於受到醜聞衝擊，聲譽和事業不致於受到損害。亞伯・吉爾斯卓失去了獨生子和媳婦，也丟了原本可以拯救家族財富的合約。蘇菲亞・米何耶茲和家人打算返回武科瓦爾，當地有個新捐助者打算蓋棟房子，同時資助他們。瑪蒂娜・艾考夫跟一個叫里卡・尼爾森的男人開始交往。簡而言之，世界還是繼續前進。」

「那你呢？你還有跟蘿凱碰面嗎？」

「偶爾。」

「那個當醫生的傢伙呢？」

「我沒問，他們有自己的問題要面對。」

「她希望你回到她身邊嗎？」

「我想她希望我過的生活跟那個醫生一樣，」哈利翻起領子，望著被雲霧遮住的山下市區。「其實我有時也希望自己是那種人。」

兩人沉默下來。

「我把湯姆．沃勒的手錶拿去鐘錶行給一個懂錶的年輕人看過了。你記得我說過我會做惡夢，夢到那支勞力士手錶在湯姆的斷臂上滴答作響嗎？」

莫勒點了點頭。

「現在我知道原因了，」哈利說：「世界上最昂貴的手錶都具備陀飛輪系統，它的振動頻率是每小時兩萬八千次，秒針似乎不停地在繞圈飛行，再加上擒縱結構，使得它的滴答聲比一般腕錶還來得強烈。」

「勞力士，很棒的錶。」

「那支錶的勞力士標誌是鐘錶師後來加上去的，用來隱藏它真正的廠牌。其實它是Lange 1陀飛輪腕錶，是一百五十支限量腕錶中的一支，跟你送我的那支錶屬於同一個系列。上次這款手錶在拍賣會上售出的價格將近三百萬克朗。」

莫勒點了點頭，嘴角泛起一絲微笑。

「你就是用價值三百萬的腕錶來犒賞自己？」哈利問道。

莫勒扣起大衣，翻起領子。「它們的價格比較穩定，沒有車子那麼顯眼，也沒有昂貴藝術品那麼招搖，比現金容易夾帶，而且不需要洗錢。」

「還可以拿來送人。」

「沒錯。」

「到底怎麼回事？」

「說來話長，哈利。一如許多悲劇，它原本的用意是好的。我們這一小群人希望善盡職責、撥亂反正，補足這個由法律所管理的社會的不足之處。」

莫勒戴上一副黑手套。

「有人說社會上之所以有那麼多罪犯逍遙法外，是因為司法系統有如一張網眼很大的網子，但這種說法給人完全錯誤的印象。其實司法系統是一張網眼很小的網子，可以抓到小魚，但只要大魚一衝撞，它就破了。我們希望成為這張網子後面的網子，擋住鯊魚。這個組織裡不只有警察，還有律師、政治家和官僚，這些人看見當國界失守時，挪威的社會結構、立法及司法系統不足以對抗大舉來犯的國際犯罪組織，挪威警察的職權不足以和犯法者在相同規則下遊戲，必須等立法系統迎頭趕上，因此我們決定暗中採取行動。」

莫勒望著雲霧，搖了搖頭。

「但如此一來我們就得在封閉且祕密的環境裡行事，於是腐化開始產生，微生物開始孳生。有人提出說必須走私武器到國內，才有辦法跟敵人抗衡，接著又說必須販賣這些武器，替我們的工作籌措資金。這是個怪異的矛盾，但反對人士很快就發現組織已被微生物接管。接著他們送來禮物，一開始是小東西，說是用來激勵大家，不接受禮物等同於沒有向心力。但事實上這只是下個腐化階段的開始，他們不知不覺地同化你，直到有一天你赫然發現自己坐在屎坑裡，找不到路可以出去。你有太多把柄握在他們手上，而且最糟的是你不知道『他們』是誰。我們的組織劃分為小單位，單位之間只能透過聯絡人來互相聯絡，而聯絡人對一切保密。我不知道湯姆．沃勒是我們的人，也不知道他負責走私軍火，更不知道有個代號叫王子的人存在，直到你和愛倫．蓋登發現這件事。這時我已經知道我們早就失去真正的目標，從很久以前開始，我們除了中飽私囊之外就沒有其他目標，而且我也腐化了，我成了……」莫勒深深吸了口氣。「殺害愛倫這類警察的共謀。」

縷縷雲霧在他們周圍旋繞，彷彿弗拉揚山正在飛行似的。

「有一天我受夠了，我想退出，於是他們給了我選擇，很簡單的選擇，但我擔心的不是自己，而是擔心他們傷害我的家人。」

「這就是你逃來這裡的原因？」

莫勒點了點頭。

哈利嘆了口氣。「所以你送我這支錶是希望我終止這件事。」

「哈利，這件事必須由你來完成，沒有其他人選了。」

哈利點了點頭，覺得喉頭一緊，只因他忽然想起上次他們站在山頂時莫勒說過的話：想想還挺可笑的，只要從挪威第二大城的市中心搭乘纜車，六分鐘就可以抵達這些山脈，但卻有人會在這裡迷路和死亡。試想你以為自己的所在之處是正義的核心，不料卻突然迷失方向，你變成了你所對抗的那種人。哈利想到自己在腦子裡所做的計算，以及自己所做出的大小抉擇，引領他去到加德莫恩機場的最後那一刻。

「長官，如果我說我跟你其實沒有那麼不一樣呢？如果我跟你其實是在同樣的處境裡呢？」

莫勒聳了聳肩。「英雄和惡徒的區分，在於機會時勢和細微差別，向來都是如此。公義是懶惰和沒有遠見之人所尊奉的美德，少了破壞規定和不守規則的人，現在我們仍會活在封建時代裡。哈利，我迷失了，就這麼簡單。我相信了一些東西，但我是盲目的，等我看清楚時，我已經腐化了。這種事四處可見。」

哈利在風中打個冷顫，思索著該說什麼才好，然而當他終於想到並說出來時，卻發現自己的話聲聽起來十分陌生而扭曲。「抱歉，長官，我沒辦法逮捕你。」

「沒關係，哈利，其他的我再自己解決，」莫勒的口氣聽起來甚為冷靜，幾乎像是在安慰他。「我只是希望你看清一切，加以了解，也許從中學習，沒有別的了。」

哈利看著難以穿透的雲霧，想依照他的長官及朋友莫勒所說，「看清一切」，卻無法辦到。他轉過頭去，發現莫勒已經離去。他朝白霧中高聲叫喚莫勒的名字，儘管他知道莫勒說得沒錯：沒有別的了，但還是覺得應該有人叫喚他的名字。

尤・奈斯博作品集

【哈利警探系列】

1.《蝙蝠人》（暫名，預計2015出版）

2.《蟑螂》（暫名，預計2016出版）

3.《知更鳥的賭注》
◎獲得挪威書店業者大獎，「挪威史上最佳犯罪小說」，蟬聯排行榜 52 週
◎入圍英國犯罪作家協會鄧肯・羅利國際匕首獎

不是活著達成目標，就是全盤皆輸……
一個令人心碎的愛情悲劇，一齣天衣無縫的犯罪戲碼

4.《復仇女神的懲罰》
◎2002年挪威William Nygaard Bursary大獎得主，蟬聯排行榜 49 週
◎2010年美國愛倫坡獎入圍、麥卡維提獎年度最佳長篇小說提名

沒有懲罰，就沒有正義，
復仇，是上帝賜給人類最美好也最危險的毒藥！
當愛與恨走到極端，只有復仇，我才能活下去！

5.《魔鬼的法則》
◎挪威當地熱銷15萬冊，蟬聯排行榜 64 週
◎芬蘭犯罪作家協會 2007 年度特別推薦

「灰暗、懸疑，書頁裡彷彿可以滴出鮮血和焦慮。」
這是一場由魔鬼設下的死亡遊戲，
一切都和數字「五」有關……

6.《救贖者》
◎蟬聯挪威排行榜 110週
◎入圍2009年英國犯罪作家協會鄧肯・羅利國際匕首獎決選

既然上帝不行其職，就得有人幫祂！
然而，救贖帶來的並非永生，而是死亡。

7.《雪人》

◎榮獲挪威書店業者大獎「年度最佳挪威小說」，挪威讀書俱樂部大獎
◎2011年英美亞馬遜書店暢銷榜，「理查與茱蒂讀書俱樂部」選書

當雪人凝視著你，看不見的邪惡，正悄悄將你吞沒……
冰冷而黑暗的北歐暴力美學，再創連續殺人犯主題書寫新局！

8.《獵豹》上、下冊

◎榮獲2009年丹麥犯罪作家協會獎「年度最佳犯罪小說」
◎美國《書單》評選為2012年十大最佳犯罪小說之一

在這場殘忍的獵捕遊戲中，死亡是最仁慈的懲罰
繼《雪人》直探「邪惡」的本質後，
《獵豹》重新定義了「瘋狂」的極限。

9.《幽靈》（暫名，預計2015出版）

10.《警察》（暫名，預計2015出版）

【獨立作】

《獵頭遊戲》

◎2008年挪威圖書俱樂部年度最佳小說
◎2008年入選挪威書店業者大獎年度最佳小說
◎改編電影獲選2013年英國《帝國》雜誌「最佳驚悚片」

當 昆汀．塔倫提諾 遇上 柯恩兄弟
一本有趣、邪惡而瘋狂的犯罪小說，奈斯博全新幽默惡搞風格獨立作

救贖者

Frelseren

作　　者　尤・奈斯博（Jo Nesbø）
譯　　者　林立仁
封面設計　黃暐鵬
內文排版　高巧怡
行銷企畫　李蔚萱、劉育秀
行銷統籌　駱漢琪
業務發行　邱紹溢
業務統籌　郭其彬
責任編輯　吳佳珍
總 編 輯　李亞南
發 行 人　蘇拾平
出　　版　漫遊者文化事業股份有限公司
地　　址　台北市105松山區復興北路331號4樓
電　　話　（02）27152022
傳　　真　（02）27152021
服務信箱　service@azothbooks.com
營運統籌　大雁文化事業股份有限公司
地　　址　台北市105松山區復興北路333號11樓之4
劃撥帳號　50022001
戶　　名　漫遊者文化事業股份有限公司
初版一刷　2014年07月
初版六刷(1)　2020年04月
定　　價　新台幣380元

ISBN　978-986-5671-03-7

國家圖書館出版品預行編目(CIP)資料

救贖者 / 尤・奈斯博（Jo Nesbø）著；
林立仁譯. -- 初版. -- 臺北市：漫遊者文化出版：大雁文化發行, 2014.07
456面；14.8×21公分
譯自：Frelseren
ISBN 978-986-5671-03-7(平裝)
881.457　　103011574

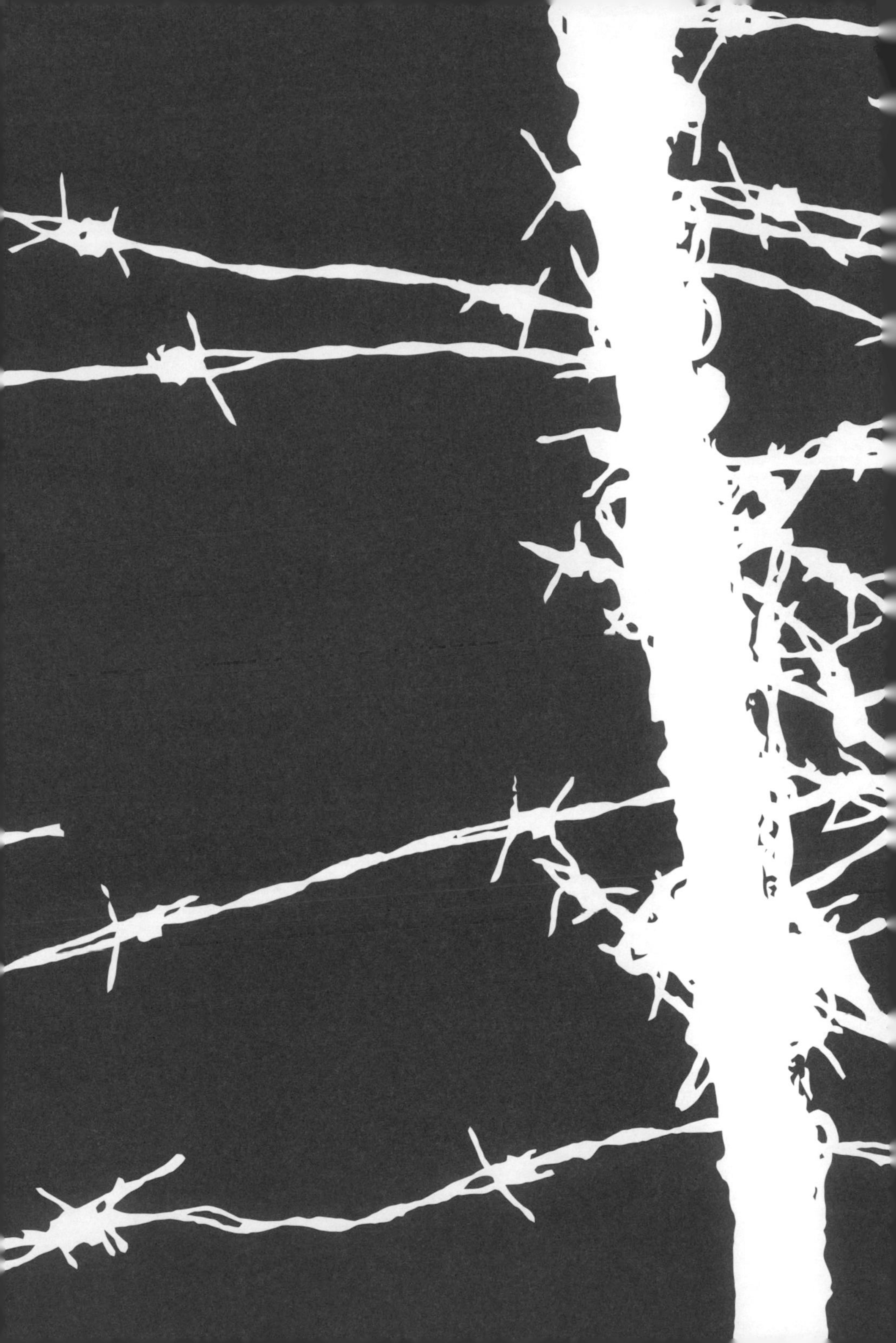

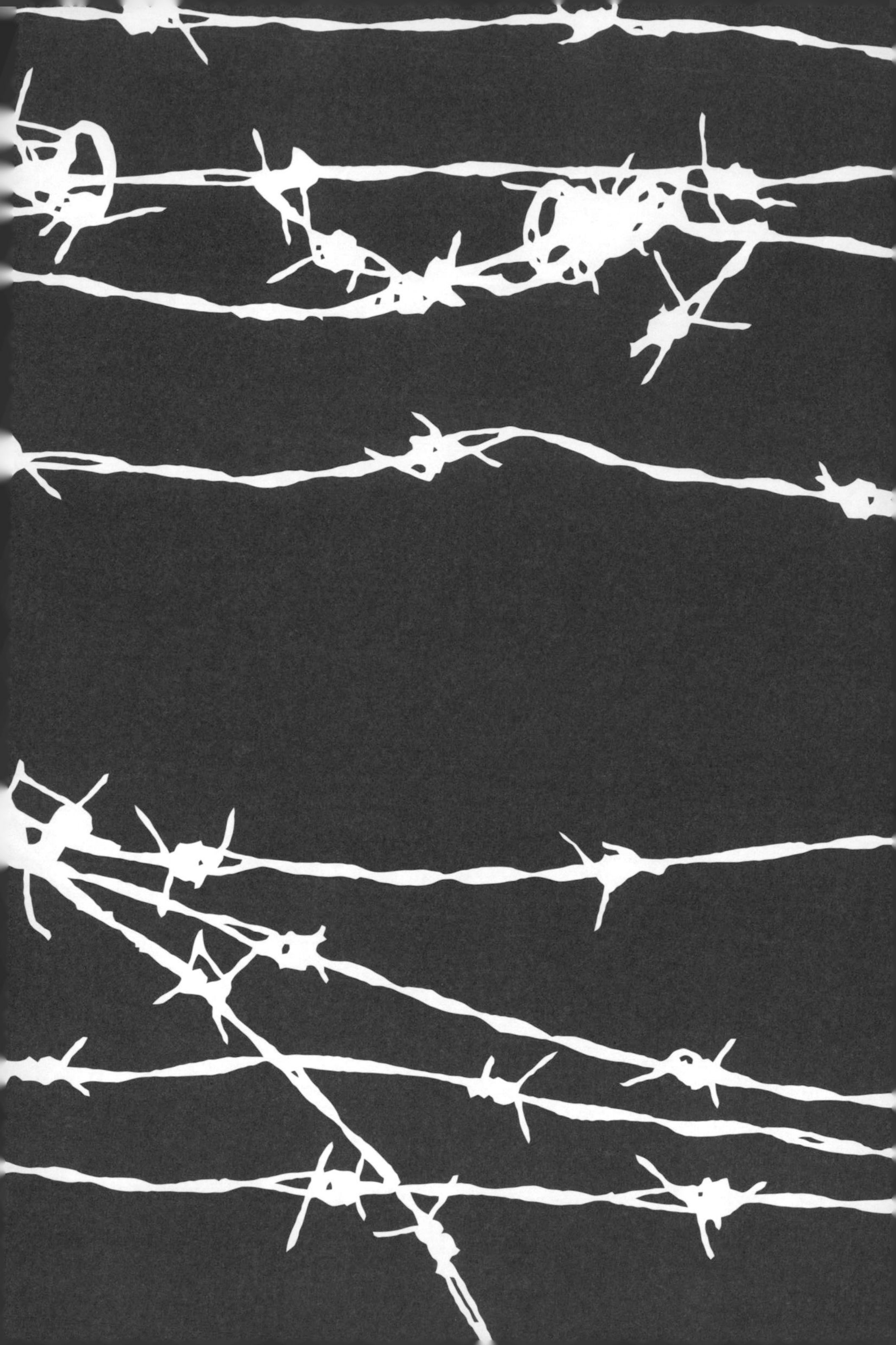

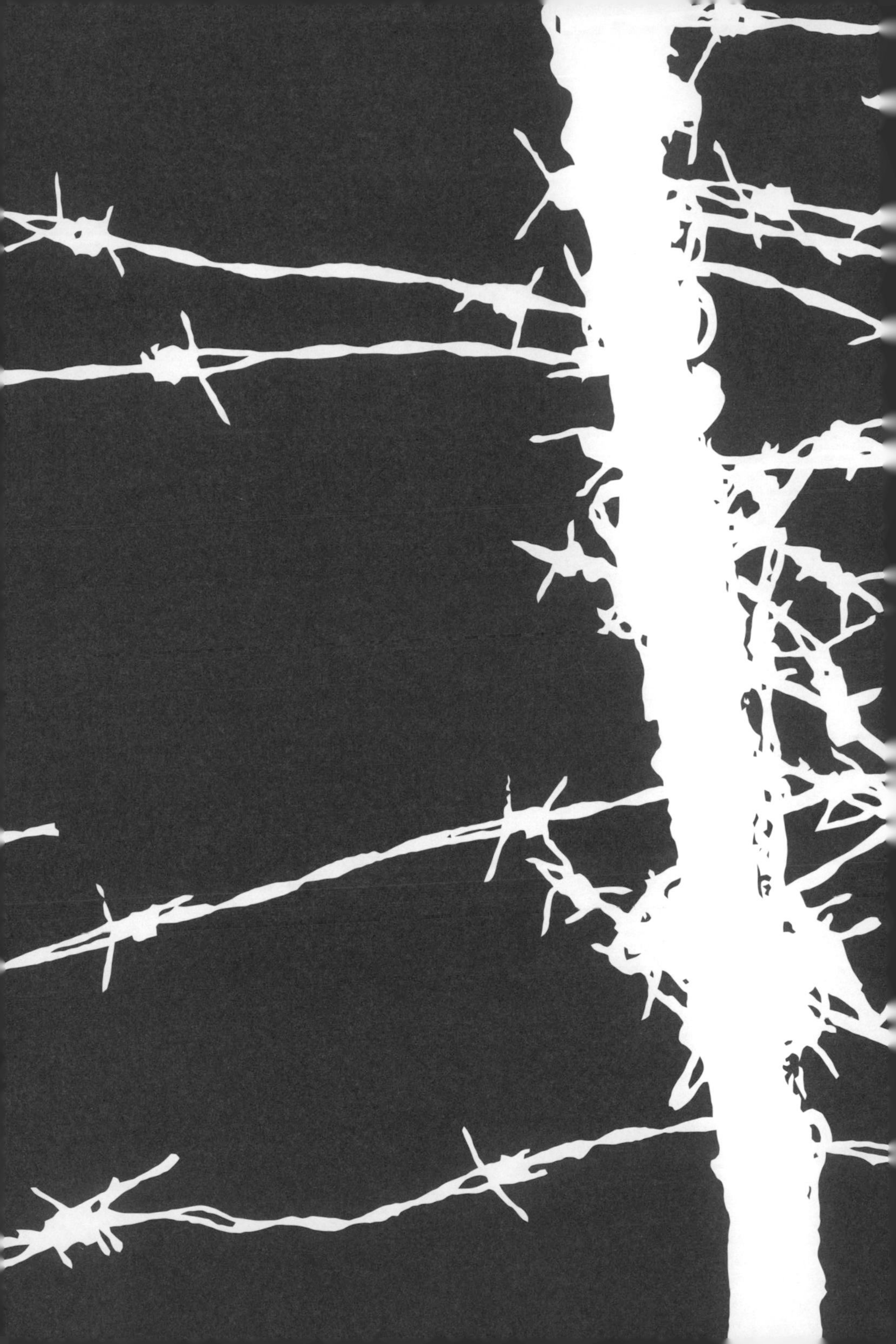

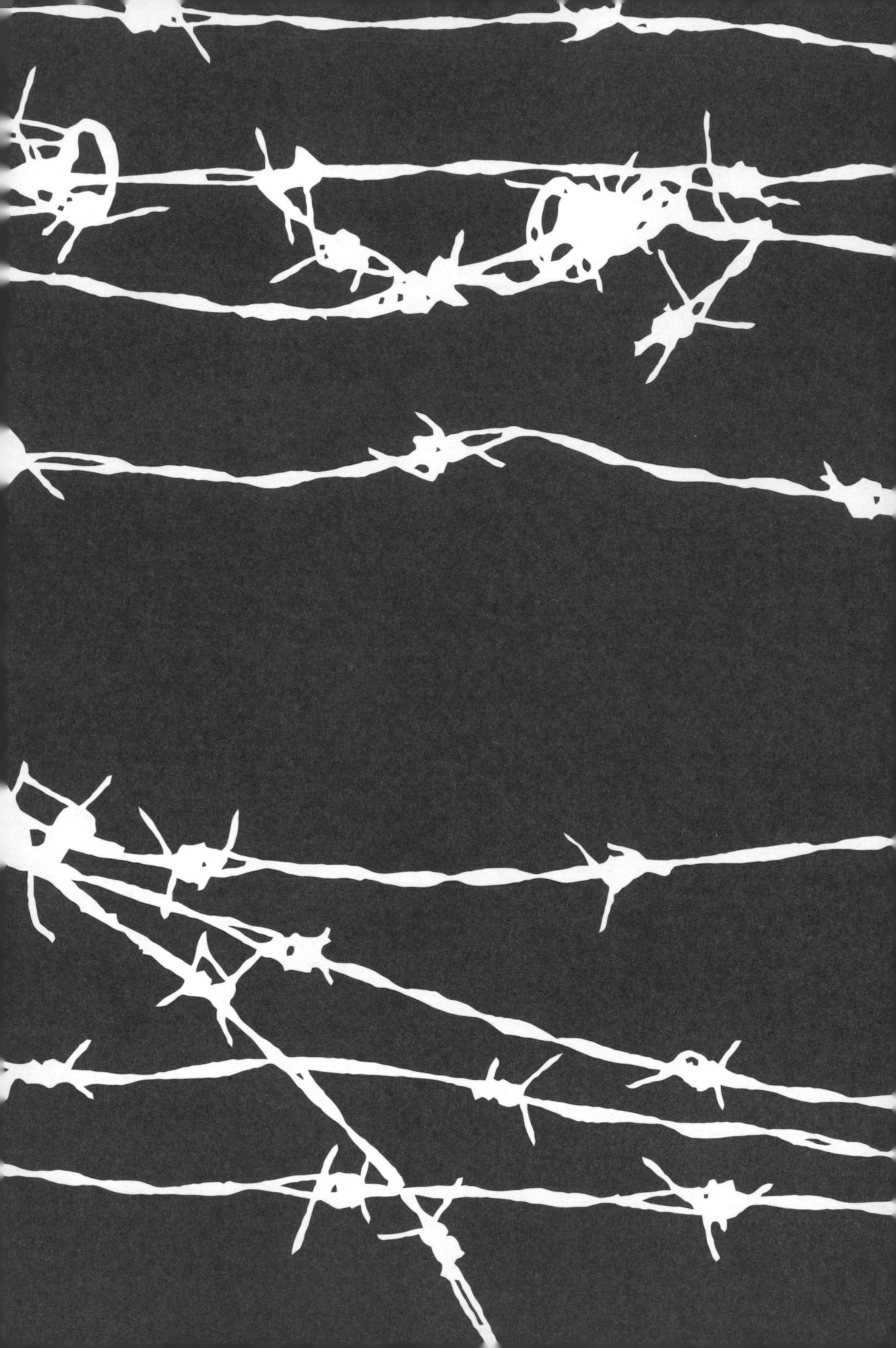